NINA DARNTON

# Todesstiche



GOLDMANN
Lesen erleben

*Buch*

Der Anruf kommt mitten in der Nacht und bringt die heile Welt von Jennifer Lewis zum Einsturz. Ihre Tochter Emma, die sich als Austauschstudentin in Sevilla aufhält, sitzt in Untersuchungshaft, nachdem ein junger Mann in ihrer Wohnung brutal erstochen wurde. Emma erklärt, mit dem Mord nichts zu tun zu haben, und Jennifer reist sofort nach Spanien, um ihrer Tochter beizustehen. Doch je mehr sie dort über das Leben erfährt, das Emma führte, desto schmerzlicher wird ihr bewusst, wie wenig sie ihr eigenes Kind kennt. Belagert von der Presse und gefangen zwischen Hoffnung und Verzweiflung setzt Jennifer alles daran, Emma aus dem Gefängnis zu holen. Unterdessen wachsen die Zweifel an deren Version der Ereignisse …

*Autorin*

Nina Darnton hat lange Jahre als Journalistin gearbeitet, unter anderem für die New York Times, die New York Post, Newsweek und National Public Radio. Gemeinsam mit ihrem Mann, dem Schriftsteller und Journalisten John Darnton, verbrachte sie viele Jahre im Ausland – Nigeria, Kenia, Polen, Spanien und Großbritannien – und nutzt diese Erfahrungen heute für ihre Romane. Nina Darnton lebt in New York.

Näheres zur Autorin und ihrem Werk
finden Sie unter www.ninadarnton.com

# Nina Darnton

# Todesstiche

Roman

Aus dem Englischen
von Eva Bonné

GOLDMANN

Die Originalausgabe erschien 2014 unter dem Titel
»The Perfect Mother«
bei Plume, a member of the Penguin Group (USA)



Dieses Buch ist auch als E-Book erhältlich.

MIX
Papier aus verantwortungsvollen Quellen
FSC® C014496
FSC www.fsc.org

Verlagsgruppe Random House FSC® N001967
Das FSC®-zertifizierte Papier *Holmen Book Cream* für dieses Buch
liefert Holmen Paper, Hallstavik, Schweden.

1. Auflage
Deutsche Erstveröffentlichung Januar 2016

Umschlaggestaltung: UNO Werbeagentur, München
Umschlagfoto: Marcus Garrett/Arcangel Images; FinePic®, München
Redaktion: Martina Klüver
AB · Herstellung: Str.
Satz: omnisatz GmbH, Berlin
Druck und Bindung: GGP Media GmbH, Pößneck
Printed in Germany
ISBN: 978-3-442-48367-9
www.goldmann-verlag.de

Besuchen Sie den Goldmann Verlag im Netz:

Für meine Kinder Kyra, Liza und Jamie.
Eure Mutter ist nicht perfekt, doch sie liebt euch.

# Kapitel 1

Um Mitternacht lag Jennifer Lewis zu Hause in Philadelphia neben ihrem Ehemann im Bett und schlief. Der Tag war gut gewesen. Ihre sechzehnjährige Tochter Lily war in die Fußballmannschaft aufgenommen und zudem als eine der besten Schülerinnen der Schule ausgezeichnet worden. Der achtjährige Eric schlief nach einem aufregenden Tag im Zirkus tief und fest. Und Emma, die mit ihren einundzwanzig Jahren längst aufs College ging, studierte gerade ein Jahr an einer spanischen Universität und war ganz begeistert davon. Alles schien derzeit so perfekt zu laufen, dass Jennifer nicht einmal in Panik verfiel, als mitten in der Nacht das Telefon klingelte. Ihr Mann Mark hörte es zuerst.

»Schatz, gehst du bitte ran?«, murmelte er im Halbschlaf.

Sie rollte sich auf die Seite und griff zum Hörer.

»Hallo?«

Emmas Stimme, zittrig und brüchig, begleitet von einem Sturzbach aus Tränen.

»Mom«, schluchzte sie, »du hast gesagt, ich soll keine Dummheiten machen … aber jetzt habe ich eine gemacht.«

Jennifer war mit einem Schlag hellwach. Sie hörte Lärm im Hintergrund, Stimmengewirr, jemand brüllte.

»Ist schon gut, Schätzchen«, sagte sie und zwang sich, mit fester Stimme zu sprechen. »Was ist denn passiert?«

»Ich war in einer Bar. Ich habe zu viel getrunken. Ich hatte so ein komisches Gefühl. Es gab Kuchen für alle. Ich glaube, in den Brownies war Hasch!«

»Emma, was ist passiert?«

»Jemand wurde ermordet, Mom.«

»Jemand, den du kennst?«, fragte Jennifer entsetzt.

»Die glauben, ich hätte es getan. Die glauben, ich hätte ihn umgebracht. Du musst mit Daddy reden. Ich brauche einen Anwalt. Bitte, kommt!«

»Wer sagt so was? Wo bist du?«

»Mom, ich bin auf einer Polizeiwache. Ich kann nicht reden. Bitte, kommt einfach her!«

Wieder setzte Gebrüll ein, und dann war die Leitung tot.

Im ersten Moment war Jennifer starr vor Schreck. Sie vergaß glatt, den Hörer aufzulegen.

Mark hatte das Licht eingeschaltet und sich im Bett aufgesetzt. »Jennifer«, drängte er, »Liebling, was ist passiert?«

Langsam ließ Jennifer den Hörer sinken, dann drehte sie sich zu ihm um. Ihre Stimme zitterte, sie war verwirrt. »Ich verstehe das nicht.«

»Was hat sie gesagt?«

Jennifer wiederholte das Gespräch, und langsam verwandelte sich ihre Verwirrung in Panik. Sie ergriff die Hand ihres Mannes und drückte sie fest. »Wir müssen sofort zu ihr, Mark. Ich werde Flüge buchen. Kannst du einen Anwalt finden? Keinen Firmenanwalt, sondern einen Strafverteidiger, den besten in Spanien. Geht das?«

Noch bevor er antworten konnte, war sie aus dem Bett gesprungen und ins Badezimmer gelaufen. Sie wühlte in den überfüllten Fächern des Medizinschränkchens, wischte Aspirin- und Kopfschmerztabletten, kleine Seifenstücke und Make-up beiseite, bis sie das kleine Valiumfläschchen gefunden hatte. Sie hatte es vor über einem Jahr bekommen, gegen ihre Rückenschmerzen. Eine Valium würde sie hoffentlich beruhigen. Plötzlich stand Mark hinter ihr. Er umarmte sie.

»Pssst, Liebling. Lass das lieber. Alles wird gut. Wir kriegen das schon hin. Bitte, Jen, wenn du ihr helfen willst, musst du jetzt ruhig bleiben.«

Jennifer drehte sich um und vergrub das Gesicht an seiner Brust. Sie kämpfte mit den Tränen. »Am Abend vor ihrer Abreise haben wir zusammen *Midnight Express* geschaut, weißt du noch? Sie hat sich den Film nur mir zuliebe angesehen, ich wollte ihr unbedingt zeigen, wie gefährlich es ist, im Ausland mit Drogen erwischt zu werden. Sie hat gesagt, sie hätte auf einer Party Haschischbrownies gegessen. Es war nicht ihre Schuld. Um Gottes willen, man wirft ihr einen Mord vor! Das ist doch total verrückt.«

Sie umarmte ihren Mann, er strich ihr übers Haar.

»Ja, das weiß ich, und genau aus diesem Grund wird sich alles aufklären. Sie ist in Spanien, nicht in der Türkei, außerdem ist der Film fünfunddreißig Jahre alt. Wir haben es mit einem Land in Europa zu tun, nicht mit einem Staat in der Dritten Welt. Ich werde einen Anwalt kontaktieren und herausfinden, wie die nächsten Schritte aussehen. Was immer nötig ist, Jen, wir werden es tun. Du musst jetzt sofort zu ihr. Bestimmt geht gleich morgen ein Flieger. Am besten nimmst du einen nach Madrid und reist von dort aus weiter nach Sevilla. Ich komme nach, sobald ich kann.«

»Nein, Mark – sie braucht uns beide! Und ich brauche dich auch. Du musst mich begleiten.«

»Das geht nicht, Liebling. Wer soll sich um Lily und Eric kümmern?«

»Ich rufe meine Eltern an.«

»Die müssten erst einmal herkommen. Das wird dauern. Außerdem stecke ich mitten in einem Fall. Bevor ich hier loskann, muss ich erst noch einige Dinge im Büro klären.«

Er sah sie die Stirn runzeln und wusste, sie würde widersprechen. »Das Ganze wird uns eine Menge Geld kosten, Jen«, fügte er hastig hinzu. »Wir müssen Prioritäten setzen. Du fliegst vor.

Du hinterlegst eine Kaution und holst sie aus dem Gefängnis. Du sprichst mit dem Anwalt und lässt dir die nächsten Schritte erklären. Und ich komme am Wochenende nach.«

Sie nickte, akzeptierte seine Argumente. Es gab noch so viel zu erledigen, bevor sie ins Flugzeug steigen konnte. Wo sollte sie bloß anfangen? Sie war wie gelähmt.

»Sie klang so verängstigt, Mark«, sagte sie kleinlaut.

»Natürlich«, antwortete er, »sicher hat sie schreckliche Angst. Deswegen müssen wir uns beeilen, sie da rauszuholen.«

»Ihr Spanisch ist nicht besonders gut, die halten sie bestimmt für eine verzogene amerikanische Göre. Gott weiß, wie sie dort behandelt wird!« Jennifer warf sich eine Valium ein und spülte sie mit einem Schluck Wasser hinunter.

»Ich begreife einfach nicht, wie es zu so einem Missverständnis kommen konnte. Irgendetwas muss es doch geben, das wir tun können, bevor ich vor Ort bin. Sollten wir nicht besser das Außenministerium verständigen? Hast du keine Freunde in Washington?«

»Ich werde mich um alles kümmern, Liebling. Mach dir keine Sorgen. Du solltest jetzt packen und sehen, dass du loskommst.«

»Was sollen wir den anderen sagen?«, fragte sie.

»Wie wäre es mit der Wahrheit? Es ist verrückt, aber am Ende wird sich alles aufklären.«

»Ist das dein Ernst? Wir können doch unmöglich herumerzählen, dass unsere Tochter unter Mordverdacht steht. Die Kinder würden das nicht verstehen. Und meine Eltern auch nicht.«

Er seufzte. »Okay, okay. Du hast recht. Wir sollten uns etwas anderes überlegen.«

Sie versuchte, ihre Gedanken zu ordnen. In ein paar Stunden würde sie die Kinder für die Schule wecken und ihnen eine glaubwürdige Erklärung liefern müssen, warum sie noch am selben Tag nach Spanien flog. Sie würde bei ihren Eltern anrufen und sie bitten müssen, für eine Weile bei den Kindern zu bleiben. Sie würde einen Flug buchen und sich überlegen müssen, wie sie von Madrid nach Sevilla kam, und sie würde alles absagen müssen, was sie für die nächsten Wochen geplant hatte. Und sie musste packen. Sie holte ihre Reisetasche aus der Abstellkammer, warf Unterwäsche, Socken, Feinstrumpfhosen und ihr Schminktäschchen hinein. Sie hielt inne, musterte angestrengt alle Kleider im Schrank und brach in Tränen aus. Was zieht man an, wenn die eigene Tochter unter Mordverdacht steht und man versuchen soll, sie gegen Kaution aus dem Gefängnis zu holen?

Sie wischte sich die Tränen mit dem Handrücken ab, warf ein paar Hosen, Blusen und Kleider aufs Bett und dachte angestrengt nach. Im College hatte Jennifer als Model gejobbt und danach als Schauspielerin gearbeitet; sie wusste, was es bedeutete, in eine Rolle zu schlüpfen. Sie würde persönlich im Gefängnis erscheinen müssen, und falls sich eine Anklage nicht abwenden ließe, würde sie ihrer Tochter vor Gericht zur Seite stehen müssen. Ihr war bewusst, wie attraktiv sie war, ein Umstand, der ihr im Leben immer von Nutzen gewesen war. Sie war stolz auf ihre strahlend blauen Augen und das volle, glänzende dunkle Haar; sie verbrachte drei Vormittage pro Woche im Fitnessstudio, um ihre schlanke, grazile Figur nicht zu verlieren. Und ihr Teint war immer noch straff und jugendlich, obwohl sie vor einem Monat ihren sechsundvierzigsten Geburtstag gefeiert hatte. Wahrscheinlich galt in Spanien eine strengere Kleiderordnung als in den USA. Sie sollte sich für eine konservative, seriöse Garderobe entscheiden – und Emma übrigens auch. Sie würde ihr unterwegs etwas kaufen. Zuletzt packte sie auch noch ihr Lieblingsteil ein, ein ärmelloses schwarzes Etuikleid, in dem ihre schlanke Taille und die langen Beine besonders gut zur Geltung kamen. Die Kleiderfrage lenkte sie ab, mittlerweile setzte auch die Wirkung der Valiumtablette ein; Jennifer wurde ruhig. Sie würde den anderen erzählen, Emma sei bei einem Autounfall leicht verletzt worden, und nun müsse sichergestellt werden, dass sie die beste medizinische Behandlung bekam. Glücklicherweise liebten Eric und Lily ihre Großeltern sehr; die Kinder würden hocherfreut sein, wenn die beiden eine Weile auf sie aufpassten.

Jennifers Gedanken kehrten zu Emma zurück und zu dem, was sie gerade durchmachte. Großer Gott, hoffentlich würde sie keine bleibenden Schäden davontragen. Jennifer hatte immer versucht, ihre Kinder zu beschützen; sie wollte ihnen ein positives Selbstbild vermitteln, hatte ihre geistige Entwicklung und Kreativität unermüdlich gefördert. Sie hatte Mobiles von der Sonne und den Planeten aufgehängt und Wände und Decken mit Sternen beklebt, die im Dunkeln leuchteten; sie hatte sich zu den Kindern ins Bett gelegt und ihnen Geschichten erzählt oder vorgelesen, bis sie eingeschlafen waren. Sie hatte sie zum Musikunterricht und zu Verabredungen und ins Kindermuseum kutschiert. Seit die Kinder älter waren, half sie ihnen bei den Hausaufgaben und war bei allen Fußballspielen, Konzerten und Aufführungen dabei. Mark auch, aber nur wenn sein Terminplan es zuließ.

Für die Kinder war sie eine gute Freundin, der man alles erzählen konnte, und obwohl sie natürlich wusste, dass ihre Kinder nicht perfekt waren, vertraute sie ihnen blind. Sie waren fleißig und zählten jedes Jahr zu den Klassenbesten, nahmen an außerschulischen Aktivitäten teil und wurden von den Lehrern gelobt. Jennifer hatte Bekannte, deren Kinder Drogen nahmen oder sich auf die falschen Freunde eingelassen hatten, die rebellierten oder ihre Eltern ablehnten; solche Fälle diskutierte sie gern mit Emma und Lily. Sie hatte es nie ausgesprochen, nicht einmal Mark gegenüber, doch insgeheim war sie der Überzeugung, das Geheimnis ihres Erfolges zu kennen: Sie hatte ihren

Beruf aufgegeben und war zu Hause bei den Kindern geblieben, sie hatte alle potentiellen Gefahren im Blick gehabt und nie den Draht zu den dreien verloren. Sie war stolz auf ihre Brut, und sie war stolz auf sich selbst.

Ihre Lider wurden schwer. Sie beschloss, sich ganz kurz hinzulegen, überzeugt, dass sie nicht einschlafen könnte. Als um 6:30 Uhr dann der Wecker schrillte, zuckte sie vor Schreck zusammen. Eric und Lily mussten geweckt werden. Jennifer stellte fest, dass Lily schon wach und unter der Dusche war, Eric hingegen lag ausgestreckt auf seinem Bett. Er trug seinen Spider-Man-Pyjama. Jennifer beugte sich hinunter, um ihn wach zu küssen. Er streckte die Arme nach ihr aus, und sie ließ sich drücken, steckte die Nase in sein weiches Haar, das nach dem Shampoo von gestern Abend roch. Zum Frühstück machte sie Pancakes, und als alle beisammensaßen, erklärte sie seelenruhig, Emma habe sich bei einem Autounfall das Bein gebrochen. Sie müsse nach Spanien, um sich um alles zu kümmern. Die Ausrede schien zu funktionieren. Weder die Kinder noch ihre Eltern, die sie später anrief, hegten einen Verdacht. Dann zahlen sich, dachte Jennifer, der teure Schauspielunterricht und die mühsam gewonnene Lebenserfahrung also doch noch aus.

Sie kochte Kaffee und ging in Marks Arbeitszimmer, um nachzusehen, wie weit er gekommen war. Der Zeitunterschied – Spanien war ihnen sechs Stunden voraus – wirkte sich zu ihren Gunsten aus. Mark hatte ihr bereits ein Flugticket gebucht und den besten Strafverteidiger Spaniens ausfindig gemacht. Er hatte den Mann überredet, von Madrid nach Sevilla zu reisen und sich am Nachmittag des folgenden Tages mit Jennifer zu treffen. Es war noch zu früh, um Marks Kontakt im Außenministerium anzurufen, doch er versicherte seiner Frau, es so bald wie möglich zu tun.

Jennifer ging duschen. Aus irgendeinem Grund musste sie daran denken, wie sie mit Emma schwanger gewesen war. Sie erwartete ihr erstes Kind und bezog alle nur denkbaren Probleme voller Sorge auf sich: Was wenn sie in eine Wochenbettdepression verfiel oder keine Bindung zu dem Baby aufbauen konnte? Folgenschwere Entscheidungen standen an: Krippe oder Tagesmutter, Hausfrauendasein oder Schauspielkarriere? Sie hatte sich vor den Schmerzen gefürchtet und dennoch auf eine natürliche Geburt bestanden, ohne PDA und andere Betäubungsmittel. Und dann tat es tatsächlich höllisch weh. Sie erinnerte sich daran, wie sie Marks Hand fast zerquetscht hätte, wie sie gepresst und gepresst und schließlich doch um Lachgas gebeten hatte (»zu spät«, sagte der Arzt), bevor Emma explosionsartig auf die Welt kam. Alle Bedenken verflogen, als die Krankenschwester ihr das Baby in den Arm legte. Jennifer betrachtete ihre Tochter, zählte Finger und Zehen, bestaunte das kleine Wunder, das sie selbst hervorgebracht hatte, und wurde geradezu überwältigt von grimmiger Liebe und dem Wunsch, dieses kleine Wesen zu beschützen. Sie spürte eine chemische Verbindung aus Blut und Schmerzen, und sie wusste, sie würde dieses Kind niemals im Stich lassen. Bis alles sich eingespielt hatte, dauerte es eine Weile, aber eigentlich war das der Moment gewesen, in dem ihr altes Leben endete und ein neues begann.

Mark nicht auszuschließen fiel ihr schwer. Auf einmal interessierte sie sich nur noch für das Baby. Sie wollte, dass alles perfekt war, und sie wollte über jedes Detail allein bestimmen. Sie zögerte, ihrem Mann eine Aufgabe zu überlassen – sie selbst wollte die Kleider auswählen, die die Kleine trug, ihre Tränen trocknen, sie in den Schlaf wiegen, obwohl sie wusste, dass es verkehrt war, Mark in eine Nebenrolle zu drängen. Es war nicht gut für ihre Ehe und für seine Beziehung zu dem Kind, außerdem machte sie es ihm damit noch schwerer, ihr die dringend benötigte Hilfe und Unterstützung zukommen zu lassen. Sie versuchte, ihn miteinzubeziehen, aber irgendwann ging er wieder arbeiten, während sie zu Hause blieb und zum Mittelpunkt der Familie wurde. Als die anderen Kinder kamen, lief es ähnlich – mehr noch, ein Muster hatte sich etabliert, in das alle hineinrutschten. Mark war damit beschäftigt, in seiner Kanzlei zum Teilhaber gemacht zu werden, er ging viel auf Dienstreisen und machte Überstunden; irgendjemand musste zu Hause die Führung übernehmen. Jennifer dachte, er wäre froh, dass sie ihm den Rücken freihielt. Er spielte mit den Kindern, äußerte, wenn er gefragt wurde, seine Meinung, nahm an den von Jennifer organisierten Ausflügen und Geburtstagspartys teil. Die Kinder liebten ihren Vater, und Jennifer war stolz darauf. Er war so beständig wie der Mond, doch in ihrem kleinen Familienuniversum war sie, Jennifer, die Sonne.

Sie zog sich hastig an und schloss gerade die Reisetasche, als das Telefon klingelte. Sie erkannte auf dem Display, dass der Anruf aus Spanien kam, und ging sofort ran.

»Hallo«, hörte sie eine ferne Frauenstimme, die sehr amerikanisch klang. »Könnte ich bitte mit Mr oder Mrs Lewis sprechen?«

»Ich bin Mrs Lewis.« Jennifers Stimme klang gepresst, sie war plötzlich außer Atem.

»Mein Name ist Julia Zimmerman. Ich bin eine Freundin von Emma und nehme so wie sie an dem Princeton-Austauschprogramm in Sevilla teil.« Die junge Frau zögerte.

»Ja?«, sagte Jennifer.

»Ich weiß ja nicht, ob es Emma gelungen ist, Sie zu erreichen, aber sie steckt in großen Schwierigkeiten. Ich wollte nur sichergehen, dass Sie das wissen.«

Jennifer holte tief Luft. »Ja, wir wissen Bescheid. Sie hat heute Nacht von einer Polizeiwache angerufen.«

»Oh, das ist gut«, sagte Julia Zimmerman. »Es ist nämlich so … sie möchte, dass Sie sofort nach Spanien kommen, außerdem braucht sie einen guten Anwalt. Die Polizei verhört gerade alle Zeugen, und die Leute sagen schlimme Sachen über Emma.

Ich weiß, dass sie zu so etwas niemals fähig wäre. Ich wünschte bloß, Paco wäre noch da.«

»Paco?«

»Ihr Freund. Sie war gestern Abend mit ihm zusammen, bevor das alles passiert ist. In einer Bar. Sicher könnte er sie entlasten, aber niemand weiß, wo er steckt.«

»Ihr Freund?«

Julia hielt verdutzt inne. »Oh, das tut mir leid. Ich dachte, Sie wüssten es. Sie haben zusammengewohnt. Na ja, zeitweise.«

Jennifer biss sich auf die Oberlippe.

»Ich muss jetzt auflegen, Mrs Lewis. Es tut mir leid, aber die Polizei hat mir verboten, mit irgendwem zu sprechen. Ich möchte keinen Ärger bekommen.«

»Julia – bitte warten Sie. Was für schlimme Sachen sagen die Leute? Wer sind ›die‹? Wer wurde ermordet? Was hat Emma damit zu tun?«

»Tut mir leid, ich kann am Telefon nicht darüber reden. Vielleicht können wir uns treffen, wenn Sie hier sind? Ich maile Ihnen meine Nummer.«

»Wann passt es denn am besten?«, wollte Jennifer fragen, doch da hatte Julia schon aufgelegt.

Während der gesamten acht Monate, die Emma nun schon in Spanien war, hatte sie Jennifer täglich mehrfach geschrieben, aber einen Freund namens Paco hatte sie nie erwähnt.

Jennifer wandte sich wieder den Reisevorbereitungen zu. Ihre Gedanken rasten. Sie beschloss, Mark nichts zu sagen. Wozu ihn unnötig beunruhigen? Jennifer machte sich auf den Weg zum Supermarkt, um einen letzten Großeinkauf für Mark und die Kinder zu erledigen, sie holte Bargeld vom Automaten, suchte ihren Reisepass heraus und regelte alles Weitere. Dann rief sie ein Taxi und ließ sich zum Flughafen fahren. Morgen würde sie mehr wissen.

# Kapitel 2

Nachdem sie für den 21-Uhr-Flug eingecheckt hatte, blieben Jennifer noch zwei Stunden Zeit. Sie rief zu Hause an. Aricelli meldete sich, ihre Haushaltshilfe. Mark musste gewusst haben, dass er sich verspäten würde, deswegen hatte er Aricelli einbestellt. Lily würde sich darüber aufregen – sie fand, sie war viel zu erwachsen, um noch von einem Babysitter beaufsichtigt zu werden. Dabei war bislang kein Verlass auf sie gewesen. Sie schaffte es nie, sich rechtzeitig von ihren Endlostelefonaten loszureißen oder darauf zu achten, dass Eric etwas zu Abend aß und nicht allzu spät ins Bett ging. Jennifer spürte die Enttäuschung in sich aufwallen, bemühte sich jedoch schnell, sie im Keim zu ersticken. Sie rief Mark auf seinem Handy an, er meldete sich nicht, sie hinterließ ihm mit kühler, fester Stimme eine Nachricht.

»Mark, eben habe ich zu Hause angerufen und mit Verwunderung festgestellt, dass du noch nicht wieder da bist. Ausgerechnet an einem Tag wie heute! Ich bin am Flughafen. Boarding ist in einer Stunde. Bitte melde dich, und bitte fahr jetzt nach Hause. Oh, und vergiss bitte nicht, dass Eric morgen nach der Schule zum Fußballtraining muss. Er braucht seinen Ball und das Trikot, beides liegt im Sportschrank, oberstes Regal. Bitte pack die Sachen in seinen Rucksack, damit er sie nicht vergisst. Falls ich dich vor dem Abflug nicht mehr erreiche, sprechen wir uns morgen.«

Mark rief nicht zurück. Jennifer stieg ein, und gerade als sie es sich auf ihrem Platz bequem machen wollte, klingelte ihr

Handy. Mark. Sie ignorierte den Anruf und schaltete das Handy aus. Wieder musste sie an Emma denken, wie sie allein und sicherlich vollkommen verängstigt im Gefängnis saß. Schon fühlte sich der Schmerz vertraut an. Mutter zu sein bedeutete, in Geiselhaft zu sein, außer dass es keine Hoffnung auf Befreiung gab – vermutlich nicht einmal, wenn die eigenen Kinder erwachsen und selbst Eltern waren.

Jennifers Gedanken umkreisten all die Banalitäten, die noch einen Tag zuvor wie dringende Probleme ausgesehen hatten: Eric musste für ein Sachkundeprojekt einen Vulkan aus Pappmaché basteln; sie selbst müsste *Fiesta* zu Ende lesen, um Lily bei ihrem Schulaufsatz zu helfen. Diese ganze Sache, dieser nächtliche Anruf war doch absurd. Lächerlich. Wahrscheinlich hatte sich bis zu ihrer Ankunft in Spanien alles in Wohlgefallen aufgelöst; dennoch, es war gut, dass sie hinfuhr, Emma musste außer sich sein vor Angst. Was für ein Horror für das arme Kind.

Der Getränkewagen hielt neben ihr, Jennifer bestellte einen Scotch und verdrängte jeden Gedanken an die zittrige, heisere Stimme ihrer Tochter. Normalerweise mochte Jennifer keinen Whisky, sie bevorzugte Wein, doch nun nahm sie einen Schluck, verzog das Gesicht und spürte das warme Brennen in der Kehle. Sie trank gleich noch mal.

Wie stolz sie gewesen war, als Emma in Princeton angenommen wurde und vergangenen Sommer dann einen Praktikumsplatz beim Internationalen Rettungskomitee ergatterte. Was für ein Glück das Kind gehabt hatte. Jennifer hatte bei einer Dinnerparty eine Frau kennengelernt, die im Vorstand der Flüchtlingsorganisation saß, und ihr erzählt, wie aufgeweckt und fleißig ihre Tochter sei. Emma durfte zum Vorstellungsgespräch und bekam danach die Stelle. Was sonst?

Als sie Mark davon erzählte, hatte er gesagt: »Falls ich wiedergeboren werde, möchte ich als dein Kind zur Welt kommen.« Worauf Jennifer nur meinte, sie sei seine Frau, ob das denn nicht reiche? Er lachte nur.

Jennifer trank einen weiteren Schluck Scotch. Dieser ging leichter runter.

Emma hatte sich immer schon für soziale Gerechtigkeit engagiert. An der Highschool hatte sie ehrenamtlich beim Innocence Project mitgearbeitet, denn selbstverständlich war sie der Überzeugung, dass fast alle Strafgefangenen zu Unrecht einsaßen. Bittere Ironie des Schicksals, dass ausgerechnet sie nun fälschlicherweise unter Verdacht stand, ein Verbrechen begangen zu haben.

Nach einer unruhigen Nacht, zerknittert, übermüdet und mit schlechtem Atem stieg Jennifer in Madrid aus dem Flugzeug, passierte die Zollkontrolle und begab sich ins Terminal für Inlandsflüge, um die Weiterreise nach Sevilla anzutreten. Nach der Landung in Sevilla fragte sie sich zur Gepäckausgabe durch, wo ein Mann ein Schild mit ihrem Namen in die Höhe hielt. Er war Anfang dreißig und trug eine schwarze Lederjacke. Jennifer sah, dass er von einem vertrauenswürdig aussehenden Mann um die fünfzig mit graumeliertem Haar, maßgeschneidertem dunkelblauen Anzug, hellblauem Hemd und rot-blau gemusterter Krawatte begleitet wurde.

»Mrs Lewis?«

Sie nickte.

»Mein Name ist José Sancho Gomez. Ich bin Strafverteidiger und wurde beauftragt, Sie in den Angelegenheiten Ihrer Tochter zu beraten«, sagte er in akzentfreiem Englisch, das höchstens aufgrund seiner steifen Förmlichkeit ein wenig befremdlich klang.

»Danke, dass Sie gekommen sind. Ich hatte gehofft, gleich zu Emma gehen zu können. Vielleicht wird sie gegen Kaution freigelassen?«

»Ich glaube, es wäre das Beste, wenn wir uns zunächst in

Ruhe unterhalten.« Er bot an, ihr Handgepäck zu tragen, und Jennifer übergab es ihm. Der Fahrer kümmerte sich um die Tasche. »Die spanischen Gesetze sind anders als die amerikanischen«, erklärte der Anwalt auf dem Weg zum Ausgang. »Bei Mord wird nur in Ausnahmefällen eine Kaution festgesetzt. Emma wurde nicht offiziell verhaftet und auch nicht angeklagt. Die Polizei darf sie nur zweiundsiebzig Stunden festhalten. Wenn bis dahin keine Beweise für ihre Schuld vorliegen, muss sie freigelassen werden. Möglicherweise ist in zwei Tagen alles überstanden.«

»O Gott sei Dank. Wann kann ich zu ihr? Sie muss wissen, dass ich hier bin.«

»Ich verstehe. Wir fahren gleich ins Polizeipräsidium, Sie werden sie sehen. Ich war bereits dort, es geht ihr gut. Im Moment wird sie erneut befragt, was bedeutet, dass Sie erst später zu ihr gelassen werden. Wir sollten die Zeit nutzen, um die Lage zu klären. Ich komme aus Madrid und unterhalte hier in Sevilla keine eigenen Büroräume, doch wir können die Kanzlei eines Kollegen nutzen.«

Sie hatten den Ausgang des Flughafens erreicht. Der Fahrer setzte Jennifers Tasche ab und machte sich auf den Weg, das Auto zu holen.

»Aber sollten Sie nicht dabei sein, wenn sie verhört wird?«, fragte Jennifer.

»Ja, selbstverständlich braucht sie einen Anwalt. Mein Kollege ist bei ihr. Er stammt aus Sevilla und kennt den Staatsanwalt sowie den zuständigen Richter persönlich. Es ist besser, wenn er das übernimmt.« Ein schwarzer Peugeot hielt am Bordstein, José ging darauf zu und öffnete die Tür für Jennifer.

Während der fünfzehnminütigen Fahrt in die Stadt sprach sie kein Wort, sie war viel zu sehr mit ihren eigenen Gedanken und Sorgen beschäftigt. José dagegen hörte nicht auf, über die Sehenswürdigkeiten zu sprechen, gerade so, als wäre sie eine

Touristin. Sein Geplauder irritierte sie, und sie versuchte, es auszublenden. Im Stadtzentrum warf sie einen Blick aus dem Fenster. Sie war noch nie in Sevilla gewesen, begriff aber auf Anhieb, warum Emma diese Stadt so liebte. Sie war atemberaubend schön. Dass die Sonne die gotische Kathedrale in ein weißgoldenes Licht tauchte, deutete Jennifer als gutes Omen. Dennoch, sie nahm sich vor, auf der Hut zu sein.

Vor der für diese Jahreszeit ungewöhnlichen Hitze und Schwüle gab es allerdings kein Entkommen. Jennifer war froh, mehrere Schichten übereinanderzutragen, und zog ihre leichte Baumwolljacke aus.

An der Puente de San Telmo überquerten sie den Fluss, passierten die Plaza de Cuba und hielten vor dem Haus Nummer 66 in der Calle Sanchez del Aguila, einem gepflegten, vierstöckigen Gebäude. Beim Eintreten bemerkte Jennifer das Messingschild neben der Tür: ABOGADOS. »Das bedeutet ›Rechtsanwälte‹. Wir müssen in den zweiten Stock«, erklärte José und rief den Aufzug. »Sie würden natürlich dritter Stock dazu sagen. Anders als in den USA wird das Erdgeschoss in Spanien nicht mitgezählt.«

Im Aufzug wurde es eng; er war für höchstens drei Personen ausgelegt und schon für zwei fast zu klein. Der Flur im zweiten Stock war schmal und dunkel, nur wenig Licht fiel durch die bleiverglasten Fenster knapp unterhalb der Decke. Die Kanzlei selbst war jedoch überraschend heimelig: Ein breiter Mahagonischreibtisch nahm den größten Raum ein, daneben zwei schwarze Ledersessel und ein kleines Sofa, an den Wänden hingen mehrere Stiche des mittelalterlichen Sevilla. José nahm am Schreibtisch Platz, Jennifer ihm gegenüber. Er bot ihr einen Tee an, doch sie lehnte ab. Er zog eine Schachtel Zigaretten aus der Tasche und fragte sie, ob es sie störe, wenn er rauche. Es störte sie, doch sie verneinte.

»Was ist Ihnen über den Fall bekannt?«, fragte er.

»Nichts. Meine Tochter hat uns mitten in der Nacht angerufen und gesagt, sie stecke in Schwierigkeiten. Sie war auf einer Party. Sie glaubt, dass sie mit Haschisch versetzte Brownies gegessen hat, und irgendwie stand sie am Ende als Mordverdächtige da. Wir werden alles tun, um ihr zu helfen. Wir wollen, dass sie nach Hause kommt.«

»Ihr Mann ist nicht hier?«

»Er kommt bald nach.«

José nickte. »Lassen Sie mich erklären, was wir bislang in Erfahrung bringen konnten.« Er überflog einige Dokumente, wie um seine Erinnerung aufzufrischen, lehnte sich dann zurück und richtete den Blick zur Zimmerdecke. »In den frühen Morgenstunden des fünfundzwanzigsten April wählte Ihre Tochter den Notruf 0-9-1. Das war am Dienstag, dem letzten Tag unserer alljährlichen *feria*, wenn die Leute auf der Straße sind und feiern. Sie hat geweint und war angeblich kaum zu verstehen. Sie hat darum gebeten, dass Polizisten zu ihrer Wohnung kommen, und zwar so schnell wie möglich. Als man sie fragte, was passiert sei, antwortete sie, jemand sei gestorben.«

Er hielt inne und beugte sich vor, um abermals einen Blick auf die Papiere zu werfen.

»Bitte, sprechen Sie weiter«, drängte Jennifer.

»Die Polizisten fuhren hin und fanden Emma auf einem Stuhl in einer Ecke vor. Ihr Blick war glasig, offenbar stand sie unter Schock. Am Boden lag ein junger Mann in einer Blutlache, ein Student aus Almería. Er wies zahlreiche Stichverletzungen an Armen, Brust und Hals auf. Er war tot.«

»O Gott, mein armes Baby!«

Der Anwalt sah sie an. »Nun ja. Das Mitgefühl der Polizisten galt zunächst dem jungen Mann.«

»Oh, natürlich, es tut mir leid. Ich bin nur … Ich versuche zu verstehen, wie meine Tochter in diese Lage geraten konnte.«

»Sie hat ausgesagt, der junge Mann habe sie vergewaltigen

wollen. Sie wurde sofort zur Untersuchung ins Krankenhaus gebracht. Die Ärzte konnten keinerlei Spuren von körperlicher Gewalt feststellen. Die gynäkologische Untersuchung verweigerte sie. Das war keine weise Entscheidung, denn obwohl sie dazu nicht verpflichtet war, macht es keinen guten Eindruck und erweckt Argwohn. Anschließend wurde Ihre Tochter zur Vernehmung aufs Revier gebracht. In Spanien darf niemand ohne Anwalt länger als acht Stunden festgehalten werden, aber Sie dürfen nicht vergessen, dass Emma mitten in der Nacht in Gewahrsam genommen wurde. Sie kann auch auf einen Anwalt verzichten, und ich vermute, dass diesbezüglich Druck auf sie ausgeübt wurde. Das läuft in den USA auch nicht anders. Sicher hat man sie gefragt, ob ein Anwalt denn unbedingt nötig sei, wo sie doch nichts zu verbergen habe.

Wissen Sie, nach einer Nacht in der Zelle fangen die meisten zu reden an. Die Räumlichkeiten sind dunkel und verdreckt, man ist auf engstem Raum mit fremden Leuten eingesperrt, das Essen ist furchtbar, und wenn man auf die Toilette möchte, begleitet einen der Beamte bis an die Kloschüssel. Und manche von denen wirken ziemlich bedrohlich. Ich hatte einmal einen Fall, da hat der Ermittler eine junge Zeugin angebrüllt und bei jedem Wort mit der Faust auf den Tisch geschlagen, er hat sich vor ihr aufgebaut, um sie einzuschüchtern. Er wollte sie dazu bringen auszupacken – *cantar La Traviata*, wie wir so schön sagen. Bei Ihnen heißt das, glaube ich, singen wie ein Kanarienvogel. Zum Glück bin ich gerade noch rechtzeitig hinzugekommen und konnte sie davon abhalten.«

Sie war verunsichert, wollte sich aber nicht ablenken lassen, deswegen hakte sie nach. »Bitte, was genau hat Emma der Polizei gesagt?«

»Dass sie in einer Bar gewesen sei und ein paar Bier getrunken und Brownies gegessen habe, die offensichtlich mit Haschisch versetzt waren. Sie sei allein nach Hause gegangen. Als sie schon fast ihre Wohnung erreicht hatte, tauchte ein Fremder auf. Er zog ein Messer und zwang sie in die Wohnung, warf sie aufs Bett und versuchte, sie zu vergewaltigen. Sie hat sich gewehrt und geschrien.«

Jennifer schnappte nach Luft und schlug sich eine Hand vor den Mund.

»Es tut mir leid«, sagte José. »Ich weiß, wie schwer das für Sie als Mutter sein muss. Aber es wird noch schlimmer ... Sie müssen jetzt stark sein.« Er öffnete einen Schrank, schenkte ein Glas Sherry ein und bot es ihr an, doch Jennifer winkte ab. Er leerte das Glas in einem Zug.

»Bitte, sprechen Sie weiter«, sagte Jennifer. José kehrte an den Schreibtisch zurück und warf einen Blick in die Akte.

»Sie behauptet, ein Passant habe ihre Schreie gehört und die Tür zu ihrer Erdgeschosswohnung eingetreten. Es war nicht abgeschlossen. Er rang den Angreifer nieder und erstach ihn in Notwehr. Emma könnte als Zeugin aussagen, der Mann würde wohl kaum verurteilt werden, doch der Unbekannte – die Zeitungen nennen ihn bereits *el buen samaritano*, den guten Samariter – erklärte ihr, er sei Algerier und halte sich illegal in Spanien auf. Er könne sich keinesfalls der Polizei stellen. Der Mann suchte das Weite und ließ Emma allein mit dem erstochenen Jungen in der Wohnung zurück. Sie hat sofort die Polizei gerufen.«

»Warum wird sie überhaupt festgehalten? Sie ist ein Opfer, keine Kriminelle!«

»Die Polizei ist wohl der Ansicht, das müsse erst noch bewiesen werden. Sie ist die wichtigste Zeugin und noch dazu Amerikanerin, es besteht also Fluchtgefahr. Nach dem Algerier wird noch gefahndet. Spätestens morgen wird das ganze Land ihn suchen.«

»Wie geht es Emma? Warum wurde sie befragt, wenn sie unter Schock steht?«

»Ich habe sie heute Morgen kurz gesehen. Sie hält sich tapfer, unter diesen Umständen. Ich glaube, sie wurde nicht sofort verhört. Man hat lediglich eine erste Zeugenaussage aufgenommen. Die Befragung heute wird intensiver ausfallen.«

»Wann kann ich zu ihr? Besteht die Möglichkeit, sie vor Ablauf der zweiundsiebzig Stunden aus dem Gefängnis zu holen?«

»Wir werden sehen. Alles hängt von den Indizien ab. Schlimmstenfalls wird sie doch noch angeklagt. Am Tatort wurden Spuren gesichert, und ein Pathologe hat die Leiche bereits untersucht.«

»Dann kommt sie vor ein Geschworenengericht?«

»In Spanien haben wir keine Geschworenen. Diese Funktion übernimmt ein Richter – in diesem Fall Señor Ramón Delgado, der zuständige Amtsrichter. Er wird die Verteidigung, die Staatsanwaltschaft und die Hauptverdächtige anhören und dann entscheiden, ob die Klage zugelassen wird.«

»Eine einzige Person trifft die Entscheidung? Auf welcher Grundlage?«

Der Anwalt antwortete im nüchternen Ton eines Juraprofessors. »Der Richter überprüft die Berichte vom Tatort, die Untersuchungsergebnisse der beiden Pathologen – in Spanien müssen zwei Experten unabhängig voneinander den Leichnam begutachten – und die Verhörprotokolle. Er kann zudem weitere polizeiliche Ermittlungen anordnen, nach Zeugen fahnden lassen, Freunde und Kollegen befragen. Auf Grundlage dieser Informationen fällt er seine Entscheidung.«

Jennifer wünschte sich, Mark wäre bei ihr. Er würde das alles verstehen, sie hingegen hatte Probleme, dem Vortrag zu folgen und sich gleichzeitig Notizen für später zu machen, wenn sie mit Mark sprach.

»Es ist von großer Wichtigkeit, Ihre Tochter in diesem frühen Stadium von allen Vorwürfen zu entlasten«, fuhr José fort. »In Spanien kommt, ich sagte es bereits, bei Mord niemand auf Kaution frei. Und von der Anklage bis zur Verhandlung können gut und gerne zwei bis vier Jahre verstreichen. Falls sie angeklagt wird, muss Ihre Tochter bis zum Prozess in Haft bleiben.«

Jennifer schnappte nach Luft. »Wie kann das sein? Was, wenn jemand unschuldig ist? Dann muss er zwei oder sogar vier Jahre einsitzen und auf eine Verhandlung warten?«

Er nickte. Jennifer war nicht die erste Amerikanerin, der er den Sachverhalt erläutern musste; die Begründung leuchtete ihm mehr ein als ihr. »Die Ermittlungen vor der Klageerhebung werden sehr sorgfältig geführt«, sagte er. »Ich werde Sie über jede neue Entwicklung auf dem Laufenden halten.«

Jennifer nickte andeutungsweise und versuchte aufzustehen. Sie wollte Emma sehen.

»Noch etwas«, sagte José und hob die Hand. »Die Polizei fahndet nach einem gewissen Paco Romero; nach Aussage mehrerer Zeugen handelt es sich um den Freund Ihrer Tochter. Sie streitet ab zu wissen, wo er sich aufhält. Vielleicht sagt sie die Wahrheit. Ich möchte nicht unterstellen, dass sie lügt, aber falls Sie sie davon überzeugen können, voll und ganz mit der Polizei zusammenzuarbeiten, wird das einen günstigen Einfluss auf den Ausgang der Ermittlungen haben.«

»Selbstverständlich wird sie mit der Polizei zusammenarbeiten«, sagte Jennifer kühl und erhob sich.

Der Anwalt warf einen Blick auf die Uhr. »Wir können jetzt zu Emma fahren. Wir sollten Präsenz zeigen.«

# Kapitel 3

Auf der Wache machte José Jennifer mit Fernando Molina bekannt, dem Kriminalbeamten, der die Ermittlungen leitete. Fernando war um die fünfzig, braungebrannt und von schlanker, muskulöser Statur. Er hatte ein kantiges Kinn, schwarzes Haar und ungewöhnlich helle blaue Augen. Er sprach leise, wirkte aber dennoch autoritär, beinahe furchteinflößend. Jennifer traf auch Raul Gonzalez, den Anwalt aus Sevilla, der Emma zum Verhör begleitet hatte.

»Wann kann ich zu meiner Tochter?«, fragte Jennifer.

*»Cuando puede ver a sua hija?«*, fragte José den Kriminalbeamten.

»Die Befragung ist vorläufig beendet«, wandte Fernando sich an Jennifer. »Sie kommt gleich.« Er trat an den Empfangstresen und sprach kurz mit einem Polizisten. »Sicher machen Sie sich große Sorgen, aber in einem Mordfall ist das die übliche Vorgehensweise.«

»Warum wird sie denn überhaupt festgehalten? Sie ist hier das Opfer.«

»Nun, sie ist am Leben, nicht wahr? Und nicht alle Details ihrer Geschichte passen zusammen. Außerdem ist sie Ausländerin. Was hält sie davon ab, ins nächste Flugzeug zu steigen und in die USA zurückzukehren?«

»Wenn Sie ihr nichts vorzuwerfen haben, hält sie allerdings nichts davon ab«, sagte José.

»Stimmt. Folglich wollen wir sicherstellen, dass nichts gegen sie vorliegt.«

»Bitte«, sagte Jennifer mit Tränen in den Augen, »ich will zu meiner Tochter.«

»Natürlich.« Fernando führte sie zu einem Wartezimmer, das als Besucherraum diente. Hier gab es nur einen alten Holztisch, um den ein paar orange Plastikstühle herumstanden.

»Warten Sie hier, *por favor*.«

Es fühlte sich wie Stunden an, doch nach vierzig Minuten betrat Emma endlich den Raum. Sie trug Handschellen und ging sehr langsam. Das lange braune Haar, es hatte dieselbe Farbe wie das ihrer Mutter, war strähnig und ungewaschen und ihr Gesicht blass, doch ihre Augen leuchteten in einem atemberaubenden Türkis. Sie wirkte müde und weinerlich, machte aber keine Anstalten, zu ihrer Mutter zu laufen und sich umarmen zu lassen. Störrisch starrte sie zu Boden.

»Mom«, sagte sie dann ganz leise, schloss die Augen und seufzte. »Danke, dass du gekommen bist.«

Jennifer stürzte auf sie zu und umarmte sie. »Natürlich, mein Schatz. Ich bin da. Daddy kommt auch, sobald er kann. Wir lieben dich.« Sie drückte ihre Tochter fest an sich, und obwohl Emma sich nicht wehrte, spürte Jennifer, wie sie sich versteifte.

Jennifer drehte sich zu José um. »Wieso trägt sie Handschellen? Können Sie fragen, ob das wirklich notwendig ist?«

José sagte etwas auf Spanisch, woraufhin ein Beamter Emma die Handschellen abnahm. Emma schüttelte die Hände und rieb sich die Handgelenke, ohne den Blick von ihrer Mutter abzuwenden.

»Sobald er kann?«

»Er muss warten, bis Granny und Pops bei Lily und Eric sind.«

»Und noch ein bisschen arbeiten?«

»Es geht nicht anders, Emma. Wir brauchen das Geld, jetzt ganz besonders.«

Emma schluckte und wich einen Schritt zurück. »Ach ja«, sagte sie knapp.

Sie wandte sich an José und fragte in scharfem Ton, wann sie entlassen werde. *»Cuando puedo irme? No puedo soportarlo más.«* Sie drehte sich zu Jennifer um. »Ich muss hier raus. Ich habe nichts zu essen gekriegt. Ich kann nicht schlafen. Die haben mich die ganze Nacht verhört, ohne Pause. Ich kann nicht mehr denken.« Sie setzte sich an den Tisch. Ihre Mutter nahm sofort neben ihr Platz.

»Die ganze Nacht?«, fragte sie. Sie blickte zu José auf. »Sie meinten doch, man würde lediglich eine erste Aussage aufnehmen?«

»So sollte es sein. Emma, haben Sie irgendwann auch ohne Beisein von Raul mit der Polizei geredet?«

»Ja. Zu Anfang, ja. Ich hatte Angst, und ich hatte nicht genau verstanden, was die eigentlich von mir wollten. Die haben so schnell geredet und so laut, und es gab keinen Übersetzer.«

»Was haben Sie gesagt?«

»Nichts. Nur das, was ich Ihnen heute Morgen erzählt habe. Mehr gibt es nicht. Die haben aber trotzdem nicht aufgehört, und irgendwann war ich ganz durcheinander.«

»Was haben sie gefragt?«

Emma zuckte die Achseln, sie wirkte erschöpft. »Ich weiß nicht. Alles. Ich sollte den Typen beschreiben, der mich gerettet hat. Wie er aussah, welche Schuhe er getragen hat. Als hätte ich darauf geachtet! Alles ging so schnell, und ich hatte solche Angst, ich kann mich nicht mehr an viel erinnern. Aber ich habe versucht, alles zu erzählen, was ich weiß.«

»Emma, ab jetzt werden Sie mit keinem Polizisten, Psychologen, Arzt oder Richter sprechen, solange Raul oder ich nicht dabei sind. *Nada. Comprende?*«

*»Sí«*, gab Emma kleinlaut zurück.

Jennifer griff nach Emmas Hand, doch Emma zog sie weg. »Wir klären das auf, Schätzchen, du wirst schon sehen. Alles wird gut.«

»Mom, bitte. Du denkst immer, alles würde gut. Das hier ist aber kein Spiel. Jemand ist tot. Ich war dabei. Red nicht so daher, wenn du nicht weißt, wovon du sprichst.« Sie bemerkte die verletzte Miene ihrer Mutter und Josés konsterniertes Gesicht und fügte in sanfterem Ton hinzu: »Es tut mir leid, es fällt mir einfach nur sehr schwer, ruhig zu bleiben. Ich drehe fast durch.«

Jennifer wandte sich an José. »Gibt es eine Möglichkeit, das hier zu beschleunigen?«

»Ich weiß es nicht. Ich werde mit dem zuständigen Richter sprechen und herausfinden, was er vorhat. Noch steht nicht fest, ob es überhaupt zu einer Anklage kommt.«

»Was wirft man ihr denn vor? Doch ganz bestimmt nicht, ihn ermordet zu haben?«

Gerade, als sie das sagte, kam Fernando herein.

»Das glauben wir in der Tat nicht, Señora. Ehrlich gesagt haben wir gerade die vorläufigen Analysen vom Tatort und den Bericht eines der beiden Pathologen erhalten. Er bestätigt, dass sie nicht … wie sagen Sie« – er tat so, als ramme er etwas in die Luft – »das Messer gestochen hat.«

»Dass sie nicht zugestochen hat«, sagte José.

»*Sí*, zugestochen«, wiederholte er langsam. »Wie auch immer, wir wissen nicht, wer es war. Wir suchen nach dem mysteriösen Retter. Wir werden den Reisepass Ihrer Tochter einbehalten, ansonsten kann sie gehen.«

Unglaublich erleichtert unterzeichneten sie einige Papiere und verließen die Wache. Sie waren bereits auf dem Weg zu Emmas Wohnung, als diese sagte, sie wolle sie nie wieder betreten. Jennifer zögerte, doch José bestand darauf – Emma müsse ihm genau beschreiben, was dort passiert sei. Während der Fahrt verwandelten sich die pittoresken Kopfsteinpflastergassen in schlecht instand gehaltene Straßen. Die Lage von Emmas Wohnung – für die ihre Eltern immerhin die Miete bezahlt hatten – entsprach in keinerlei Hinsicht Jennifers Vorstellung. Ursprünglich hatte Emma ein Zimmer bei einer Familie in einer guten Wohngegend gehabt. Der Plan war gewesen, dass sie ihr Spanisch verbesserte und die Mutter der Familie für sie kochte und ihre Wäsche wusch. Doch nach zwei Monaten hatte Emma ihren Eltern verkündet, dass es so nicht mehr gehe. Sie möge die Gasteltern nicht, sie seien altmodisch und streng, außerdem fühle sie sich isoliert, da keine ihrer Kommilitoninnen unter solchen Umständen lebte. Sie wolle in die Residencia Universitaria los Bermejales ziehen, die etwa vier Kilometer vom Stadtzentrum entfernt lag. Das Zimmer im Studentenwohnheim war zwar teuer, doch Emma erklärte ihren Eltern, dort sei es sicher, außerdem lebten alle ihre amerikanischen Freunde dort. Es gab eine direkte Busverbindung zur Universität. Jennifer und Mark hatten gezögert – sie hätten es lieber gesehen, dass ihre Tochter unter der Aufsicht von Erwachsenen stand –, doch sie wollten, dass sie glücklich war. Schließlich gaben sie nach und stockten den Unterhalt auf.

Aber nun führte Emma sie in eine heruntergekommene Gegend, zu einer tristen Dreizimmerwohnung im Erdgeschoss eines mit Graffiti verschmierten Wohngebäudes. Jennifer sah ihre Tochter schief an, doch Emma vermied jeden Blickkontakt. Die Polizei hatte die forensischen Untersuchungen abgeschlossen, das gelbe Absperrband an der Tür und den Fenstern war jedoch noch da. Emma holte den Schlüssel heraus, sie duckten sich unter der Absperrung hindurch, schlossen die Tür auf und traten ein.

»Ist das eine für Studenten geeignete Behausung?«, fragte Jennifer angewidert.

»Es ist billig«, murmelte Emma, »und mehr brauche ich nicht.«

Sie ging direkt ins Schlafzimmer und legte sich hin. Das Doppelbett war ungemacht, die Laken zerwühlt und am Fußende zusammengeschoben. Auf dem Boden neben dem Bett waren die mit Klebeband nachgezeichneten Umrisse eines menschlichen Körpers zu sehen. Die Fenster waren geschlossen, die Luft war warm und stickig. »Könnte ich für ein paar Minuten allein sein?«, fragte sie und schloss die Augen.

Jennifer und José setzten sich an den kleinen Tisch in der Küche, die mit einem Herd mit zwei Kochplatten und einem Miniaturkühlschrank eingerichtet war. Es gab keine Spüle, doch durch die geöffnete Tür des angrenzenden Badezimmers konnte Jennifer dreckiges Geschirr sehen, das sich im Waschbecken stapelte. Das beklemmende Gefühl wurde immer schlimmer. Sie wünschte, Mark wäre hier. Ganz offensichtlich hatte Emma sie, was ihre Wohnverhältnisse anging, belogen. Nun, vielleicht ließe sich das irgendwie erklären, abgesehen davon schien es im Moment wirklich nicht ihr größtes Problem zu sein. Doch Emmas Launen gaben Jennifer Anlass zur Beunruhigung. Natürlich hatte sie damit gerechnet, ihre Tochter aufgewühlt anzutreffen, vielleicht sogar in einem Schockzustand. Dennoch hätte sie sich gewünscht, Emma würde sich freuen, sie zu sehen, Kraft aus ihrer Anwesenheit ziehen und sich trösten lassen, so wie früher. Stattdessen schien Emma geradezu wütend auf sie zu sein. Wahrscheinlich reißt sie sich krampfhaft zusammen, dachte Jennifer, denn sobald sie sich erlaubt, Gefühle zu zeigen oder Schwäche, könnte sie zu weinen anfangen und nie wieder aufhören.

Jennifer öffnete das Fenster und schaltete den Ventilator ein. Sie holte ein Glas aus dem Waschbecken, spülte es und füllte es mit kaltem Wasser. Dann klopfte sie an die Schlafzimmertür, und obwohl sie keine Antwort bekam, trat sie ein.

»Du musst jetzt rauskommen, Emma«, sagte sie und bot ihrer Tochter das Wasser an. Emma trank einen Schluck und murmelte sogar ein leises Dankeschön; die Gewohnheit siegte über ihre Stimmung. Emma stand auf, ging widerwillig ins Wohnzimmer vor und ließ sich auf das Sofa mit dem verblichenen, verdreckten Bezug fallen. José kam dazu, Jennifer bot auch ihm ein Glas Wasser an. Sie nahm Platz. Eine kurze, bedrückende Stille legte sich auf den Raum.

»Nun, Emma«, sagte José leise. »Fangen wir ganz von vorn an. Erzählen Sie uns noch einmal, was passiert ist.«

# Kapitel 4

Mark hatte ein Zimmer im Alfonso XIII reserviert, dem ältesten und schönsten Hotel der Stadt, und José bot Jennifer und Emma an, sie hinzufahren. Jennifer schlug vor, dass Emma ein paar Sachen mitnahm. Emma gehorchte, packte den Inhalt ihrer Schubladen in einer Reisetasche und stopfte noch ein paar in der Wohnung verteilte Gegenstände dazu. Als sie aus dem Auto stiegen, erinnerte José sie noch einmal daran, ihn sofort zu kontaktieren, falls die Polizei sich bei ihnen meldete.

Das Hotel war prunkvoll auf eine altmodische, europäische Art. Unter anderen Umständen hätte Jennifer es geliebt. Nun aber hatte sie kaum einen Blick für die andalusischen Mosaiken in der Lobby und den Brunnen mit den verspielten arabischen Motiven. Sie hörten geduldig zu, wie der Portier sein Trinkgeld verdiente, indem er die Bedienung der Klimaanlage und die anderen Annehmlichkeiten des Hotels vorstellte. »Endlich«, sagte Jennifer, als er die Tür hinter sich zugezogen hatte. »Endlich allein.«

Emma war mürrisch. Kein Wunder, dachte Jennifer, aber es störte sie dennoch. Ihre Tochter wirkte beinahe aggressiv.

»Was kostet dieses Zimmer am Tag?«, fragte Emma und betrachtete missmutig die geblümten Vorhänge und passenden Bettbezüge, die weichen Teppiche, die hohen Decken, den aufwändigen Stuck.

»Das weiß ich nicht. Daddy hat es gebucht.«

»Tja, ich wette, es sind mindestens vierhundert Euro pro Nacht, mehr als die meisten Leute hier im Monat verdienen, wenn sie überhaupt zu den Glücklichen gehören, die einen Job haben. Es ist irgendwie dekadent, so viel Geld für ein Hotelzimmer auszugeben.«

Jennifer wollte antworten, besann sich dann aber eines Besseren.

Als Emma ihre Reisetasche und auch die ihrer Mutter an der Tür entdeckte, reagierte sie überrascht. »Bekomme ich kein eigenes Zimmer?«, fragte sie.

Jennifer konnte sich die sarkastische Antwort nicht verkneifen. »Nein, Schätzchen, das wäre, wie du schon gesagt hast, wirklich dekadent.«

Emma funkelte sie böse an. »Ist auch egal. Ich hätte einfach nur ein bisschen meine Ruhe gebraucht.«

Es war, dachte Jennifer, sicher nur ein Rückfall ins Teenageralter: der irrationale Wunsch nach Dingen, die sich nicht miteinander verbinden ließen. Emma hatte sich fast nie so widerspenstig aufgeführt, aber Jennifer hatte es oft bei den Töchtern ihrer Freundinnen beobachtet. Dennoch, sie fühlte sich überfordert und verlor langsam die Geduld.

»Nun, dann überleg dir einfach, wie lange eine arme Familie von dem Geld leben könnte, das wir für ein zweites Zimmer bezahlen müssten«, gab sie zurück. Emma sah sie böse an, woraufhin sie sich fasste und es anders versuchte. »Wir werden beide auf unseren kleinen Rückzugsraum verzichten müssen, Emma, und wir werden das Beste daraus machen, bis alles vorbei ist. Wir wissen nicht, wie lange es dauern wird, aber wir können uns nicht zwei Zimmer leisten. Du hast sehr deutlich gemacht, dass du nicht in diese Wohnung zurück möchtest, dafür hat jeder Verständnis.«

Emma setzte sich auf eines der Betten, suchte nach der Fernbedienung und schaltete den Fernseher ein.

Jennifer bat sie, ihn wieder auszuschalten. Emma gehorchte, wenn auch nicht ohne dramatisch zu seufzen. Schweigend saßen sie da. Schließlich fragte Jennifer: »Und, was machen wir jetzt?«

»Ich weiß nicht, was mit dir ist, aber ich muss schlafen«, antwortete Emma.

Natürlich, dachte Jennifer. Man hat sie die ganze Nacht befragt. Kein Wunder, dass sie sich so aufführt. Und auch Jennifer war müde. Sie hatte im Flugzeug schlecht geschlafen. »Komm, wir legen uns hin«, schlug sie vor. Emma hatte bereits die Tagesdecke von ihrem Bett gezogen und sich unter der leichten Decke zusammengerollt. Ihre Augen waren geschlossen.

Jennifer war so verstört von Emmas Verhalten, dass sie überzeugt war, kein Auge zutun zu können, doch kaum hatte sie sich hingelegt, döste sie auch schon ein und wachte erst zwei Stunden später wieder auf. Emma fing an, sich zu regen. Jennifer fragte sie, ob sie etwas essen wolle.

Jennifer war viel zu hungrig, um sich auf die Suche nach einem Restaurant in der Nähe zu machen, und entschied sich trotz Emmas Protest – »das ist ein Laden für reiche Touristen, wahrscheinlich gibt es dort nicht einmal gutes Essen« – für das Hotelrestaurant. Nachdem sie etwas bestellt und gegessen hatten, schlug Jennifer vor, die freie Zeit zu nutzen und etwas zu unternehmen. »Wo ist deine Lieblingsboutique?«, fragte sie. »Lass uns shoppen gehen.«

Früher war es ihr liebstes Hobby gewesen, Emma hatte das Angebot kein einziges Mal ausgeschlagen, selbst zu jenen Zeiten nicht, als sie nur verblichene, zerschlissene Jeans und Flanellhemden von J. Crew tragen wollte. Bevor Emma nach Spanien geflogen war, hatten sie einen wunderbaren Shoppingtrip unternommen und Sommerkleidung eingekauft, leichte T-Shirts und Hosen, kurze Röcke und Kleider mit Spaghettiträgern. Jennifer war heimlich noch einmal zu Emmas Lieblingsladen in der Germantown Avenue zurückgegangen und hatte die 500-Dollar-Lederjacke von Andrew Marc besorgt, die Emma unbedingt hatte haben wollen und die Jennifer anfangs zu teuer gewesen war. Sie versteckte die Jacke und holte sie erst heraus, als Emma sich auf den Weg zum Flughafen machte. Es war ihr Abschiedsgeschenk. Emma hatte die Arme begeistert um Jennifer geschlungen.

»O danke, Mom, du bist die Beste«, hatte sie gerufen. »Du weißt immer, was ich brauche.«

Doch nach Shoppen war Emma jetzt anscheinend nicht zumute. Sie bedankte sich beiläufig bei ihrer Mutter und erklärte, sie brauche nichts.

»Vielleicht wäre es trotzdem eine gute Idee, Schätzchen. Falls du noch einmal zum Verhör musst, wäre es doch besser, seriös gekleidet zu sein. Das macht einen guten Eindruck. Wir sollten dir ein dem Anlass angemessenes Businessoutfit besorgen.«

»Angemessen?«, lachte Emma verbittert. »Angemessen für eine Mordverdächtige?«

»Emma, hör auf. Das ist nicht lustig. Was ist los mit dir? Ich erkenne dich kaum wieder.«

Emma zuckte die Achseln. »Wirklich nicht?«, fragte sie leise. »Ich dachte, du könntest mich verstehen.« Nach dieser kryptischen Bemerkung schien sich ihre Stimmung jedoch aufzuhellen.

»Wir sollten uns irgendwie ablenken«, schlug sie vor. »Wie wäre es mit Sightseeing? Ich könnte dich herumführen.«

Jennifer nahm den Vorschlag dankbar an, und sie verließen das Hotel. Draußen standen Palmen, und die Blumenrabatten auf der anderen Straßenseite der Calle San Fernando erfüllten die Luft mit dem süßlichen Duft von Oleander und Trompetenbäumen. Allein hier draußen zu stehen beruhigte Jennifer. Sie gingen zur Puerta de Jerez und schauten sich um. Jennifer wusste, dass sich die Universität ganz in der Nähe befand, und sie schlug Emma einen Abstecher vor, doch Emma hatte keine Lust. »Vielleicht ein andermal«, meinte sie. Jennifer war enttäuscht, ließ sich jedoch nichts anmerken. Sie fragte nach der Kathedrale. Von dort, wo sie standen, konnten sie die Giralda sehen.

»Das ist etwas für Touristen. Sicher ist es dort brechend voll. Da kannst du auch ohne mich hingehen. Du solltest eine Führung machen«, sagte Emma.

»In Ordnung. Wohin gehen wir dann?«, fragte Jennifer.

»Nach Triana«, antwortete Emma prompt. »Da treffen sich die Studenten. Komm, ich zeige es dir.« Sie warf einen Blick auf ihre Armbanduhr. »Na ja, für spanische Verhältnisse ist es noch ein bisschen zu früh. Vielleicht sollten wir uns vorher doch noch die Kathedrale anschauen und dann zu Fuß über die Brücke nach Triana laufen. Hast du Lust auf einen Spaziergang?«

Jennifer hatte Lust, und so zogen sie los. Als sie sich der Kathedrale näherten, war Jennifer von der Pracht ganz erschlagen – die massiven beigegoldenen Steine, das majestätische Eingangsportal mit den aufwendigen Schnitzereien, die Türmchen, die sich in den Himmel reckten. Emma erklärte, die Kirche sei ein Beispiel für die Verschmelzung von arabischer und christlicher Architektur. »Weißt du, die Sevillaner sind wirklich sehr stolz darauf, dass Muslime, Juden und Christen hier jahrhundertelang friedlich zusammengelebt haben«, sagte sie. »Die Inquisition verschweigen sie natürlich gern, aber das ist eine andere Geschichte«, fügte sie hinzu und zog dabei vielsagend die Augenbrauen hoch. »Jedenfalls war es so, dass zunächst die Araber das Sagen hatten und dann die Christen. Und in der Architektur spiegelt sich das wider. Die Giralda war früher einmal das Minarett einer Moschee. Dann wurde sie der Glockenturm der gotischen Kathedrale, die die Moschee ersetzte. Sie wurde zum Wahrzeichen der Stadt. Die Christen fügten ihre eigenen Symbole hinzu – kannst du die Lilien ganz oben erkennen?«

Jennifer sah Emma von der Seite an und empfand so etwas

wie Stolz. Ihre Tochter schien so viel zu wissen, sich so gut auszukennen. Sie folgte Emmas Blick in die Höhe und studierte die Giralda. Die Turmspitze erinnerte sie an eine Hochzeitstorte aus zwei quadratischen Etagen, gekrönt von schlanken Zylindern und einer goldenen Kuppel.

»Siehst du die Frauengestalt, Mom?«, fragte Emma. »Die ist aus Bronze und bewegt sich, weil sie in Wahrheit ein Wetterhahn ist. Das bedeutet ›Giralda‹. Schon lustig, dass die Leute den Kirchturm nach einer Figur benannt haben, die nicht mal eine Heilige oder so etwas darstellt.«

Sie betraten die Kathedrale, Emma hörte nicht auf zu erklären, und Jennifer lauschte ihr voller Stolz. »Woher weißt du das alles?«, fragte sie.

Emma zuckte die Achseln. »Keine Ahnung. Am Anfang habe ich mich sehr für die Sehenswürdigkeiten der Stadt interessiert. Ich habe Reiseführer gelesen und mir alles angesehen.«

Als sie die Kathedrale besichtigt hatten, war Emma der Meinung, nun könnten sie so langsam nach Triana gehen. Jennifer brauchte dringend einen Kaffee und wollte sich ein wenig ausruhen. Sie legten eine Pause in einem Café ein.

Jennifer bestellte *café con leche* und Emma einen *cortado*. Sie erklärte ihrer Mutter, dass die Spanier Kaffee liebten und mindestens sechs Arten kannten, ihn zu trinken – so, wie die Eskimos mehr als ein Wort für Schnee haben, sagte sie lächelnd. Jennifer fasste neuen Mut. Sie lächelte zurück und streckte spontan die Hand aus, um ihrer Tochter eine Locke hinters Ohr zu streichen.

»Nun … du scheinst dich hier wirklich gut auszukennen. Hast du viele neue Freunde gefunden?«, fragte sie. »Triffst du dich mit den anderen amerikanischen Studenten?«

Emma versteifte sich, und plötzlich klang sie gequält. »Anfangs schon. Irgendwie ist es aber bescheuert, in ein fremdes Land zu gehen und sich dann zusammen mit anderen Amerikanern in eine Art Getto zurückzuziehen, findest du nicht auch? Ich wollte das Land kennenlernen, sehen, wie die Leute hier wirklich leben.«

Jennifer entging Emmas Widerspenstigkeit nicht, aber sie hielt sich zurück, tat so, als hätte sie nichts bemerkt.

»Das kann ich verstehen. Wie hast du es angestellt?«

»Es hat sich einfach so ergeben.« Emma hielt inne, als müsste sie überlegen, ob sie weitersprechen sollte. Dann sagte sie: »Ich habe jemanden kennengelernt. Er hat mir geholfen.«

Jennifer ließ sich Zeit. Sie trank einen Schluck Kaffee und fragte wie beiläufig: »Paco?«

Emma war sofort auf der Hut. »Woher weißt du von Paco?«, fragte sie misstrauisch. »Wer hat dir von ihm erzählt?«

Jennifer ruderte zurück. »Ich weiß gar nichts, Emma. Ich wollte nur ... na ja, kurz nachdem du angerufen und gesagt hast, dass du in Schwierigkeiten steckst, hat sich eine Freundin von dir bei uns gemeldet, ein Mädchen namens Julia. Sie hat gesagt, sie wünschte, dein Freund Paco wäre da. Niemand wisse, wo er steckt.«

Emma nickte.

»Ich wusste gar nicht, dass du einen Freund hast«, sagte Jennifer. »Willst du mir von ihm erzählen?«

»Nein«, kam es wie aus der Pistole geschossen, aber dann schien Emma sich zu fassen. »Ich meine, doch, natürlich, aber nicht jetzt.« Sie wirkte besorgt. »Wie nett von Julia, euch anzurufen«, murmelte sie. »Das hätte ich nicht gedacht.« Sie stand abrupt auf und sagte: »Lass uns gehen, okay? Ich kann nicht mehr sitzen.«

Der Fußmarsch nach Triana zog sich. Sie folgten breiten Boulevards, schmalen Kopfsteinpflasterstraßen und gewundenen Gassen bis zur Puente de Triana und überquerten den Fluss. Auf der anderen Seite der Brücke befand sich eine breite Treppe, die zu einem hübschen Platz mit öffentlichem Park, einer Kirche und vielen Restaurants hinaufführte. Das erste Straßenschild, das Jennifer ins Auge fiel, lautete Calle Rodrigo de Triana. »Dazu gibt es eine Geschichte«, sagte Emma. »Dieser Rodrigo war ein Begleiter von Kolumbus. Er war derjenige, der die neue Welt entdeckt hat. Er rief: *Tierra a la vista* – Land in Sicht – und wurde berühmt in alle Ewigkeit. Jedes spanische Schulkind kennt seinen Namen.«

Jennifer sah junge Leute auf den Stufen sitzen, sie lachten und plauderten, manche tranken Bier aus der Dose. Emma sah sich um – war sie nervös? Vielleicht hatte sie nach allem, was ihr zugestoßen war, Angst, ihren Freunden in die Arme zu laufen. Doch sie schien niemanden wiederzuerkennen, und niemand grüßte sie, auch wenn Jennifer zu sehen meinte, dass einige Leute sie anstarrten und – bildete sie es sich nur ein? – über sie tuschelten. Sie liefen eine Weile herum, bewunderten die Häuser, die Architektur, die Kirche. Als sie hungrig wurden, suchten sie sich ein Restaurant und setzten sich an einen Tisch im Freien. Emma bestellte *chopitos* – gegrillten Tintenfisch – als Vorspeise und danach *cazón en adobo*, frittierten Fisch, der in der Pappschale serviert wurde; die spanische Variante des englischen *fish and chips*. Der Duft von heißem Olivenöl und frischem Fisch hing in der Luft. Emma lächelte. Jennifer fühlte sich entspannt, beinahe glücklich. Fast konnte sie die schlechte Stimmung zwischen ihnen vergessen. Fast, nicht ganz.

Sie fing nicht wieder von Paco an. Emma plauderte ganz ungezwungen über die Touristenattraktionen von Sevilla oder ließ sich Geschichten von ihren Geschwistern und Freunden zu Hause erzählen; doch sobald Jennifer nach ihrem Leben in Spanien fragte, nach ihrem Freund oder der Nacht des Verbrechens, reagierte sie empfindlich und machte dicht. Jennifer führte dies auf den Schock zurück, den Emma erlitten hatte, hielt es für eine Art Selbstschutzmechanismus. Sie hoffte, dass es sich mit der Zeit geben würde, und bis dahin würde sie alle Gesprächsthemen meiden, die Emma verstörten. Stattdessen verlegte sie sich auf harmlose Konversation.

Sie fuhren mit dem Taxi zum Hotel zurück. Jennifer hoffte, dass sich am nächsten Morgen eine Gelegenheit ergeben würde, offen zu sprechen, jedoch veränderte sich die Stimmung in den folgenden Tagen kaum. Sie besichtigten die Stadt, aßen in Cafés und Restaurants, liefen herum und unterhielten sich über alles außer das eine Thema, das Jennifer wirklich interessierte.

Jeden Morgen kauften sie die Zeitung und entdeckten einen neuen Artikel über den Mordfall – auf den Titelseiten wurde der Unbekannte, den alle nur noch den guten Samariter nannten, aufgefordert, sich bei der Polizei zu melden. Bislang jedoch ohne Erfolg. Emma übersetzte und las ihrer Mutter laut vor. Obwohl Emmas Spanisch nicht perfekt war, verstand sie die meisten Einzelheiten. Die Polizei hatte dem Mann Asyl in Spanien angeboten, sollte er als Zeuge aussagen, doch bislang war er nicht aufgetaucht. »Sicher traut er der Polizei nicht«, sagte Emma. »Würde ich an seiner Stelle auch nicht. Du?«

Einmal kam es zu einer kurzen Auseinandersetzung, als Jennifer offen zugab, wie sehr es sie störte, dass Emma so getan hatte, als würde sie im Studentenwohnheim leben, wo sie doch eigentlich in einem Slum gelandet war. »Du hattest genug Geld – was hast du damit gemacht?«, fragte Jennifer. Emma wurde wütend und sagte, es sei ja so typisch für ihre Mutter; ihr ginge es immer nur um Banalitäten und um materielle Dinge. Mehr hatte sie zu dem Thema nicht zu sagen.

Jennifer rief Mark täglich an, sie sprach mit den Kindern, mailte mit Lily hin und her und ließ sich über ihre Freundinnen und Hausaufgaben und sonstigen Aktivitäten auf dem Laufenden halten. Dennoch erschien ihr das Leben daheim immer ferner und fremder. Sie war in erster Linie mit Warten beschäftigt. Dann eines Tages, Jennifer wollte sich gerade einreden, das Schweigen der Polizei könne nur bedeuten, dass Beweise für

Emmas Version der Geschichte aufgetaucht und andere Verdächtige ins Visier der Ermittlungen gerückt waren, erhielt sie einen Anruf von José.

Nachdem sie die üblichen Höflichkeiten ausgetauscht hatten, sagte er: »Es tut mir leid, aber ich habe schlechte Nachrichten für Sie.«

Jennifers Magen krampfte sich zusammen, während sie angestrengt lauschte. »Die Polizei hat mich wissen lassen, dass Emma erneut zum Verhör vorgeladen wird. Offenbar hat sie widersprüchliche Angaben gemacht, die geklärt werden müssen. Ich glaube, es geht um die Mordwaffe, angeblich wurde sie gefunden. Bereiten Sie Emma behutsam darauf vor. Und rufen Sie mich an, sobald sie abgeholt wird.«

# Kapitel 5

Jennifer war überrascht und leicht überfordert, als die Polizei am selben Abend um halb acht vor der Tür stand. An die spanischen Zeiten würde sie sich niemals gewöhnen. Die Spanier schienen nicht so zwischen Tag und Nacht zu unterscheiden, wie die Amerikaner es taten. Sie rief sofort José an, der ihr versicherte, er und Raul kämen sofort aufs Revier. Dass beide Anwälte sich auf den Weg machen würden, beunruhigte Jennifer nur noch mehr. Und auch Emma wirkte sehr nervös. Natürlich, was sonst – wer wäre das in ihrer Lage nicht? Und diese ständige Fragerei machte alles nur noch schlimmer. Jennifer schärfte Emma ein, nicht auszusagen, bis José oder Raul dazugekommen waren.

Als sie das Polizeipräsidium erreichten, begleitete ein Beamter Jennifer in den Warteraum, den sie bereits kannte, dann führte er Emma davon. Im Hinausgehen warf Emma ihrer Mutter einen beinahe vorwurfsvollen Blick über die Schulter zu, als fühle sie sich im Stich gelassen, als sei ihre Welt eingestürzt und als könnte nur Jennifer es richten. Jennifer folgte ihr hilflos mit Blicken. Nun konnte sie nichts weiter tun als zu warten.

Sie griff zu einer spanischen Zeitung, die jemand auf einem Stuhl liegen gelassen hatte, und entdeckte mit Schrecken ein Foto von Emma auf der Titelseite. Die Schlagzeile konnte sie nicht verstehen, nur die Wörter *buen samaritano*. Sie vermutete, dass der Algerier wieder einmal aufgerufen wurde, sich zu stellen. Sie betrachtete das Foto. Es war dasselbe, mit dem Emma sich an der Universität von Sevilla beworben hatte. Traurig betrachtete Jennifer ihre geliebte Tochter, diese hübsche Brünette im Blümchenkleid, die stolz in die Kamera lächelte. Das Foto war am Abend ihres neunzehnten Geburtstags aufgenommen worden. Sie hatten das Kleid am selben Tag gekauft, es war teurer gewesen als geplant, doch Emma hatte sie angebettelt. Sie hatte es sich so sehr gewünscht und so wunderhübsch darin ausgesehen, dass Jennifer es ihr nicht abschlagen konnte. Sie erinnerte sich genau, wie glücklich sie an jenem Abend gewesen waren, und ihr Herz schmerzte.

Sie wartete und ließ ihre Gedanken auf Wanderschaft gehen. Anscheinend gehörte es zum Schicksal einer Mutter, ständig irgendwo zu warten. Inzwischen war Jennifer gut darin geworden. Wenn sie alle Stunden zusammengerechnet hätte, wäre sie im Laufe der Jahre auf Hunderte gekommen – Ballettunterricht, Klavierunterricht, Kinderparlament, Fußball, Tennis. Als Emma noch zur Highschool ging, wartete Jennifer manchmal bis ein Uhr nachts, der vereinbarten Zeit, und manchmal noch länger, krank vor Sorge, bis Emma mit der einen oder anderen Entschuldigung zur Tür hereinspazierte. Jennifer hatte sie gebeten, wenigstens anzurufen, wenn sie sich verspätete, nur um ihrer Mutter die Sorge zu ersparen, doch Emma schien es jedes Mal aufs Neue zu vergessen. »Ruf mich an, hinterlass mir eine Nummer«, sagte Jennifer und schaute, wenn Emma zu spät kam, alle paar Minuten auf ihrem Handy nach. Sie wartete auf die Nachricht, die nie kam. Manchmal döste sie ein, wachte um halb zwei automatisch auf und schlich in Emmas Zimmer. Wenn Emma dann immer noch nicht zu Hause war, war an Schlaf nicht mehr zu denken. Jennifer weckte Mark auf, der murmelte, dass sicher alles in Ordnung sei und Jennifer schlafen solle, und dann drehte er sich wieder um. Doch natürlich konnte Jennifer nicht einschlafen, nicht, bevor sie den Schlüssel in der Tür hörte und ihre Angst erst der Erleichterung wich und dann der Wut auf ihre unzuverlässige Tochter.

Sobald es um ihre Kinder ging, wurde sie von unzähligen

Ängsten gequält, vom normalen Auf und Ab des Lebens – Liebeskummer, Schulversagen, Enttäuschung, Ablehnung – bis hin zu den wirklichen Gefahren: Krankheit, Autounfall, Gewaltverbrechen, Vergewaltigung, sogar Mord. Sie hatte Geschichten über verrückte Studenten gelesen, die nachts in Wohnheime eindrangen und alle Anwesenden erschossen, und der Gedanke, so etwas könnte einem ihrer Kinder zustoßen, raubte ihr tagelang den Schlaf. Niemals hätte sie gedacht, ihre Tochter könnte einer anderen Mutter solche Schmerzen zufügen. Sie wusste mit unerschütterlicher Gewissheit, dass Emma zu so etwas niemals fähig wäre.

Mark würde am nächsten Morgen eintreffen. Jennifer spürte, wie wichtig es für Emma war, ihn endlich zu sehen. Sie hatte es vermieden, ihre Tochter zu bedrängen, denn sie hatte gehofft, dass Emma sich freiwillig öffnen und ihr Herz ausschütten würde. Doch bis jetzt war nichts passiert. Es war an der Zeit, die Dinge voranzutreiben. Sicher hätte Emma Verständnis dafür. Es war eines ihrer Familienrituale, niemals im Streit zu Bett zu gehen. Sobald Emma wieder zu Hause wäre, würden sie essen gehen, eine Flasche Wein bestellen und in aller Ruhe ein ernstes Gespräch führen.

Schließlich wurde Emma in den Warteraum zurückgebracht. Sie wirkte blass und verängstigt. José, Raul und Fernando, der Kriminalpolizist, begleiteten sie. Fernando schüttelte Jennifers Hand und erklärte ihr, Emma könne gehen, dürfe jedoch Sevilla nicht verlassen.

Sie suchten sich ein Restaurant in der Nähe des Reviers und wählten einen Tisch im Hinterhof. Es war fast elf Uhr abends, und den spanischen Gepflogenheiten entsprechend begann das Restaurant, sich langsam zu füllen. Die ersten Fragen sprudelten aus Jennifer heraus, noch bevor sie Platz genommen hatten.

»Wie war's? Was wollten sie von dir wissen? Was hast du geantwortet?«

»Sie haben mir immer wieder dieselben Fragen gestellt.«

»Was für Fragen?«

»Was ist passiert? Wann? In welcher Reihenfolge? Solche Sachen.«

»An mehr kannst du dich nicht erinnern? Gab es irgendwelche Einzelheiten, die besonders wichtig schienen?«

Emma schüttelte langsam den Kopf. »Ich weiß es nicht, Mom. Ich bin müde. Ich bin durcheinander.«

»Denk nach, Emma. Es ist wichtig.« Jennifer legte eine Hand auf Emmas Arm.

Emma zog einen Schmollmund und riss ihre Hand weg. »Bitte, Mom, hör auf, mich zu verhören. Gib mir etwas Zeit, okay?«

Sie folgten der Kellnerin zu ihrem Tisch und nahmen Platz. Jennifer bestellte eine Flasche Rioja und biss sich auf die Zunge, während Emma die Speisekarte übersetzte. Emma entschied sich für Shrimps in Knoblauchsauce und ein spanisches Omelett, Jennifer wählte Schinken als Vorspeise und anschließend die Seezunge. *»Gambas al ajillo y tortilla española aquí«*, sagte Emma, *»y jamón serrano y filete de lenguado para mi madre.«* Wieder einmal war Jennifer beeindruckt, wie flüssig und selbstsicher ihre Tochter sich ausdrückte. Jennifer war herbeigeeilt, um Emma zu retten, doch nun schien es zum ersten Mal so, als wäre Emma diejenige, die sich abgenabelt und alles unter Kontrolle hatte.

»Dein Spanisch ist wirklich gut«, sagte Jennifer.

»Eigentlich nicht. Aber ich gebe mir Mühe.«

Schweigen.

»Sieh mal, wie voll es geworden ist«, sagte Jennifer. »Es ist elf Uhr. Wann schlafen diese Leute eigentlich?«

»Sie sind es gewohnt«, sagte Emma.

»Aber müssen die morgens nicht zur Arbeit? Ich meine, es kann doch nicht gesund sein, mit vollem Magen ins Bett zu gehen.«

Emmas Gesichtsausdruck verriet ihren Ärger. »Mom, du bist so *amerikanisch*.«

»Ja, das bin ich wohl …« Jennifer nippte an ihrem Wein. Sie stocherte im Schinken herum, merkte zu spät, dass sie gar keinen Hunger hatte. Sie saßen in betretenem Schweigen da, bis die Kellnerin Jennifers vollen Vorspeisenteller abräumte und mit gequälter Miene fragte, ob ihr das Essen nicht schmecke. Jennifer verstand nicht, und wieder musste Emma übersetzen und sagen, ihre Mutter liebe das Essen, fühle sich aber nicht wohl. Die Kellnerin zog sich enttäuscht zurück, Jennifer beugte sich vor.

»Emma, was ist los? Ich habe mich sofort auf den Weg gemacht. Ich bin gekommen, um dir zu helfen, aber ich kann dir nicht helfen, wenn du nicht mit mir sprichst. Bist du wütend auf mich? Stimmt etwas nicht?«

Emma seufzte. Sie klang sehr müde. »Ich bin nicht wütend. Ich bin froh, dass du da bist. Ich habe mich bei dir bedankt. Es war das Erste, was ich zu dir gesagt habe.«

»Ich weiß. Aber du benimmst dich, als wäre etwas nicht in Ordnung.«

»Etwas *ist* nicht in Ordnung, Mom.« Emmas Wut kochte hoch. »Ich wurde beinahe vergewaltigt. In meiner Wohnung wurde ein Mann erstochen. Die Polizei glaubt mir nicht. Kannst du dir vorstellen, wie sich das anfühlt? Und obendrein scheinen die zu glauben, *ich* hätte es getan. Ich weiß nicht mehr, was ich tun oder sagen oder fühlen soll.« Sie hielt inne und sprach dann leise weiter, wie zu sich selbst. »Ich glaube, ich bin irgendwie abgestumpft. Ich möchte nicht mehr reden müssen. Ich möchte einfach nur meine Ruhe. Du denkst immer, man könnte alles lösen, indem man drüber redet, aber vielleicht ist es manchmal einfach besser, die Dinge auf sich beruhen zu lassen.«

»Das hier können wir nicht auf sich beruhen lassen. Du bist in einen Mordfall verwickelt. Vielleicht musst du ins Gefängnis. Wir müssen dich da rausholen. Später, wenn wir wieder zu Hause sind, werden wir jemanden finden, der dir hilft, das Ganze zu verarbeiten.«

»Diese Art von Hilfe brauche ich nicht. Ich glaube, meine Reaktion ist völlig normal.«

»Ja, natürlich. Was ich nicht verstehe: Du brauchst Trost, willst aber nicht, dass ich dich tröste. Du machst dich steif, wenn ich dich umarmen will. Es ist, als würdest du mir die Schuld an allem geben.«

Emma seufzte abermals und schüttelte müde den Kopf. »Ich gebe dir keine Schuld, Mom. Es tut mir leid.« Ganz offenbar war sie am Ende ihrer Kräfte. »Kannst du nicht einsehen, dass es hier nicht um dich geht? Ich kann mir jetzt keine Gedanken um deine Gefühle machen. Ich hab schon genug mit mir selbst zu tun. Wenn du mir helfen willst, solltest du mich unterstützen.«

»Das will dich doch, aber nicht nur mit Anwälten, sondern auch emotional. Wir müssen José helfen, deine Verteidigung vorzubereiten.«

Emma schlug die Augen nieder. Als sie Jennifer wieder ansah, war ihr Blick weicher. »Sieh mal, du warst die Erste, an die ich gedacht habe, als das alles losging. Ich dachte, ich will nur zu meiner Mutter. Aber dann bist du gekommen, und ich habe gesehen, wie du dich für mich geschämt hast. Du wirst es jetzt abstreiten, aber ich kenne dich zu gut. Dein Gesicht hat dich verraten, deine Körpersprache, alles, was du gesagt und getan hast. Und das hilft mir nicht. Es macht es nur noch schlimmer.«

Jennifer war schockiert. »Ich schäme mich nicht. Da gibt es nichts, für das man sich schämen müsste. Dass du dich schämst, ist nicht richtig. Du bist unschuldig. Was hat das mit Scham zu tun?«

Emma schüttelte langsam den Kopf. »Du kannst es einfach nicht lassen, oder?« Sie sprach in ernstem Ton und beugte sich vor, damit nur Jennifer sie hören konnte. »Mom, ich glaube, du verstehst es einfach nicht. Du hast dein ganzes Leben unter einer Glasglocke verbracht. Und ich auch – dafür hast du gesorgt, ich weiß, du wolltest nur mein Bestes –, aber als ich nach Spanien kam, habe ich erkannt, wie verwöhnt wir sind, wie vielen Leuten es schlecht geht, und da fühlte ich mich moralisch verpflichtet zu helfen. Weißt du, wie hoch die Arbeitslosenquote in diesem Land ist? Fünfundzwanzig Prozent. Keiner von den jungen Leuten, die ich kenne, Leute in meinem Alter, haben eine Hoffnung darauf, in ihrer Heimat einen Job zu finden, und die meisten Eltern sind ebenfalls arbeitslos und brauchen Unterstützung. Und was ist mit den Einwanderern? Ganz besonders den Nordafrikanern, deren Familien alles geopfert haben, damit sie herkommen können, und dann finden sie keine Arbeit und begegnen überall Vorurteilen.«

Diese Tirade über das Leid der Armen klang so jung, so naiv, so *teeniemäßig*, sie war völlig ohne Bezug zu der realen Gefahr, in der Emma möglicherweise schwebte. Das musste Jennifer sich in Erinnerung rufen, andernfalls hätte sie die Beherrschung verloren.

»Ich weiß«, sagte sie in bemüht verständnisvollem Ton. »Es ist schrecklich. Aber was hat das mit dir und deinem Leben zu tun? Du kannst niemandem helfen, wenn du die nächsten fünfundzwanzig Jahre in einem spanischen Gefängnis verbringst, und falls sich dieser Algerier nicht bald meldet und dein Freund nicht wieder auftaucht, könnte es durchaus so kommen.«

Emma schüttelte entnervt den Kopf. »Siehst du? Du nennst ihn ›diesen Algerier‹ – er ist ein anständiger Mensch, der mich vor einer Vergewaltigung gerettet hat. Natürlich wird er sich nicht melden. Er würde sofort abgeschoben, und seine Familie würde verhungern.«

»Die Polizisten haben doch gesagt, sie würden ihm helfen, eine Aufenthaltsgenehmigung zu bekommen.«

»Darüber haben wir schon geredet. Ich habe dir erklärt, dass sie auf keinen Fall Wort halten. Wie kannst du nur so naiv sein?«

Als Jennifer keine Antwort gab, fuhr Emma fort: »Und warum fängst du immer wieder mit Paco an? Er hat mit dem Ganzen nichts zu tun. Ob er zurückkommt oder nicht, ist egal.«

Jennifers Frustration war größer als ihre Vorsicht. »Ich weiß gar nicht, wie du auf so etwas kommst. Was wollten die Polizisten bei der Vernehmung denn hören? Doch ganz sicher nicht deine Meinung zu Armut und sozialer Ungerechtigkeit.«

»Danke, Mom. Sarkasmus ist genau das, was ich jetzt brauche.«

»Ganz offensichtlich hast du keine Ahnung, was du jetzt brauchst, aber ich kann dir verraten, dass wir ein paar Entscheidungen treffen müssen, und zwar schnell. Morgen früh kommt Dad. Wir treffen uns in Rauls Kanzlei. Wenn du unsere Hilfe möchtest – und wir wollen nichts lieber, als dir zu helfen –, musst du mit uns zusammenarbeiten und aufhören, uns zu belehren.«

Emma reagierte nicht. Sie leerte ihr Weinglas, schenkte sich nach und trank. »Ich bin einfach nicht mehr dieselbe wie früher.«

Jennifer seufzte. »Emma, du bist gerade einmal seit acht Monaten hier.«

»Ich weiß.« Ihre Stimme verriet Gereiztheit. »Wenn du willst, dass ich mit dir rede, solltest du das, was ich sage, nicht als kindisch abtun, okay?«

»Okay. Du hast recht. Es tut mir leid.«

Emma beugte sich vor und sprach in ernstem Ton. »Ich habe so viel hier begriffen. Du warst schockiert, als du meine Wohnung gesehen hast.«

Jennifer wollte widersprechen.

»Streite es nicht ab. Ich habe dein Gesicht gesehen. Du hast mich gefragt, warum ich nicht in der Residencia wohne. Nun, diese Wohnung ist immer noch besser als alles, was die meisten Leute sich hier leisten können. Wie könnte ich in einer schicken, ausbeuterischen Oberschichtenresidenz für reiche Ausländer wohnen, wenn ich weiß, wie die anderen leben müssen, wenn ich mich in jemanden verliebt habe, der aus armen Verhältnissen stammt? Ich habe das Geld gebraucht, um ihm zu helfen, und er hat anderen damit geholfen – den Arbeitslosen in seinem Heimatdorf, die kein Geld für Lebensmittel haben. Ich schäme mich nicht dafür, aber ich wusste, du würdest mich dafür verurteilen. Ich werde mein Leben der Aufgabe widmen, Menschen zu helfen, die nicht für sich selbst kämpfen können. Ich weiß, vom Gefängnis aus kann ich das nicht tun, aber diese ganzen Vorwürfe sind ohnehin so verrückt, dass ich sie nicht ernst nehmen kann. Ich bin hier das Opfer, nicht die Kriminelle.«

Jennifer zwang sich, ruhig zu bleiben. »Liebling, das weiß ich doch. Nur deswegen bin ich hier.« Sie hielt inne; sie fand zu der alten Vertrautheit zurück, mit der sie früher mit ihrer Tochter geredet hatte. »Glaubst du wirklich, dass du diesen Mann liebst?«

»Ich glaube es nicht, Mom. Ich weiß es.«

Jennifer seufzte. Sie wusste, sie bewegte sich auf dünnem Eis. »Tja, vielleicht kannst du mir später mehr über ihn erzählen.«

»Ja. Vielleicht.«

»Aber weißt du, du solltest nicht so vorschnell festlegen, was ich verurteile und was nicht.«

Emma wollte sie unterbrechen, doch Jennifer sprach weiter. »Wie dem auch sei, das ist jetzt nicht wichtig. Im Moment ist mein einziger Wunsch, dich von einem Verhalten abzuhalten, das dich für die nächsten Jahre ins Gefängnis bringen wird, unabhängig von allem, was du getan oder nicht getan hast. Im besten Fall bist du die einzige Augenzeugin eines Mordes, und sicher haben die Polizisten dir verraten, dass von deinem guten

Samariter immer noch jede Spur fehlt. Ohne ihn wird es schwierig werden, deine Geschichte zu beweisen. José meinte, man habe die Mordwaffe gefunden. Was ist passiert? Was wollten die Ermittler von dir?«

»Darum ging's die ganze Zeit. Wieder und wieder und wieder. Ob ich sicher sei, dass dieser Mann ein Messer hatte. Ob ich es gesehen habe. Wie es aussah. Die glauben mir nicht, das merke ich doch. Aber wenn sie keine Beweise haben, die meine Version stützen, dann haben sie auch keine, die sie widerlegen. Was sie glauben, ist egal; sie brauchen Beweise. Paco kennt sich aus mit der Polizei.«

»Paco? Hast du mit ihm gesprochen? Warum ist er nicht hier?«

Emma erschrak. »Nein. Habe ich nicht«, sagte sie hastig, »und ich weiß auch nicht, wo er steckt, aber er wird zurückkommen, sobald er davon erfährt, und dann wird er mir zur Seite stehen.«

»Emma, jeder Mensch in diesem Land hat mittlerweile davon erfahren. Dein Vater ist Anwalt. Und wir haben dir einen der besten Strafverteidiger Spaniens besorgt. Wir werden dir zur Seite stehen.«

Emma hatte genug gehört. »Ja. Klar. Wie dem auch sei, ich bin müde. Ich will jetzt schlafen.« Sie trank einen letzten Schluck Wein und machte Anstalten aufzustehen, doch Jennifer hielt sie zurück.

»Einen Moment noch«, sagte sie. »Was soll das heißen, Paco kennt sich aus mit der Polizei? Ist er Anwalt?«

Emma lachte verächtlich. »Nein, er ist kein Anwalt, Mom.«

»Polizist?«

»Nein. Nein. Nein. Nichts davon, nichts, was du oder Dad verstehen würdet. Das habe ich gemeint. Er kennt sich aus, weil er der Polizei aus dem Weg geht, und er geht ihr aus dem Weg, weil er im Gefängnis war und weiß, wie es dort zugeht«, platzte sie mit einem gewissen Stolz heraus und starrte ihre Mutter kampflustig an.

Nun war es heraus. Jennifer nickte langsam und bedächtig und wiederholte mit ruhiger Stimme: »Er war im Gefängnis? Warum?«

»Wegen nichts. Ich habe keine Ahnung. Vermutlich Ruhestörung. Er ist ein politischer Aktivist. Deswegen hassen sie ihn. Er ist brillant. Er kommt aus einer wirklich armen Familie. Sein Vater ist Marokkaner, und seine Mutter stammt aus einem kleinen Dorf in der Nähe von Granada.«

»Wo hast du ihn kennengelernt?«

»An der Uni.« Emma stand auf. »Lass uns gehen. Ich brauche jetzt wirklich ein bisschen Schlaf, wenn ich Dad morgen früh unter die Augen treten soll.«

»Unter die Augen treten? Er kommt, um dir zu helfen, Emma.«

»Klar, weiß ich doch. Los, wir gehen.« Sie drehte sich abrupt um, und Jennifer stand hastig auf.

»Emma, ich muss noch bezahlen. Warte.«

*»La cuenta, por favor«*, rief Emma der Kellnerin zu. Es waren ihre letzten Worte für diesen Abend.

# Kapitel 6

Jennifer und Emma saßen bereits in Rauls Kanzlei und tranken Espresso, als Mark eintraf. Er hatte die Morgenausgabe des *Diario de Sevilla* dabei, die er am Flughafen gekauft hatte, aber nicht lesen konnte, weil er kein Spanisch sprach. Wieder prangte ein Foto von Emma auf der Titelseite, diesmal ein Schnappschuss, den vermutlich einer ihrer Freunde gemacht hatte. Sie saß auf den Stufen an der Triana-Brücke, umgeben von anderen lachenden Studenten, und flirtete mit dem Fotografen. Sie sah wunderschön aus, jung und sehr glücklich.

Jennifer stand auf, um Mark zu begrüßen, und sie umarmten einander herzlich. Sie stellte ihm José vor, dessen Hand er schüttelte. Emma hielt sich zurück, sie wirkte beschämt, als sie zu ihm ging und sich in die Arme schließen ließ. Nachdem er sie gedrückt hatte, schob ihr Vater sie auf Armeslänge von sich, um sie in Augenschein zu nehmen.

»Liebling, wie geht es dir? Wie schlägst du dich?«, fragte er.

»Ganz gut, Dad.« Ihre Stimme war fest, ein bisschen distanziert. »Unter diesen Umständen wollte ich dir Sevilla nicht zeigen. Es tut mir leid.«

»Vergiss es. Wir konzentrieren uns jetzt darauf, dich hier rauszuholen.«

Er drehte sich zum Anwalt um, warf die Zeitung auf den Schreibtisch. »Wie ich sehe, stürzt sich die Lokalzeitung auf die Geschichte. Was steht da?«

»Ich habe es auch schon gelesen. In erster Linie bitten sie den guten Samariter, sich endlich zu offenbaren. Sie schildern noch einmal Emmas Geschichte und bieten ihm eine Belohnung an dafür, dass er sich meldet. Außerdem lockt die Zeitung damit, seine Anwaltskosten zu übernehmen. Insgesamt schadet die Kampagne uns nicht, und wer weiß« – er zuckte die Achseln, schloss kurz die Augen und hob die Hände in die Höhe – »vielleicht ermutigt es den Mann, sich den Behörden zu stellen.«

»Das glaube ich kaum«, sagte Emma.

»Wir werden sehen«, murmelte José. Er bot Mark einen Platz an und holte ihm einen Espresso.

»Was mir Sorgen macht, ist die Geschichte weiter hinten«, sagte Emma. »Haben Sie den Artikel über den Mann gelesen, der mich vergewaltigen wollte?«

»Sie meinen das Mordopfer«, sagte José.

Emma antwortete nicht.

»Ich habe ihn gelesen«, sagte er. »Der Reporter hat Dutzende von Mitstudenten und Freunden befragt, die überzeugt sind, dass der Junge niemals zu so einer Tat fähig gewesen wäre. Er war ein guter Student, und alle sind der Meinung, dass er sich Frauen gegenüber immer respektvoll verhalten hat. Sie können nicht glauben, dass er eine Frau mit vorgehaltenem Messer in ihre Wohnung gedrängt haben soll, um sie zu vergewaltigen.«

»Nun, genau das hat er getan. Dann haben sie sich wohl alle in ihm getäuscht«, gab Emma zurück. »Ich meine, was sollen seine Freunde sonst sagen?«

Mark beugte sich vor und legte eine Hand auf Emmas Arm. »Beruhige dich, Schätzchen«, sagte er. Er trank einen Schluck Kaffee und wandte sich an José. »Wir brauchen jemanden, der auf unserer Seite ermittelt – der mit den Studenten redet, die die Polizei befragt hat, und auch mit jenen Leuten, die nicht mit der Polizei reden wollten. Kennen Sie so jemanden?«

José bejahte; der Mann sei ihm gleich in den Sinn gekommen, als Jennifer zum ersten Mal von einem Privatdetektiv gesprochen habe. Es handele sich um einen ehemaligen Polizisten mit tadellosen Arbeitszeugnissen und guten Verbindungen zu den Behörden. Mark fragte, warum er den Dienst quittiert habe, und José erklärte, der Detektiv sei geschieden und nicht mehr in der Lage gewesen, von einem Polizistengehalt zwei Haushalte zu finanzieren – als Selbstständiger verdiene er einfach mehr Geld. Mark nickte und nahm eine Visitenkarte entgegen.

»Da wäre noch etwas«, sagte José. »Die Zeitung behauptet, es gebe keine Hinweise darauf, dass Rodrigo Pérez – das Opfer«, ergänzte er, als er Marks fragendes Gesicht sah, »ein Klappmesser bei sich trug. Jeder, der ihn kannte, hält es für ausgeschlossen, dass er überhaupt eines besaß. Offenbar war er gegen jede Art von Waffengewalt. Er machte Karate, zur Selbstverteidigung, ist aber nicht über den Anfängergürtel hinausgekommen.« Er sah Emma an, doch ihr Gesicht verriet keinerlei Regung.

Sie zuckte die Achseln. »Ich kannte ihn nicht. Ich weiß nur, dass er an dem Abend ein Messer bei sich hatte.«

Mark wandte sich wieder an José. »Sie haben Jennifer gesagt, die Mordwaffe sei gefunden worden?«

José durchquerte den Raum, um sich einen zweiten Kaffee einzuschenken. »Ja, angeblich«, sagte er langsam. Er wirkte betreten. »Ehrlich gesagt stellt das ein ernstes Problem für uns dar.«

Mark rutschte unruhig auf seinem Sessel hin und her. Er suchte Jennifers Augen, und sie tauschten einen besorgten Blick aus. Er bat den Anwalt um eine Erklärung.

»Ein in der Küche gefundenes Messer passt zu den Stichverletzungen des Verstorbenen«, formulierte José umständlich. »Emma hat den Ermittlern gegenüber ausgesagt, der Eindringling habe sie mit einem Messer bedroht und in ihre Wohnung gezwungen. Doch wie es scheint, war das Messer bereits dort.«

»Woher will die Polizei das wissen?«

»Es gehört zu einem Messerset.«

»Wie kommen sie darauf, es könnte die Mordwaffe sein?«,

fragte Emma. »Ich meine, wie kommen sie darauf, es würde zu den Verletzungen passen?«

»Die Klinge ist geriffelt und entspricht den Wundrändern.«

»Gibt es Fingerabdrücke?«, fragte Mark.

»Nein. Offenbar wurde es gesäubert.«

»Gesäubert? Das ist eine Unterstellung. Vielleicht waren da einfach keine«, sagte Mark. Er drehte sich zu Emma um. »Emma. Bist du absolut sicher, dass Rodrigo Pérez das Messer schon hatte, als er dich in die Wohnung zwang?«

»Ja, ja, ja!«, schrie Emma. »Wie oft muss ich das noch sagen?« Ihre Augen füllten sich mit Tränen. »Glaubst du mir nicht, Daddy?«

»Schätzchen, ich bitte dich. Natürlich glaube ich dir. Ich glaube dir, dass du gedacht hast, er hätte ein Messer. Aber das bedeutet noch lange nicht, dass er eins hatte. Wenn ein Verbrechen geschieht, unter solch schrecklichen Umständen, lassen sich viele Augenzeugen und Opfer in ihrer Panik täuschen. Vielleicht hat er nur so getan, als wäre er bewaffnet.«

»Ich habe es an meinem Rücken gespürt.« Sie schlug die Hände vors Gesicht und rieb sich die Augen.

»Vielleicht waren es seine Finger oder sein Schlüsselbund. Vielleicht wollte er dich nur glauben machen, es wäre ein Messer. Du hattest Angst. Wäre das nicht denkbar?«

Emma hielt inne und dachte nach. »Ja, das könnte wohl sein«, sagte sie kleinlaut.

Jennifer atmete geräuschvoll aus. Sie warf Mark einen dankbaren Blick zu. Wie erleichtert sie war, ihn hier zu haben. Mark sah zu José hinüber, beide nickten.

»Aber woher hatte der Samariter das Messer?«, fragte José.

»Keine Ahnung«, sagte Emma. »Ich bin mir ziemlich sicher, dass der andere es zuerst hatte. Der Typ, der mir geholfen hat, musste es ihm abringen. Ich habe geschrien, sie sollten aufhören, aber er ist immer wieder auf ihn losgegangen, und zuletzt hat der Algerier ihn mit dem Messer abgewehrt. Ich glaube, der andere wollte es sich zurückholen und wurde dabei versehentlich verletzt. Ich weiß es nicht mehr genau … aber es war in jedem Fall Notwehr.« Emma hatte sich in Rage geredet, und nun drehte sie sich zu ihrem Vater um und brach in Tränen aus. »Ich kann nicht mehr, Daddy. Ich träume nachts davon und sehe das ganze Blut. Ich möchte nicht mehr darüber sprechen. Bitte.«

»Es ist genug für heute«, sagte José, und Mark umarmte Emma. Auch Jennifer stand auf, doch Emma schmiegte sich an ihren Vater. Jennifer war erleichtert, dass Emma sich trösten ließ, und gleichzeitig traurig, dass nicht sie die Trösterin war. Noch vor wenigen Monaten hatten sie sich so viel nähergestanden; immer wieder wurde ihr das jetzt schmerzlich bewusst. Emma hatte sie früher einmal bewundert, wollte werden so wie sie. In den Augen des Kindes war Jennifer perfekt gewesen. Sie dachte an die vielen Geburtstags- und Muttertagskarten für die »beste Mutter auf der ganzen Welt«. Als Teenager hatte Emma ihre Mutter einmal beim Ausziehen beobachtet und mit Sorge ihre weichen und leicht hängenden Brüste gesehen. »Glaubst du, mit mir stimmt etwas nicht?«, hatte sie gefragt. »Meine stehen so komisch nach oben.« Jennifer hatte lächelnd die straffe, jugendliche Gestalt ihrer Tochter betrachtet, sie war perfekt, was Jennifer auch aussprach; doch insgeheim war sie ganz gerührt von so viel Unschuld, geschmeichelt von so grenzenloser Bewunderung.

Nun, diese Tage waren definitiv vorbei, und sie redete sich ein, dass es besser so war. Doch wie war es so weit gekommen? Es erschien ein bisschen ungerecht. Die vielen Jahre der aufopferungsvollen Betreuung, der Ausreden für Daddy, der nicht immer zu Hause oder bei jeder Aufführung dabei sein konnte. Sie hatte ihn bewusst zum Helden gemacht, damit die Kinder ihn anhimmeln konnten, dabei hatte er ihr die Erziehung so gut wie ganz überlassen, war abgetaucht in seine Arbeit und sein Golfspiel und die Welt da draußen. Und nun war er derjenige, an dessen Schulter Emma sich ausweinte, nicht sie. Nicht sie. Sie schalt sich dafür, so kleinlich und nachtragend, ja sogar wütend zu sein, wo es doch jetzt nur darum ging, Emma den Trost zu spenden, den sie brauchte, und sie möglichst schnell nach Hause zu holen.

Als sie ihre Sachen zusammensuchten und auf dem Weg hinaus waren, nahm Mark José beiseite. »Hat man sie schon wegen des Messers befragt?«

»Ja. Gestern Abend.«

»Was hat sie gesagt?«

»Sie hat gesagt, sie habe das Messer hier in Sevilla gekauft. Sicherlich gibt es in der Stadt viele Leute, die das gleiche besitzen.«

Mark nickte und schüttelte Josés Hand, bedankte sich noch einmal für die Hilfe.

Sie fuhren direkt zum Hotel und buchten ein zweites Zimmer. Emma zog sich zurück, sie wollte sich ein wenig ausruhen. Jennifer und Mark bezogen das neue Zimmer.

»Und, was glaubst du?«, fragte Jennifer, sobald sie die Tür hinter sich geschlossen hatten.

»Ich weiß nicht. Ich mache mir Sorgen. Die Sache mit dem Messer ist nicht gut.«

»Solch ein Teil bekommt man an jeder Ecke. Der Kerl hätte es versteckt bei sich tragen können, um sich Einlass zu verschaffen, so wie Emma gesagt hat. Und wenn er, wie seine Freunde behaupten, kein Klappmesser besessen hatte, wäre es doch nur logisch, dass er eines aus der Küche benutzt.«

»Aber warum sollte ein netter junger Mann, ein guter Student noch dazu, plötzlich beschließen, ein Küchenmesser einzustecken und eine Studentin zu vergewaltigen? Das ergibt doch keinen Sinn.«

Jennifer hatte sich einen Drink aus der Bar eingeschenkt,

nun ließ sie die Flasche sinken und fuhr herum. Ihre Stimme war schneidend. »Wie meinst du das? Du glaubst Emma doch, oder?«

»Ich habe nicht gesagt, ich würde ihr nicht glauben. Ich versuche, es wie eine Jury zu sehen. Oder wie ein Polizist.«

»Ich weiß nicht, warum er das getan hat. Ganz offensichtlich wissen wir nicht alles über diesen jungen Mann. Wir sollten einen eigenen Privatdetektiv beauftragen, anstatt uns auf die Polizei zu verlassen.«

Mark kramte in seiner Hosentasche nach der Visitenkarte, die José ihm gegeben hatte. »Willst du ihn anrufen, oder soll ich das tun?«

»Bis wann bleibst du?«, fragte Jennifer.

»Nicht lange. Nur für ein paar Tage. Ich muss mich um einen wichtigen Fall kümmern. Jerry kommt vorläufig allein zurecht, aber spätestens, wenn die Sache vor Gericht geht, muss ich dabei sein.«

»Nun, in dem Fall sollte wohl besser ich anrufen, immerhin werde ich diejenige sein, die mit ihm zu tun haben wird«, sagte sie kühl. »Du solltest es Emma sagen.«

»Jennifer, du weißt, dass ich diesen Fall abschließen muss. Ich habe keine Wahl. Mag sein, dass Emma kein Verständnis dafür hat … von dir hätte ich welches erwartet.«

Sie schaute zu Boden. Ihre Augen füllten sich mit den Tränen, die sie den ganzen Tag zurückgehalten hatte. Seit ihrer Ankunft in Spanien fühlte sie sich unerträglich labil. Sie rieb sich die Augen, als sie wieder aufblickte, waren sie gerötet und feucht.

»Natürlich verstehe ich dich. Es tut mir leid. Ich mache mir nur solche Sorgen«, sagte sie. »Und ich fühle mich so allein.« Sie wehrte sich nicht mehr und ließ die Tränen fließen, schluchzte hilflos, während er sie umarmte.

Sie ließ sich von ihm trösten, doch es blieb ein Rest von Ängstlichkeit zurück, ein Druck auf dem Solarplexus. Er stammte, sie wusste es genau, von der Angst um Emma, die gerade Schreckliches durchmachte. Aber da war noch etwas, etwas, womit sie niemals gerechnet hätte: eine vage, ganz neue Verlustangst.

Sie betrachtete die Visitenkarte. »Roberto Ortiz«, las sie, »Privatdetektiv«. Sie griff zum Telefon.

# Kapitel 7

Roberto entsprach in keinerlei Hinsicht Jennifers Vorstellung. Sie hatte einen Privatdetektiv vor Augen gehabt, wie man ihn aus Büchern und aus dem Kino kennt, aus ihren Lieblingsfilmen der Fünfzigerjahre: Dashiell Hammetts Sam Spade, Mickey Spillanes Mike Hammer und Raymond Chandlers Philip Marlowe. Abgebrühte, wortkarge Männer, die jede Täuschung eine Meile gegen den Wind witterten und nie um den heißen Brei herumredeten.

Doch Roberto passte nicht in dieses Schema. Sein Gesicht war hübsch auf eine beinahe feminine Weise, eher Johnny Depp als Humphrey Bogart, und auch seine Art, sich zu kleiden und zu bewegen, war sehr elegant. Er sprach mit sanfter Stimme, wirkte höflich und aufmerksam. Darüber hinaus war er ein Künstler – ein sehr guter sogar, soweit Jennifer es anhand des beeindruckenden abstrakten Gemäldes beurteilen konnte, das seine Signatur trug und im Wartezimmer seiner Detektei hing.

Sie besuchte ihn wenige Tage, nachdem Mark in die Vereinigten Staaten zurückgeflogen war. Die schicke Avenida de la Constitución lag nicht weit vom Rathaus entfernt. Von den Fenstern der Detektei aus hatte man einen freien Ausblick auf die Kathedrale, dazu gab es erlesenes, filigranes modernes Mobiliar sowie ein paar spanische und französische Antiquitäten, die mit sicherem Stilgefühl und sehr sparsam im Raum platziert waren. Es war spät am Nachmittag, Roberto bot ihr Kaffee an. Jennifer sagte, sie nähme gern einen Scotch, falls er einen habe, woraufhin er eine Schranktür mit Teakholzintarsien öffnete.

Dahinter kam eine gut ausgestattete Hausbar zum Vorschein. Er goss den Whisky in ein schweres Kristallglas und sah Jennifer fragend an. »Mit Eis, bitte«, reagierte sie, »und ein bisschen Wasser.« Der Detektiv schenkte sich selbst einen Kaffee ein, setzte sich an seinen Schreibtisch und bot ihr den Platz gegenüber an.

»Und nun«, sagte er mit leichtem Akzent, »dürfen Sie mir verraten, was Sie zu mir führt, Señora.«

Sie verriet es ihm. Als sie sagte, er könne vielleicht noch einmal die Leute befragen, mit denen die Polizei bereits gesprochen hatte, oder neue Zeugen auftreiben, nickte er verständig. »Natürlich, Señora. Das ist mein Job«, sagte er. »Es war eine weise Entscheidung, zu mir zu kommen. Ich werde Ihnen in jeder Hinsicht helfen können. Sprechen Sie Spanisch?«

»Nein, leider nicht. Ich spreche ein bisschen Französisch.«

»Tja, in Paris wäre das vielleicht ganz hilfreich.« Er lächelte, doch sie lächelte nicht zurück. Er betrachtete sie mit unverhohlener Sympathie. »Ich weiß, wie schwer das für Sie sein muss. Ihrer Tochter wird in einem fremden Land ein furchtbares Verbrechen vorgeworfen, und Sie sind nicht in der Lage, mit den Leuten zu kommunizieren oder zu verstehen, was eigentlich vor sich geht.«

Jennifer war überrascht über diese Sichtweise. »Mir geht es prima«, sagte sie mit einem zarten, peinlich berührten Lächeln. »Ich komme zurecht. Und wissen Sie, es geht hier nicht um mich. Es geht um Emma. Übrigens wurde sie noch nicht angeklagt.«

Er stand auf, um sich einen zweiten Kaffee zu holen. »Das stimmt, Señora. Aber ich glaube, dass es so kommen wird. Und Sie sollten darauf vorbereitet sein.«

Jennifer wollte widersprechen, doch er unterbrach sie, sprach mit sanfter Autorität weiter. »Über etwas sollten Sie sich im Klaren sein. Wenn ich diesen Fall übernehme, erwarte ich von

Ihnen, dass Sie sich unter Kontrolle haben. Nach allem, was Sie mir erzählt haben und was ich aus der Zeitung weiß, wird diese Sache nicht so schnell aus der Welt zu schaffen sein. Sie werden stark sein müssen, und Sie werden alles tun müssen, was ich Ihnen sage, wenn ich Ihrer Tochter helfen soll.«

Sie runzelte die Stirn. »Ich versteh nicht recht«, sagte sie. »Ich dachte, Sie wären Privatdetektiv. Sie klingen wie ein Anwalt.«

Er lächelte sie an. »*Sí, comprendo*. Sie haben den *Malteser Falken* gesehen, richtig? Ein alter Film, doch ein sehr guter. Und vielleicht haben Sie auch Columbo gesehen. Diesen Kerl mag ich wirklich gern. Ich habe Kollegen, die sind genau wie er.«

Jennifer hörte zu. Ihre Stirnfalten wurden tiefer.

»Aber ich bin anders, Señora. Stellen Sie sich mich als einen Prozessberater vor. Ich arbeite eng mit dem Anwalt zusammen, in diesem Fall José – eine sehr gute Wahl, wenn ich das sagen darf. Wir ermitteln in alle Richtungen, und gleichzeitig entwickeln wir eine eigene Version der Geschehnisse, die von den Hypothesen der Polizei abweicht und dennoch glaubwürdig ist. Ich kann Ihnen nicht versprechen, den mysteriösen Algerier zu finden – ehrlich gesagt bezweifle ich, dass er existiert –, und ich kann Ihnen auch nicht versprechen, den wahren Mörder zu finden. Aber wenn Sie tun, was ich Ihnen sage, wird es mir unter Umständen gelingen, Ihre Tochter freizubekommen – obwohl sie nach allem, was ich weiß, möglicherweise schuldig ist.«

Bei diesen Worten erstarrte Jennifer. »Natürlich ist sie unschuldig. Ich glaube ihr voll und ganz. Sie sagt, der Algerier war da, also war er da, das versichere ich Ihnen. Sie kennen sie nicht, aber wenn Sie sie treffen, werden Sie es spüren. Ganz bestimmt. Wie wollen Sie uns helfen, wenn Sie ihr nicht glauben?«

»Ich glaube nichts, was nicht bewiesen ist, Señora. Wenn es ums Glauben geht, müssen Sie zu einem Priester gehen. Davon gibt es in Spanien genug.«

Jennifer schwieg. Zum ersten Mal spürte sie wieder die Panik, die sie nach Emmas Anruf ergriffen hatte. Dieser Mann schien zu wissen, was zu tun war, und er war furchtlos.

»Sie sagten, *falls* Sie den Fall übernehmen. Gibt es ein Problem?«

»Nein. Ich glaube nicht.«

»Was machen wir jetzt?«, fragte sie.

Er lächelte und trat an seinen Aktenschrank, aus dem er ein gebundenes Dossier herauszog. Er überreichte es Jennifer.

»Dies ist ein Beschäftigungsvertrag«, sagte er. »Er ist auf Spanisch, aber ich habe eine englische Übersetzung für Sie beigelegt. Sie und Ihr Ehemann sollten sie lesen. Meine Konditionen sind darin aufgeführt. Zunächst einmal verlange ich als Geste des guten Willens einen Vorschuss von fünftausend Euro. Honorar und Spesen rechne ich wöchentlich mit Ihnen ab. Sobald alle Formalitäten geklärt sind, werde ich mich an die Arbeit machen.«

Jennifer fing zu lesen an.

»Verzeihung, Señora«, sagte Roberto.

Sie hob den Kopf.

»Es tut mir leid, aber ich habe einen weiteren Termin. Würden Sie das bitte woanders lesen und mit Ihrem Mann besprechen?«

Sie faltete die Papiere zusammen und steckte sie ein. »Ja, natürlich. Mein Mann ist nicht da, aber ich möchte trotzdem, dass Sie sofort anfangen. Ich werde alles lesen, und falls wir uns dafür entscheiden, werde ich allein unterschreiben.«

»Wie Sie wünschen … Darf ich fragen, warum Ihr Mann nicht in Spanien ist?«

Sie wollte gerade antworten, als er hinzufügte: »Ich habe selbst eine Tochter. Wenn sie in Schwierigkeiten wäre, wäre ich bei ihr.« Er klang betrübt und sehr ernst.

Jennifer spürte jenen Ärger, der einen überfällt, wenn ein anderer ausspricht, was man selbst denkt, aber nicht wahrhaben will. »Ganz bestimmt würden Sie versuchen, bei ihr zu sein, so, wie mein Mann es versucht«, sagte sie in kühlem Ton. »Vielleicht halten Sie uns für gedankenlose, reiche Amerikaner. Das sind wir nicht. Wir sind nicht arm, aber wir sind nicht unendlich vermögend. Mein Mann muss arbeiten, um die Rechnungen zu bezahlen, auch die Ihre. Wir haben noch zwei andere Kinder, die uns genauso brauchen wie Emma. Ich denke, es steht Ihnen nicht zu, uns zu kritisieren.«

Roberto zeigte sich zerknirscht. »Sie haben recht, Señora. Ich habe es nicht böse gemeint. Verzeihen Sie. Ich habe einfach nur versucht, mich in Ihre Lage zu versetzen. Und da kam unweigerlich meine eigene Traurigkeit durch.« Er wartete höflich ab, offenbar war es eine Einladung zur Nachfrage, doch Jennifer schwieg.

»Ich bin geschieden«, erklärte er schließlich. »Mein Kind lebt bei meiner Exfrau in einer anderen Stadt. Die Trennung war sehr schmerzhaft für mich.«

Sie widerstand dem natürlichen Impuls, ihr Mitgefühl zu bekunden. Sie wollte sich nicht von ihrem Hauptanliegen ablenken lassen. Dieser Mann ließ sie neue Hoffnung schöpfen, doch seine Art wirkte ziemlich arrogant und, wie sie fand, ein bisschen zu vertraulich. Sie schob es auf die kulturellen Unterschiede, nahm sich jedoch vor, das Ganze auf eine amerikanische, geschäftsmäßige Art anzugehen. »Ja, natürlich«, murmelte sie. Dann sammelte sie ihre Sachen zusammen, verabschiedete sich und versprach, sich bald zu melden.

Jennifer fuhr sofort ins Hotel zurück. Sie nahm den Aufzug in den dritten Stock und klopfte an die Tür des Zimmers, das sie seit Marks Abreise wieder mit Emma teilte. In letzter Zeit hatte Emma entweder geschlafen oder im Pyjama im Zimmer herumgesessen, was eindeutige Anzeichen einer Depression waren. Nicht, dass sie es ihrer Tochter verübelte, unter diesen Umständen. Dennoch … Sie schloss die Tür auf und rief beim Eintreten Emmas Namen. Ihre Tochter war nirgends zu sehen, stattdessen nur zerwühlte Laken und auf dem Fußboden verstreute Kleidung. Immerhin ist sie wach, dachte Jennifer, vermutlich ist sie ausgegangen, um einen Happen zu essen. Es wäre trotzdem nett gewesen, wenn sie eine Nachricht für ihre Mutter hinterlassen hätte.

Jennifer nahm auf einem der bequemen Sessel Platz. Sie zog den Vertrag aus der Tasche, blätterte bis zur englischen Übersetzung und fing zu lesen an. Auf einmal bemerkte sie, dass das rote Lämpchen des Hoteltelefons blinkte. José hatte schlechte Neuigkeiten: Der Bericht des zweiten Pathologen war eingetroffen. Die Polizei war der Überzeugung, dass die tödlichen Verletzungen dem Opfer keinesfalls von der Person beigebracht worden waren, die Emma beschrieben hatte. Sie war der Meinung, dass Emma die Geschichte vom guten Samariter erfunden hatte und dass es keinen Algerier gab. Zusammen mit dem Messer aus der Küche lagen nun genügend Indizien vor, um Emma festzuhalten. Jennifer holte tief Luft und rief José an. Er meldete sich nach dem ersten Klingelzeichen.

»Ich habe Ihre Nachricht bekommen«, platzte sie heraus. »Aber das ergibt doch keinen Sinn. Das sind reine Indizien. Vielleicht hat sie ihn nicht genau genug beschrieben. Sie stand unter Schock. Wie soll sie sich unter diesen Umständen an irgendwelche Details erinnern?«

»Das könnten wir vor Gericht anführen, falls es so weit kommt. Doch die Ermittler haben Grund zu der Annahme, dass Ihre Tochter Informationen zurückhält. Offenbar weiß sie mehr, als sie gesagt hat …« Er hielt inne, sprach leise weiter: »Und da ist noch ein anderes Problem. Die Eltern des Toten sind aus Almería angereist. Das spanische Recht sieht vor, dass die Polizei einen Verdächtigen festhalten und weiterermitteln muss, falls die Angehörigen des Opfers dies verlangen. Selbst, wenn die Beweise lückenhaft sind. Emma wurde bereits abgeholt, sie ist wieder auf dem Revier.«

»Wo sind Sie?«

»Hier bei ihr. Sie ist völlig aufgelöst. Sie sollten so schnell wie möglich herkommen. Und noch etwas – eine Reporterin vom *Diario* ist hier. Was immer sie fragt, antworten Sie nicht.«

Jennifer machte sich auf den Weg zur Tür, blieb dann noch einmal stehen. Sie wühlte in ihrer Handtasche, bis sie Robertos Visitenkarte gefunden hatte, und wählte schnell seine Nummer. *»Habla Roberto«*, sagte der Anrufbeantworter. *»Dígame lo que quiera.«*

»Roberto, hier spricht Mrs Lewis. Ich habe den Vertrag noch nicht gelesen, aber ich bin mit Ihren Bedingungen einverstanden. Meine Tochter ist wieder in Haft. Ich weiß nicht, was ich tun soll. Bitte, können Sie kommen?«

Er nahm den Hörer auf. »Wir treffen uns dort, Señora.«

# Kapitel 8

Als Jennifer im Polizeipräsidium eintraf, wurde sie schon von José und Raul erwartet. Roberto war noch nicht da. José brachte sie auf den neuesten Stand: Emma wurde als Hauptzeugin festgehalten, es bestand Fluchtgefahr, eine Freilassung gegen Kaution war ausgeschlossen. Die Ermittler waren inzwischen der Ansicht, dass sie jemanden deckte, höchstwahrscheinlich ihren Freund. »Sie haben noch kein Motiv«, erklärte er, »denn von dem Kerl fehlt immer noch jede Spur. Doch sie gehen davon aus, dass Emma ihn betrogen, er sie in flagranti erwischt und den Mann aus Eifersucht erstochen hat.«

Erbost fiel Jennifer ihm ins Wort. Sie war aufrichtig schockiert, dass die Polizei aus dünnen Beweisen eine solche Mordfantasie zusammenbasteln konnte. »Haben die auch nur den klitzekleinsten Beweis dafür, dass diese Theorie stimmen könnte?«, fragte sie. »Das klingt doch nach einem Klischee, als hätten sie zu viele schlechte Filme gesehen.«

José räumte ein, dass es keine Beweise gab – noch nicht. Doch er wies sie darauf hin, dass derlei Szenarien nur deswegen ein Klischee waren, weil sie sich oft ereigneten. Und, seufzte er, da sei noch etwas. Offenbar war der Ermordete am selben Tag zur Bank gegangen und hatte 1000 Euro in bar abgehoben. Es war der letzte Abend der *feria* gewesen, seine Familie betrieb eines der vielen Zelte, die auf dem riesigen Festplatz unter Tausenden von Lichterketten aufgebaut waren. Nach Aussage seines Mitbewohners hatte er mit dem Geld die Lieferanten und die Angestellten bezahlen wollen. Als er an dem Abend aus dem Haus gegangen sei, habe er das Geld definitiv bei sich gehabt, sagte der Mitbewohner. Doch seine Taschen waren leer, als die Polizei seinen Leichnam fand. Als Jennifer entgegnete, dass er das Geld zwischenzeitlich ausgegeben haben musste, meinte José nur, dass keine Vorräte gekauft wurden und die Angestellten immer noch auf ihr Geld warteten.

»Vielleicht hat er es verloren«, spekulierte Jennifer. »Oder anderweitig unter die Leute gebracht.«

»*Sí*, Señora. Oder vielleicht wurde es gestohlen.«

Jennifer überlegte. »Was wollen Sie damit sagen? Sie glauben doch nicht etwa, dass Emma etwas damit zu tun hat, oder?«

»Wichtig ist nur, was die Polizei glaubt. Noch haben sie sich nicht dazu geäußert. Von oberster Priorität ist es nun, den Freund Ihrer Tochter ausfindig zu machen« – er warf einen Blick in sein Notizbuch –, »diesen Paco Romero. Sie glauben, dass Emma weiß, wo er sich aufhält, und es verschweigt. Sie werden sie festhalten und versuchen, sie zum Reden zu bringen. Es ist, wie ich von Anfang an sagte: Es wäre sehr hilfreich, wenn Sie sie überreden könnten, endlich mit der Wahrheit herauszurücken.«

Jennifer war unendlich frustriert. Alle bestanden darauf, dass Emma eine Lügnerin war, im besten Fall. Sogar ihr eigener Anwalt schien davon überzeugt zu sein. »Sie *verschweigt* nichts«, rief sie. »Sie *weiß* nicht, wo er ist.«

José unterdrückte offensichtlich seinen Widerspruch und fuhr fort: »Wir müssen davon ausgehen, dass nicht alle ihrer Aussagen der Wahrheit entsprechen. Der Polizei zufolge war sie am Abend der *feria* noch mit ihm zusammen, wenige Stunden vor dem Mord. Das widerspricht ihrer Behauptung, sie habe ihn tagelang nicht gesehen.«

Jennifer ließ sich nicht beirren. »Davon weiß ich nichts. Wer behauptet, sie sei mit ihm zusammen gewesen? Warum sollte ich dieser Person mehr Glauben schenken als meiner Tochter? Und ich bin sicher, sie würde nur zu gern wissen, wo er jetzt ist. Meinen Sie nicht, sie hätte ihn lieber bei sich? Und dass sie sich im Stich gelassen fühlt und unglücklich darüber ist, dass er nicht auftaucht?«

José bat Jennifer, sich zu setzen, aber sie war viel zu nervös. Er dämpfte seine Stimme und sprach in freundlichem Ton weiter. »Ich glaube, so viel Rücksicht dürfen Sie von dem jungen Mann nicht erwarten. Vielleicht ist er nicht der, für den Ihre Tochter ihn hält. Er ist ... wie sagen wir es hier ... *un golfo.*«

Jennifer sah verdutzt drein. Josés unverhohlenes Mitgefühl verunsicherte sie nur noch mehr. »Was ist das denn, bitte schön?«

»Sie würden wohl ›Ganove‹ sagen. Ein übler Kerl. Ein Unruhestifter.«

»Was? Wie bitte? Wovon reden Sie?«

»Die Polizei hat ihn schon länger im Visier, sein Vorstrafenregister ist lang. Er ist schon etwas älter – fünfunddreißig, um genau zu sein. Sein Studium hat er abgebrochen, aber seine Kontakte zu den Studenten sind weiterhin gut.«

Jennifer wartete.

»Er handelt mit Drogen, Señora«, platzte José heraus. »Mit harten Drogen – Heroin, Kokain, Ecstasy, Crystal Meth.«

Jennifer spürte einen Schwindel aufziehen, doch sie wehrte sich tapfer.

»Ganz bestimmt hat Emma nichts davon gewusst, andernfalls hätte sie sich nie auf ihn eingelassen«, sagte sie wie zu sich selbst und ließ sich auf den nächsten Stuhl sinken. Sie blickte zu José auf. »Sie hat mit Drogen nichts am Hut«, fuhr sie fort. Jennifer sprach mit wilder Entschlossenheit. Sie redete immer schneller, hängte einen Satz an den nächsten. »Emma war die Vorsitzende eines Clubs, den sie in der Highschool gegründet hatte. Sie und ihre Freunde nannten sich ›die braven Streber‹. Sie aßen nur Bio-Lebensmittel und hielten sich von Drogen fern, sogar Schmerztabletten waren tabu. Ich musste auf sie einreden, damit sie mal eine Aspirin nahm, wenn sie Kopfweh hatte. Das Ganze ist lächerlich, glauben Sie mir, nie im Leben hätte sie –«

»Ich glaube Ihnen, Señora«, seufzte José. »Aber wie dem auch sei, ihr Freund ist ein Drogendealer, und Ihre Tochter und alle anderen wissen es.« Vorsichtig legte er ihr eine Hand auf die Schulter und sagte: »Unsere Kinder werden erwachsen. Und manchmal entwickeln sie sich nicht so, wie wir es uns wünschen.«

Sie schüttelte seine Hand ab und stand auf. »Sie verstehen das nicht. Ich kenne meine Tochter«, keifte sie. »Ich will sie sehen. Wo ist sie?«

Sie stürmte an den Tresen und fragte nach Emma. Im selben Moment kam Roberto herein. Ohne zu überlegen, lief sie ihm entgegen und brach in Tränen aus.

»*No*, Señora«, sagte er energisch. »So läuft das nicht.« Er wandte sich an José, der ihr gefolgt war und hilflos daneben stand. Die Männer tauschten einen genervten Blick aus.

Beschämt riss Jennifer sich zusammen. »Es tut mir leid. Normalerweise führe ich mich nicht so auf.«

»Ist schon gut, Señora«, sagte Roberto. »Für die Tränen einer Mutter hat jeder Verständnis.« Er dämpfte seine Stimme, so dass nur sie ihn hören konnte. »Aber jetzt müssen Sie sich wirklich zusammenreißen. Schaffen Sie das?«

Jennifer schlug die Augen nieder und nickte.

Er wandte sich an José. »Was ist passiert?«

»Das Mädchen wird befragt. Mrs Lewis will sie sehen.«

»Natürlich. Gibt es ein Problem?«

»Nein.«

»Gut.« Roberto begleitete Jennifer in den Wartebereich, dann zog er sich für eine ungestörte Unterhaltung mit José zurück. Bald darauf kam er wieder.

»Sie ist im Verhörraum. Sie wird gleich herausgebracht«, sagte er. »Sie müssen sie zur Zusammenarbeit mit der Polizei überreden.«

»Sie ist zur Zusammenarbeit bereit«, protestierte Jennifer. »Dass sie nicht sagt, was die von ihr hören wollen, bedeutet noch lange nicht, dass sie lügt.«

»Ich verstehe«, sagte José. Er sah Roberto an. »Sie weigert sich immer noch, über ihren Freund zu sprechen. Wenn wir ihr helfen wollen, müssen wir ihn finden.«

»Und wenn sie nicht weiß, wo er ist?«, fragte Jennifer.

»Sie streitet ab, ihn in der Mordnacht gesehen zu haben«, mischte Raul sich ein. »Die Polizisten haben mehrere Studenten befragt, die die beiden am frühen Abend zusammen in einer Bar gesehen haben.«

Jennifer meinte sich erinnern zu können, dass Julia etwas in der Art erwähnt hatte.

»Ich werde mit ihr reden. Bitte, lassen Sie mich zu ihr.«

Jennifer betrat den Verhörraum und sah Emma an einem Tisch sitzen, den Kopf auf die Unterarme gelegt. Sie blickte auf, und ihre Miene erhellte sich. »Mom«, rief sie erleichtert. »Ich bin ja so froh, dass du da bist!«

Trotz der ernsten Lage war Jennifer glücklich über diese Worte. Sie setzte sich neben ihre Tochter und streichelte ihr vorsichtig über den Arm. »Natürlich bin ich da, Schätzchen. Ich werde immer für dich da sein.«

Nun war es an Emma, in Tränen auszubrechen. »Es tut mir so leid, Mom, dass ich mich so unmöglich benommen habe. Ich hatte nur solche Angst, du und Dad könnten wütend auf mich sein, ich war von mir selbst enttäuscht.« Sie schluchzte so heftig, dass Jennifer sie kaum verstehen konnte.

»Ist schon gut. Es ist okay, ich verstehe das«, sagte Jennifer, zog Emma an sich und drückte sie.

»Nein, es ist nicht gut. Es wird nie wieder gut sein.«

»Was immer auch passiert ist, wir stehen das zusammen durch. Wir alle. Aber du musst mir die Wahrheit sagen, damit ich dir helfen kann.«

Emma machte sich los. »Ich habe die Wahrheit gesagt. Sie sagen, ein kleiner Mann hätte nicht so zustechen können. Ich weiß es nicht. Ich habe ihn nicht gemessen. Er war einfach nur da.« Wieder flossen die Tränen. »Warum glaubt mir keiner?«

»Vergiss das jetzt, Emma. Lass uns über Paco reden.«

Emma hörte zu weinen auf. »Warum?« Sie schniefte und wischte sich die Augen. »Die sind vollkommen auf ihn fixiert. Er hat nichts damit zu tun.«

»Ich weiß. Ich glaube dir. Aber wir müssen ihn finden. Angeblich hast du abgestritten, ihn an dem Abend gesehen zu haben. Es gibt jedoch Zeugen, die –«

Emma unterbrach sie. »Es war kein Mord. Es war Notwehr.«

»Ja. Nun, was immer zum Tod des Jungen geführt hat – sie wissen jetzt, dass du Paco an dem Tag getroffen hast. Zeugen haben euch zusammen gesehen. Verstehst du denn nicht, wie unglaubwürdig du dich machst, wenn du das abstreitest?«

Emma schlug die Augen nieder. Ihre Fingernägel waren blau lackiert, der Lack blätterte ab. Sie schien ihre Hände zu mustern, benutzte den Daumennagel, um Lackreste abzukratzen. Sie schwieg.

»Hör mal, Emma, ich habe jemanden gefunden, der uns helfen wird. Er ist Privatdetektiv, und auch so eine Art Prozessberater. Er weiß, was zu tun ist. Er wird versuchen, neue Zeugen aufzutreiben und deine Version der Geschichte zu stützen. Aber wir alle sind hilflos, solange du uns nicht sagst, wo wir Paco finden können. Wovor sollte er Angst haben, wenn er mit alldem nichts zu tun hat?«

Emma seufzte. Sie sprach so leise, dass Jennifer sie kaum verstehen konnte. »Ich weiß wirklich nicht, wo er ist. Ich habe ihm eine Mail geschickt, aber er hat nicht geantwortet.«

»Hast du der Polizei davon erzählt?«

»Nein.«

»Tu es jetzt, ja? Du musst ihnen die Wahrheit über eure Beziehung sagen. Auch dass ihr euch an dem Abend getroffen habt.«

Emma warf ihrer Mutter einen bösen Blick zu, dann stand sie auf und lief unruhig umher. »Ich war an dem Abend nicht mit ihm zusammen. Es gibt so vieles, was du nicht weißt, Mom. Was du nie verstehen wirst. Es wird nach und nach herauskommen, und dann werden sie es gegen mich verwenden. Kannst du versuchen, mich nicht zu verurteilen? Wirst du dich auf meine Seite stellen?«

»Natürlich. Aber wovon sprichst du? Wie schlimm kann es denn noch werden?«

»Das kann ich dir nicht sagen. Du würdest mich dafür hassen.«

»Ich würde dich niemals hassen. Sag es mir, Emma. Was immer es ist, ich möchte es von *dir* erfahren.«

»Ich kann nicht. Wirklich nicht. Noch nicht. Aber wenn du schlimme Sachen über mich hörst, darfst du nicht vergessen, dass ich das alles aus gutem Grund getan habe.« Ihre Augen liefen über. »Ich bin kein schlechter Mensch, Mom. Das schwöre ich. Du kennst mich. Und Paco ist auch nicht schlecht. Du musst mir glauben.«

Jennifer bekam Angst. »Ich vertraue dir. Aber sag mir, worauf ich mich einstellen muss. Ich weiß jetzt schon mehr, als du glaubst. Er ist ein Drogendealer, nicht wahr? Er hat sein Studium abgebrochen und verdient sein Geld damit, Drogen an die Studenten zu verkaufen. Ist es das, was ich nicht wissen darf?« Sie sprach mit betont fester Stimme und klang hoffentlich nicht vorwurfsvoll.

Doch anstatt die Situation zu entspannen, schienen diese Worte Emma nur noch wütender zu machen. Sie hob die Stimme und versteifte sich am ganzen Körper. »Siehst du? Ich wusste doch, du würdest es nicht verstehen. Du kannst ja nicht einmal neutral darüber sprechen. Hör dich nur an. Du klingst, als wäre er ein schlechter Mensch, als würde er die armen, unschuldigen Studenten missbrauchen.«

Nun wurde Jennifer wütend. »Nun, was macht er denn, Emma? Wie sonst würdest du nennen, was er tut?«

»Diese Studenten sind keine Kinder. Sie wissen genau, was sie tun und was sie wollen. Weißt du, wie viele junge Leute aus ganz Europa hierherkommen? Sie haben Geld, sie sind Erasmus-Stipendiaten. Willst du wissen, wie sie genannt werden? *Orgasmus* – weil sie verlottert und partygeil sind und zu viele Drogen nehmen, falls du die Anspielung nicht kapiert hast. Wenn sie den Stoff nicht bei Paco kaufen würden, würden sie ihn sich woanders beschaffen. Und Paco tut es nicht für sich. Er hilft damit den Armen, Leuten, die keinen Job finden und irgendwie ihre Familie ernähren müssen.«

»Ja, das hast du schon gesagt.« Jennifer wollte wissen, wie tief Emma in die Sache verstrickt war, aber dann merkte sie, dass es nichts bringen würde, weiter zu bohren. Jetzt ging es darum, dass ihre Tochter sie zu Paco führte. Den Rest könnten sie später klären.

»Ich glaube, jetzt verstehe ich«, sagte sie langsam. »Wolltest du deswegen nicht, dass wir von ihm erfahren?«

»Teilweise.«

»Teilweise? Was ist denn noch? Bitte, sag es mir. Du musst mir vertrauen.«

Emma setzte sich. Sie atmete tief ein und mit gespitzten Lippen wieder aus, als wollte sie pfeifen.

»Es geht nicht, Mom. Es tut mir leid. Du musst jetzt gehen. Aber ich verspreche, ich werde der Polizei helfen, so gut ich kann.«

Bevor sie sich verabschieden musste, flehte Jennifer ihre Tochter ein letztes Mal an. »Emma, hoffentlich weißt du, was auf dich zukommt. Du möchtest ihn decken, das ist loyal von dir, und ich bewundere dich dafür. Aber du musst mit einer jahrelangen Haftstrafe rechnen, hier in Spanien, für eine Tat, die du nicht begangen hast. Wenn Paco unschuldig ist und ein guter Mensch, dann sollte er hier sein und dir zur Seite stehen. Falls er schuldig ist, darf er nicht zulassen, dass du für sein Verbrechen bestraft wirst. So oder so sollte er sich stellen.«

»Schuldig, Mom?«, rief Emma frustriert. »Wie oft soll ich dir noch sagen, dass er nicht einmal dabei war?«

Jennifer versuchte, sie zu beruhigen. »Okay, ich glaube dir. Aber die Polizei muss mit ihm reden. Und irgendwann werden sie ihn finden. Wenn du ihnen dabei hilfst, wird es positiv für dich sein.«

Emma schien sich wieder gefasst zu haben. »Ich hab dich lieb, Mom«, murmelte sie. »Aber ich glaube, du solltest jetzt besser gehen. Mach dir um mich keine Sorgen. Ich weiß, was ich tue. Alles wird gut.«

Sie drehte sich um und starrte die Wand an. Jennifer küsste sie auf den Hinterkopf. Sie flüsterte ihr etwas ins Ohr, strich ihr zärtlich übers Haar. Sie bat sie noch einmal, offen mit den Ermittlern zu sprechen. Sie schärfte ihr ein, sich an Josés Ratschläge zu halten und ihm Informationen zu geben, mit denen Roberto arbeiten konnte. Emma nickte, ohne sich noch einmal umzudrehen, griff hinter sich und drückte kurz die Hand ihrer Mutter. Langsam und zögerlich ging Jennifer zur Tür, doch da sprang Emma auf und lief zu ihr, umarmte sie und vergrub ihr Gesicht an ihrer Schulter. Jennifer legte einen Arm um Emma und zog sie an sich. Wie oft hatte sie ihr Kind schon gehalten und getröstet, ihm über kleine und große Verletzungen hinweggeholfen? Die Geste schien eine Art Körpererinnerung zu wecken und einen mütterlichen Beschützerinstinkt.

Als Jennifer ging, war sie noch beunruhigter als zuvor, fühlte sich leer und verwirrt. Aber sie wusste jetzt, was zu tun war. Emma brauchte sie. Es war ein vertrautes Gefühl. Jennifer würde sie nicht enttäuschen.

# Kapitel 9

Nach dem Besuch bei Emma fuhr Jennifer ins Hotel zurück, rief Mark an und informierte ihn über die Lage. Er war verärgert, aber nicht gerade überrascht, als er hörte, dass Emmas Freund ein Drogendealer war. Er wusste, dass der selbsternannte Wohltäter der Armen ihre Naivität und ihre, wie Mark es nannte, »amerikanischen Schuldgefühle« ausgenutzt hatte. »Vielleicht war sie noch nicht bereit, noch nicht reif genug, allein ins Ausland zu gehen. Wie hätten sie nicht ziehen lassen dürfen.«

»Sei nicht so negativ. Das ist ungerecht«, sagte Jennifer. »Emma hatte immer schon ein großes Herz, auf Ungerechtigkeiten reagiert sie empfindlich. Es klingt tatsächlich so, als habe dieser Mann sie getäuscht. Aber woher sollten wir das wissen? Viele junge Leute reisen in ihrem Alter nach Europa. Emma war wohl das perfekte Opfer.« Sie erinnerte ihren Mann daran, wie stolz sie immer darauf gewesen waren, dass Emma für die Belange all jener, die weniger Glück gehabt hatten als sie, ein offenes Ohr hatte. »Weißt du noch, wie sie sich für das Innocence Project engagiert hat?«, fragte sie. »Und dass sie immer der Meinung war, die meisten Leute säßen zu Unrecht im Gefängnis?«

»Ich weiß«, sagte er. »Früher fand ich das immer süß. Aber angesichts der jetzigen Lage finde ich es bedenklich.«

Jennifer war unglücklich über die Wendung, die das Telefonat nahm. Nach dem Auflegen fühlte sie sich niedergeschlagen, und sie wusste nicht, was sie als Nächstes tun sollte. Es war Viertel vor eins – zu früh zum Mittagessen, das erst ab zwei Uhr serviert wurde, und zu spät für *aperitivos*, den Imbiss am Vormittag. Sie verließ das Hotel und ging spazieren. Sie betrat ein Café und setzte sich ans Fenster. Eine Frau aß so etwas wie frittierte Teigstreifen, die sie in flüssige Schokolade tunkte. Als die Kellnerin an ihren Tisch kam, bestellte Jennifer das Gleiche. Sie erfuhr, dass es sich bei der Speise um *churros* handelte. Zischend heiß und mit Puderzucker bestäubt wurden sie an ihren Tisch gebracht. Sie schmeckten köstlich.

Vielleicht lag es am Zucker oder an der kleinen Pause, jedenfalls hellte sich Jennifers Stimmung wieder auf. Sie machte sich Gedanken über den nächsten Schritt. Es musste doch irgendeinen Weg geben, Emma zu helfen. Sie erinnerte sich an Emmas Freundin aus dem Austauschprogramm, die sich bei ihnen gemeldet hatte, zog das Handy heraus und suchte nach Julias Kontaktdaten. Da waren sie: Julia Zimmerman wohnte in Triana in der Calle Betis, in derselben Studentengegend also, die Jennifer mit Emma besucht hatte. Julia hatte ihr zwei Telefonnummern gemailt; Jennifer wählte willkürlich eine davon.

*»Diga«*, hörte sie eine Frauenstimme sagen.

Weil sie die Stimme nicht wiedererkannte, fragte sie nach Julia und erklärte, wer sie war. Die Frau am anderen Ende der Leitung schaltete sofort auf akzentfreies Englisch um. »Ich bin ihre Mitbewohnerin«, erklärte sie. »Julia ist an der Uni, aber ich weiß, dass sie dringend mit Ihnen reden will. Die Vorlesung müsste bald zu Ende sein. Haben Sie ihre Nummer?«

Ja, die hatte Jennifer. Sie bedankte sich.

»Mrs Lewis, mein Name ist Melanie. Ich … also, ich kenne Emma. Tut mir leid, was passiert ist.«

»Keine Sorge, meine Liebe. Ich bin mir sicher, das ist alles nur ein furchtbares Missverständnis. Emma wird in ein paar Tagen wieder in die Uni kommen.«

Nach einem kurzen, betretenen Schweigen murmelte Melanie: »Hoffentlich« und legte auf.

Jennifer wählte sofort die zweite Nummer und hörte ein

gehauchtes »Hallo«. Die Vorlesung war wohl tatsächlich bald vorbei, und Julia schlug einen Treffpunkt auf dem Campus vor. Da Jennifers Hotel nicht weit entfernt lag und sie neugierig auf Emmas Universität war, verabredeten sie sich im Innenhof des Hauptgebäudes. Dort stand in der Mitte ein großer Brunnen.

Jennifer verließ das klimatisierte Café, draußen schlugen ihr schwülwarme Sommerluft und gleißend heller Sonnenschein entgegen, der nur durch die blassrosa und gelbbraunen Fassaden der umstehenden Häuser etwas gemildert wurde. Es roch intensiv nach Orangenblüten und Frangipani. Sie atmete tief durch. War ihr der Geruch je aufgefallen? Er erinnerte sie an Oleander, war aber noch süßer. Sie ging zur Universität, stieß eine schwere, reichverzierte Metalltür auf und trat in den Innenhof. Studenten liefen umher oder ruhten sich am Rand des Brunnens aus. Manche lasen, andere unterhielten sich angeregt. Jennifer bemerkte eine junge Frau, die unbegleitet zu sein schien.

Julia war klein und zierlich und hatte ein feingeschnittenes Gesicht. Ihr langes, fast schwarzes Haar hatte sie sich zum Pferdeschwanz zurückfrisiert. Sie trug eine Jeans und ein T-Shirt, das mit dem Schriftzug Sevilla und einem Bullenkopf bedruckt war. Das Touristenoutfit überraschte Jennifer. Immerhin war Emma erpicht gewesen, wie die Einheimischen zu leben. Julia ließ sich anmutig vom Brunnenrand gleiten und ging auf Jennifer zu.

»Mrs Lewis?«, fragte sie. Ihre Haut war so blass, als wäre sie noch nie in der Sonne gewesen, ihre Augen waren dunkel und mit schwarzem Eyeliner und Mascara betont, ein echter Hingucker. Jennifer begrüßte sie und fragte sie, wo sie sich ungestört unterhalten könnten.

»Ich wohne in Triana«, sagte Julia. »Waren Sie schon mal dort?« Jennifer bejahte, sagte aber auch, sie ginge gerne noch einmal hin. »Möchten Sie vielleicht meine Wohnung sehen?«, schlug Julia vor. »Dort können wir in Ruhe reden.«

»Das wäre wunderbar«, sagte Jennifer. »Aber ich möchte nicht, dass Sie sich meinetwegen solche Umstände machen.«

»Überhaupt nicht, Mrs Lewis. Ich habe leider nur nicht aufgeräumt. Hoffentlich macht es Ihnen nichts aus.«

Jennifer lachte. »Nein, kein bisschen. Das bin ich gewohnt.« Sie spürte einen nostalgischen Stich, als sie an die Unordnung und das Chaos zurückdachte, das Emma und ihre Freundinnen nach Übernachtungspartys immer hinterlassen hatten. Emmas Freundinnen aus der Highschool in Philadelphia hatten Jennifer gemocht. Sie war die Mutter gewesen, mit der alle gern redeten, die alle für so viel verständnisvoller hielten als die eigenen Eltern, der alle ihr Herz ausschütten wollten. Obwohl Julia eine neue Freundin aus Princeton war und Jennifer sie nie zuvor gesehen hatte, hätte sie eines jener Mädchen sein können. Hübsch, höflich, intelligent. Jennifer hatte im Laufe der Jahre viele davon kennengelernt. Die meisten hatten ihre berufstätige Mutter nicht oft gesehen. So blieb es an Jennifer hängen, die Kinder nach der Schule mit Keksen und Milch zu versorgen und ihnen später, als sie Teenager waren, bei sich zu Hause einen Treffpunkt zu bieten, wo sie gut aufgehoben waren. Sie war immer stolz auf die Zuneigung und Anerkennung dieser Jugendlichen gewesen und Emma nicht minder. Sie wollte Julia gerade fragen, woher sie stamme, als diese anfing, von der Universität zu erzählen.

»Vielleicht möchten Sie sich vorher ein wenig umsehen? Wo wir schon einmal hier sind«, sagte sie. »Da hinten findet der Unterricht statt. Wissen Sie, dieses Gebäude wurde im achtzehnten Jahrhundert erbaut. Früher war es eine Tabakfabrik. Damals besaß Spanien ein Monopol auf die Tabakverarbeitung, hier schlug das Herz der Industrie. Angeblich hat sich Bizet von diesem Ort zu *Carmen* inspirieren lassen. Oder von einem Buch über das Sevilla jener Zeit.« Sie hielt inne, ignorierte Jennifers höfliches Schweigen. »Als wir neu waren, unterhielten Emma und ich uns sehr oft über *Carmen* und ihre Geschichte, und dass man sie so viel besser nachvollziehen kann, wenn man hier vor Ort ist. Irgendwie scheint in der Hitze und dem besonderen Licht alles intensiver zu sein – die Farben, die Gefühle. Allen ging es so. Wenn ich auf der *feria* die schönen Spanierinnen in ihren atemberaubenden Flamencokostümen sehe, muss ich an Carmen denken, wie sie durch diesen Hof schreitet.« Sie zeigte auf den Brunnen, an dem die Studenten saßen, plauderten und in Büchern blätterten.

Jennifer lächelte gequält, und auf einmal schien Julia sich für ihren Redeschwall zu schämen. Sie wechselte abrupt das Thema und erzählte Jennifer, Triana liege nur zwanzig Minuten entfernt. Sie könnten aber gerne auch die Straßenbahn nehmen. Jennifer zog es vor zu laufen, und so machten die zwei sich auf den Weg, vorbei am Alfonso XIII und den duftenden Jardines de Cristina und auf dem Paseo Alcalde Marqués del Contadero am Flussufer entlang, bis sie zur Triana-Brücke kamen. Sie überquerten den Fluss und erreichten die Plaza del Altozano, und wieder sah Jennifer die breite Treppe, die sie aus der Zeitung kannte. Da sitzt Emma zusammen mit ihren Freunden, sie hält ein Bier in der Hand und dreht sich lachend in die Kamera. Kurz darauf liefen sie durch die Calle Virgen del Valle, in der Julia lebte. Jennifer bewunderte das hübsche Kopfsteinpflaster, und Julia machte sie auf die zahlreichen, üppig bepflanzten Blumenkästen an den cremeweißen Häusern aufmerksam. Sie erhaschten einen Blick durch geöffnete Tore und entdeckten prächtige Hinterhöfe, die sich hinter den Steinmauern verbargen.

Julia blieb vor einem der alten Gebäude stehen und schloss die Tür auf. Dahinter fand sich eine kleine Dreizimmerwohnung, eingerichtet mit günstigen Studentenmöbeln. Julia bot Jennifer einen Kaffee an, und Jennifer akzeptierte, um nicht unhöflich zu wirken. Während Julia Wasser erhitzte, um den Nescafé anzurühren, sah Jennifer sich um. Dies war die Art von Unterkunft, in der sie sich Emma vorgestellt hatte. Überall auf Tischen und Böden lagen Bücher herum, an der Wand hingen ein Flamencoposter und ein Druck von Miró. In der Spüle stapelte sich benutztes Geschirr, abgesehen davon war die Wohnung halbwegs aufgeräumt.

»Es ist so hübsch hier«, sagte sie. Julia bot ihr einen Stuhl an. »So ganz anders als Emmas Wohnung. Ich …«

»Emma hat eine Weile hier gewohnt«, sagte Julia und löffelte Kaffeepulver in zwei große Becher. »Bis …« Ihre Stimme brach ab.

»Bis wann?«

»Bis sie bei Paco eingezogen ist.«

»Ach so.«

Julia öffnete eine Keksschachtel. »Ist er wieder aufgetaucht?«, fragte sie.

»Nein. Er wird von der Polizei gesucht. Haben Sie eine Ahnung, wo er sich aufhalten könnte?«

Julia füllte Wasser in die Kaffeebecher. Der Griff des einen war abgebrochen. Sie stellte den unbeschädigten vor Jennifer hin. »Zucker oder Milch?«

»Nein, danke.«

Julia nahm ihr gegenüber Platz. »Mrs Lewis, ich werde tun, was ich kann, um Emma zu helfen. In Princeton kannte ich sie nicht besonders gut, aber hier in Spanien haben wir uns angefreundet. Ich weiß nicht, wie viel Sie über Paco wissen …«

»Nicht viel«, sagte Jennifer. »Und nichts Gutes. Was wissen Sie?«

»Er ist schon ein bisschen älter. Er ist so eine Art politischer Aktivist.«

»Ich habe gehört, er sei ein Drogendealer.«

Julia rutschte unbehaglich hin und her. »Nun ja, ich glaube, er hat Drogen verkauft, um seine Aktionen zu finanzieren.«

»Ich verstehe. Und, hat Emma jemals welche genommen?«

»Nein. Ich glaube nicht«, sagte Julia hastig. »Emma hat sich lediglich mit seinen Ansichten identifiziert. Das hat sie über alles andere hinwegsehen lassen. Sie sagte, er habe ihr die Augen geöffnet. Er habe ihr gezeigt, wie sehr die armen Leute leiden, ganz besonders in seinem Heimatdorf. In ihr hat das große Schuldgefühle geweckt. Sie wollte ihm helfen, und so wurden die beiden ein Paar.«

»Das habe ich gehört. Wann ist sie bei ihm eingezogen?«

»Vor ein paar Monaten.« Julia zögerte, wählte ihre Worte mit Bedacht. »Hören Sie, ich habe mich gefragt, wie viel ich Ihnen sagen darf, aber jetzt, wo ohnehin alles herauskommen wird, kann ich Ihnen die ganze Wahrheit erzählen.«

Jennifer erstarrte. »Ja, ich bitte darum.«

»Emma hat die Uni abgebrochen. Sie ist bei Paco eingezogen und nicht mehr zu den Seminaren erschienen, um ihn sozusagen mit ganzer Kraft zu unterstützen.«

»O Gott«, murmelte Jennifer und biss sich auf die Oberlippe. Doch sie fasste sich schnell wieder, wollte das Ausmaß ihrer Bestürzung nicht zeigen aus Angst, Julia könnte nicht weiterreden. »Sie hat für ihn gearbeitet? Wo? Was hat er gemacht?«

»Das weiß ich auch nicht, Mrs Lewis.« Sie starrte die Tischplatte an, kratzte getrocknete Sirupreste mit dem Fingernagel ab. »Ich glaube, er hat einfach nur Drogen verkauft.«

Jennifer nickte langsam. Es fiel ihr immer schwerer, ihre Bestürzung zu verbergen.

»Hören Sie, Mrs Lewis, Emma hat an ihn geglaubt. Sie hielt ihn für eine Art Robin Hood. Er wollte an der Uni eine Aktivistengruppe gründen, um Einfluss auf die Politik zu nehmen. Er wollte Supermärkte überfallen, Essen stehlen und an die Armen verteilen. Sie haben versucht, die Studenten zu mobilisieren, ein paar haben anfangs auch mitgemacht, doch dann verlief die Sache im Sande. Emma fand das wichtiger als ihr Studium. Wir haben uns deswegen gestritten. Alle sind deswegen mit ihr aneinandergeraten. Aber sie hat nur noch auf Paco gehört und war der Meinung, er allein tue das Richtige.«

»Das Richtige«, wiederholte Jennifer automatisch. »Und nun gibt es einen Toten, und sie sitzt im Gefängnis.«

»Im Gefängnis?« Julia war empört. »Warum? Sie wurde beinahe vergewaltigt. Es tut mir leid, dass der Mann tot ist, aber wie kann man ihr daran die Schuld geben?«

»Das weiß ich nicht«, antwortete Jennifer. Sie hatte weder den Kaffee noch die Kekse angerührt, sie wollte nur noch hier raus. »Vielen Dank, Julia. Ich muss jetzt gehen und das alles erst einmal verarbeiten. Sie waren mir eine große Hilfe.«

Julia begleitete sie an die Tür. »Es tut mir so leid, Mrs Lewis, hoffentlich war es richtig, Ihnen alles zu erzählen. Ich bin mir sicher, alles wird gut. Lassen Sie mich wissen, wenn ich Ihnen noch irgendwie helfen kann.«

»Vielleicht wäre es schön, wenn Sie Emma besuchen.«

Julia zögerte. »Ich weiß nicht. In letzter Zeit haben wir uns nicht mehr so gut verstanden.«

»Ja.« Jennifer öffnete die Tür. »Ich danke Ihnen«, sagte sie noch einmal, und dann trat sie in den hellen, duftenden Tag hinaus.

# Kapitel 10

War es das, was Jennifer nicht erfahren durfte, weil sie es ohnehin nicht verstanden hätte? Nun, Emma hatte recht behalten. Jennifer verstand es tatsächlich nicht. Wie hatte ihre Tochter so dumm sein können? Wie hatte sie, ein so cleveres und fleißiges Mädchen, sich in diese Lage bringen können? Was zum Teufel hatte sie sich dabei gedacht, ein Verhältnis mit einem Drogendealer anzufangen? Hatten sie das Thema nicht tausendmal besprochen? Hatte Emma ihr nicht geschworen, niemals Drogen zu nehmen oder sich mit Leuten abzugeben, die Drogen nahmen? Sie hätte es so machen sollen wie diese Julia – in einer hübschen Wohnung in einer Kopfsteinpflastergasse wohnen, regelmäßig zur Uni gehen. Stattdessen saß sie im Gefängnis, während von ihrem Robin Hood weiterhin jede Spur fehlte.

Jennifer versuchte, sich zu beruhigen. Das alles war nebensächlich. Das größte Problem war, dass ein Mann versucht hatte, ihre Tochter zu vergewaltigen. Glücklicherweise war sie von einem Fremden gerettet worden. Und solange dieser Fremde nicht gefunden war, blieb Emma in die Sache verwickelt. Doch wer war der große Unbekannte? Was sollte sie noch tun? Wenn er sich doch nur melden würde, dann könnte sie Emma endlich mit nach Hause nehmen und über die dummen Fehler sprechen, die ihre Tochter gemacht hatte. Vielleicht sollte sie sie zu einem Psychologen schicken. Emma war so unschuldig und naiv, dachte Jennifer voller Nachsicht. Sie glaubte, alle Menschen wären so arglos wie sie. Wie hatte es nur so weit kommen können?

Jennifer machte sich auf den Rückweg zum Hotel. Panik stieg in ihr auf, sie achtete nicht auf den Weg und hatte sich schon nach kurzer Zeit verlaufen. Sie zog einen Stadtplan aus der Tasche, konnte sich aber nicht konzentrieren und bog immer wieder falsch ab, was sie nur noch weiter vom Hotel wegführte. Zuletzt gab sie auf und winkte ein Taxi heran. Als sie endlich in ihrem Zimmer war, setzte sie sich aufs Bett und starrte minutenlang die Wand an, um ihre Gedanken zu ordnen. Sie rief Mark an, erreichte aber nur June, seine Sekretärin. June sagte, er sei im Gericht. Jennifer wollte mit Eric und Lily sprechen, doch die waren beide in der Schule. Unruhig lief sie auf und ab. Sie hatte seit dem Morgen nichts gegessen, hatte aber keine Lust, in ein Restaurant zu gehen. Aus Langeweile schaltete sie den Fernseher ein und suchte nach einem englischsprachigen Sender. Es gab nichts, was sie sehen wollte – nur eine Kochsendung –, und so schaltete sie den Fernseher wieder aus. Schließlich griff sie zum Telefon und rief Roberto an.

Sie erreichte seinen Anrufbeantworter und hinterließ eine Nachricht: »Roberto. Hier spricht Jennifer Lewis. Ich muss dringend mit Ihnen reden. Es ist wichtig. Bitte rufen Sie mich im Hotel an.«

Sie hörte ein Klicken. »Kein Problem, Señora. Ich bin hier«, sagte er.

»Sie gehen nie ans Telefon?«

»Nein.«

»Ich habe mich eben mit einer Freundin und Kommilitonin von Emma getroffen und nichts Gutes erfahren. Ich möchte mit Ihnen sprechen, falls Sie Zeit haben.«

Schweigen in der Leitung, offenbar überprüfte er seinen Terminkalender.

»Wir können uns in zwei Stunden treffen. Möchten Sie in mein Büro kommen?«

»Ja, gern, wo immer es Ihnen am besten passt.«

»*Bueno*. Dann sehen wir uns um fünf Uhr.«

Ihr blieben noch zwei Stunden Zeit. Sie machte sich frisch und verließ das Hotel abermals. An einem Kiosk kaufte sie eine Ausgabe der *International New York Times*, setzte sich in ein Straßencafé und bestellte Serranoschinken. Obwohl sie Schwierigkeiten hatte, sich auf die Nachrichten zu konzentrieren, blätterte sie die Zeitung einmal durch, denn sie wollte sich davon überzeugen, dass nicht über Emma berichtet wurde. Sie beobachtete die Gäste im Café und die Passanten, die mit ihrem eigenen Leben beschäftigt waren, und sie dachte sich Geschichten aus, wer diese Leute waren und wohin sie wollten. So verstrich die Zeit. Als sie beim nächsten Mal auf ihre Armbanduhr blickte, war es endlich so weit: Sie konnte zu Roberto gehen.

Er war offenbar nicht allein, und so setzte sie sich für eine Viertelstunde ins Wartezimmer. Eine geschmackvoll und ganz in Schwarz gekleidete Frau mit der Aura von Geld und Macht kam heraus. Vielleicht hatte sie Roberto angeheuert, um herauszufinden, ob ihr Mann eine Affäre hatte? Roberto schloss die Tür hinter der Frau und öffnete sie wenige Minuten später, um Jennifer hereinzubitten. Er hatte vermutlich während des Telefonats schon gemerkt, wie aufgeregt sie war, denn er fing zu sprechen an, bevor sie den Mund aufmachen konnte.

»Bestimmt haben Sie herausgefunden, dass Ihre Tochter das Studium abgebrochen hat, richtig?«

»Sie wussten davon? Und Sie wussten auch, dass sie bei ihrem Freund eingezogen ist?«

»Ja, Señora.«

Sie spürte einen Anflug von Wut. »Und wann hatten Sie vor, mir davon zu erzählen?«

»Zur rechten Zeit«, antwortete er ruhig. »Ich habe Ihnen viel zu sagen, und das war nicht das Wichtigste.«

»Vielleicht sollten Sie das Urteil mir überlassen.«

»Wenn Sie Ihrem Urteil trauen könnten, würden Sie mich

nicht brauchen. Kommen Sie, das ist Zeitverschwendung. Ich werde Ihnen berichten, was ich weiß.« Er stand auf, schenkte sich einen Sherry ein und bot ihr auch einen an, doch sie lehnte ab.

»Wissen Sie, was die *feria* ist?«, fragte er.

»Nicht genau«, sagte sie ungeduldig. »Eine Art Volksfest?«

»Ja. Es handelt sich um eine zehntägige Feier etwa vierzehn Tage nach Ostern, während unserer *semana santa,* der heiligen Woche. Es ist in ganz Andalusien Tradition – in Granada, Córdoba, in ganz Südspanien. Es gibt eine große Parade mit Pferden und *caballeros* – Männern in traditionellen Kostümen, die ihre Reitkünste zur Schau stellen – und Stierkämpfern, die in die Arena ziehen. Auf dem Festplatz stehen prachtvoll geschmückte Zelte – wir nennen sie *casetas* –, mehr als tausend davon. Betrieben werden sie von der Stadt, der Kirche und den wohlhabenden Familien Sevillas, die dort private Feiern ausrichten. Die ganze Nacht wird auf den Straßen gefeiert und in den *casetas*, die man nur mit vorheriger Einladung betreten darf. Die Frauen tragen Flamencokostüme, die Männer Kurzjacken, enge Hosen und Stiefel, alle tanzen *sevillanas* und trinken Sherry und Wein. Dieses Fest, die *feria*, gibt es schon seit hundertfünfzig Jahren.«

Jennifer unterbrach ihn. »Hören Sie, es tut mir leid, ich möchte nicht unhöflich sein. Ich wünschte, ich könnte als Touristin hier sein und Ihre Bräuche und Traditionen genießen. Aber ich bin wegen meiner Tochter hier, und ich habe gerade beunruhigende Neuigkeiten erfahren. Könnten wir bitte *darüber* sprechen?«

Roberto lächelte sie an. »Ich verstehe Ihre Ungeduld. Aber vertrauen Sie mir. Das hat alles sehr wohl mit Ihnen zu tun. Bitte erlauben Sie mir weiterzusprechen.«

Jennifer nickte.

»Der junge Mann, der umgebracht wurde – Rodrigo Pérez –

stammt aus einer sehr wohlhabenden und alteingesessenen Familie. Er ist in Almería aufgewachsen, wo sein Vater arbeitet, doch seine Wurzeln sind hier in Sevilla. Jedes Jahr betreibt seine Familie eines der großen Festzelte. Ihr Sohn wurde am letzten Abend der *feria* ermordet. Er hatte mehr als tausend Euro bei sich, um die Angestellten zu bezahlen. Als sein Leichnam in der Wohnung Ihrer Tochter gefunden wurde, waren seine Taschen leer. Die Polizei glaubt, dass er ausgeraubt wurde.«

Jennifer hob den Kopf. »Ja, das habe ich bereits gehört. Vielleicht hat der Algerier, der Emma gerettet hat, ja das Geld genommen. Wäre das nicht denkbar? Vielleicht meldet er sich deswegen nicht bei der Polizei.«

»Zu diesem Zeitpunkt können wir nichts ausschließen. Die Polizei hat noch keine konkreten Erkenntnisse. Vielleicht wurde der Junge ausgeraubt, bevor er zu Emmas *piso* ging. Vielleicht hat er es verloren. Wir wissen nur, dass er die Angestellten und die Lieferanten nicht bezahlt hat und das Geld verschwunden ist. Möglicherweise weiß Emma mehr.«

»Hat man sie gefragt?«

»Ja. Sie behauptet, keine Ahnung zu haben.«

Jennifer schlug die Beine übereinander. »Nun, so viel dazu. Sicher war sie nach dem schrecklichen Zwischenfall sehr aufgewühlt, nach dem Kampf und dem Mord. Sie hätte es nicht bemerkt, wenn der Algerier das Geld genommen hätte. Möglicherweise ist er für immer abgetaucht. Vielleicht ist er wieder bei seiner Familie in Algerien, jetzt, wo er genug Geld hat.«

Roberto starrte sie eine gefühlte Ewigkeit an. »Vielleicht«, sagte er schließlich.

»Bitte geben Sie mir doch ein Glas von dem Sherry«, sagte Jennifer. »Ich werde Emma morgen wieder besuchen und sie danach fragen. Sie wird mich nicht anlügen.«

Roberto schien gedankenverloren. Jennifer wurde unruhig. Sie leerte ihr Glas hastig und bat um ein zweites.

»Emma behauptet, Paco in der Mordnacht nicht gesehen zu haben«, sagte Roberto langsam. »Sie sagt, sie sei mit Freunden unterwegs gewesen, die das auch bestätigen können. Wir haben jedoch ein paar andere Studenten ausfindig gemacht, die schwören, sie und Paco zusammen gesehen zu haben. Warum sollte sie in diesem Punkt lügen?«

Jennifer hatte das Muster im Teppich angestarrt. Ihre Gedanken waren zu Lily gewandert, die heute eine wichtige Prüfung schreiben sollte. Sie fragte sich, wie es wohl laufen würde und ob Mark sie zum Lernen hatte anhalten können. Und dann wurde ihr plötzlich klar, wie unwichtig das war im Vergleich zu dem, was ihre älteste Tochter gerade durchmachte. Und was war mit Eric? Vermisste er sie? Fühlte er sich im Stich gelassen? Wieder gingen ihre Gedanken auf Wanderschaft. Was, wenn die Presse zu Hause Wind von der Sache bekam? Wie würden die Kinder reagieren? Was sollte Mark ihren Freunden erzählen? Und was war mit ihren eigenen Eltern, die in Philadelphia tapfer die Stellung hielten? Wie würden sie sich fühlen, wenn die ganze Sache bekannt wurde? Und was war mit Princeton? Würde Emma von der Uni fliegen?

»Mrs Lewis?«, unterbrach Roberto ihre Gedanken. »Haben Sie mich gehört?«

Jennifer blickte auf. »Es tut mir leid. Was haben Sie gesagt?«

»Ich habe Sie gefragt, warum Ihre Tochter abstreitet, Paco in der Mordnacht gesehen zu haben.«

Jennifer war schlagartig hellwach. »Das weiß ich nicht. Aber ich denke nicht, dass man die Aussagen von ein paar betrunkenen Studenten so ernst nehmen sollte. Mich beschäftigt etwas ganz anderes. Warum wird Paco eigentlich vermisst? Vielleicht hat Emma sich an ihn gewandt, nachdem der junge Mann in ihrer Wohnung getötet wurde. Vielleicht hat Paco den Algerier irgendwo versteckt. Vielleicht ist er aus dem Grund abgetaucht.«

Roberto überlegte. »Das wäre möglich«, sagte er. Er dachte

nach, stand auf und suchte einen Zettel mit handschriftlichen Notizen aus einem Papierstapel auf dem Schreibtisch heraus. Er reichte ihn Jennifer. »Wir werden es bald erfahren.«

Jennifer konnte den spanischen Text nicht verstehen, sie sah Roberto verwirrt an. »Wie das?«, fragte sie.

»Er wird es uns verraten. Die Polizei hat ihn ausfindig gemacht. Er wird gerade nach Sevilla gebracht.«

# Kapitel 11

Roberto erklärte ihr, dass es für heute nichts mehr zu tun gab. Die Polizei würde Paco einbestellen und befragen, doch ganz bestimmt würden sie ihre Erkenntnisse nicht mit ihnen teilen. Roberto vermutete, dass Paco ein Anwalt gestellt würde, vermutlich ein Pflichtverteidiger. José könnte herausfinden, um wen es sich handelte, möglicherweise ließe sich später Kontakt zu ihm aufnehmen. Im Moment konnten sie nur abwarten.

»Oder natürlich etwas essen gehen«, sagte Roberto. »Möchten Sie mit mir zu Abend essen? Das ist doch netter, als im Hotel zu sitzen und beim Roomservice anzurufen, oder?«

Jennifer war dankbar. »Ja, viel netter. Ich danke Ihnen. Aber machen Sie sich wegen mir bitte keine Umstände. Ich meine, wenn Sie etwas Besseres zu tun haben …«

»Wenn ich etwas Besseres zu tun hätte, hätte ich es nicht vorgeschlagen«, sagte er lächelnd. »Ich würde mich freuen, mit Ihnen zu Abend zu essen, aus ganz ähnlichen Gründen. Auch ich kann etwas Ablenkung gebrauchen und habe keine Lust, allein zu Hause zu sitzen.«

Sie wusste, dass sie nachfragen sollte, doch sie kannte die Antwort bereits: Seine Ehe war gescheitert und seine Tochter nicht bei ihm. Er hatte es schon einmal erwähnt, ganz offensichtlich brauchte er jemanden zum Reden.

»Außerdem«, sagte er, »gibt es noch das eine oder andere zu besprechen. Ist doch gemütlicher, das bei einem guten Essen zu tun.«

Sie nickte. Es war sechs Uhr – für spanische Verhältnisse immer noch Nachmittag –, und so fuhr sie mit dem Taxi ins Hotel zurück, um sich vor dem Treffen im Restaurant ein wenig hinzulegen. Roberto hatte zehn Uhr vorgeschlagen, doch sie konnte ihn zu neun Uhr dreißig überreden mit dem Argument, sie sei die spanischen Zeiten nicht gewohnt. Im Hotel streifte sie ihre Schuhe ab und streckte sich auf dem Bett aus. Sie schloss die Augen, doch der Schlaf ließ auf sich warten. Sie zählte von hundert abwärts, eine Strategie, die fast nie aufging und so vergeblich war wie sonst. Irgendwann gab sie es auf und rief Mark an, um ihm von Paco zu erzählen. Sie benutzte ihr Handy und zog sich ins Badezimmer zurück. Dort drehte sie das Wasser auf, damit niemand sie belauschen konnte, auch wenn sie sich dabei albern und paranoid vorkam. Sie erreichte sein Büro, doch seine Sekretärin sagte, Mark sei gerade zum Mittagessen ausgegangen. Jennifer schrieb ihm eine kurze E-Mail und versprach, ihn auf dem Laufenden zu halten.

Bevor sie das Handy wieder einsteckte, überlegte sie es sich anders und wählte die Nummer ihrer besten Freundin Suzie Berenstein. Sie würde beichten müssen, dass sie in der E-Mail gelogen hatte; nichts sei in Ordnung, gar nichts, sie mache sich große Sorgen und brauche ihre Freundin. Sie würde Suzie absolute Verschwiegenheit schwören lassen. Ganz sicher würde Suzie dichthalten – das hatte sie im Laufe der Jahre immer getan, angefangen mit Jennifers Zweifeln vor der Ehe mit Mark bis hin zu ihrem Verdacht vor ein paar Jahren, er könnte eine Affäre haben. Jennifers Misstrauen hatte sich als unbegründet herausgestellt. Er hatte, wie er sagte, lediglich eine anstrengende Zeit im Job durchgemacht und sich deswegen von ihr zurückgezogen. Im Gespräch mit Suzie hatte Jennifer eingesehen, dass es an ihr war, die Distanz zu überbrücken und die alte Intimität wiederherzustellen. Sie sei dermaßen auf die Kinder fixiert, dass sie und Mark sich entfremdet hätten, so sah Suzie das. Jennifer war ihrer Meinung gewesen, auch wenn sie es damals nicht zu ernst genommen hatte. Den Kindern ging es wunderbar, und der Elternstolz schweißte sie und ihren Mann zusammen, zumindest hatte sie sich das eingeredet. Später würden sie noch genug Zeit haben, sich um ihre Beziehung zu kümmern, wenn sie nur noch zu zweit waren; denn eines Tages würde sogar der kleine Eric zu studieren anfangen, und dann hätte das Mutterdasein ein Ende.

Sie hatte Mark versprochen, nicht mit anderen über Emmas Notlage zu sprechen, aber nun hielt sie es nicht mehr aus, nicht, wenn er so weit weg war und Emma sich so seltsam benahm. Sie brauchte Suzie. Außerdem, dachte sie, war Suzie Emmas Patentante. Sie hatte ein Recht darauf, die Wahrheit zu erfahren. Jennifer ließ es lange klingeln, und als sich niemand meldete, hinterließ sie eine Nachricht: »Suze, ich bin's. Ich muss mit dir reden. Ich war nicht ganz ehrlich. Ich bin hier in Spanien bei Emma, aber es geht ihr nicht gut, und mir auch nicht. Bitte ruf mich an. Mein Handy ist eingeschaltet.«

Als es an der Zeit war, zum Treffen mit Roberto aufzubrechen, hatte sich Mark immer noch nicht gemeldet. Sie hatte ihm zwar versprochen, sich wieder zu melden, war aber dennoch der Meinung, er hätte zurückrufen sollen. Er sollte sich eigentlich ständig bei ihr melden, dachte sie, nicht nur, um sich zu informieren, sondern auch, um sie zu trösten und ihr den Rücken zu stärken. Immerhin war sie hier ganz allein und musste das tägliche Auf und Ab bewältigen und Emmas Sorgen, Wut und Enttäuschung auffangen.

Sie war froh, zum Essen ausgehen zu können. Sie duschte, schlüpfte in ein marineblaues ärmelloses Kleid, schminkte sich, nahm den Aufzug hinunter in die Lobby und bat den Pförtner, ihr ein Taxi zu rufen. Sie hatte den Namen und die Adresse des Restaurants auf einen Zettel geschrieben, den sie dem Fahrer zeigte. Er nickte und trat aufs Gaspedal.

Roberto war schon dort und erwartete sie. Die Kellnerin führte sie an seinen Tisch. Er sprang auf, um ihr den Stuhl zurechtzurücken. Er hatte bereits eine Flasche Marqués de Riscal bestellt und schenkte ihr ein. Jennifer überflog die Speisekarte, auch wenn sie auf einmal ein mulmiges Gefühl beschlich.

Sie entschied sich für den Fisch – *merluza* –, genauso wie er. Nachdem die Kellnerin die Bestellung aufgenommen hatte, beugte Roberto sich leicht vor.

»Señora, ich muss über ein heikles Thema mit Ihnen sprechen. Es steht bereits in der Zeitung.«

Jennifer war verwirrt.

»Sie sprechen kein Spanisch, deswegen haben Sie es vermutlich nicht mitbekommen.«

Er öffnete seine Aktentasche und zog mehrere Ausgaben des *Diario* heraus. Die Schlagzeilen bezogen sich auf den ermordeten jungen Mann, der als Spross einer angesehenen Familie der Zeitung eine große Story wert war. Auf den Titelseiten war immer dasselbe Foto von Emma zu sehen, ihr Bewerbungsfoto für das Austauschprogramm, auf dem sie so ernst und hübsch aussah. Zwei der Artikel las Roberto laut vor. In beiden wurde der geheimnisvolle Algerier gebeten, sich bei der Polizei zu melden, ihm wurde sogar Unterstützung beim Einwanderungsverfahren zugesagt.

»So wurde bislang darüber geschrieben«, erklärte er. Dann zog er die aktuelle Ausgabe heraus. Auf der Titelseite war Emma in einem tief ausgeschnittenen, hautengen schwarzen Minikleid und Stilettos zu sehen, sie hatte das Gewicht auf das linke Bein verlagert und die Hüfte kokett vorgeschoben. Sie zog einen Schmollmund und war stark geschminkt, trug dunklen Lippenstift und viel zu viel Eyeliner.

»Mein Gott. Was ist das? Sie sieht aus wie eine …«

»Wie eine *puta*. Ich weiß.«

»Wie eine Prostituierte. Ganz genau.«

»Ja, nur deswegen haben sie das Foto abgedruckt. Die Titelzeile lautet: ›Unschuldige Amerikanerin?‹ In dem Artikel heißt es: ›Dies ist die angeblich so unschuldige Amerikanerin, die behauptet, unser spanischer Musterstudent hätte sie zu vergewaltigen versucht.‹« Er las noch weiter, dann hob er den Kopf. »Da steht, das Foto zeige eine Seite von Emma – sie wird nur *la americana* genannt –, die ihre Schilderung der Ereignisse zweifelhaft erscheinen lässt.« Er blätterte um, suchte die Seiten nach weiteren Berichten zu dem Fall ab. »Da steht ein Interview mit den Eltern von Rodrigo Pérez, die erzählen, was für ein Musterknabe ihr Sohn gewesen sei. Emma habe ihn in eine Falle gelockt, um ihn auszurauben und zu ermorden.«

Roberto überreichte Jennifer die Zeitung, ungläubig studierte sie das Foto. »Ich verstehe nicht. Wo haben die das Bild her? Wer hat dieses Foto gemacht?« Sie ließ die Zeitung sinken und sah Roberto flehentlich an. »Hören Sie, ich kann die Eltern des Jungen verstehen. Wie auch nicht? Es muss eine Tragödie für sie sein, selbstverständlich glauben sie nicht, dass ihr Junge eine Frau vergewaltigen wollte. Sie haben einen furchtbaren Verlust erlitten. Aber sie haben ein falsches Bild von Emma. Sie müssen mir glauben.«

Roberto schwieg.

Er findet mich lächerlich, dachte Jennifer. Uns alle.

Doch Roberto plante lediglich den nächsten Schritt. Er sah sie an. »Wir müssen mit Ihrer Tochter reden. Sie muss uns erklären, wie das Foto zustande kam, nur so können wir angemessen reagieren. Ganz offensichtlich gibt es da vieles, was sie Ihnen verschwiegen hat. Wir dürfen erst wieder zu ihr, nachdem Paco verhört wurde. Wir werden also bis morgen abwarten müssen. Ich werde Sie morgen früh aufs Polizeipräsidium begleiten, doch ich fürchte, dass wir uns auf Reporter und Fernsehkameras einstellen müssen. Denken Sie immer daran, Sie dürfen nicht mit diesen Leuten reden oder auf ihre Fragen eingehen. Ich werde Sie begleiten und Ihnen durch die Menge helfen.«

»Die Menge?«

»Wahrscheinlich. Ihr Mann sollte dringend herkommen.«

»Das habe ich ihm bereits gesagt.«

Nun war passiert, was sie befürchtet hatte. Ganz sicher würde die Story hohe Wellen schlagen, weit über Spaniens Grenzen hinaus. Wie lange würde es noch dauern, bis die amerikanischen Medien Wind von der Sache bekämen? Dann würden sie sicher ein Riesenspektakel veranstalten, in das ihre ganze Familie hineingezogen würde. »Ich halte das nicht aus«, murmelte sie.

»Doch. Sie müssen.«

Jennifer wurde wütend. »Das sagt sich so leicht.«

»Ja, das sagt sich leicht. Ich weiß.«

Sie schloss die Augen und versuchte, sich zusammenzureißen. »Ich brauche was zu trinken«, sagte sie.

Sie aßen und leerten den Rioja. Jennifer, die nur selten Alkohol trank und ihre Grenze längst überschritten hatte, bat um ein weiteres Glas, woraufhin Roberto eine zweite Flasche orderte.

»Wie seltsam«, sagte sie. »Ich war immer der Meinung, Emma so gut zu kennen. Als säße ich in ihrem Kopf, als könnte ich ihre Wünsche und Bedürfnisse vorausahnen. Ich habe immer alles für sie getan und war so stolz auf sie. Und, ich gebe es zu, auch auf mich, denn ich habe in meiner mütterlichen Zuwendung immer den Grund für ihren Erfolg gesehen. Wissen Sie, ich habe nicht wieder gearbeitet. Ich bin zu Hause bei den Kindern geblieben, ich wollte sie keinem Babysitter überlassen. Ich weiß noch, wie ich Emma gestillt habe. Wissen Sie, anfangs habe ich mich gefragt, ob ich nachts überhaupt pünktlich aufwachen würde. Aber es war kein Problem, denn mein Körper wusste, wann sie hungrig war; die Milch ist mir nur so aus den Brüsten getropft. Sobald sie aufwachte, war ich für sie da. Daran hat sich nie etwas geändert.«

Roberto nickte. »Das verstehe ich. Ich habe eine ähnliche Verbindung zu meiner Tochter verspürt … ohne das Stillen natürlich«, fügte er lächelnd hinzu. »Aber die Zeiten sind vorbei.«

»Vorbei? Sie spüren es nicht mehr?«

»Doch, natürlich. Aber ich habe sie seit acht Jahren nicht mehr gesehen. Ich weiß nicht einmal, wo sie lebt.«

Jennifer setzte ihr Glas ab und starrte ihn an. »Roberto, das tut mir so leid. Was ist passiert?«

»Ihre Mutter hat sie entführt, als sie fünf Jahre alt war – vermutlich hat sie das Land verlassen und ist untergetaucht. Ich habe sie überall gesucht, habe andere Privatdetektive engagiert und die Polizei auf sie angesetzt, aber sie wurde nie gefunden. Ich weiß nicht einmal, ob sie noch lebt.«

»Aber warum? Warum hat sie das getan?«

»Wer weiß? Es ist schon seltsam. Wenn man so etwas Furchtbares erlebt, fragen einen alle, warum, als wüsste man den Grund, als habe man diese schreckliche Strafe irgendwie verdient. Ehrlich gesagt war meine Frau sehr krank, schon seit längerer Zeit. Sie litt unter Wahnvorstellungen und war impulsiv, aber natürlich hatte ich gehofft, die Ärzte und die Medikamente und die Therapien würden ihr helfen. Letztendlich hat nichts geholfen, sie ist einfach davongelaufen. Ich verdiene meinen Lebensunterhalt unter anderem damit, untergetauchte Menschen aufzuspüren, nur sie bleibt wie vom Erdboden verschluckt.« Er trank einen weiteren Schluck Wein, setzte das Glas ab. »Vielleicht war es tatsächlich meine Schuld. Ich hätte früher eingreifen müssen. Ich hätte ihr das Kind wegnehmen sollen, bevor es zu spät war.«

Jennifer wusste nicht, was sie sagen sollte. Der Wein hatte ihre Zunge schwer gemacht, und sie hatte Schwierigkeiten, ihre Gedanken zu formulieren. Sie wollte ihm sagen, dass man manchmal den Wald vor lauter Bäumen nicht sieht. Wir kennen die Menschen nicht, die wir zu kennen glauben.

Er hob die Hand und signalisierte der Kellnerin, dass er bezahlen wolle. Als die Rechnung gebracht wurde, legten beide ihre Kreditkarte auf das Tablett, und Jennifer bat die Kellnerin, den Betrag zu teilen. Roberto nahm ihre Karte und gab sie ihr mit einem vorwurfsvollen Blick zurück. »Ich zahle«, sagte er. »Ich habe Sie eingeladen, und Sie sind zu Gast in meinem Land. Bitte, kränken Sie mich nicht.« Jennifer widersprach nicht.

»Es tut mir leid, Señora. Ich bin da, um Ihnen bei Ihrem Problem zu helfen, nicht, um von meinem zu erzählen. Ich wollte damit nur sagen, dass auch ich über Kummer und Verlust Bescheid weiß und über die Kraft, die es braucht, sich dagegen zu stemmen. Sie müssen sich, wie sagt man so schön, *mobilisieren*« – als er das sagte, ballte er die Hände zu Fäusten – »ja, Sie müssen alle Reserven mobilisieren, nur dann haben Sie eine Chance, Ihre Tochter mit nach Hause zu nehmen. Ich bitte Sie, mir zu vertrauen.« Er hielt inne und ließ seine Worte wirken. Jennifer sagte nichts mehr. *»De acuerdo?«*, fragte er.

*»De acuerdo?«*

»Ob Sie einverstanden sind.«

»Ja«, sagte Jennifer, ihre Stimme belegt von Alkohol und Rührung. »Ich bin einverstanden.«

# Kapitel 12

Jennifer konnte nicht einschlafen. Nervös warf sie sich hin und her, und als sie schließlich eine Tablette nahm und in einen medikamentenschwangeren Schlaf abglitt, wurde sie von unzusammenhängenden Traumbildern gequält. Die Tablette bot nur eine kurze Atempause – vier Stunden später war sie wieder wach. Sie warf einen Blick auf die Uhr, es war halb sechs am Morgen. Sie seufzte und streckte sich wieder auf dem Rücken aus, starrte an die Decke. In Philadelphia war es jetzt halb zwölf am Abend. Sicher waren die Kinder längst im Bett. Und Mark saß in seinem Arbeitszimmer. Sie griff zum Telefon.

Ihre Mutter meldete sich nach dem ersten Klingelzeichen. Mark sei zum Essen ausgegangen, sagte sie, und immer noch nicht zurück. Jennifer spürte einen Stich. »Mit wem?«, fragte sie beiläufig, aber ihre Mutter wusste es nicht. »Jemand aus der Kanzlei, glaube ich«, sagte sie. »Ich weiß nicht, wo er ist. Er hat gesagt, er käme früh nach Hause.«

»War er denn zwischendurch kurz da, um den Kindern gute Nacht zu sagen?«, wollte Jennifer wissen.

»Nein, Schätzchen. Das war nicht nötig. Alles ist in bester Ordnung. Mach dir keine Gedanken. Wie geht es Emma?«

Es war an der Zeit, mit der Wahrheit herauszurücken; Jennifer machte sich auf eine hysterische Reaktion gefasst und verriet ihrer Mutter deshalb auch nur das Allernötigste, so dass diese, falls die Sache in den Medien auftauchte, keinen Schock erlitt. Die Details unterschlug sie lieber. Sie betonte, Emma sei natürlich vollkommen unschuldig. Die ganze Sache werde sich bald aufklären, unterdessen würde sie jedoch in einer »Untersuchungszelle« festgehalten. Während Jennifer sprach, schwieg ihre Mutter, und der erwartete Ausbruch blieb aus. Ihre Mutter rief stattdessen Jennifers Vater mit ans Telefon, für den Jennifer die ganze Geschichte wiederholen musste. Ihre Mutter sprach mit sanfter Stimme, versicherte Jennifer, sie müsse in Spanien bleiben und tun, was nötig sei, um Emma zu helfen. Sie selbst würde sich derweil zu Hause um alles kümmern, sicher käme Emma bald frei. Ihr Vater wiederholte die Versicherungen der Mutter und stellte ein paar Fragen: Hatten sie einen guten Anwalt? Wurde Emma auch anständig behandelt? Damit hatte Jennifer gerechnet, doch ihre Mutter überraschte sie wirklich. Normalerweise schwebte ihre Mutter schon in tausend Ängsten, wenn eines der Kinder auch nur leichtes Fieber hatte; sie übertrieb es so, dass Jennifer derlei Informationen von ihr fernhielt. Und doch schien sie nun völlig unbeeindruckt von der Tatsache zu sein, dass ihre älteste Enkelin nach einem Mordfall in Haft saß. Je länger sie darüber nachdachte, desto klarer wurde Jennifer, dass ihre Mutter schon zuvor robuste Nerven bewiesen hatte. Als Eric im Babyalter wegen einer Schimmelallergie ins Krankenhaus eingeliefert wurde und wegen seiner Atemnot eine Intubierung nötig war, die sein Leben rettete, war ihre Mutter am nächsten Tag angereist; sie kochte, übernahm den Haushalt und die Betreuung der Mädchen, so dass Jennifer im Krankenhaus bleiben konnte. Ganz offensichtlich schaltete ihre Mutter in Notfällen auf Autopilot – Gott sei Dank, dachte Jennifer. Hoffentlich wäre sie selbst in der Lage, für ihre Tochter dasselbe zu tun.

»Sag Mark, er muss sofort herkommen«, sagte Jennifer. »Es gibt Neuigkeiten – ich kann am Telefon nicht darüber sprechen –, aber ich fürchte, wir werden bald in der Zeitung stehen, und dann brauche ich ihn hier. Sag ihm, er soll mich anrufen oder schreiben, sobald er einen Flug gebucht hat.«

Inzwischen war es halb sieben, doch der Himmel war immer noch pechschwarz. In Kürze würde er sich grau einfärben, und bald darauf würde die aufgehende Sonne das Hotelzimmer mit Licht überfluten. Jennifer spielte mit dem Gedanken, sich noch einmal hinzulegen, doch an Schlaf war ganz eindeutig nicht zu denken. Ihre Gedanken kreisten darum, ihre Angst im Zaum zu halten und neue Probleme im Keim zu ersticken. Sie griff noch einmal zum Telefon und rief Suzie an. Die Stimme ihrer Freundin klang heiser, offensichtlich hatte sie sie geweckt; doch Suzie wurde hellwach, sobald sie hörte, wer anrief.

»Gott sei Dank«, sagte sie. »Ich habe versucht, dich auf dem Handy anzurufen. Du bist nicht rangegangen.«

»Tut mir leid. Ich hatte zu tun und habe nicht auf das Telefon geachtet. Hör mal, ich brauche deine Hilfe.«

»Ja, ich weiß. So viel habe ich verstanden. Was ist los?«

Jennifer schilderte die ganze Geschichte, fügte jedoch mehr Details ein als für ihre Eltern.

»Das mit dem skandalösen Foto verstehe ich nicht«, sagte Suzie. »Das kann nicht sein. Vielleicht Photoshop? Hat irgendjemand ein Interesse daran, Emma zu verleumden? Ihren Ruf zu ruinieren? Gibt es jemanden, der sie hasst? Der sie beneidet?«

»Ich weiß es nicht, Suzie. Daran habe ich nie gedacht. Es erscheint mir ein bisschen weit hergeholt.«

»Aber ein Foto, das Emma als Prostituierte zeigt, erscheint dir nicht weit hergeholt?«

»Doch, natürlich. Ich bin entsetzt, und ich muss so bald wie möglich mit ihr darüber sprechen. Aber mir wurde gesagt, ich müsse mit einer Pressemeute rechnen, wenn ich sie in der Haft besuche. Ich habe wirklich große Angst, dass die ganze Sache noch weiter aufgeblasen wird und irgendwann in den amerikanischen Medien auftaucht. Wenn das passiert, sind wir geliefert. Wir müssen irgendetwas unternehmen, damit die Sache nicht außer Kontrolle gerät. Kannst du mir helfen?«

»Natürlich. Ich werde in meiner Agentur nachfragen. Du solltest Profis engagieren, die der Welt beweisen, wie Emma wirklich ist und dass sie zu Unrecht in einem fremden Land festgehalten wird. Vielleicht sogar, weil sie Amerikanerin ist.«

Jennifer zögerte. »Ich bin mir nicht sicher, dass das stimmt. Ich sollte besser unseren Berater fragen, er wird mir sagen, ob dieser Ansatz hilfreich ist.«

»Hör mal, Jennifer, ich regele alles auf dieser Seite des Ozeans, du kümmerst dich um Spanien.«

»In Ordnung. Aber da ist noch etwas. Falls die Presse darüber berichtet, werden viele Leute – Freunde, Verwandte, Bekannte – sich melden und wissen wollen, was los ist. Ich schaffe das nicht. Könntest du einen Blog oder so etwas einrichten? Darf ich dir alle E-Mails weiterleiten? Wirst du die offizielle Sprecherin unserer Familie sein?«

»Ja. Absolut. Nun beruhige dich. Wir schaffen das. Alles wird gut, du wirst schon sehen. Ist Mark bei dir?«

»Nein. Er kommt bald.«

»Ich werde ihn anrufen. Wir telefonieren morgen wieder, okay?«

»Ja. Danke, Suzie. Vielen, vielen Dank.«

»Pass auf dich auf.«

Sie legte auf. Die Sonne stand knapp über dem Horizont, ein neuer gleißend heller Tag in Sevilla brach an. Jennifer spürte, wie sich ihre Verkrampfung ein kleines bisschen löste. Sie duschte, zog sich an und bestellte das Frühstück aufs Zimmer. Bald würde sie von Roberto und José abgeholt und aufs Revier begleitet werden.

In einem maßgeschneiderten schwarz-weißen Kostüm und schwarzen Pumps, das lange Haar zum Knoten aufgedreht, sah sie aus wie eine Anwältin auf dem Weg ins Gericht. Sie hatte eine schwarze Aktentasche dabei, darin die zusammengefaltete Zeitung mit dem verleumderischen Foto von Emma. Sie kletterte auf die Rückbank, Roberto nahm neben ihr Platz und José auf dem Beifahrersitz, und dann manövrierte der Fahrer den Wagen durch den dichten Verkehr. Roberto erklärte ihr, dass die Anwesenheit der Presse die Lage stark verändert hatte.

Dass er richtiglag, merkte sie, noch bevor sie das Polizeipräsidium betreten hatten. Vor dem Gebäude hatte sich ein kleiner Pulk von Journalisten versammelt, mindestens zwanzig Personen standen auf dem Gehsteig herum – einige mit Kameras, andere mit Mikrofonen, noch mehr mit Notizblöcken oder elektronischen Geräten. Als der Fahrer hielt, rief jemand: »Da ist die Mutter!«, und der Pulk bewegte sich geschlossen auf das Auto zu, so dass sich die Türen kaum öffnen ließen. Roberto stieg als Erster aus und ging voran, und dann fand Jennifer sich mitten in einer Szene wieder, die sie höchstens aus dem Fernsehen kannte. Die Fragen wurden ihr entgegengeschleudert wie Blitze. Zunächst auf Spanisch, doch dann, als die Reporter merkten, dass sie nichts verstand, auf Englisch: »Wussten Sie, dass Ihre Tochter ein Callgirl ist?« »Die Polizei sagt, sie hätte den Algerier nur erfunden – was glauben Sie?« »Hat sie früher schon gelogen?« »Meint sie, dass sie sich alles erlauben kann, nur weil sie Amerikanerin ist?« »Haben Sie die Mutter des Opfers schon gesprochen? Welche Nachricht möchten Sie ihr zukommen lassen?«

Jennifer senkte den Kopf und hielt sich an Robertos Hand fest, achtete nur auf ihn. »Nicht antworten«, zischte er. »Nicht antworten. Gehen Sie weiter.«

Sobald sie drinnen waren, starrte sie ihn entsetzt an.

»Genau das meinte ich, Señora. Und das war erst der Anfang. Sie müssen jetzt stark sein«, sagte er forsch. Sie nickte und schluckte angestrengt.

José näherte sich dem Beamten am Empfang und verlangte, Emma zu sehen. Man wies sie an zu warten, bis Fernando, der leitende Ermittler, sie abholen würde. Roberto kümmerte sich um Jennifer, wählte einen Sitzplatz für sie aus und brachte ihr einen Kaffee aus dem Automaten im Flur. Sie war dankbar und fühlte sich immer abhängiger von ihm, lauschte auf seine nächste Anweisung.

Sie warteten über eine Stunde. José und Roberto hielten ihr einen Vortrag darüber, wie wichtig es sei, Emma zur Kooperation mit der Polizei zu überreden. Fernando erschien, begrüßte sie freundlich und teilte ihnen mit, Pacos Befragung sei fürs Erste abgeschlossen. Fernando wirkte erschöpft. Seine Kleider waren zerknittert, seine Haare ungewaschen, er hatte einen Dreitagebart.

»Wir haben Paco die ganze Nacht verhört«, erklärte er und rieb sich die Augen. »So langsam wird er weich.« Diese Worte jagten Jennifer einen kalten Schauer über den Rücken. Wie meinte er das? Was hatte er getan, um Paco umzustimmen? Er wandte sich an sie: »Ihre Tochter weiß nicht, dass er hier ist. Sie werden es ihr natürlich sagen. Wir werden später noch einmal mit ihr sprechen. Irgendjemand wird als Erster mit der Wahrheit herausrücken, er wird im Vorteil sein und als Zeuge gegen den anderen aussagen. Möglicherweise könnte Paco dieser Jemand sein.«

Jennifer verlor die Nerven, noch bevor Roberto dazwischengehen konnte. »Wie ich sehe, halten Sie einen Menschen nicht so lange für unschuldig, bis seine Schuld bewiesen ist. Meine Tochter hat niemals getan, was ihr zur Last gelegt wird.«

»Das werden wir sehen«, sagte Fernando mit einem müden Lächeln. »Möchten Sie und Ihr Anwalt jetzt zu ihr?«

»Ja«, sagte José.

»Ich muss Sie leider informieren, dass Paco bestätigt, was uns zahlreiche Augenzeugen bereits gesagt haben: Er war am Abend des Mordes sehr wohl mit Emma zusammen. Emma ist die Einzige, die es noch abstreitet«, fügte Fernando hinzu. Er warf Jennifer einen mitfühlenden Blick zu. »Ich bin selbst Vater. Ich verstehe, wie fürchterlich das alles für Sie sein muss. Ich habe es schon einmal gesagt, und ich wiederhole es gern: Sie müssen Ihre Tochter dazu bringen, die Wahrheit und nichts als die Wahrheit zu sagen. In ihrem eigenen Interesse.«

Er wandte sich zum Gehen um, José folgte ihm. Jennifer blieb stehen und blickte Roberto fragend an. »Kommen Sie nicht mit?«, fragte sie.

Roberto sah Fernando an, der nickte.

»Doch, natürlich«, sagte Roberto. »Wir sollten jetzt wirklich mit ihr sprechen.«

Emma saß auf dem Bett in ihrer Zelle und las eine Ausgabe des *New Yorker*, die Jennifer ihr bei ihrem letzten Besuch mitgebracht hatte. Sie warf das Magazin beiseite und sprang auf, sobald sie ihre Mutter sah. Sie umarmte sie flüchtig, begrüßte José höflich auf Spanisch und sah Roberto neugierig an. Jennifer stellte ihn vor. Emma schüttelte seine Hand und sagte etwas auf Spanisch, das Jennifer nicht verstand. Emma wollte wissen, wann sie freigelassen würde. Roberto ergriff als Erster das Wort. »So schnell geht das nicht, Emma. Es hängt ganz von Ihnen ab. Zunächst einmal muss ich Ihnen sagen, dass Paco wieder da ist und so wie Sie festgenommen wurde. Man …«

Emma ließ ihn nicht ausreden. Sie sprang auf. »Oh nein! Jetzt werden sie versuchen, ihm die Schuld in die Schuhe zu schieben. Ich muss sofort mit ihm sprechen. Wann kann ich zu ihm?«

»Sie können nicht zu ihm«, sagte José. »Er wird verhört, die ganze Nacht schon, und wahrscheinlich wird man auch Sie wieder befragen, sobald wir gegangen sind. Die werden Sie erst in Ruhe lassen, wenn sie erfahren haben, was sie wissen wollen. Ganz offensichtlich hat Paco vor auszupacken.«

Emma warf ihrer Mutter einen hilflosen Blick zu. Ihre Stimme klang verzweifelt. »Mom, kannst du irgendwas für mich tun?«

Wie oft hatte Jennifer diese Worte schon gehört! Und in

der Vergangenheit hatte es meistens etwas gegeben, das sie tun konnte. Wie einfach es gewesen war. Wenn Emma nicht in dieselbe Klasse eingeteilt wurde wie ihre Freundin, rief Jennifer die Schule an und ließ eine Änderung vornehmen. Als Emma in Mathe nicht mehr mitkam, besorgte sie ihr einen Nachhilfelehrer. Je älter Emma wurde, desto schwieriger wurde es, doch Jennifer blieb dran. Sie wusste noch, wie Emma in der zehnten Klasse aufflog, nachdem sie in einem Essay zwei Passagen wortwörtlich abgeschrieben hatte. Die Lehrerin sprach von einem Plagiat und drohte, sie zur Strafe durchfallen zu lassen. Emma beteuerte, sie habe es nicht absichtlich getan, und Jennifer glaubte ihr. So etwas konnte doch jedem passieren.

Jennifer war zur Schule gefahren, um mit der Lehrerin zu sprechen. Sie hatte angeführt, wie leicht man durcheinanderkommen könne, wenn man fremde Quellen und eigene Notizen vermische. Sie erinnerte die Lehrerin daran, dass derselbe Fehler sogar der berühmten Historikerin Doris Kearns Goodwin unterlaufen war, verdammt noch mal. Am Ende gelang es ihr, die Lehrerin zu erweichen. »Sie hat dazugelernt«, sagte Jennifer. »Es tut ihr leid, und sie wird sich in Zukunft mehr Mühe geben. Das ist eine Lektion fürs Leben.« Sie bat die Lehrerin, »nicht Emmas Zukunft zu ruinieren« beziehungsweise deren Chance, von einem erstklassigen College angenommen zu werden. Die Lehrerin hatte nachgegeben. Emma musste lediglich zwei Wochen nachsitzen.

Aber nun war Jennifer hilflos. Es war so wie damals, als Emma von einem Schäferhund ins Gesicht gebissen wurde. Das Tier gehörte einer Freundin, und Jennifer hatte Emma noch nebenan mit dem Hund sprechen hören. Dann plötzlich waren ein Knurren zu hören und ein furchtbarer Schrei. »Hilfe! Mommy, hilft mir, hilf mir!«, hatte Emma gerufen. Das Blut lief ihr übers Gesicht, der Hund hatte ihr in die Wange gebissen. Selbst als das Tier davongezerrt wurde, hörte Emma nicht zu schreien auf.

Jennifer würde es nie vergessen. Sie hatte sich ohnmächtig gefühlt, war gerade noch in der Lage gewesen, das Krankenhaus anzurufen, Emma zum Auto zu tragen und beruhigend auf sie einzureden. Sie hatte ein Tuch auf die blutende Bisswunde gedrückt, bis sie im Krankenhaus waren und Emma in den OP gerollt wurde. Aber diesmal war sie vollkommen hilflos.

»Nein, mein Schatz, das kann ich nicht«, sagte sie mit brüchiger Stimme. »Aber du kannst etwas tun. Du kannst aufhören, Paco zu schützen. Er hat bereits gestanden, dass er in der Mordnacht mit dir zusammen war. Es gibt auch noch andere Zeugen. Du musst ihnen sagen, welche Rolle er spielt. Alles spricht gegen deine Version. Sogar die Presse arbeitet gegen dich, denn irgendwie ist durchgesickert, dass die Polizei deine Geschichte von dem Algerier nicht glaubt.«

Emma wollte widersprechen.

»Nein, warte, Emma«, fuhr Jennifer fort. »Ich glaube dir natürlich. Wenn du sagst, er war da, dann war er da; das weiß ich. Aber nun, da sie wissen, dass du wegen Paco und der Mordnacht gelogen hast, werden sie dir auch den Rest nicht mehr glauben. Ich hatte dich gewarnt.« Ihre Stimme wurde immer lauter und ihr Mund trocken, sie schaffte es kaum zu schlucken.

»Die spanischen Medien haben das Polizeipräsidium umstellt, und die internationale Presse wird sich ihnen anschließen, falls das nicht längst schon passiert ist«, fuhr sie in gereiztem Ton fort. »Wir müssen Granny und Pops und Lily und Eric darauf vorbereiten.«

»Da ist noch etwas«, fügte Roberto hinzu. »Sobald die Presse loslegt, eigene Recherchen anzustellen, werden Informationen zutage kommen, die Sie in einem negativen Licht dastehen lassen. Bislang haben die Zeitungen ein positives Bild von Ihnen vermittelt – eine hübsche, naive Amerikanerin, die sich in einem Netz aus Drogen und Verbrechen verstrickt hat. Möglicherweise wollte man Ihnen die Unschuldsvermutung zugestehen, obwohl Sie, was Ihren Freund angeht, gelogen haben. Aber nun, da die Hintergründe herausgekommen sind, ist alles anders.«

»Anders? Warum? Wovon sprechen Sie?« Wieder sah sie Jennifer an, ihre Stimme wurde laut. »Mom?«

Jennifer griff in ihre Tasche und zog die Zeitung heraus. Mit zitternden Händen warf sie sie auf den Tisch. »Emma. Was ist das? Was in Gottes Namen hast du dir dabei gedacht?« Sie kämpfte mit den Tränen. »O Gott, was hat dieser Paco mit dir gemacht?«

Emma griff zur Zeitung, ganz offensichtlich war sie bestürzt. Sie betrachtete die Titelseite eine ganze Weile, alle im Raum warteten gebannt. Dann fing sie zu lachen an – ein hartes, verbittertes Lachen, das Jennifer ihrer Tochter nie zugetraut hätte.

»Mom, das war an Halloween. Ich war verkleidet. Was hast *du* denn gedacht? Dass ich als Prostituierte arbeite? Mein Gott, Mom, kennst du mich nicht mehr?«

# Kapitel 13

Jennifer spürte, dass sie einen großen Fehler begangen hatte. Sie hätte wissen müssen, dass es eine harmlose Erklärung für das Foto gab. Nun fühlte Emma sich völlig zu Recht hintergangen. So weit durfte es nie wieder kommen. Sie sagte Roberto, er müsse der spanischen Presse die Bedeutung von Halloween erklären, und dann rief sie Suzie an, damit sie die PR-Leute instruierte. Ein argloser, amerikanischer Brauch werde hier in böser Absicht verdreht und Emma dabei verunglimpft.

Mark würde in drei Tagen in Sevilla landen, doch vorher ereilte sie ein weiterer Schlag. José rief an und erklärte ihr, die Ermittler würden Emma Beihilfe zum Mord vorwerfen. Sie sei bereits von der Polizei in ein Gefängnis außerhalb der Stadt verlegt worden. Jennifer rief Mark an, sie wollte ihn bitten, früher zu kommen, konnte ihn jedoch nicht erreichen. Seine Sekretärin sagte, er sei im Gericht. Jennifer schickte ihm eine E-Mail mit den Neuigkeiten und bat ihn um einen Rückruf, hörte allerdings nichts von ihm. Tags darauf trudelte endlich eine Sprachnachricht ein: Er habe ihre Mail erhalten und wünschte, er könnte bei ihr sein. »Zwei Tage noch«, sagte er.

Er landete planmäßig und wurde von einem Pulk von Journalisten empfangen, die das Hotel belagerten und sich auf Jennifer stürzten, wo immer sie auftauchte. Mark, ein hochgewachsener Mann und wütend noch dazu, bahnte sich mit großen Schritten und ausgefahrenen Ellenbogen einen Weg durch die Menge und wehrte ihre aufdringlichen Fragen mit verächtlichen Blicken und knappen Kommentaren ab.

Jennifer erwartete ihn in der Lobby, zu der die Reporter keinen Zutritt hatten. Sie gingen zum Aufzug, fuhren hinauf und betraten wortlos ihr Zimmer.

Jennifer war so wütend, dass sie ihn kaum ansehen konnte. Er kannte sie gut und hatte an ihrer Weigerung, Blickkontakt herzustellen, sofort gemerkt, dass etwas nicht stimmte.

»Ich konnte nicht früher kommen«, sagte er. »Ich konnte dich nicht einmal anrufen. Gestern war ich den ganzen Tag im Gericht.«

Sie warf ihm einen gequälten Blick zu. Diese Ausrede hatte sie schon so oft gehört; sie konnte es nicht mehr zählen. Es war die wortgetreue Formulierung für alles, was er im Laufe der Jahre verpasst hatte. Er verstand sie, ohne dass sie ein Wort dazu sagen musste.

»Es tut mir leid, Liebling. Ich weiß, wie wichtig das hier ist. Aber ich bin auch meinen Mandanten verpflichtet.«

Das war die falsche Antwort. Jennifer explodierte.

»Du bist deinen Mandanten verpflichtet? Du stellst fremde Leute auf eine Stufe mit deiner Frau und deiner Tochter? Hast du eigentlich eine Ahnung, was hier los ist? Die behandeln Emma wie ein amerikanisches Flittchen, dessen Lügen den Namen und den Ruf eines Toten beschädigen. Einige Journalisten haben sogar geschrieben, sie hätte ihn eigenhändig ermordet, so lächerlich das auch ist.« Jennifer redete sich in Rage, und sie sprach umso schneller, je länger die Liste der furchtbaren Neuigkeiten wurde.

»Gestern Abend wurde die Mutter des Jungen im Fernsehen interviewt. Sie hat lang und breit über ihren freundlichen, intelligenten, vielversprechenden Sohn geredet. Sie hat geweint und gesagt, diese *bruja americana* hätte ihn gleich zwei Mal getötet – zuerst habe sie ihn erstochen und dann seinen Ruf zerstört. Sie bestreitet, dass es einen Vergewaltigungsversuch oder einen algerischen Retter gab. Sie hat Emma und ihrem Freund öffentlich vorgeworfen, den Jungen ermordet und die tausend Euro gestohlen zu haben.« Jennifer unterbrach ihren Redeschwall und sprach mit müder, leiser Stimme weiter: »Und inzwischen scheint auch die Polizei das zu glauben. Ich habe dir eine Nachricht geschickt, dass Emma wegen Beihilfe zum Mord angeklagt wird und in eine Haftanstalt außerhalb der Stadt verlegt wurde. Hast du sie überhaupt gelesen?«

Er nickte grimmig. »Wie geht es ihr?«

»Ich durfte noch nicht zu ihr. Man wirft ihrem Freund vor, zugestochen zu haben, und angeblich hat sie ihm bei der Tat geholfen. Es ist einfach entsetzlich. Begreifst du jetzt, warum ich so aufgelöst bin? Ich weiß, dass du gute Gründe hattest, daheimzubleiben. Ich versuche wirklich, dich zu verstehen. Aber all das ist passiert, während du einen Mandanten gegen den Vorwurf von Insidergeschäften verteidigt hast, obwohl du weißt, dass er schuldig ist. Wie ist es möglich, dass du in der Kanzlei keinen Vertreter findest?«

Ihr Mann seufzte und schüttelte den Kopf. »Ich weiß nicht, wie oft ich dir das noch erklären soll, Jennifer. Aber anders geht es nun mal nicht, ich werde für meine Arbeit bezahlt, wir brauchen das Geld. Was soll ich denn tun? Wir haben noch zwei andere Kinder … das Schulgeld, das Studium, das wir mal finanzieren müssen, die Hypothek und dann Emma – der Anwalt und der Privatdetektiv, die PR-Agentur in New York, das Hotel, die Flüge – glaubst du, wir könnten das alles von unseren Ersparnissen bezahlen? Können wir nämlich nicht. Denkst du, ich wäre nicht lieber hier? Ich bin nur halbherzig bei der Arbeit; ich mache mir ständig Sorgen um euch.«

Jennifer antwortete nicht. Sie musste einsehen, dass er recht hatte, und sie schämte sich. Ihre Anspannung wirkte sich auf sie beide aus.

Mark ließ sich auf die Bettkante fallen. »Ich muss so schnell wie möglich zu Emma«, sagte er.

»Wir dürfen sie nicht mehr besuchen, wann wir wollen. Das Gesetz sieht vor, dass wir sie zweimal wöchentlich für fünfundvierzig Minuten sehen können. Aber offensichtlich darf die Polizei auch dieses Besuchsrecht nach Gutdünken einschränken. Ich wurde heute nicht zu ihr gelassen. Vielleicht klappt es morgen.«

Sie versuchte, ihn über die Lage ins Bild zu setzen. Angeblich stammten Rodrigos tödliche Stichverletzungen von einem Mann, der größer und kräftiger war als der, den Emma beschrieben hatte.

»Wie sieht dieser Paco eigentlich aus?«, fragte Mark.

»Ich habe ihn nie gesehen.«

»Du weißt, was ich meine, Jennifer. Was hast du über ihn gehört?«

»Die Ermittler behaupten, der Angreifer habe in etwa Pacos Körpergröße gehabt.« Jennifer sagte das, ohne ihren Mann anzusehen und mit tonloser Stimme, so kühl und sachlich wie möglich. Sie schilderte, dass Emma praktisch zugegeben hatte, am Abend des Verbrechens mit Paco zusammen gewesen zu sein, allerdings behaupte sie weiterhin steif und fest, er habe die Wohnung nicht betreten. Ein Fremder habe sie vor der Vergewaltigung gerettet. Jennifer setzte sich neben Mark und legte eine Hand auf sein Knie. »Die Ermittler haben ein eigenes Szenario entworfen – es ist so aberwitzig und passt so wenig zu Emma, dass ich es kaum in Worte fassen kann.«

Mark stand auf, durchquerte das Zimmer und nahm am Schreibtisch Platz. Er zog ein Blatt aus der Schublade und zückte seinen Stift, um sich Notizen zu machen.

»Schieß los, Jennifer. Ich werde es früher oder später ohnehin zu hören bekommen. Ich möchte vorbereitet sein.«

Sie lief unruhig auf und ab, während sie weitersprach.

»José und Roberto zufolge geht die Polizei davon aus, dass es sich um eine typische Eifersuchtstat handelt. Sie glauben, Emma habe Rodrigo an dem Abend kennengelernt, sympathisch gefunden und in ihre Wohnung mitgenommen. Paco ist dazugekommen, hat die beiden im Bett erwischt und Rodrigo in seiner rasenden Eifersucht erstochen. Sie behaupten, Paco habe die Taschen des Toten durchsucht, die tausend Euro an sich genommen und sei geflohen. Angeblich haben sich Emma und Paco die Geschichte mit dem Algerier nur ausgedacht, um die Polizei auf eine falsche Fährte zu locken. Und jetzt wollen sie ihr wegen Beihilfe den Prozess machen.« Sie erwartete eine empörte Reaktion von Mark, die jedoch ausblieb. »Es ist absolut lächerlich«, sagte sie. »Nichts davon lässt sich beweisen, sie haben das nur zusammengesponnen, weil sie unfähig sind, den Algerier zu finden. Und auf keinen Fall würden sie zugeben, dass ein reicher Junge aus gutem Hause in der Lage wäre, eine Frau zu vergewaltigen. Da schiebt man es lieber auf die verwöhnte Amerikanerin und ihren dealenden Freund, der zufälligerweise Halbmarokkaner ist.« Wieder hielt sie inne. Mark sagte immer noch nichts. »Das ist doch absurd«, schloss sie.

Endlich brach Mark sein Schweigen. »Ist es das wirklich?«, fragte er sanft. Jennifer starrte ihn an.

»Im Ernst, Emmas Geschichte ergibt doch überhaupt keinen Sinn. Wir müssen davon ausgehen, dass sie uns etwas Wichtiges verschweigt.«

Jennifer blieb wie angewurzelt stehen. Sie ließ sich aufs Bett sinken. Ihre Miene war ungläubig. »Was willst du damit sagen, Mark? Sie ist deine Tochter. Du liebst sie. Vertraust du ihr etwa nicht?«

Mark ging zu ihr, setzte sich neben sie und legte einen Arm um ihre Schulter. Er sprach mit sanfter Stimme. »Natürlich liebe ich sie, Jennifer. Aber ich bin weder blind noch taub. Sie zu lieben und ihr zu glauben ist nicht dasselbe. Ich habe schon einmal versucht, es dir zu erklären. Ich bin Anwalt und muss das Ganze so objektiv wie möglich betrachten. Nur so habe ich eine

Chance, ihr zu helfen. Ich muss wissen, welche Beweise gegen sie vorliegen. Ich habe jeden Tag mit José telefoniert, doch er hat nichts von fremder DNA erzählt; es gab am Tatort keine Fingerabdrücke außer die von Rodrigo, Emma und Paco. Wenn der Algerier dort war – wo sind dann die Spuren?«

Jennifer machte sich mit einem Ruck los. Ihre Stimme klang wütend und vorwurfsvoll. »Das weiß ich nicht. Vielleicht hat er sie beseitigt. Du bist nicht der Staatsanwalt, Mark, es ist dein Job, sie zu verteidigen. Ich kann das nicht länger mitanhören.«

»Nein. Es ist mein Job, die Wahrheit zu ermitteln und dann eine Möglichkeit zu finden, sie hier rauszuholen, ungeachtet der Tatsachen«, gab er zurück. Er wollte sich verteidigen, und er würde nicht nachgeben. »Du machst dir etwas vor, Jennifer. Du vertuschst und ignorierst und streitest ab, was dir nicht gefällt. Du verleugnest, was direkt vor deiner Nase ist, du siehst nur, was du sehen willst. So machst du es mit den Kindern, und so hast du es immer mit mir gemacht.«

Er unterbrach sich, doch seine Worte blieben in der Luft hängen. Beide spürten, dass sie mitten in ein Gespräch geraten waren, auf das sie beide nicht vorbereitet waren.

Jennifer wandte sich ab und unterdrückte jede Reaktion. Im Zimmer war es heiß, sie schwitzte. Sie wischte sich die Schweißperlen von der Oberlippe, trat an die Klimaanlage und regelte die Temperatur herunter. Es reichte nicht. Das Zimmer war zu klein und zu eng. Sie musste raus.

Sie griff nach ihrer Schlüsselkarte, die auf der Kommode lag. »Ich gehe spazieren«, sagte sie.

»Nein, Jennifer. Noch nicht. Ich muss dir noch etwas sagen.«

Zögerlich drehte sie sich um.

»Weißt du noch, wie Emma in der achten Klasse war und ihre Lehrerin anrief, um uns zu sagen, dass sie bei einem Test geschummelt hatte?«

Jennifer fiel ihm ins Wort. »Ich kann mich an alles erinnern«, keifte sie. »Ich weiß auch noch, dass du wie immer auf Geschäftsreise warst und ich die Sache allein ausbaden durfte. Das habe ich getan, und alles wurde wieder gut, und überhaupt, wozu ist das jetzt noch von Bedeutung? Willst du alles auflisten, was sie je angestellt hat, was *jeder Teenager* anstellt, um es gegen sie zu verwenden? Vielleicht solltest du aufhören, wie ein Anwalt zu denken, und dich stattdessen wie ein Vater benehmen.«

Sie verließ das Zimmer und knallte die Tür hinter sich zu. Auf dem Weg zum Aufzug verlangsamte sie ihre Schritte, wartete auf ihn, doch er folgte ihr nicht.

Draußen war es noch heißer als im Zimmer, und so dauerte der Spaziergang nicht lang. Am Ende setzte sie sich in das Hotelrestaurant und bestellte einen Kakao und *churros*. Sie brauchte etwas Süßes, wenn sie Stress hatte. Ganz früher hatte sie oft mit ihren Freundinnen darüber gewitzelt und geklagt, dass manche Frauen in solchen Situationen den Appetit verloren, wohingegen sie zunahm. Sie hoffte, dass Mark sich Sorgen um sie machte, und sie wartete eine geschlagene Stunde, bevor sie wieder aufs Zimmer ging.

Natürlich konnte sie sich an den Anruf von Emmas Lehrerin erinnern. Sie hieß Mrs Resnikoff, und sie hatte behauptet, Emma habe während einer Geschichtsarbeit abgeschrieben. Emma hatte alles abgestritten, doch die Lehrerin beteuerte, es mit eigenen Augen gesehen zu haben. Außerdem hatte die Freundin, von der Emma abgeschrieben hatte, einen Fehler gemacht, den Emma kopiert hatte. Emma bekam eine Sechs und musste sich entschuldigen. Mark wollte Emma damals bestrafen – nicht nur fürs Abschreiben, sondern auch für die Lüge. Doch Jennifer konnte ihn davon überzeugen, dass sie gestraft genug war. Es sei, sagte sie, eine wichtige Lernerfahrung gewesen, außerdem werde Emma es nie wieder tun. Emma sei stolz und eigensinnig, hatte Jennifer gesagt und die Fehler der Tochter wie Tugenden erscheinen lassen, vermutlich schäme sie sich unendlich und könne es bloß nicht zugeben. Jennifer fragte sich sogar, ob die Lehrerin sich nicht geirrt hatte. Letztendlich hatte Mark nachgegeben, wie immer.

Manchmal schätzte Jennifer sich glücklich, dass Mark nicht öfter zu Hause war. Sie hatte hier das Sagen – wann immer sie nicht seiner Meinung war, lenkte er schnell ein, zog sich in sein Büro zurück und überließ ihr das Feld. So kam es, dass sie über die Einrichtung des Hauses bestimmte, über die Bilder an der Wand, über ihre gesellschaftlichen Verpflichtungen und die Freizeitaktivitäten der Kinder. Manchmal beschwerte sie sich bei ihren Freundinnen darüber – dann sagte sie, sie wünschte, er würde sich mehr einbringen und Interesse zeigen –, doch im Grunde ihres Herzens wollte sie es nicht anders.

Als sie ins Zimmer zurückkam, telefonierte Mark. Er legte hastig auf und drehte sich zu ihr um. »Geht es dir besser?«

»Nicht wirklich. Mit wem hast du gesprochen?«

»Mit José. Ich wollte wissen, wann ich sie besuchen kann.«

»Du meinst, wann *wir* sie besuchen können«, verbesserte sie ihn kühl. »Was hat er gesagt?«

»Er hofft, dass uns ein Termin morgen früh um zehn gewährt wird. Er wird uns abholen und hinfahren. Du kannst natürlich mitkommen, aber ich muss auch mit ihr allein sprechen.«

Jennifer nickte und wandte sich ab. Mark ergriff ihre Hand. »Ich wollte dir keine Vorwürfe machen«, sagte er. »Ich habe während des Fluges kein Auge zugemacht. Ich bin kaputt.«

Sie schlug die Augen nieder, um seinem Blick auszuweichen. Er umarmte sie, sie küsste ihn keusch auf die Wange und machte sich los. Sie wollte nicht mehr streiten, doch das Problem war damit natürlich immer noch nicht aus dem Weg geräumt.

Da sie erst am nächsten Tag zu Emma konnten, blieb ihnen Zeit, um zur Wohnung ihrer Tochter zu gehen. Mark wollte sehen, wo der Mord passiert war. Er wollte, dass José oder Roberto oder beide ihn begleiteten und ihm alles schilderten, sowohl die widersprüchlichen Aussagen von Emma als auch die Ergebnisse der forensischen Analyse. José war nicht zu erreichen, doch Roberto erklärte sich bereit, sie in zwei Stunden in der Wohnung zu treffen. Mark sagte Jennifer, sie müsse nicht mitkommen, vielleicht sei es zu anstrengend für sie; und obwohl sie spürte, dass er lieber ohne sie fahren wollte, bestand sie darauf, ihn zu begleiten.

Jennifer hatte ihm gesagt, wie unglücklich sie über die Verhältnisse war, in denen ihre Tochter gelebt hatte. Dennoch wirkte er überrascht, als er die Wohnung mit eigenen Augen sah. Abgesehen von der schäbigen Gegend und dem trostlosen Haus, der abgeplatzten Farbe und dem rissigen Putz an den Wänden verwunderte ihn, dass die Wohnung immer noch aussah wie kurz nach der Tat. Niemand hatte das gelbe Polizeiband von der Eingangstür abgenommen oder den Umriss der Leiche auf dem Schlafzimmerboden entfernt. Ganz offensichtlich war seit Jennifers letztem Besuch niemand mehr hier gewesen, zumindest war nichts bewegt worden. Und der ganze Müll war auch noch da; schon an der Tür schlug ihnen ein beißender Gestank entgegen. Sie hielten sich die Nase zu. Mark reichte Jennifer sein Taschentuch, das sie sich vor Mund und Nase klemmte, doch es half alles nichts, sie musste trotzdem würgen. Er riss sämtliche Fenster auf, zog mit angehaltenem Atem den Müllsack unter dem Waschbecken im Badezimmer hervor, warf die Essensreste aus dem Kühlschrank dazu und trug alles hinaus. Jennifer ließ die Tür offen stehen, um die Wohnung zu lüften, während sie draußen auf Roberto warteten.

Jennifer entdeckte ihn zuerst. Er stieg auf der gegenüberliegenden Straßenseite aus dem Taxi und wirkte mit seinem eleganten Leinenanzug und den auf Hochglanz polierten Schuhen in diesem heruntergekommenen Viertel seltsam deplatziert. Als er die Straße überquerte, fiel ihr auf, wie frisch und gepflegt er aussah, und sie fragte sich, wie er das immer schaffte. Er beschleunigte seine Schritte, sobald er sie entdeckte. Noch bevor Jennifer ihm Mark vorstellen konnte, ergriff Roberto lächelnd dessen Hand. »Ah, Señor Lewis«, sagte er sanft und sah Mark direkt in die Augen. *»Por fin.«* Das verstand sogar Jennifer. Es hieß »endlich«.

# Kapitel 14

Mark vergeudete keine Zeit. Er wollte wissen, welche konkreten Informationen die Polizei habe. Noch bevor sie die Wohnung erreicht hatten, erklärte er Roberto, dass er Emma am nächsten Tag besuchen würde und dass er nach dem Gespräch mit ihr hoffentlich in der Lage wäre, zusammen mit José eine Verteidigungsstrategie zu entwickeln. Er betonte, dass er an jeder ehrlichen Meinung zu dem Fall interessiert sei. Die Männer betraten die Wohnung, Jennifer folgte ihnen.

Der Gestank war längst nicht mehr so schlimm, doch immer noch hing ein leichter Verwesungsgeruch in den Zimmern. Vermischt mit der drückenden Hitze wirkte er besonders deprimierend. Roberto entdeckte den Ventilator in der Küche, steckte das Kabel ein und schaltete ihn an. Mit spitzen Fingern fischte er ein Glas aus dem Waschbecken im Badezimmer und reinigte es gründlich. Er wiederholte den Vorgang zweimal, ließ das rostige Wasser ablaufen, füllte die Gläser und trug sie zu Jennifer und Mark hinüber.

Er trank einen großen Schluck, stellte sein Glas ab und seufzte. »Die Geschichte Ihrer Tochter weist Widersprüche und Lücken auf, Señor. Ich bin sicher, Ihre Frau hat Ihnen bereits davon erzählt.«

Mark nickte und sah ihn aufmerksam an.

»Beginnen wir mit der angeblichen Vergewaltigung.« Roberto warf Jennifer einen entschuldigenden Blick zu. »Sie wissen bereits, dass Emma eine gynäkologische Untersuchung ablehnte, da es sich lediglich um eine versuchte Vergewaltigung gehandelt habe; der Junge kam nicht ans Ziel. Zwar verweigerte sie die gynäkologische Untersuchung, sie wurde aber trotzdem ins Krankenhaus gebracht und äußerlich untersucht. Der Arzt hat einen Bericht geschrieben. Während des Verhörs wurde sie gefragt: Wo hat er dich berührt? Am Haar? Hat er dich zu Boden gedrückt oder an die Wand? Die Ermittler haben sich den medizinischen Befund angesehen und mit Emmas Aussage abgeglichen. Hatte sie Hämatome? Gab es Anzeichen für einen Kampf? Waren ihre Fingernägel abgerissen? Wies der Leichnam Kratzspuren auf? Man fragte sie, ob sie geschrien habe. Wie oft? Laut oder leise? Sie wurde gefragt, wo genau in der Wohnung sie sich aufgehalten habe. Woher das Messer stamme. Wohin der Junge stürzte. Die Nachbarn wurden befragt, wann genau was zu hören war.«

Roberto zog seine Ausführungen in die Länge, formulierte alles möglichst dramatisch, und Mark wurde immer ungeduldiger.

»Ja, ich weiß, wie die Befragung eines Vergewaltigungsopfers läuft«, ging er gereizt dazwischen. »Was kam dabei heraus?«

Roberto sah ihn an. »Nichts, Señor.« Er setzte sich an den Küchentisch. »Überhaupt nichts. Was aber nicht bedeutet, dass die Ermittler zu keinen Schlüssen gekommen sind. Die Schlussfolgerungen widersprechen lediglich der Aussage Ihrer Tochter. Sie hatte keine Verletzungen und keine beschädigten Fingernägel, nichts deutete auf eine körperliche Auseinandersetzung hin. Sie will laut genug geschrien haben, um einen vorbeikommenden Fremden in die Wohnung zu locken, doch die Nachbarn im Haus und im Hof haben während der vierzig Minuten, die sie in der Wohnung war, nichts Ungewöhnliches gesehen oder gehört. Nur ein einziger Anwohner berichtet, einen Streit mitbekommen zu haben.«

Jennifer fiel ihm ins Wort, das alles beweise nichts, Emma habe geschrien, und der Algerier sei ihr zu Hilfe geeilt. Vielleicht war alles so schnell gegangen, dass sie keine Gelegenheit gehabt hatte, sich Hämatome zuzuziehen oder die Fingernägel abzubrechen. Sie sah Mark hilfesuchend an, doch er ignorierte sie. Er stellte weiter seine Fragen.

»Da ist noch etwas«, sagte Roberto. »Wie Sie vielleicht wissen, Señor, gibt es Angriffs- und Abwehrverletzungen. Angriffsverletzungen finden sich zumeist an Kopf und Oberkörper, sie werden mit Kraft zugefügt. Abwehrverletzungen hingegen entstehen an Armen und Händen, wenn das Opfer den Angreifer auf Abstand halten will. Rodrigo Pérez hat in erster Linie Abwehrverletzungen erlitten, dazu eine große Stichwunde, die letztendlich zum Tod geführt hat.«

Mark nickte abermals. Er stellte nüchtern fest, dass damit noch nichts bewiesen sei, schon gar nicht, dass Emma lüge.

»Nein, Señor. Aber in manchen Fällen gibt es keine Beweise, dann müssen die Polizei und später die Jury sich auf die Indizien verlassen.«

Mark stand auf und ging ins Schlafzimmer hinüber. Er betrachtete den Klebebandumriss am Boden, der die Stelle direkt vor dem Bett markierte. Er wollte wissen, wie Emma die Szene geschildert habe.

Roberto folgte ihm. »Sie hat gesagt, der Algerier sei hereingekommen und habe Rodrigo vom Bett gezogen« – er streckte die Hände über dem ungemachten Bett aus – »während sie sich die Bluse wieder überwarf und sich dort in die Ecke kauerte.« Er zeigte in die gegenüberliegende Zimmerecke.

»Ihre Bluse? Er hat es geschafft, ihr die Bluse auszuziehen?«

»Das hat sie behauptet. Sie hat gesagt, er habe sie ihr vom Leib gerissen, und es stimmt, es fehlten tatsächlich mehrere Knöpfe.«

»Bitte sprechen Sie weiter.«

»Sie sagt, der Algerier habe Rodrigo aus dem Zimmer drängen wollen, doch der sei betrunken gewesen und habe möglicherweise auch unter Drogen gestanden. Der toxikologische Bericht stützt diese These übrigens nicht. Sie behauptet, Rodrigo habe den Algerier mit dem Messer angefallen, und der habe sich gewehrt. Der Algerier habe blitzschnell das Messer ergriffen. Die Männer hätten gekämpft, und sie habe geschrien – was wiederum niemand im Haus gehört hat –, und schließlich habe der Algerier Rodrigo das Messer abgenommen und in Notwehr in die Brust gerammt. Sie behauptet, nur diesen einen Stich beobachtet zu haben. Diese Schilderung erklärt weder, warum die Stichverletzungen zu einem ihrer Küchenmesser passen, noch warum Rodrigo Abwehrverletzungen an Armen und Händen hatte. Wie Sie bereits wissen, entspricht die tödliche Wunde in Eintrittswinkel und Tiefe nicht der Statur des Mannes, den Emma beschrieben hat.«

»Aber sehr wohl der Statur von Paco?«, fragte Mark.

»Ja, ich bedaure.«

Mark kritzelte etwas in seinen Notizblock und blickte auf. »Noch etwas … Was ist mit dem Haschisch? Sie hat ihrer Mutter erzählt, sie habe an dem Abend mit Haschisch versetzte Brownies gegessen.«

»Davon höre ich zum ersten Mal. In den Berichten steht nicht, dass ihr Verhalten auf irgendwelche Drogen schließen ließ. Ich weiß nicht, ob das wichtig ist.« Er blickte Jennifer an. »Wo will sie die Brownies gegessen haben?«

»In einer Bar, glaube ich«, antwortete Jennifer.

Roberto sah nachdenklich aus. »Das hilft uns möglicherweise, den Ablauf zu rekonstruieren.«

Mark nickte, Roberto überlegte. Mark und Jennifer sahen ihn neugierig an, warteten auf den nächsten Satz.

»Da ist noch etwas«, sagte Roberto gedehnt. »Es gibt ein Problem mit der Blutprobe. Es ist noch nicht spruchreif, deswegen wollte ich nichts sagen, aber vielleicht sollten Sie wissen, was vor sich geht.«

Mark beugte sich alarmiert vor. »Bitte, reden Sie weiter.«

»Sie wissen doch, dass die Polizei über eine Substanz verfügt, mit der man entfernte Blutspuren sichtbar machen kann. Blut hinterlässt immer eine Spur«, deutete er geheimnisvoll an.

»Sie sprechen von Luminol«, sagte Mark.

»Ja. Sie haben die Böden in allen Zimmern damit bestrichen und auch die Küchenmesser. Die Ergebnisse sind bekannt, aber leider nicht uns. Ich kann nicht einschätzen, ob sie von Bedeutung sind.«

Jennifer hörte aufmerksam zu. »Warum?«, fragte sie. »Wonach wird denn gesucht?«

»Das weiß ich nicht.«

»Und was hat Emma gesagt, als sie damit konfrontiert wurde?«, fragte Mark.

Roberto schüttelte den Kopf. »Ganz schön hartnäckig, dieses Mädchen. Sie besteht nach wie vor darauf, dass sich alles so abgespielt hat, wie sie behauptet, auch wenn sämtliche Beweise dagegen sprechen. Sie weint, sie wirft den Ermittlern vor, sie hinters Licht führen zu wollen, sie führt Arbeitslosenstatistiken an und hält ihnen Vorträge über die Armut im Land. Sie bewegt sich keinen Millimeter.« Er hielt inne. »Nun, das stimmt nicht ganz. Sie gibt inzwischen zu, Paco an dem Abend getroffen zu haben. Sie sagt, sie hätten sich gestritten, und dann wäre sie allein nach Hause gegangen. Vielleicht war sie mit ihm in der Bar, wo sie die Brownies gegessen hat. Sie hat das erst zugegeben, nachdem Paco es eingeräumt hatte.«

»Hat er?«

»Ja.«

Roberto setzte sich wieder und trank einen Schluck Wasser. Er zog ein weißes Taschentuch aus der Brusttasche seines Sakkos und wischte sich die schweißnasse Stirn ab. Er wandte sich an beide Eltern und versuchte zu erklären, dass die Ermittler zwar noch keine wasserdichten Beweise, jedoch Grund zu der Annahme hätten, dass die Geschichte sich anders zugetragen habe. Emmas Aussage erschien immer zweifelhafter. Letztendlich gelte in Fällen wie diesem vor Gericht die überzeugendere Aussage. Wem würden Richter und Jury Glauben schenken?

»Wie setzt sich die Jury zusammen?«, fragte Mark.

»Es gibt einen Richter und neun Geschworene. Das Urteil kommt per Mehrheitsbeschluss zustande; es braucht nicht einstimmig zu sein.«

Mark ging nachdenklich seine Notizen durch. »Wenn die Polizei mit der Eifersuchtstheorie durchkommen will, muss sie nachweisen, dass Emma Rodrigo schon früher gekannt hat beziehungsweise dass sie ihn an dem Abend kennengelernt und mit nach Hause genommen hat. Wie hätten die beiden andernfalls im Bett landen sollen? Nehmen wir an, sie hätte ihn schon vorher gekannt, dann wären die beiden doch sicherlich zusammen gesehen worden, oder? Und falls Emma dem jungen Mann erst an dem Abend auf der *feria* begegnet ist – auf einer Feier, in einer Bar, irgendwo –, hätte das ebenfalls jemand beobachtet. Dafür gibt es aber keine Zeugen, oder?«, fragte Mark. »Es sind alles nur Unterstellungen und Vermutungen.«

Roberto stimmte zu und räumte ein, dass sich bislang noch niemand gemeldet habe, der die beiden zusammen gesehen hätte. Sie hatten keine gemeinsamen Freunde, waren in unterschiedlichen Studiengängen eingeschrieben, besuchten unterschiedliche Bars und hatten sich womöglich noch nie im Leben gesehen. Jennifer klammerte sich daran – es war die erste hoffnungsvolle Nachricht des Tages.

Sie bedankten sich bei Roberto und verließen die Wohnung, nachdem sie Fenster und Türen geschlossen hatten. Bevor sie sich voneinander verabschiedeten, gab Roberto ihnen eine letzte Warnung mit auf den Weg.

»Sie haben recht; es handelt sich um Vermutungen«, sagte er zu Jennifer. »Aber es gibt da immer diesen einen Ermittler, der eine fixe Idee hat und nicht lockerlässt, bis er die Antwort gefunden hat. In diesem Fall heißt der Mann Fernando.«

»Soll er doch weitersuchen«, sagte Jennifer. »Er kann nicht finden, was da nicht ist.«

»Ich hoffe, Sie behalten recht, Señora.«

Bevor sie auseinandergingen, wollte Roberto ihnen ein Taxi rufen, doch sie bestanden darauf, zu Fuß zu gehen.

Jennifer bemühte sich, fröhlich zu klingen. »Siehst du, Mark, sie kannte diesen Rodrigo nicht. Was für eine hirnrissige Idee, dass sie ihn an dem Abend kennengelernt haben soll und mit ihm schlafen wollte, wo sie doch einen Freund hatte. Wir kennen sie. Wir wissen, wozu sie fähig ist.«

Mark ging schweigend weiter und starrte zu Boden. Er wirkte distanziert. »Ich wünschte, es wäre so«, sagte er. »Aber ich glaube es nicht.«

Sie beließ es dabei. Sie würde nicht zulassen, dass Mark daraus ein Urteil über sie als Ehefrau und Mutter ableitete, weil sie sich auf beiden Positionen angegriffen fühlte.

Sie kamen an einem Café vorbei, und Jennifer schlug eine kleine Pause vor. Sie waren erst eine Viertelstunde gelaufen, doch es war heiß, und sie waren müde. Sie setzten sich in den klimatisierten Innenraum und bestellten *café con leche* und Gebäck. Die Anspannung zwischen ihnen war greifbar, und Jennifer fühlte sich auf merkwürdige Weise befangen.

»Bist du müde, Mark?«, fragte sie sanft, immer noch auf der Suche nach einem unverfänglichen Gesprächsthema. »Du sagst, du hättest auf dem Flug nicht geschlafen. Möchtest du ins Hotel zurück und dich ein bisschen hinlegen?«

Er zuckte die Achseln und schüttelte den Kopf, und wieder stellte sich das betretene Schweigen ein.

»Wie fandest du Roberto?«, fragte sie. »In meinen Augen macht er einen sehr guten und kompetenten Eindruck. Er war mir während dieser schwierigen Zeit eine große Hilfe.«

»Jennifer, du solltest für eine Weile nach Hause kommen«, sagte Mark plötzlich.

Verdutzt lehnte sie sich zurück. »Was? Warum?«

»Weil Lily und Eric dich schrecklich vermissen. Die beiden brauchen dich genauso. Und weil du dich hier zu sehr in alles verstrickst und ich nicht glaube, dass das für dich oder Emma gut ist. Weil du deine Perspektive geraderücken solltest. Das alles ist schlimm. Es ist furchtbar. Aber wir tun, was wir können, und Emma weiß es weder zu schätzen, noch will sie kooperieren. Wir haben noch zwei andere Kinder, die das Ganze sehr mitnimmt und die ihre Mutter brauchen.«

Sie hatte am Vorabend mit Lily und Eric telefoniert, und sie wusste, ihr Mann hatte recht. Die Kinder wollten, dass sie nach Hause kam. Die beiden hatten inzwischen erfahren, was wirklich geschehen war, und es verängstigte sie. Und alles würde nur noch schlimmer werden, wenn Fernsehsender und Zeitungen die ersten Storys brachten. Selbst wenn sie Eric davon abschirmen konnten, ließe sich Lily nicht schützen. Jennifer sehnte sich schmerzlich nach ihnen, doch dann sagte sie: »Genau. Und du nimmst hier meinen Platz ein, richtig?«

»Du weißt, dass das nicht geht.«

»Dann weißt du, dass ich hier nicht weg kann. Lily und Eric haben meine Eltern, ihre Freunde und ihre Lehrer. Emma hingegen ist ganz allein, und sie ist in Gefahr.« Sie glühte vor Empörung. »Aber keine Sorge. Flieg ruhig nach Hause. Bleib dort. Ich werde mich um alles kümmern. Warum sollte es diesmal anders laufen in unserer Familie?«

Mark bezahlte die Rechnung, stand wütend auf, stürmte auf die Straße hinaus und machte sich auf den Rückweg zum Hotel. Er achtete nicht darauf, ob sie ihm folgte. Jennifer holte ihn ein. Sie liefen immer weiter, und nach einer Weile entdeckten sie ein Taxi. Sie befanden sich nicht am Taxistand, wo in Sevilla normalerweise eingestiegen wird; der Fahrer hielt trotzdem an, als Mark ihm zuwinkte. Sie fuhren zum Hotel zurück, und ein jeder hing stumm seinen Gedanken nach.

# Kapitel 15

José sollte sie am nächsten Morgen um neun Uhr abholen und ins Gefängnis begleiten. Jennifer wachte auch ohne Wecker früher auf. Mark fand die *International New York Times* vor der Zimmertür und blätterte sie nervös durch, während Jennifer telefonisch Kaffee bestellte und dann im Badezimmer verschwand, um sich die Zähne zu putzen.

»Scheiße!«, hörte sie Mark rufen, und ihr wurde ganz mulmig. Sie wusste, nun passierte, was sie beide vermeiden wollten. Sie wischte sich den Mund ab und eilte ins Zimmer.

Er warf ihr die Zeitung mit dem empörenden Artikel zu. Der Text war knapp, da stand nur, eine amerikanische Studentin von der Princeton University namens Emma Lewis werde im Zusammenhang mit dem Mord an einem spanischen Studenten in Sevilla festgehalten. Keine weiteren Details wurden genannt, doch es reichte. Der Rest würde unweigerlich folgen, so wie manche Wolken Regen bringen.

Jennifer ließ sich aufs Bett sinken und sah Mark hilflos an. Normalerweise spendete seine Gegenwart ihr Trost, zog sie Stärke aus der Gemeinsamkeit, aus seiner Umarmung. Aber jetzt? Sie fühlte sich entfremdet, kritisiert, verletzt und auf ganzer Linie allein. Sie saßen nebeneinander auf der Bettkante. Er legte tatsächlich den Arm um sie, aus reiner Gewohnheit, doch die Geste wirkte mechanisch und pflichtbewusst, und sie empfand deutlich den Unterschied.

»Was machen wir jetzt?«, fragte sie.

»Wir wussten, was auf uns zukommt. Wir sind darauf vorbereitet. Es ändert nichts.« Seine Stimme klang überraschend gefasst.

Wahrscheinlich ist das die Stimme, mit der er zu seinen Mandanten spricht, dachte sie.

Sie gingen nach unten, um sich ein kleines Frühstück aus dem Speisesaal zu holen. Zu ihrer großen Überraschung fanden sie ein reichhaltiges Frühstücksbuffet vor, und weil beide hungrig waren, beschlossen sie, sich zu bedienen. Wieder einmal hatte die schlechte Nachricht Jennifer gierig gemacht – und wieder einmal tröstete sie sich mit Essen, eine Gewohnheit, die sie normalerweise besser im Griff hatte. Mark nahm das Angebot in Augenschein und füllte zögerlich seinen Teller, während Jennifer schnurstracks zum Koch lief und ein Käseomelett bestellte. Sie legte Brot und mehrere Streifen Speck dazu, und im letzten Moment, nach kurzem Zögern, auch noch ein süßes Blätterteigteilchen.

Keiner von beiden erwähnte den Streit vom Abend, doch keiner von beiden hatte ihn vergessen. Er saß mit am Tisch wie ein ungebetener Gast, in dessen Anwesenheit sie es vorzogen, höflichen Smalltalk zu machen.

Um neun standen sie in der Einfahrt des Hotels und warteten auf ihre Abholung. Wenige Minuten später traf José ein. Jennifer winkte ihm zu, und als der Wagen hielt, kletterte sie auf die Rückbank und überließ Mark, der die längeren Beine hatte, den Beifahrersitz.

»Ich dachte, Roberto begleitet uns«, sagte sie.

»Das geht nicht. Nur ein Besucher ist zugelassen, der nicht zur Familie gehört.«

Mark erkundigte sich bei José, was sie erwartete.

José antwortete nicht sofort, denn er konzentrierte sich erst einmal darauf, das Auto durch den dichten Berufsverkehr zu lenken. Nach einer besonders chaotischen Kreuzung begann er, ihnen den Ablauf Schritt für Schritt zu erläutern.

Emma saß in einem Frauengefängnis – dem Centro Penitenciario de Mujeres – in einer etwa 80 Kilometer von Sevilla entfernten Kleinstadt ein. Sie befand sich nun in U-Haft, weil nach der ersten Anhörung durch den Richter feststand, dass sie bis zur Verhandlung in Gewahrsam bleiben musste. Sie würde als Mittäterin angeklagt werden, der Gerichtstermin war noch nicht festgelegt. José wies Mark darauf hin, dass bis zur Verhandlung zwei bis vier Jahre vergehen konnten. Es war immer noch möglich und ganz offensichtlich der bessere Weg, eine Verhandlung zu vermeiden, indem Emma sich endlich durch eine neue, revidierte Aussage entlastete.

Es handelte sich um den ersten Besuch in der neuen Einrichtung, und José erklärte ihnen, wie es ablaufen würde. Er sprach in nüchternem Ton, als läse er aus einer Broschüre vor, nicht als spräche er mit den besorgten Eltern einer Inhaftierten. Jennifer und Mark würden ihre Fingerabdrücke abgeben und sich fotografieren lassen müssen. Ihre Reisepässe würden erfasst. Sie würden während des gesamten Besuchs durch eine Glasscheibe von ihrer Tochter getrennt sein. Tonlos zählte er die Bedingungen auf.

»Warten Sie. Stopp. Sie wollen damit sagen, wir dürfen sie nicht berühren?«, fragte Jennifer.

»Nein, leider nicht.«

Das war zu viel für sie. Sie explodierte. »Für was halten diese Leute sie denn, um Gottes willen? Für eine Mörderin?«

Ihre Worte hallten nach, betretenes Schweigen machte sich im Auto breit. Als ihr klar wurde, was sie gesagt hatte, zog sie eine Grimasse.

Mark tastete hinter sich, um sie zu trösten. Dankbar ergriff sie seine Hand.

»Es tut mir leid, Señora«, sagte José. »Ich habe mir diese Regeln nicht ausgedacht. Darf ich fortfahren?«

Er sagte, der Besuch werde 35 bis 45 Minuten dauern, nicht

länger. Er erklärte, Gefangene in Spanien würden in drei Gruppen unterteilt, und nur für die erste gelte die höchste Sicherheitsstufe. Normalerweise zählten aggressive oder gefährliche Häftlinge zu dieser Gruppe. Die meisten Strafgefangenen befänden sich in Gruppe zwei, und auch das Frauengefängnis sei auf Häftlinge dieser Stufe zugeschnitten. Was bedeutete, dass Emma gewisse Freiheiten genoss, darunter ein monatlicher Besuch von Angehörigen ohne polizeiliche Überwachung in einem separaten Besuchsraum. Der Anwalt erklärte auch, dass Haftgefangene der Stufe zwei öfter telefonieren durften, Kunstkurse belegten und weitere Privilegien genossen, die Häftlingen der Stufe eins verwehrt blieben. Zurzeit würden diese Hafterleichterungen für Emma noch nicht gelten, aber er sei zuversichtlich, dass sich ihr Status bald ändern werde.

»Sie wollen damit doch nicht etwa sagen, dass Emma der höchsten Sicherheitsstufe unterliegt?«, unterbrach ihn Jennifer. »Das ergibt doch keinen Sinn.«

José zuckte hilflos die Achseln. »In Emmas Fall ist der Richter anscheinend der Ansicht, dass eine strengere Behandlung sie möglicherweise zur Kooperation bewegen wird.«

»Ist so etwas erlaubt?«, fragte Mark empört.

»Nein, offiziell nicht«, erklärte José. »Es handelt sich um eine inoffizielle Abmachung zwischen dem zuständigen Richter und der Gefängnisleitung. Nur deswegen glaube ich, etwas ausrichten zu können.«

Mark wollte wissen, wie die Haftbedingungen für Gefangene der dritten Stufe aussahen, und ob Emma später in diese Gruppe eingeteilt werden könne.

José erklärte, Stufe drei sei für Langzeitgefangene reserviert, die während der Haft ein vorbildliches Verhalten an den Tag legten. Diese Frauen dürften das Gefängnis unter Auflagen am Wochenende verlassen. »Hoffentlich wird sie nicht so lange in Haft bleiben, dass es so weit kommt«, sagte er.

Langsam dämmerte Mark und Jennifer, dass ihre Tochter unter Umständen viel länger einsitzen würde, als sie gedacht hatten.

Inzwischen hatten sie die Stadt hinter sich gelassen und waren in einer flachen Wüstenlandschaft aus rotgebackener Erde und Kaktuspflanzen unterwegs. Die Ebene erstreckte sich bis zum Horizont, nur hier und da unterbrochen von Ziegen, gehörnten Schafen und ein paar wenigen schwarz-weiß gescheckten Kühen, die reglos in der schwülen Hitze herumstanden. Das gleißende, blendende Licht der Sonne überzog die Landschaft mit einer unerträglichen Helligkeit und ließ sie noch verdorrter und einsamer erscheinen, als sie ohnehin schon war. Im Auto machte sich Beklemmung breit.

In der Ferne tauchte die Backsteinfassade des Frauengefängnisses auf, ein einsames Gebäude am Ende der Welt. José hielt vor dem Pförtnerhaus, zeigte seinen Ausweis vor und lenkte den Wagen auf den Besucherparkplatz vor der eigentlichen Gefängnismauer. Er begleitete sie durch die Formalitäten, die er bereits erwähnt hatte: Sie mussten ihre Reisepässe vorzeigen und für die Dauer des Besuchs abgeben. Sie wurden durchsucht, fotografiert und schließlich von einem Wärter durch eine Sicherheitstür zum Besucherbereich eskortiert. Die Glasscheibe erinnerte Jennifer an das Plexiglas, dass New Yorker Taxifahrer von ihren Fahrgästen trennt, mit eingelassenem Gitter, damit Gefangene und Besucher einander hören konnten. Hinter der Scheibe saßen die weiblichen Häftlinge, auf der anderen Seite die Besucher. An Privatsphäre war unter diesen Umständen nicht zu denken. Man hatte ihnen gesagt, dass sie nur nacheinander mit ihrer Tochter sprechen durften. Der jeweils andere Elternteil musste hinten an der Wand warten, bis er an der Reihe war. Jennifer drehte sich zu Mark um und redete hastig auf ihn ein.

»Bitte, Mark wir haben nur so wenig Zeit. Lass mich zuerst

mit ihr sprechen. Ich möchte wissen, wie es ihr geht, bevor du sie verhören kannst.« Marks Gesichtsausdruck verriet ihr seinen Ärger über diese Wortwahl, doch er nickte und zog sich auf den dafür vorgesehenen Sitzplatz zurück.

Jennifer suchte den Raum hinter der Glasscheibe nach Emma ab, konnte sie jedoch nirgends entdecken. Sie warf José einen fragenden Blick zu, und er bedeutete ihr, dass man Emma in Kürze hereinbringen werde; dann gesellte er sich zu Mark.

Emma erschien in der Tür und blickte sich um. Als sie Jennifer entdeckte, verzogen sich ihre Lippen zu einem schmalen, traurigen Lächeln, dann eilte sie zu einem leeren Platz auf ihrer Seite der Glasscheibe. Zuerst fiel Jennifer ihr Haar auf. Die lange, glänzende Haarpracht, die Emma seit ihrer Kindheit getragen hatte, war verschwunden. Stattdessen waren ihre Haare zu ungleichmäßigen Fransen auf Kinnlänge gestutzt. Das zu sehen schmerzte Jennifer, doch sie verkniff sich jeden Kommentar.

»Emma, ich bin ja so froh, dich zu sehen«, sagte sie nach einem kurzen Schweigen. »Ich durfte nicht früher kommen.«

Emma schaute sich immer noch um, als suche sie jemanden. »Ist Daddy hier?«, fragte sie.

»Ja. Er ist hier. Wir dürfen nicht gemeinsam mit dir sprechen. Er kommt, wenn ich gehe.« Sie beugte sich vor und dämpfte ihre Stimme. »Wie geht es dir? Ist es sehr schlimm?«

Emma schüttelte den Kopf. Sie zuckte die Achseln und lachte leise, was aber nicht besonders fröhlich klang. »Mein Gott, Mom, du bist immer so dramatisch«, sagte sie. »Im Ernst. Mach dir um mich keine Sorgen. Der Laden ist schon erstaunlich. Eigentlich erinnert er mich mehr an ein strenges Internat als an ein Gefängnis. Ich meine, es ist überfüllt und laut und manchmal macht der Hall der Stimmen einen verrückt.« Sie senkte die Stimme und beugte sich näher an die Scheibe heran. »Und weißt du, die Frauen sind ganz schön taff, und man muss aufpassen, dass man niemandem zu nahe tritt, wenn du verstehst, was ich meine … aber die scheinen uns hier tatsächlich helfen zu wollen. Wenn ich etwas verbrochen hätte, würde ich mich glücklich schätzen, hier einzusitzen und nicht woanders. So bin ich natürlich ziemlich sauer.«

Jennifer wünschte sich, sie könnte ihre Tochter berühren. Es war so schwierig, sie allein mit Worten zu trösten. Sie sagte ihr, sie sei froh zu hören, dass es so schrecklich gar nicht sei, und sie versicherte ihr, alles Erdenkliche zu tun, um sie so schnell wie möglich hier herauszuholen. Sie erkundigte sich, ob Emma irgendetwas brauche, ob sie ihr beim nächsten Mal etwas mitbringen solle. Und weil sie sich zum Schluss doch nicht mehr zurückhalten konnte, fragte sie, was mit Emmas Haaren passiert sei.

»Oh, hier gibt es sogar eine Friseurin, ob du es glaubst oder nicht. Ich habe mir spontan die Haare abschneiden lassen, schließlich kann ich sie hier nicht täglich waschen«, erklärte Emma beiläufig. Sie bat ihre Eltern, etwas Geld auf ein spezielles Konto einzuzahlen, von dem sie Extras wie einen Haarschnitt bezahlen konnte. Sie hatte der Friseurin vorläufig Zigaretten gegeben.

Eine weitere unangenehme Überraschung. »Ich wusste gar nicht, dass du rauchst«, sagte Jennifer.

Emma zuckte die Achseln. »Das ist im Moment das geringste Problem.«

Ihre Art war provozierend – Jennifer wusste, Emma wollte sie verschrecken und verletzen, und es war ihr gelungen.

»Was noch?«, fragte sie.

Emma erklärte ihr, dass es im Gefängnis eine Bücherei gebe, allerdings seien leider alle Bücher auf Spanisch, das sie nicht ausreichend verstehe. Jennifer versprach, beim nächsten Mal ein paar englische Bücher mitzubringen.

Ein unbeholfenes Schweigen stellte sich ein, beiden schien nichts mehr einzufallen. Schließlich, da sie noch nicht gehen wollte und auf der Suche nach einem Gesprächsthema war, erkundigte Jennifer sich nach dem Haftalltag. Emma berichtete, dass die Insassen selber wuschen und putzten, eine jede wurde zum Dienst eingeteilt. »Je fleißiger man arbeitet, desto besser ist der Job«, sagte sie und lachte erneut ihr verbittertes Lachen. »Ich muss natürlich die Klos putzen«. Sie berichtete jedoch auch, sie würde in mancherlei Hinsicht zwar wie eine Gefangene der Stufe eins behandelt, dürfe aber trotzdem den Kunstkurs besuchen und die selbstgemalten Bilder mitnehmen. Eines ihrer Gemälde hinge draußen an der Zellentür. »Wir sind zu dritt in einer Zelle, da müssen wir uns einigen, wer was aufhängen darf. Ich habe den anderen den Vortritt gelassen«, sagte sie achselzuckend.

Als sie das besorgte Gesicht ihrer Mutter sah, lenkte sie ein und fügte hinzu, es gebe sogar einen Aufenthaltsraum, in dem sich die Frauen treffen könnten. »Mein Spanisch wird täglich besser. Das gefällt dir bestimmt. Obwohl ich vermute, dass die Vokabeln, die ich hier lerne, mir in Princeton nicht weiterhelfen werden – nicht, dass ich glaube, jemals wieder dorthin zu gehen. Egal, es ist gar nicht so schlimm. Neulich haben ein paar Frauen sogar einen Ausflug nach Sevilla gemacht. Ich natürlich nicht. Es ist so seltsam. Hier sitzen Frauen aus ganz Spanien und Lateinamerika ein, Roma und Junkies und Diebinnen und Mörderinnen, aber *ich* werde am besten bewacht. Ich verstehe das nicht. Vielleicht können die Amerikanerinnen einfach nicht leiden.«

Die Worte sprudelten nur so aus Emma heraus, sie sprach mit einer manischen Energie, wie immer, wenn sie unsicher war. Jennifer wusste nicht, ob die vielen Informationen sie beruhigen sollten oder ob Emma einfach nur die Anspannung und Entfremdung überwinden wollte, die sich zwischen ihnen eingestellt hatte.

Mark hustete lautstark, Jennifer fuhr herum. Er bedeutete ihr ungeduldig, dass er an der Reihe war, deswegen stand sie auf.

»Dein Vater will jetzt mit dir reden, Schätzchen. Ich sitze da drüben« – sie zeigte hinter sich –, »und ich komme zurück, sobald ich darf. Ich werde dir schreiben und dir Bücher schicken und Geld für dein Konto. Was immer du brauchst. Ruf mich an, wenn du ans Telefon darfst. Ich liebe dich.«

Sie überließ Mark ihren Platz und setzte sich neben José. Wenn sie sich vorbeugte und angestrengt zuhörte, konnte sie fast alles hören, was Emma und Mark sagten.

»Hallo, Daddy«, sagte Emma in kleinlautem, traurigem Tonfall.

»Hallo, Emma«. Seine Stimme klang nüchtern, und er kam direkt auf den Punkt. »Hör mal, wir haben nicht viel Zeit und müssen etwas Wichtiges besprechen. Ich wünschte, wir wären ungestört, sind wir aber nicht, also müssen wir das Beste daraus machen.«

»Du klingst so ernst, Daddy.«

»Nun ja, ich glaube, meine Tochter in einem spanischen Gefängnis zu besuchen, weil man ihr Beihilfe zum Mord vorwirft, ist eine ernste Angelegenheit.«

Emma erbleichte vor Überraschung. »Bist du wütend auf mich, Daddy? Du klingst wütend.«

Er sagte, er sei nicht wütend, nur in Sorge. Er sagte ihr, dass er ihre Lage für ernst halte und dass sie anfangen müsse, sich selbst zu schützen, nicht Paco. Doch sobald er den Namen ihres Freundes erwähnte, erstarrte sie und schleuderte ihm entgegen, er wisse nicht, worüber er da rede. Er warf ihr einen schiefen Blick zu, war überrascht über die abrupte Veränderung, doch er ließ nicht locker und sagte ihr, es gebe keine Hinweise darauf, dass sich zum Tatzeitpunkt irgendwer außer ihr, Paco und dem Opfer in der Wohnung aufgehalten habe.

»Ich weiß nicht, was du mit Hinweisen meinst«, spuckte sie aus. »Paco und ich haben dort gewohnt – natürlich waren seine Fingerabdrücke überall. Aber an dem Abend war er nicht dabei, ich war allein. Ich habe dir erzählt, was passiert ist. Ich bin deine Tochter. Glaubst du der Polizei mehr als mir?«

»Ich glaube an die Beweise. Deine Geschichte ist voller Löcher.«

»Nun, das tut mir leid, Daddy. Manchmal ist das Leben voller Löcher. Es ist, wie es ist.«

Mark lehnte sich zurück und musterte das Gesicht seiner Tochter. Sie runzelte die Stirn, ihre Augen waren verengt und ihre Lippen zusammengepresst, während sie mit den Tränen kämpfte. Sie war so wütend und verletzt, als fühlte sie sich tatsächlich missverstanden.

»Emma, Schätzchen, ich bin nicht gegen dich. Ich will nur helfen. Ich will nicht, dass du die nächsten fünfzehn Jahre im Gefängnis verbringst. Denk doch mal nach – denk nicht an Paco und nicht einmal an dich selbst, sondern an uns, deine Familie.«

Emma seufzte und verdrehte die Augen.

»Nun werd nicht unverschämt!«, rief Mark. »Diese Leute haben ihren einzigen Sohn verloren, einen Jungen, auf den alle sehr stolz waren – und wie ich erfahren habe, völlig zu Recht. Er war ein guter Student. Ein liebevoller Sohn. Ein netter Mensch. Nun haben sie nichts mehr, nur noch ihre Erinnerungen und seinen guten Ruf. Wenn du behauptest, er hätte versucht, dich zu vergewaltigen und deinen vermeintlichen Retter zu ermorden, nimmst du ihnen den letzten Trost. Hast du dir das gut überlegt? Ist das wirklich, was du willst?«

Emmas Gesicht zitterte, und schließlich brach sie in Tränen aus. Doch es waren Tränen der Wut, nicht der Reue. »Wie kannst du mir das antun? Wie kannst du mich beschuldigen und mir ein schlechtes Gewissen machen, nachdem ich so behandelt wurde? Das ist die typisch männliche Reaktion auf Vergewaltigung, nicht wahr? Ich soll sagen, er hätte es nicht getan. Hat er aber. Ich weiß nicht, was du glaubst, aber die Wahrheit ist …«

»Ich kann dir sagen, was ich glaube«, unterbrach er sie. Sein Kiefer malmte, die Röte stieg in seinem Gesicht auf, und die Adern an seinem Hals schwollen an. »Ich glaube, dass es keinen Algerier gibt, Emma. Ich glaube, dass Paco Rodrigo ermordet hat. Ich weiß nicht, wie Rodrigo in dein Schlafzimmer gekommen ist und was er dort wollte, aber ich glaube nicht, dass er versucht hat, dich zu vergewaltigen.«

Emma sprang auf, sie schluchzte unkontrolliert. Als sie wieder sprechen konnte, klang sie nicht mehr verbittert, sondern einfach nur enttäuscht. »Ich halte das nicht mehr aus. Es tut mir leid, dass du so über mich denkst, Daddy. Ich liebe dich und würde dich niemals anlügen. Ich verstehe nicht, dass du das nicht weißt.« Sie drehte sich um, ging zum Ausgang und bat die Wärterin, sie durchzulassen.

Jennifer verließ den Raum. José folgte ihr, Mark ebenfalls. Sie ließen sich ihre Reisepässe aushändigen, ohne einander anzusehen. José führte sie auf den Parkplatz, und alle atmeten tief durch.

»Wow, Mark. Das ist ja prima gelaufen«, sagte Jennifer erbost. »Was ist los mit dir? Wie konntest du so mit ihr reden, wo sie so verzweifelt und einsam ist?«

Mark starrte geradeaus. »Sie lügt, wenn sie den Mund aufmacht«, sagte er.

# Kapitel 16

Als sie ins Auto stiegen, klingelte Marks Handy. Den größten Teil der Rückfahrt telefonierte er konzentriert, während Jennifer vor Wut kochte. José hielt die Augen starr auf die Straße gerichtet, ergriff nur dann und wann das Wort, um die angespannte Atmosphäre aufzulockern. »Ah, endlich wieder in der Stadt«, sagte er, als sie die weite verdorrte Landschaft hinter sich gelassen und eine besiedelte Gegend erreicht hatten. Vor dem Hotel teilte Jennifer ihm mit, sie werde sich bei ihm melden, und noch bevor er oder der Portier ihr die Tür öffnen konnten, sprang sie aus dem Auto und rauschte in die Lobby, ohne sich noch einmal umzudrehen. Mark beendete hastig sein Telefonat, bedankte sich bei José und folgte ihr.

Als er in ihr Zimmer kam, lag sie auf dem Bett und streifte gerade ihre Schuhe ab.

»Ich habe das Telefonat mitbekommen«, sagte sie. »Das bedeutet wohl, dass du sofort wieder abreist?«

»Ich muss bald zurück«, antwortete er.

»Kein Problem. Vielleicht solltest du dich erkundigen, ob noch heute Abend ein Flug geht.«

Er verschwand im Badezimmer und zog die Tür hinter sich zu. Sie hörte das Wasser laufen, dann kam er zurück und trocknete sich das Gesicht ab.

»Musstest du dich abkühlen?«, fragte sie.

»In mehr als einer Hinsicht«, antwortete er. »Jennifer, hör mal, wir müssen reden.«

»Ach, wirklich? Bist du sicher? Ich weiß ja, dass wir uns irgendwann über unsere Ehe unterhalten müssen, aber bist du sicher, dass es eine gute Idee ist, dieses Fass jetzt aufzumachen?«

»Was meinst du denn, wovon ich rede? Ich meinte natürlich, dass wir über Emma reden müssen. Aber ja, das bedeutet wohl auch, dass wir über uns reden müssen. Ich weiß, du bist wütend und enttäuscht, dass ich verschwinde, aber es liegt auch daran, dass du jedem Gespräch ausweichst. Doch ehrlich gesagt sehe ich nicht, wie ich abreisen kann, ohne vorher ein paar Dinge geklärt zu haben.«

Sie sah ihn an. Er war so aufrichtig. So seriös. Sein jungenhaftes Gesicht, das dunkelblonde Haar mit den ersten grauen Strähnen, der konservative, locker sitzende dunkelblaue Anzug, das Hemd von Paul Stuart – er sah aus wie der allseits respektierte, gesetzestreue Bürger und Anwalt, der er war. Das war das Gesamtpaket, in das sie sich verliebt hatte. Es ist schon seltsam, dachte sie, wie ausgerechnet das, was am Anfang so anziehend wirkt, einen zuletzt nur noch abstößt. Was sie früher für Integrität gehalten hatte, bewertete sie heute nur noch als Starrheit. Er war einfach nicht in der Lage, fünf gerade sein zu lassen. Er weigerte sich, seiner Tochter zu glauben, und nun gibt er mir daran die Schuld, dachte sie.

»Was gibt es da zu reden? Ich glaube ihr; du glaubst ihr nicht. Wollen wir hoffen, dass die Geschworenen am Ende meiner Meinung sind.«

Mark legte sein Sakko ab, lockerte seine Krawatte und zog sie sich vom Hals. »Werden sie aber nicht. Und wenn du in deiner Verleugnung nicht so blind wärst, würdest du das einsehen.«

»Was meinst du mit Verleugnung? Willst du mich für alles verantwortlich machen?«

»Du hältst dich für alles verantwortlich, was unsere Kinder tun, und aus diesem Grund kannst du sie nicht sehen, wie sie sind. Du bildest dir zu viel auf ihre Erfolge ein und gibst dir zu viel Schuld an ihrem Versagen.«

Diese Worte empfand Jennifer als höchst ungerecht. Sie hatte sehnlichst auf Mark gewartet, hatte die Tage gezählt. In Gedanken ging sie alles noch einmal durch. Obwohl sie wusste, dass er zu Hause gebraucht wurde, konnte sie nicht anders, als sich ungerecht behandelt zu fühlen. Sie musste alles allein schultern. Sie fand, dass sie sich ziemlich gut schlug und dass er dankbar dafür sein sollte. Sie hätte seine Unterstützung gebraucht, seine Solidarität. Aber anstatt sie zusammenzuschweißen, trennte die Krise sie nur noch weiter, und Mark setzte sie sogar als Waffe gegen seine Frau ein. Wie konnte er nur? Das war nun wirklich nicht der geeignete Moment, um ihr Vorwürfe zu machen.

»Ich weiß nicht, was das soll, Mark.« Jennifer sprach mit ruhiger Stimme. »Das ist jetzt nicht der richtige Augenblick, um mein Verhalten zu analysieren. Wir sollten uns erst einmal um Emma kümmern, okay?«

Darauf reagierte er kaum. Er hatte seine eigenen Gedanken und eigenen Pläne, und er hatte sich schon viel zu weit vorgewagt. »Jennifer, weißt du noch, wie Emma beim Klauen erwischt wurde, auf der Highschool?«

Schon wieder die Highschool. Wollte er wirklich im Dreck der Vergangenheit wühlen? Ja, sie konnte sich gut daran erinnern, hatte sogar selbst schon daran gedacht, auch wenn sie es vermeiden wollte. Die Erinnerungen krochen in ihr Bewusstsein, auch wenn sie sich nach Kräften dagegen wehrte. Zweifel an Emma zu haben, war im Moment ein Luxus, den sie sich nicht leisten konnten. Jennifer war nicht dumm; sehr wohl sah sie die neue Härte, die Wut, die gefährlichen Anzeichen einer verzerrten Wahrnehmung – doch all das würde erst später kommen. Später würde es darum gehen, Emma zu therapieren. Nun ging es darum, sie zu retten.

»Ja«, sagte sie. »Ich habe mich schon gefragt, wann du damit anfangen wirst. Wirst du mir als Nächstes erzählen, wie sie sich im Kindergarten in die Hose gemacht hat?«

Nur einmal im Leben hatte Emma sie wirklich enttäuscht. Als sie sechzehn war, wurde sie beim Stehlen in einer schicken Boutique in Chestnut Hill erwischt. Ihr Verhalten hatte Jennifer und Mark zutiefst verstört. Emma brauchte keine neuen Klamotten, und wenn doch, hätte sie genug Geld gehabt, welche zu kaufen. Sie machte sich nicht einmal etwas aus Kleidung. Doch der Ladenbesitzer fand ein kurzes Seidenkleid samt Preisschild in ihrem Rucksack. Er sagte, er habe beobachtet, wie Emma das Stück eingesteckt habe. Er war sicher, dass sie es nicht zum ersten Mal tat, aber diesmal hatte er es mit eigenen Augen gesehen. Jennifer war eine seiner Stammkundinnen, deswegen verzichtete er auf eine Anzeige. Jennifer rief Mark an, der das Kleid bezahlte und Emma zur Rede stellte. Sie war mit ihrer Freundin Ashley unterwegs gewesen und behauptete, die habe ihr das Kleid unbemerkt in den Rucksack gestopft. Ashley stritt alles ab, und die Freundschaft der beiden war beendet.

Mark sprach noch weiter, doch Jennifer hörte kaum zu. In Gedanken ging sie den Ladendiebstahl noch einmal durch, Schritt für Schritt. Mark schien auf eine Antwort zu warten.

»Was hast du gesagt?«, fragte sie. »Tut mir leid, ich war woanders.«

»Ich habe gesagt, weißt du noch, wie kühl sie war und wie sehr sie auf ihrer Unschuld beharrte? Wir hatten erwartet, dass sie weint und sich entschuldigt, stattdessen wurde sie einfach nur sauer. Weißt du das noch?«

Jennifer wusste es sehr wohl. Sie hatte Mark überredet, mit dem Ladenbesitzer zu sprechen. Mark hatte sich entschuldigt und den Mann davon überzeugt, dass so etwas nie wieder passieren würde.

»Wir haben Emma die Leviten gelesen und gedacht, die Sache wäre damit erledigt«, sagte Mark.

»Sie war erledigt. Das hier ist nicht dasselbe, Mark. Viele Teenager klauen. Das hat nichts mit einem Charakterfehler zu tun. Sie hat ihre Lektion gelernt.«

»Wirklich? Was hat sie denn gelernt? Ich werde es dir sagen: Sie hat gelernt, dass sie sich alles erlauben kann, solange sie lügt.« Auf einmal klang er traurig. »Sie war bereit, ihre beste Freundin zu opfern, Jennifer. Die beiden haben nie wieder ein Wort gewechselt. Warst du darüber nie verwundert?«

Doch, war sie. Damals hatte es sie sehr verstört. Jennifer und Ashley waren seit der ersten Klasse befreundet gewesen. Ashleys Mutter war eine Freundin von Jennifer gewesen, doch nach dem Vorfall brach der Kontakt ab. Jennifer hatte alle unangenehmen Gedanken verdrängt. Nun musste sie sich abermals fragen, ob Emma damals die Wahrheit gesagt hatte.

»Ich weiß es nicht«, sagte sie. »Das ist alles so lange her. Warum müssen wir jetzt darüber reden?«

Früher hätte Mark sich vielleicht mit diesen Worten abspeisen lassen, doch nun gab es kein Halten mehr.

»Wann haben wir das letzte Mal über etwas Wichtiges gesprochen? Wir haben nach und nach angefangen, getrennte Leben zu führen, und wann immer ich versuche, die Veränderung anzusprechen, beschönigst du alles und tust es als unwichtig ab – nicht hier, nicht jetzt, lass uns später darüber reden. Aber später ist nie. Im Ernst, unser Leben dreht sich seit Jahren nur noch um die Kinder, und du machst keinerlei Anstalten, etwas daran zu ändern. Kommt dir denn niemals in den Sinn, dass auch ich Bedürfnisse haben könnte, Jennifer?«

Sie atmete zitternd aus. »Selbstverständlich hast du die, Mark.« Sie war kurz davor, in Tränen auszubrechen, und er wurde nachgiebig.

»Hör mal, ich habe es damals nicht weiterverfolgt, deswegen ist es auch meine Schuld. Aber alles Störende zu ignorieren, jede Konfrontation zu vermeiden – das wird diesmal nicht funktionieren.«

Sie musste an die Affäre denken, die sie ihm einst unterstellt hatte. Sie war zu dem Schluss gekommen, dass an ihren Vermutungen nichts dran war, doch nun holte sie das Misstrauen wieder ein. Suzie hatte ihr geraten, ihn mehr zu beachten, nicht immer die Kinder in den Vordergrund zu stellen. Vielleicht hätte sie diesen Rat befolgen sollen. Aber nicht jetzt. Es war doch sonnenklar, dass Emmas Problem in diesem Moment an erster Stelle stand.

Sie wünschte sich wirklich, dass er abreiste. Zum ersten Mal war sie dankbar, dass er einen so zeitraubenden Job hatte. Sie schlug einen versöhnlichen Ton an. »Hör mal, Mark, ich weiß, du hast recht. Wir müssen uns über viele Dinge unterhalten. Aber wir können das alles nicht in ein paar Stunden lösen, bevor du wieder ins Flugzeug steigst. Können wir das bitte aufs nächste Mal verschieben? Und könntest du mir bitte sagen, wie ich weiter vorgehen soll?«

Er zögerte, nickte schließlich. Er musste weg, doch er wollte nicht, dass der Streit zwischen ihnen stand. Er setzte sich aufs Bett, ergriff ihre Hand und zog sie näher an sich. Er legte einen Arm um ihre Schulter, obwohl sie sich steif machte und den Kopf abwendete. »Lass uns nicht so auseinandergehen, Jennifer. Tut mir leid, wenn ich mich unglücklich ausgedrückt habe. Ich glaube, dass wir alles in Ordnung bringen können. Ich liebe dich.«

Langsam drehte sie den Kopf, doch sie hielt den Blick gesenkt, um ihm nicht in die Augen blicken zu müssen. »Ich liebe dich auch«, antwortete sie reflexhaft. »Alles wird gut. Wir schaffen das.« Sie stieß ein Lachen aus. »Jetzt sage ich wieder genau das, was du mir vorwirfst. Aber ich sage das nicht, weil ich mich dem Konflikt nicht stellen will; ich glaube tatsächlich, dass wir es schaffen können. Oder täusche ich mich auch da?«

»Hoffentlich nicht«, sagte er. »Nein, du täuschst dich nicht, solange du es wirklich willst.«

Sie fragte, was sie bis zu seinem nächsten Besuch zu erledigen habe. Er antwortete ihr, das Wichtigste sei zunächst, einzusehen, dass Emma nicht die Wahrheit sagte. »Du musst erkennen, dass darin die einzige Chance auf eine Verteidigung liegt. Sie muss zugeben, dass es keinen Algerier gab, vielleicht nicht einmal eine versuchte Vergewaltigung. Und sie muss uns sagen, was wirklich passiert ist. Ich bin mir ziemlich sicher, dass sie dazu Paco belasten müsste, und das will sie auf keinen Fall. Aber sobald sie versteht, dass es jetzt er oder sie heißt, ändert sie vielleicht ihre Meinung.« Sein Vortrag klang gefühllos und professionell. Er hielt inne, dämpfte die Stimme und fügte in bitterem Ton hinzu: »Immerhin war sie mit Ashley länger befreundet als mit diesem Paco, und auch damals hat sie nicht gezögert, ihre Freundin zu verraten, um ihre Haut zu retten.«

Jennifer machte sich unwillkürlich los. »Oh, Mark, wie kannst du nur so über sie denken? Du machst mir Angst.«

Er stand auf, ging zum Schreibtisch und griff zum Telefon. »Es tut mir leid. Der Kommentar war unnötig, aber ich mache mir wirklich Sorgen um sie.«

Er rief die Rezeption an und bat den Mitarbeiter darum, einen Iberia-Flug zum JFK Airport zu buchen. Dann machte er sich daran, seinen Kulturbeutel und seine übrigen Sachen einzupacken, und zuletzt rief er den Fahrdienst in New York an, um sich später vom Flughafen abholen zu lassen.

»Wir sollten uns noch schnell bei den Kinder zu Hause melden«, sagte er. »Sicher würden sie gern mit dir reden.«

»Mir ist jetzt nicht danach. Ich kann jetzt nicht die Gutgelaunte spielen.«

»Vielleicht solltest du sie wissen lassen, wie traurig du bist. Immerhin vermisst du sie, Emma ist in Schwierigkeiten – das alles ist ihnen bekannt.«

»Besser nicht. Wie dem auch sei, ich telefoniere fast jeden Tag mit ihnen. Ich werde sie später anrufen, wenn es mir besser geht.«

Was soll ich seiner Meinung nach denn tun?, dachte sie. Soll ich ihnen sagen, dass ihr eigener Vater ihre Schwester für eine Kriminelle hält? Er hat keine Ahnung, wie man mit den Kindern reden muss. Hatte er noch nie. Dennoch war er immer der Überzeugung, dass *ich* es kann. Nun vertraut er weder mir noch Emma.

Die Rezeption rief wenige Minuten später zurück, um ihm zu sagen, dass sein Flug nach Madrid in einer Stunde gehe. In Madrid würde er zweieinhalb Stunden auf den Weiterflug nach New York warten müssen. Mark sagte, er käme gleich herunter, und er bat um ein Taxi. Hastig legte er sich die Krawatte um, schlüpfte in sein Sakko, schnappte sich die Reisetasche und ging zur Tür. »Ich muss los«, entschuldigte er sich.

»Ich weiß. Es ist in Ordnung. Gute Reise.« Sie ging zu ihm und küsste ihn flüchtig auf die Wange. Er stellte die Tasche noch einmal ab und umarmte sie, was sie über sich ergehen ließ.

»Tut mir leid, dass es so weit gekommen ist, Jennifer. Ich weiß, du hast hier alle Hände voll zu tun, und ich habe es dir noch schwerer gemacht. Aber dieses Gespräch war wichtig. Mach endlich die Augen auf.«

»Mir geht es gut. Du solltest dich beeilen.«

Sie wartete, bis er die Tür geschlossen hatte und seine Schritte im Flur verhallt waren. Dann seufzte sie erleichtert auf, streckte sich auf dem Bett aus und starrte an die Decke. Nach ein paar Minuten stand sie wieder auf, trat an den Schreibtisch und nahm den Telefonhörer in die Hand. Sie wählte eine Nummer. Es läutete viermal, bevor sie die vertraute Ansage hörte: *»Dígame lo que quiera.«*

»Sind Sie da? Bitte, gehen Sie ran«, sagte sie. »Ich muss mit Ihnen sprechen.«

Eine Sekunde später hörte sie das Klicken in der Leitung. »*Sí*, Señora«, sagte Roberto. »Ich bin da.«

# Kapitel 17

Roberto hatte eine Tapas-Bar in der Calle Betis als Treffpunkt vorgeschlagen. Wie immer war er überpünktlich und wartete bereits am Tresen auf sie. Als Jennifer wenige Minuten nach ihm das Restaurant betrat, war er nicht der Einzige, der sich ihretwegen den Hals verrenkte. Sie sah wunderschön aus, trug ihr schwarzes Lieblingskleid und spitze Lackpumps. Ihr langes kastanienbraunes Haar hatte sie zu einem lockeren Knoten aufgedreht, einzelne Strähnen hatten sich gelöst und umspielten ihr Gesicht. Sie trug einen Hauch von Make-up und glänzendes Lipgloss in Rosa, das perfekt zur Farbe ihrer Ohrringe und der Halskette aus Rosenquarz passte. Sie spürte die anerkennenden Blicke der anderen.

Sie hatte sich absichtlich zurechtgemacht. Nach Marks Abreise war sie völlig aufgewühlt und verunsichert gewesen, sie machte sich Sorgen um Emma und wusste nicht mehr, was sie glauben sollte. Sie brauchte dringend, was sie nun genoss: männliche Aufmerksamkeit, die ihr neues Selbstbewusstsein einflößte. Sie entdeckte Roberto und setzte sich zu ihm an die Bar. Er hatte bereits die Vorspeisen bestellt und bot ihr frittierte Käsekroketten und Serranoschinken an. Sie wollte erst etwas trinken und rief den Kellner heran. »*Vino blanco, por favor*«, sagte sie.

»*Qué bueno*«, sagte Roberto mit einem breiten Grinsen. »Sie lernen Spanisch, Señora. Immerhin haben Sie auf dieser Reise etwas gelernt.«

Sie sah an ihm vorbei. »Ich habe viel gelernt. Spanisch ist das Beste daran.«

Er nippte an seinem Bier und warf ihr über den Glasrand hinweg einen Blick zu. »Das klingt nicht gut. Ist Ihr Ehemann wieder weg?«

»Ja, aber das ist in Ordnung. Ehrlich gesagt bin ich froh.«

Roberto griff abermals zum Bierglas und leerte es in einem Zug. Er bedeutete dem Keller, ihm die Rechnung zu bringen und zückte die Brieftasche. Jennifers Glas war noch voll, doch Roberto sagte dem Kellner, sie hätten ihre Meinung geändert, würden das Getränk aber dennoch bezahlen. Obwohl sie seine Worte nicht verstand, war seine Körpersprache unmissverständlich. Er stand auf, reichte ihr die Hand und zog sie sanft vom Barhocker. Sie gehorchte verwirrt und ließ sich auf die Straße führen, wo sie ihn fragte, warum er es plötzlich so eilig habe.

»Aus Ihrer Kleidung und Ihren Worten zu schließen, ist das heute nicht der richtige Abend für Tapas«, sagte er mit einem schiefen Lächeln. »Wir gehen in ein ruhiges Restaurant, wo wir uns ungestört unterhalten können, und wenn Sie möchten, gehen wir danach noch ein bisschen spazieren. Gehe ich recht in der Annahme, dass Sie etwas mit mir besprechen wollen?«

Dankbar passte sie sich seinem Schritt an. An einem Taxistand blieb er stehen, und dann warteten sie einige Minuten, bis ein Wagen hielt.

»Ich danke Ihnen«, sagte Jennifer und lehnte sich auf der Rückbank zurück. »Sie haben natürlich recht. Ich möchte reden.« Sie blickte ihn an. »Heute habe ich Emma besucht.«

»Ich weiß«, sagte er sanft. »Aber lassen Sie uns nicht hier darüber reden. Wir sind gleich da. Ich werde einen Scotch bestellen und Sie noch einen Weißwein, und dann werden wir uns in ein Séparée setzen und uns in Ruhe unterhalten.«

»Ein Séparée? Für zwei Leute? Gibt es so etwas? Wenn das mal nicht ein bisschen zu gewagt ist.«

Er wirkte fast gekränkt, doch sie wusste wirklich nicht, ob er Spaß gemacht hatte.

»Ich habe Ihnen doch bereits gesagt, dass ich mich nicht von meinen Gefühlen leiten lasse, Señora. Das Restaurant gehört meinem Bruder. Er wird uns jeden Gefallen tun.«

»Und wenn alle Tische belegt sind?«

»Mein Gott, sind Sie anstrengend. Gut. Genau so sollten wir den Fall angeben.«

»Sie haben mir immer noch nicht geantwortet.«

Er lächelte. »Eigentlich wollte ich erst nach den Tapas dorthin. Ich habe einen kleinen Nebenraum reserviert, für den ganzen Abend, immerhin wusste ich nicht, wann wir hingehen. Sind Sie jetzt zufrieden?«

»Mehr als zufrieden. Ich bin beeindruckt. Und ein bisschen verwundert.«

Sie lehnte sich zurück und betrachtete die überfüllten Straßen. Die Leute schoben sich über den Gehweg, gingen ihrem Leben nach, eilten zu einem Treffen oder nach Hause in die leere Wohnung, glücklich oder traurig oder wütend oder bedrückt. Sie alle hatten mit privaten Problemen zu kämpfen oder einen Sieg zu feiern. Und obwohl sie diese Leute nicht kannte und kaum ihre Sprache verstand, spürte sie eine Verbundenheit, eine Gewissheit, dass sie alle dieselben menschlichen Dramen erlebten, dass auch diese Leute Verständnis für sie haben würden. Jennifers Schmerz würde vergehen, vielleicht sogar in Vergessenheit geraten und durch andere Emotionen ersetzt werden, und auch diese neuen Gefühle waren allen Menschen vertraut. Es war eine seltsame Empfindung, ein bisschen rührselig, doch sie hieß sie willkommen. Sie fühlte sich dem Leben ringsum verbunden, weniger allein. Zuletzt hatte sie sich so gefühlt, als sie im College gekifft hatte. Da fiel ihr Emma wieder ein. Vielleicht unterschieden sich Emmas Erfahrungen mit Paco gar nicht so sehr von Jennifers eigener Studienzeit, als ihr Freund jeden Tag einen Joint geraucht und sogar Kokain genommen hatte. Der junge Mann hatte damals immer versucht, sie zu überreden, doch abgesehen von einem gelegentlichen Joint hatte sie immer abgelehnt. Berauscht zu sein hatte ihr nie gefallen, weil sie den Kontrollverlust fürchtete. Sie hatte sich nicht lange mit ihm und seinen Drogenfreunden abgegeben. Die Szene gefiel ihr nicht.

In der Rückschau erschien ihr das alles jedoch harmlos. Und jener Exfreund hatte später in Harvard studiert und war inzwischen der Geschäftsführer eines großen Unternehmens. Vielleicht war Paco gar nicht so schlimm … aber nein, das war lächerlich. Das ließ sich nicht vergleichen. Damals war niemand ums Leben gekommen; niemand war erstochen worden. Außerdem hatte die Polizei ihr erzählt, Paco handle mit harten Drogen. Nein. Das hier war anders.

Das Taxi hielt an einem Restaurant, vor dem mehrere runde Tische standen. Alle Plätze waren belegt, Jennifer sah Kannen mit Sangria, Biergläser, Teller mit gegrilltem Tintenfisch. Das Essen sah gut aus, und jetzt erst bemerkte sie, wie hungrig sie war. Roberto geleitete sie hinein, und nach einem freundlichen Wortgeplänkel mit dem Kellner führte man sie in einen Nebenraum im hinteren Teil des Restaurants. Er war mit einem schweren Eichentisch möbliert, an dem sicherlich acht Personen Platz gefunden hätten, jetzt jedoch war er nur für zwei gedeckt. An der Wand stand eine Anrichte mit Marmorplatte, daneben mehrere Beistelltischchen. Die Vase auf einem der Tischchen war mit einem üppigen Strauß aus leuchtend rosa Pfingstrosen gefüllt, und weiße Bienenwachskerzen in Messingleuchtern tauchten den Raum in ein sanftes Licht. Der Kellner rückte ihnen die Stühle zurecht und zog sich zurück.

Roberto nahm nach Jennifer Platz. Der Kellner kam zurück, um ihre Bestellung aufzunehmen, und Jennifer fragte nach einem Bellini. Pfirsichnektar war in der Bar vorrätig, einen Bellini zu mischen kein Problem. Roberto bestellte einen Scotch. Der Kellner reichte ihnen die Karte, und Jennifer überflog sie.

»Wir haben keine Eile«, sagte Roberto. »Wenn Sie möchten,

können wir erst etwas trinken. Wir bestellen, wann immer Sie Hunger bekommen.«

»Ehrlich gesagt habe ich jetzt schon Hunger«, sagte sie. »Sie haben mich so schnell aus diesem anderen Laden gescheucht, dass ich keine Gelegenheit hatte, etwas zu essen.«

»Oh, na dann …«

Sie las die Speisekarte, während er den Kellner rief und Kroketten und Gambas bestellte. Sie wählte das Lamm, Roberto schloss sich ihr an.

»Nun, das wäre geschafft. Wollen Sie mir jetzt vielleicht erzählen, was Sie bedrückt?«

»Ich glaube, vorher brauche ich was zu trinken«, sagte sie.

Sie vertrieben sich die Wartezeit mit Smalltalk. Jennifer lobte die Einrichtung des Restaurants und fragte, ob sein Bruder auch selbst koche. Roberto erzählte ihr, sein Bruder sei beides, Koch und Besitzer, habe aber leider ausgerechnet heute frei, andernfalls hätte er ihn ihr gern vorgestellt.

Der Kellner brachte die Getränke, sie prosteten einander zu. »Auf Emmas Freilassung«, sagte Roberto. Sie stießen an. »Ah, Señora, Sie müssen mir in die Augen schauen, sonst bringt es Unglück.«

Sie hob den Kopf. »Na dann …«

Sie stießen noch einmal an. »Roberto, nennen Sie mich Jennifer.«

»Vielleicht, aber jetzt noch nicht.«

Sie setzte das Glas ab und betrachtete schweigend die Tischplatte. Dann ergriff sie das Wort. »Mark glaubt, dass Emma lügt. Er sagt, es gebe keinen Algerier. Er ist der Meinung, dass Paco Rodrigo erstochen hat und Emma ihn deckt.«

Roberto hob die Hand und bestellte einen zweiten Scotch. Als sie wieder allein waren, sagte er: »Aber das ist doch nichts Neues. Sie sind sicher seiner Meinung.«

»Was sagen Sie da? Natürlich nicht. Ich glaube Emma.«

Er schüttelte den Kopf und sprach mit sanfter Stimme. »Nein, Señora, das tun Sie nicht. Sie wollen es mit aller Macht. Sie glauben, Sie müssten es. Aber seien Sie ehrlich – nicht mir gegenüber, nur sich selbst gegenüber –, glauben Sie ihr tatsächlich? Hat sie Sie nicht von Anfang an belogen? Hat sie nicht bereits vor Ihrer Ankunft gelogen, was ihr Leben hier und ihre Wohnverhältnisse angeht?«

»Ja, aber …«

»Sie können es nicht ertragen, dass Ihr Mann es ausspricht, aber gedacht haben Sie es selbst, da bin ich mir sicher.«

Sie überlegte, dann schlug sie die Augen nieder und nickte langsam. »Ich kann nicht ertragen, *wie* er es gesagt hat. Ich möchte nicht, dass er mich bedrängt, mir Vorwürfe macht und unsere Ehe ins Spiel bringt.«

Roberto legte seine Hand auf ihre. Sie zog sie nicht weg. Er redete leise, fast im Flüsterton. Sie musste sich vorbeugen, um ihn hören zu können.

»Aber gedacht haben Sie es auch, oder?«

Ihre Antwort kam zögerlich und sehr leise. Sie hielt den Blick gesenkt und starrte weiter die Tischplatte an. »Ja. Manchmal. Auch wenn ich das nicht will.«

»Meinen Sie, er gibt Ihnen die Schuld?«

Sie zog die Hand zurück und hob den Kopf. »Nein. Eigentlich nicht. Vielleicht doch. Ein bisschen. Vielleicht gebe ich mir selbst die Schuld. Ich weiß nicht mehr, was ich glauben soll.« Sie trank ihren Bellini aus. »Wie wäre es mit einer Flasche Wein?«, schlug sie vor. Roberto kam ihrem Wunsch nach. Sie wartete, bis der Kellner ihr Glas gefüllt hatte, dann leerte sie es in kleinen Schlucken. Sie spürte, wie die Wärme sich in ihrem Körper ausbreitete und ihre Lider schwer wurden, während ihr Verstand sich vernebelte.

»Roberto, da ist noch etwas, etwas, das ich verstehe, aber Mark nicht. Emma mag vieles sein, doch unter anderem ist sie eine junge Frau von einundzwanzig Jahren, die sich zum ersten Mal im Leben verliebt hat. Und in jenem Stadium der Verliebtheit verschwimmen die Grenzen zwischen sich und dem anderen. Außerdem ist sie dabei, sich von ihren Eltern zu lösen und auf eigenen Beinen zu stehen, zwar nicht in finanzieller Hinsicht, aber doch emotional. Und weil ich das verstanden habe, denke ich, dass ich ihr helfen kann.«

Der Kellner trat an den Tisch und servierte das Abendessen. Sobald er wieder weg war, erhob Roberto sich.

»Ich muss kurz auf die Toilette. Bin gleich wieder zurück. Was Sie zu sagen haben, interessiert mich sehr. Ich will alles hören.«

Sie sah ihm nach, schenkte sich ein weiteres Glas Wein ein. Sie erinnerte sich daran, wie sie und Emma sich über Emmas Freundin Mara lustig gemacht hatten, eine von zwei Mitbewohnerinnen, mit denen Emma in Princeton anfangs ein Zimmer im Studentenwohnheim geteilt hatte. Die drei waren dicke Freundinnen gewesen. Aber sobald Mara ihren Freund Jules kennengelernt hatte, war sie nur noch mit ihm zusammen. Für ihre Mitbewohnerinnen wurde das zum Problem. Sie liefen ihm ständig in die Arme, wenn sie aus der Dusche kamen, wenn sie lernen oder ins Bett gehen wollten, und irgendwann hatten sie seine Daueranwesenheit satt. Als sie sich bei Mara beschwerten, antwortete diese: »Was ihr über ihn sagt, gilt auch für mich. Wenn ihr sagt, dass er zu oft hier ist, sagt ihr damit, ich wäre zu oft hier.«

»Nein, das stimmt nicht«, beteuerten die Mädchen. »Du bist du, und er ist er.«

»Ihr versteht das nicht«, rief Mara schließlich frustriert. »Wir sind eins!«

Emma und Jennifer hatten sich darüber kaputtgelacht, doch nun fragte sie sich, ob es Emma nicht genauso erging.

Falls sie es schaffen wollten, Emma von Paco loszureißen, falls sie irgendwie die Wahrheit aus ihr herausbekommen wollten, mussten sie ihr aufzeigen, dass sie unabhängig von ihm war, dass seine Interessen sich nicht zwangsläufig mit den ihren deckten.

Roberto schlängelte sich zwischen den Tischen hindurch. Er setzte sich, legte sich die Serviette auf den Schoß, trank einen Schluck und lächelte sie freundlich an.

»*Bien*, erzählen Sie mir von Ihrer Idee.«

»Wir müssen sie dazu bringen, sich emotional von Paco zu lösen.«

*»Por supuesto, pero cómo?«*, murmelte er.

»Wie bitte?«

»Verzeihung. Natürlich müssen wir das. Aber wie?«

»Da gäbe es eine Richtung, in die Sie ermitteln könnten. Zum Beispiel: Wohin ist eigentlich das Geld geflossen, das wir ihr geschickt haben und das sie ihm gegeben hat? Er erzählt, er tue alles nur, um den Armen und Arbeitslosen zu helfen, aber stimmt das wirklich? Was passiert mit dem Drogengeld? Geht es an eine Organisation? An Einzelpersonen in seinem Heimatdorf? Wenn wir Emma beweisen könnten, dass Paco sie anlügt, dass er nicht derjenige ist, der er zu sein vorgibt – ich weiß es nicht, ich vermute es nur –, dann hört sie vielleicht auf, ihn in Schutz zu nehmen. Und da ist noch etwas. Vielleicht könnten Sie herausfinden, ob er irgendwo noch eine Freundin hat. Am besten wäre es, wenn er sie betrügt.«

Roberto brach in Gelächter aus. »Ihre Tochter sieht das sicher ganz anders. Aber Sie haben eine unkonventionelle Art zu denken; das gefällt mir, Señora. Möglicherweise ist es genau das, was wir brauchen. Werden Sie Emma sagen, dass Sie ihr die Geschichte nicht mehr abkaufen?«

»Nein. Noch nicht.«

»Ihrem Mann?«

»Was ich meinem Mann erzähle, habe ich noch nicht entschieden. Zunächst einmal bleibt es unter uns. *De acuerdo?*«

*»Sí, Jennifer, de acuerdo.«*

# Kapitel 18

Zwei Tage verstrichen, in denen Roberto andere Fälle abschloss und sich immer wieder mit Jennifer traf, um die weitere Vorgehensweise zu besprechen. Am Morgen des dritten Tages wachte sie voller Energie und Optimismus auf, obwohl man ihr wieder einmal verboten hatte, Emma zu besuchen oder sie anzurufen. Dennoch, sie hatte eine Mission, und sie hatte eine Vorstellung davon, wie diese Mission durchzuführen war. Sie würde Paco bloßstellen, denn ganz bestimmt hatte er etwas zu verbergen, und dann würde sie ihre Tochter befreien, nicht nur aus dem Gefängnis, sondern aus den psychologischen Verstrickungen mit diesem Mann. Sobald Jennifer den Plan gefasst hatte, kam ihr nicht einmal mehr in den Sinn, dass sie sich möglicherweise täuschte und es nichts aufzudecken gab.

Sie warf einen Blick auf die Uhr. Acht Uhr. Sie streckte sich, rollte sich auf den Rücken, blieb einige Minuten so liegen und lächelte zufrieden, während sie in Gedanken noch einmal den Plan durchging, den sie und Roberto geschmiedet hatten. Er würde sich heute Morgen auf den Weg in Pacos Heimat machen und seinen Hintergrund durchleuchten: Eltern, Geschwister, Schulakten, Nachbarn, was auch immer. José würde seine Quellen bei der Polizei anzapfen und den Stand der Ermittlungen herausfinden. Und Jennifer würde versuchen, Kontakt zu Pacos und Emmas Freunden aufzunehmen.

In gewisser Hinsicht war Jennifer die schwierigste Aufgabe zugefallen. Sie kannte zwar Julia, doch sie wusste nicht, wer Pacos Freunde waren. Dennoch wollte sie sich so schnell wie möglich an die Arbeit machen. Sie stand auf und ging ins Badezimmer, obwohl ihre Glieder schwer waren und ihr Kopf dröhnte. Ich hätte nicht so viel Wein trinken dürfen, dachte sie, als sie sich das Gesicht mit kaltem Wasser wusch. Sie durchwühlte ihren Kulturbeutel auf der Suche nach einer Kopfschmerztablette, duschte, zog sich an und fühlte sich gleich ein bisschen besser. Auf der Türschwelle lag die neueste Ausgabe der *International New York Times*, die sie unten im Frühstückssaal lesen wollte. Als Jennifers Blick auf die Titelseite fiel, beschleunigte sich ihr Puls. Mitten auf der Seite prangte ein Foto von Emma. Und nicht irgendeines. Es handelte sich um das Verkleidungsfoto, das Emma als Prostituierte zeigte. Jennifer war der Meinung gewesen, das Problem habe sich damit erledigt, dass Roberto der Presse den amerikanischen Brauch erklärte. Doch da war es wieder, ohne jede Hintergrundinformation, und die Schlagzeile darunter lautete: *Princeton-Studentin Hauptverdächtige in Mordfall.*

Ihre größte Angst war Wirklichkeit geworden: Die internationale Presse hatte von der Story Wind bekommen. Nun würden sie scharenweise hier auftauchen, dachte Jennifer; sie würden nachforschen, infrage stellen, alles fürchterlich aufblasen. Es war eine Katastrophe. Und was das Schlimmste war, sie würden jede Hoffnung zunichtemachen, dass Emma ohne ein Gerichtsverfahren davonkam. Es war praktisch nicht mehr zu verhindern.

Mit klopfendem Herzen nahm Jennifer die Zeitung an sich und schloss die Tür. Eilig überflog sie den Artikel, und ihre Angst schlug in Verzweiflung um. Sie wählte Robertos Nummer. Er war auf dem Weg in Pacos Dorf, das ein paar Fahrstunden von Sevilla entfernt lag. Sie versuchte es auf dem Handy, erreichte aber nur die Voicemail, was bedeutete, dass er keinen Empfang hatte. Oder – unwahrscheinlich, so gründlich und gewissenhaft, wie er war – sein Akku war leer. Jennifer legte auf und versuchte es bei Suzie. Der Zeitunterschied fiel ihr erst wieder ein, als sie die belegte, verschlafene Stimme ihrer Freundin hörte.

»Suze, es tut mir so leid, dich zu wecken. Wie spät ist es bei euch?«

»Mein Gott, Jennifer. Es ist zwei Uhr nachts. Was ist los? Ist etwas mit Emma?«

»Nein, tut mir leid. Aber ich wusste nicht, wen ich sonst anrufen sollte. Die Zeitung von heute ist draußen, sie bringen das Foto auf der Titelseite, auf dem Emma als Prostituierte verkleidet ist. Die Reporterin hat sich wohl an der Uni hier umgehört. Angeblich ist Emma seit ihrer Ankunft hier außer Rand und Band, sie ging auf wilde Partys und hat sich durch die Betten geschlafen, schon bevor sie Paco kennenlernte. Das ist doch wirklich schäbig. Ich verstehe nicht, wie man seine Quellen verschweigen kann, wenn man den Ruf eines Menschen zerstört und möglicherweise Einfluss auf seine Verurteilung nimmt. Die Frau hat sich nicht einmal bei mir gemeldet, um meine Seite zu hören. Mein Anwalt wusste nicht, was los ist, andernfalls hätte er mich sicher vorgewarnt.«

»Nun, diese Vorwürfe sind nichts Neues«, sagte Suzie. »Das sind alles nur Lügen und Klatsch. Das weißt du doch. Das meiste davon ist längst bekannt.«

»Ich weiß, aber es war auf die spanischen Zeitungen begrenzt. Jetzt ist es eine internationale, eine amerikanische Story – alle werden sich gegen sie wenden.«

»Nein. Wir müssen die PR-Leute darauf ansetzen. Die müssen es irgendwie kontern. Sie hat Halloween gefeiert. Wir werden es so drehen, dass die Spanier eine antiamerikanische Hexenjagd veranstalten.«

Jennifer dämpfte ihre Stimme. »Suzie, ich weiß nicht, ob das so stimmt.«

»Sag so etwas nicht, Jennifer. Du darfst es nicht einmal denken. Es ist jetzt egal. Wir werden gegen diese Gerüchte angehen.

Die Wahrheit ist, sie hat sich durch die Betten geschlafen – na und? Dann hat sie eben ein bisschen zu viel gefeiert. Das tun alle Amerikaner, wenn sie aufs College kommen. Vielleicht sind die Europäer es nur nicht gewohnt. Was immer sie auch getan hat, mit Mord hat es nichts zu tun. Oder mit Beihilfe zum Mord. Wir müssen die ursprüngliche Version des Geschehens wieder in den Vordergrund stellen, *sie* ist hier das Opfer. Was macht die Suche nach dem Algerier?«

»Nichts. Keiner glaubt, dass es einen Algerier gibt. Niemand. Weder die Polizei noch unser Anwalt. Und auch nicht die Reporterin, die diesen verdammte Artikel geschrieben hat. Nicht einmal Emmas eigener Vater.«

»Mark glaubt ihr nicht?«

»Nein. Das ist noch so eine Sache. Ich erzähle es dir später.«

»Und, glaubst du ihr?«

»Ich weiß es nicht mehr. So viele Indizien sprechen gegen ihre Aussagen.«

»Steht irgendetwas davon in der Zeitung?«

»Nein. Aber das ist nur eine Frage der Zeit.«

»Was sagt Mark dazu?«

»Ich habe nicht mit ihm gesprochen.«

»Ruf ihn an, Jennifer. Egal, wie es gerade um euch steht – er ist ihr Vater. Du musst ihn anrufen. Ich werde mich um die PR kümmern und mich bei dir melden, sobald wir einen Plan haben.«

»Danke, Suze. Du bist wunderbar.«

»Du auch. Ruf Mark an.«

Jennifer legte auf und saß wie erstarrt vor dem Telefon. Sie bemerkte das blinkende Licht und begriff, dass sie eine Nachricht hatte. Sie hob den Hörer an und drückte die 6, um die Nachricht abzuhören. Eine gewisse Catherine Murphy bat um Rückruf. Die Nachricht war zwei Tage alt, aus irgendeinem Grund musste sie mit Verzögerung eingetroffen sein, schließlich hörte Jennifer den Anrufbeantworter dieser Tage zuverlässig ab und war überzeugt, dass das Telefon am Vorabend nicht geklingelt hatte. Der Name der Frau kam ihr bekannt vor. Sie warf erneut einen Blick in die Zeitung, und da stand er: Catherine Murphy. Die Reporterin hatte sie wohl um eine Stellungnahme bitten wollen. Das war nur ein kleiner Trost, immerhin hätte sie so die Gelegenheit gehabt, das missverständliche Foto zu erklären und die Vorwürfe zu entkräften.

Sie legte kurz auf und wählte ihre Nummer zu Hause. Es läutete viermal, bevor Mark sich meldete. Sie meinte zu sehen, wie er sich zuerst das Kissen über den Kopf zog, sich dann auf ihre Bettseite rollte, an der das Telefon stand, und im Halbschlaf zum Hörer griff. Er murmelte ein verschlafenes *Hallo* in die Muschel.

Sie machte sich nicht die Mühe, sich für die Störung zu entschuldigen, sondern platzte sofort mit der Nachricht heraus. Mark hatte nichts davon geahnt, er fragte sich, ob der Artikel auch in der *New York Times* stehen würde, die um sieben Uhr morgens geliefert wurde.

»Wir haben immer gewusst, dass das passieren könnte, Jennifer. Wir werden alles tun, um zum Gegenschlag auszuholen und unsere Sicht der Dinge zu verbreiten.«

»Was ist denn unsere Sicht der Dinge?«

Seine prompte und schlüssige Antwort machte ihr klar, dass er die Frage erwartet hatte.

»Emma studiert in Princeton, sie glaubt an soziale Gerechtigkeit und ist ein unschuldiges Mädchen aus gutem Elternhaus, sie ist fleißig und führt ein erfülltes Leben mit Studium, Freunden, Sport und ehrenamtlicher Arbeit. Es hat sie überfordert, in einem fremden Land plötzlich ganz auf sich gestellt zu sein, und möglicherweise ist sie an die falschen Leute geraten. Doch im Grunde ist sie ein anständiges, ehrliches Mädchen, das mit Drogenhandel oder Gewalttaten nichts zu tun haben will.«

»Nun, *ich* bin dieser Meinung.«

Er ging nicht darauf ein. »Wahrscheinlich werden noch mehr

Reporter versuchen, mit uns zu sprechen«, fuhr er fort. »Frag Roberto um Rat. Mein Bauchgefühl rät, mit niemandem zu sprechen.«

»Vielleicht sollten wir ein Exklusivinterview geben, der richtigen Zeitung oder dem richtigen Fernsehsender, nur um unsere Sicht darzustellen«, schlug sie vor.

»Das können wir erst tun, wenn wir wissen, was an den Vorwürfen dran ist und warum sie erhoben wurden. Sind das alles nur Gerüchte, oder sind es Tatsachen? Du wirst Roberto bitten müssen, mit den namentlich im Artikel genannten Studenten zu reden, und du solltest Emma besuchen.«

Sie erklärte sich einverstanden und versprach ihm, Roberto zu kontaktieren, der gerade nicht in der Stadt sei, doch am nächsten Tag zurückkommen würde. Warum Roberto die Stadt verlassen hatte, erwähnte sie nicht. Sie erzählte Mark auch nicht, dass sie versuchen würde, Emmas Freunde und Kommilitonen zu befragen, solange Roberto unterwegs war.

»Vielleicht kann ich in vier oder fünf Tagen wieder da sein. Hältst du es bis dahin ohne mich aus?«

»Natürlich. Du brauchst gar nicht mehr zu kommen.«

»Jennifer ...«

»Tu, was du für das Beste hältst. Ich muss jetzt auflegen.«

Sie beendete das Gespräch. Weil es ihr sofort leidtat, wählte sie die Nummer noch einmal, legte aber nach dem ersten Klingeln wieder auf. Sie wusste, sie war im Unrecht, doch irgendwie fühlte sie sich besser. Dass sie wütend auf ihn war, würde ihn nicht umbringen. Außerdem wollte sie keine Zeit mit Eheproblemen verschwenden. Sie hatte heute viel vor, Emma zuliebe.

Bevor sie Julia anrief, ging sie hinunter in den Frühstücksraum. Es waren nur wenige Hotelgäste anwesend, hauptsächlich Männer und Frauen in Bürokleidung, die allein für sich saßen, und eine junge Frau mit zwei kleinen Kindern. Die Kinder – ein Junge von etwa vier und ein Mädchen von sieben

Jahren – quengelten herum. Jennifer erinnerte sich daran, wie Emma und Lily im selben Alter gewesen waren. Wie oft sie sich gestritten hatten! Emma hatte die Geburt des Geschwisterchens nur schwer verwunden. Sie hatte es genossen, das erste und einzige Kind zu sein, und sie teilte nur ungern – ihr Spielzeug, ihr Zimmer und ganz besonders die Aufmerksamkeit ihrer Mutter. Zunächst lief alles glatt, sie fand ihre kleine Schwester süß und drängte Jennifer sogar, das Baby hochzunehmen, wenn es schrie. Aber sobald Lily alt genug war, um mit Emmas Sachen zu spielen, Emmas Legokreationen zu zerstören oder auf Jennifers Schoß zu sitzen, lehnte Emma sich auf. Später schlug ihr Widerstand in offene Feindseligkeit um, und obwohl die Geschwister miteinander spielten, wenn keine anderen Kinder greifbar waren, gab es meistens nur Konkurrenzkämpfe und Streit. Die Lage entspannte sich, als Eric zur Welt kam, denn da hatte Emma sich längst damit abgefunden, kein Einzelkind mehr zu sein. Ganz im Gegenteil, sie versuchte sogar, selbst in die Mutterrolle zu schlüpfen. Sie wollte, dass er in ihrem Zimmer schlief und überhäufte ihn mit kleinen Aufmerksamkeiten, darunter auch viele ihrer Plüschtiere. Mark hatte damals gewitzelt, Emma wolle lediglich Lily eins auswischen: »So nach dem Motto, sieh mal, ich hasse nicht *alle* meine Geschwister. Nur dich.« Doch als sie älter wurden, verbesserte sich ihr Verhältnis, und bevor Emma zum Studium nach Spanien ging, waren sie und Lily so etwas wie gute Freundinnen geworden.

Die beiden Kinder hatten aufgehört, sich zu bekriegen, und wandten sich stattdessen den Ausmalbüchern zu, die die Mutter mitgebracht hatte.

Jennifer bestellte Brötchen zum Frühstück, dazu Orangensaft, Kaffee und einen Muffin. Dann ging sie auf ihr Zimmer zurück und rief Julia an.

Wieder blinkte das Lämpchen am Telefon, Jennifer hatte zwei Anrufe verpasst. Sie hoffte, dass es nicht Roberto war, und hörte die Nachrichten eilig ab. Beide stammten von Journalisten – einer von *El País* in Madrid, der zweite vom *Figaro* in Paris. Beide hatten eine Nummer hinterlassen und baten um Rückruf. Es ging also los. Jennifer löschte beide Nachrichten und rief Julia auf dem Handy an.

Julias Voicemail meldete sich, und Jennifer hinterließ eine Nachricht. Vermutlich war Julia gerade in einer Vorlesung; Jennifer fragte sich, ob sie zur Universität gehen und sie abfangen sollte. Doch das schien sinnlos – sie wusste nicht einmal, welche Kurse Julia belegte und ob sie überhaupt dort war. Sie beschloss, auf Julias Rückruf zu warten. Sie war unruhig und nervös und wusste nicht, wie sie die Zeit totschlagen sollte. Also versuchte sie es noch einmal bei Roberto, erreichte jedoch wieder nur die Voicemail. Sie rief José an, der jedoch gerade in einer Besprechung war. Sie zögerte, wählte die Nummer von Marks Handy, um ihm eine Nachricht zu hinterlassen.

»Mark, ich bin es. Tut mir leid wegen eben. Natürlich möchte ich, dass du herkommst, komm so schnell wie möglich. Das Ganze hat mich zutiefst erschüttert, aber ich weiß, zusammen können wir es schaffen. Ruf mich an, sobald du wach bist und einen Moment Zeit hast, okay?«

Sie versuchte, die restliche Zeitung zu lesen, konnte sich jedoch nicht konzentrieren. Schließlich nahm sie ihre Handtasche und ging hinunter. Es war sinnlos, im Hotelzimmer herumzusitzen und zu warten; sie ging Richtung Universität. Der Tag war wunderschön, warm, aber nicht schwül, und die bunten Blumen, die die Luft mit ihrem süßen Duft erfüllten, leuchteten im Sonnenlicht. Wie schön es hier wäre unter anderen Umständen. Sogar jetzt, nach dem Schreck über den Zeitungsartikel, verbesserte sich Jennifers Laune hier draußen merklich.

Sie hatte Glück; sie entdeckte Julia, sobald sie den Innenhof der Universität betreten hatte. Julia war mit einer Gruppe von Freunden unterwegs, sie plauderte und lachte und trug einen Bücherstapel auf dem Arm. Offenbar war die Vorlesung gerade zu Ende. Jennifer rief ihren Namen und winkte, bis Julia sie entdeckte. Zunächst schien sie zu zögern, doch dann erwiderte sie den Gruß, verabschiedete sich von ihren Freunden und kam herüber.

»Hallo, Mrs Lewis, suchen Sie mich?«

»Hallo, Julia. Ja, das tue ich. Tut mir leid, wenn ich störe.«

»Das ist schon in Ordnung. Ich möchte Emma helfen, so gut ich kann. Ein Freund hat mich neulich zum Gefängnis gefahren. Ich hatte ihr geschrieben, und sie bat die Gefängnisleitung um eine Besuchserlaubnis für mich. Es war so deprimierend. Es scheint ihr ganz gut zu gehen, aber es war furchtbar, sie im Gefängnis zu sehen, eingesperrt mit all diesen schrecklichen Frauen. Sie versucht, sich nichts anmerken zu lassen, doch sie scheint sehr einsam zu sein.«

Jennifer seufzte. »Ich weiß. Aber das ist sie nicht. Sie hat uns. Wann haben Sie sie denn besucht? Ich war vor ein paar Tagen dort und habe seither keine Erlaubnis mehr bekommen.«

»Ich war am selben Tag wie Sie da, gleich nach Ihnen. Sie und Ihr Mann waren gerade gegangen.« Julia unterbrach sich und schlug die Augen nieder. »Sie hat sich furchtbar aufgeregt, Mrs Lewis, ich glaube, sie hat sich mit ihrem Vater gestritten. Stimmt das?«

Jennifer ignorierte die Frage und bedankte sich bei Julia für den Besuch bei Emma. Sie erzählte ihr, dass alle der Meinung seien, Emma könne am besten geholfen werden, wenn sie endlich aufhören würde, die Unwahrheit zu sagen und Paco zu decken. »Es wird nicht einfach sein. Dann müsste sie ja zugeben, anfangs gelogen zu haben. Doch sie wird ihre Geschichte nicht ändern, solange sie fürchtet, Paco könnte Schwierigkeiten bekommen.« Aufmerksam beobachtete sie Julias Gesicht, wartete auf eine Reaktion.

Julia runzelte die Stirn und biss sich auf die Unterlippe. Offenbar wusste sie nicht, wie viel sie Emmas Mutter anvertrauen durfte.

»Julia, ich bitte Sie … sagen Sie mir, ob Sie irgendetwas über Paco wissen, das Emma dazu bringen könnte, sich von ihm abzuwenden. Nur auf diese Weise können wir ihr helfen.«

Julia mied jeden Blickkontakt. »Aber was ist, wenn ich etwas weiß, das ihr schadet? Wollen Sie das auch hören?«

Jennifer zuckte zusammen und machte sich auf das Schlimmste gefasst. »Ja«, sagte sie. »Ich muss alles wissen.«

Julia sah sich betreten um. Jennifer schlug ihr vor, einen Kaffee trinken zu gehen. Sie suchten sich ein Café in der Nähe. Julia ließ den Blick über die Gäste schweifen, wie um sicherzustellen, dass keiner ihrer Bekannten darunter war.

»Hören Sie, Sie haben recht, was Paco betrifft. Auf dem Auge ist Emma blind. Dass er mit Drogen handelt, wissen Sie ja, aber ich glaube, da steckt noch mehr dahinter. Es tut mir leid, Ihnen das sagen zu müssen, ich weiß ja nicht einmal, ob es stimmt, aber ein paar von den anderen erzählen, sie sei so etwas wie seine Geschäftspartnerin gewesen. Angeblich haben sie die Drogen zusammen verkauft.«

Jennifer unterbrach sie. »Aber das glauben Sie doch nicht, oder? Das kann nicht wahr sein.«

Julia errötete und fing an zu stammeln. »Ich … Ich meine, ich … Hören Sie, falls es so war, hat sie es nur getan, um den armen Leuten in seinem Dorf zu helfen, die arbeitslos sind und keine Zukunftsperspektive haben. Wenigstens wird er ihr das erzählt haben.«

»Was soll das heißen? Sie meinen, er lügt?«

»Wer weiß? Selbst, wenn es stimmen würde, wäre es keine Entschuldigung.«

»Ich weiß. Natürlich. An wen hat er das Zeug verkauft?«

»Keine Ahnung. Hauptsächlich an Studenten. An die ausländischen Studenten, die hier ›Orgasmus‹ genannt werden.«

Jennifer erinnerte sich vage an Emmas Worte, doch sie hatte den Zusammenhang vergessen. »Was soll das bedeuten?«

Julia wirkte beschämt. »Sie wissen schon. Die ausländischen Studenten feiern gern und gehen in Bars und nehmen Drogen und haben viel Sex.«

»So wie Emma?«

»Das weiß ich nicht. Aber viele von denen haben Geld, das sie für Drogen ausgeben.«

Der Kellner kam an ihren Tisch, und Julia bestellte einen *cortado*. Jennifer bat um einen *café con leche*. Sie konnte spüren, dass Julia ihr etwas verschwieg. Sie beugte sich vor und sprach in vertraulichem Ton weiter. »Ich möchte mehr über Paco erfahren. Lebt er schon lange in Sevilla? Hatte er vor Emma eine Freundin? Wer sind seine Freunde? Wissen Sie etwas über ihn?«

Julia wirkte betreten. Sie schien mit sich zu ringen, und dann platzte sie heraus: »Ich weiß, dass er nicht immer nett zu Emma war. Ich wollte es Ihnen sagen, aber ich war mir nicht sicher. Ich habe die beiden oft zusammen erlebt, bevor sie bei ihm eingezogen ist. Mal war er mit ihr zusammen, mal hat er Schluss gemacht. Er hat sie kritisiert und niedergemacht. Am nächsten Tag war er wieder charmant, und alle fanden ihn toll. Er hat sie beschimpft, weil sie reich ist und privilegiert, eine Amerikanerin eben. Ständig war irgendein Mädchen hinter ihm her, und das hat er benutzt, um Emma eifersüchtig zu machen. Aber sobald ein anderer sie auch nur angeguckt hat, ist er durchgedreht. Er hat ihre Freunde nicht gemocht und wollte, dass sie uns nicht mehr trifft, und sie hat ihm tatsächlich gehorcht. Das Geld, das Sie geschickt haben, hat er gern genommen, trotzdem hat er Sie und Ihre Werte verachtet. Wir hielten die Beziehung für krank, doch für Emma scheint er so etwas wie ein Heiliger zu sein.«

Jennifer nickte langsam, ließ die Worte sinken und bemühte sich, keine Gefühle zu zeigen. Sie fragte noch einmal, wer seine Freunde seien und ob Julia den Namen seiner Exfreundin wisse. Julia kannte einen seiner Bekannten, doch leider nicht mit Namen. Ein Spanier. Angeblich kannte Paco ihn schon sehr lange, schon vor dem Umzug nach Sevilla. Der Mann trieb sich jeden Samstag ab Mitternacht an der Triana-Brücke herum und war meistens bekifft.

»Ich muss mit ihm reden«, sagte Jennifer aufgeregt. »Heute ist Donnerstag. Glauben Sie, dass er am Samstag dort sein wird?«

»Keine Ahnung. Wahrscheinlich.«

»Würden Sie mit mir hingehen und ihn mir zeigen?«

Julia zögerte. »Er darf nicht erfahren, dass ich mit Ihnen gesprochen habe.«

»Das wird er nicht. Ich verspreche es Ihnen. Zeigen Sie ihn mir, und ich werde nicht einmal zu ihm gehen. Ich werde einen Freund mitbringen, der früher bei der Polizei war.«

»Ich weiß nicht, Mrs Lewis … ich hätte nichts sagen dürfen.«

»Bitte, Julia. Sie sind meine einzige Hoffnung.«

Julia erklärte sich zögerlich bereit zu helfen, und sie vereinbarten ein Treffen auf der Brücke am Samstag kurz vor Mitternacht. Julia kramte in ihrer Handtasche, um den Kaffee zu bezahlen, doch Jennifer bestand darauf, sie einzuladen. Julia bedankte sich, sammelte ihre Bücher zusammen und verließ hastig das Café.

Sobald sie allein war, zog Jennifer ihr Handy heraus und rief noch einmal bei Roberto an. Diesmal meldete er sich.

»*Diga.*«

»O Roberto. Ich bin ja so froh, Ihre Stimme zu hören. Ich muss mit Ihnen reden. Es ist etwas passiert.«

»Ich weiß. Ich habe die Zeitungen gesehen, auch im Internet kursieren Gerüchte.«

»Nicht nur das. Ich habe jemanden gefunden. Jemanden, der Informationen über Paco hat.«

»*Bueno*. Auch ich habe Neuigkeiten. Ich habe noch einen Termin, doch ich werde morgen früh zurück sein und direkt zu Ihrem Hotel kommen. Bitte warten Sie dort auf mich. Gehen Sie nirgendwo hin.«

»Versprochen.«

# Kapitel 19

Der Vormittag verstrich, doch von Roberto war nichts zu sehen. Jennifer war seit dem frühen Morgen wach, hatte sich Kaffee und Brötchen aufs Zimmer bestellt und war mittlerweile zu dem Schluss gekommen, dass es das Beste wäre, Emmas Sicht der Dinge in den Medien zu präsentieren. Ein halbes Dutzend Journalisten aus ganz Europa hatte Nachrichten hinterlassen. Jennifer rief den Rezeptionisten an und bat ihn, keine Anrufe mehr durchzustellen. Sie würde die Nachrichten später abhören. Die Leute, zu denen sie Kontakt wünschte, riefen sie ohnehin auf dem Handy an. Die Nummer des Hotels wählten nur jene, die sie nicht persönlich kannte.

Bestürzt hatte sie am Morgen den nächsten Artikel in der *International New York Times* gelesen, außerdem hatte sie sich die *London Times* aufs Zimmer bestellt. Sie konnte nicht glauben, was die Reporter bereits ausgegraben hatten. Emma sei ein »Partygirl« gewesen, habe ein unstetes, unmoralisches Leben geführt; sie habe das Studium geschmissen und sei bei Paco eingezogen, der sich ebenfalls in Haft befinde, sie lebe in einer heruntergekommenen Wohnung fernab der Studentenviertel von Sevilla; zudem sei Paco in der ganzen Stadt als Drogendealer bekannt. Namentlich nicht genannte Austauschstudenten deuteten an, Emma habe sich mehr für die Partys interessiert als für die Vorlesungen, andere beschrieben sie als arrogant und unfreundlich. Eine junge Frau sagte, Emma sei fasziniert von Paco gewesen, ihm praktisch hörig. So stand es in der *Times*; immerhin war der Reporter nett genug gewesen, die Frage nach der

Glaubwürdigkeit der Informantin hinterherzuschieben. »Na ja, eigentlich kannte ich sie nicht persönlich«, räumte die junge Frau ein. »Aber ich kenne viele Leute, die sie kannten.« Der Reporter hatte auch Emmas Freunde und Dozenten in Princeton interviewt, die sich schockiert und ungläubig zeigten, dass eine so fleißige und zuverlässige Studentin in einen Skandal verwickelt sein sollte. Es kam Jennifer vor, als wäre hier von zwei verschiedenen Menschen die Rede.

Ihr Handy klingelte, und obwohl sie die Nummer nicht kannte, nahm sie den Anruf an.

»Hallo, Mrs Lewis, hier spricht Theodora Aspek von der *London Times*. Bitte, legen Sie nicht auf.«

»Woher haben Sie meine Privatnummer?«, fragte Jennifer.

»Ich habe nur eine Frage. Ich möchte Ihnen die Möglichkeit geben, Ihren Standpunkt klarzustellen und den Ihrer Tochter. Die Polizei sagt, die Leiche sei vor dem Bett im Schlafzimmer gefunden worden, jedoch hat sich herausgestellt, dass das Opfer nicht dort getötet wurde. Die Ermittler sagen, es sei von der Küche ins Schlafzimmer geschleift worden, wodurch eine Blutspur entstand. Was haben Sie dazu zu sagen?«

Jennifer spürte, wie sie vor Zorn errötete. »In jener Nacht gab es zwei Opfer. Eines davon ist meine Tochter. Rufen Sie mich nicht wieder an.« Sie legte auf.

Dennoch verunsicherte sie die neue Information. Hatte die Reporterin Verbindungen zur örtlichen Polizei? Stimmt ihre Behauptung? Jennifer rief José an. Er bestätigte ihr, dass die Information korrekt war. Sie wollte wissen, woher sie stammte, und er erklärte ihr, dass sich durch Luminol scheinbar entfernte Blutspuren nachweisen ließen. Die Chemikalie leuchtete im Dunkeln. Plötzlich fiel Jennifer wieder ein, dass Roberto bereits über dieses Verfahren gesprochen hatte. Zu dem Zeitpunkt hatte sie sich keine Gedanken um den Ausgang der Untersuchung gemacht.

»Das passt nicht zu Emmas Aussage«, erklärte José. »Nun wird die Polizei Emma und Paco natürlich wieder in die Zange nehmen.« Dass die Reporterin die Untersuchungsergebnisse bereits kannte, überraschte ihn, hatte ihn doch sein Kontaktmann bei der Polizei gerade erst darüber in Kenntnis gesetzt. Er riet Jennifer, sich eine neue Handynummer zuzulegen, die sie nur an ihre engsten Freunde und an ihre Familie weitergeben solle. »Da ist noch etwas«, fügte José hinzu. »Das Luminol wurde auch auf das Küchenmesser aufgetragen. Es fanden sich dort Blutspuren und Fingerabdrücke, die möglicherweise von Emma stammen.«

»Möglicherweise? Und möglicherweise auch nicht, richtig? Abgesehen davon lebte sie in der Wohnung. Selbstverständlich trägt das Küchenmesser ihre Fingerabdrücke. Und auch das Blut könnte von ihr sein, vielleicht hat sie sich beim Kochen geschnitten. Zu Hause ist ihr das ständig passiert. Vielleicht hat es sich genau so abgespielt.«

»Vielleicht.«

Wieder stieg Panik in ihr auf. »Haben Sie etwas von Roberto gehört?«, fragte sie. »Er wollte heute Morgen hier sein, ist aber immer noch nicht eingetroffen, und angerufen hat er auch nicht. Das sieht ihm gar nicht ähnlich.«

José sagte, er wisse nichts, doch er versicherte ihr, dass es für Robertos Abwesenheit einen guten Grund geben müsse. Sie bat um einen weiteren Besuchstermin bei Emma, sie habe persönlich beim Gefängnis angerufen, doch all ihr Bitten sei erfolglos geblieben.

»Mir wurde gesagt, ihr Besuchsrecht werde derzeit überprüft«, sagte José in entschuldigendem Tonfall.

»Aber warum? Ich verstehe nicht. Uns wurde gesagt, wir dürften zweimal die Woche zu ihr.«

José seufzte. »Angeblich verweigert sie immer noch jede Zusammenarbeit, deswegen wurden die Besuchsregeln verschärft«, sagte er. »Ich werde sehen, was sich machen lässt. Ich weiß allerdings nicht, ob ich da viel ausrichten kann.«

Jennifer antwortete nicht, sie war zu traurig und frustriert.

»Rufen Sie sie an«, fügte José hinzu. »Telefonieren darf sie.«

»Das habe ich versucht. Offenbar wünscht sie keinen Kontakt.«

»Oh.«

»Ich glaube, sie ist immer noch wütend auf Mark. Aber nicht einmal mit mir will sie sprechen. Ich weiß nicht mehr, was ich tun soll.«

»Versuchen Sie es immer weiter, Señora«, sagte José mitfühlend. »Hoffentlich können Sie bald wieder zu ihr.«

In ihrem Hotelzimmer fühlte Jennifer sich eingesperrt, hier war sie zum Nichtstun verdammt. Nicht nur, dass sie Emma nicht erreichen konnte; wegen des Zeitunterschiedes konnte sie nicht einmal ihre anderen Kinder in Philadelphia anrufen, die sie umso dringender brauchten, nun, da die Sache in den Nachrichten war. Sicher schliefen sie noch, doch Jennifer nahm sich vor, sie nach dem Aufstehen anzurufen, in knapp zwei Stunden. Was sollte sie tun, um die Zeit zu überbrücken? Wo blieb Roberto?

Sie beschloss, spazieren zu gehen – vielleicht könnte sie ein paar Mitbringsel für Lily und Eric kaufen –, und fuhr mit dem Aufzug hinunter. Als sie die Lobby durchquerte, hörte sie schon den Aufruhr draußen vor dem Gebäude. »Da ist sie!« Sie versuchte, die Leute zu ignorieren und einfach weiterzugehen, doch mindestens fünfzehn Reporter umzingelten sie und bombardierten sie mit Fragen. »Ist sie schuldig?« »Erwartet Emma einen fairen Prozess?« »Bereut sie?« »Glauben Sie ihr?« »Gab es familiäre Probleme?« Jennifer trat den Rückzug an und suchte Zuflucht in der Lobby; das Sicherheitspersonal des Hotels verweigerte den Reportern den Zutritt. Sie war verwirrt, ihr Herz klopfte. Sie machte sich auf den Weg zurück auf ihr Zimmer, doch der Hotelmanager trat ihr in den Weg und bat sie zum Gespräch in seinem Büro.

Sie nahm auf einem breiten schwarzen Ledersessel Platz, der Hotelmanager setzte sich hinter seinen Schreibtisch. In dem klimatisierten Büro war es still und kühl, und sie wurde gleich ein bisschen ruhiger.

»Es tut mir leid, Señora, das muss eine sehr schwierige Situation für Sie sein«, sagte er freundlich.

»Ja«, antwortete sie. »Sicher dauert es nicht mehr lange.«

Betreten wühlte er in seinen Unterlagen. »Hoffentlich haben Sie recht, Señora. Ich muss Sie zu meinem großen Bedauern jedoch bitten, sich in der Zwischenzeit nach einer anderen Unterkunft umzusehen.«

»Wie bitte?«

»Wir sind ein Urlaubshotel, das beste der Stadt. Wir können uns solche Szenen vor unserer Tür nicht leisten.«

»Ich habe nichts damit zu tun. Ich werde belästigt.«

»Ja, ich will damit auch nicht sagen, es wäre Ihre Schuld. Aber es würde so weitergehen, bis Sie abreisen, und deswegen sehe ich mich leider gezwungen, Sie zu bitten, sich hier in Sevilla eine andere Bleibe zu suchen.«

Sie fing keine Diskussion an, sondern stand wortlos auf und ging möglichst würdevoll zur Tür. »Wie viel Zeit habe ich?«, fragte sie.

»Es wäre das Beste, wenn Sie bis morgen abreisen könnten. Notfalls können Sie aber auch bis Montag bleiben.«

Sie nickte und verließ das Büro. Als sie wieder auf ihrem Zimmer war, setzte sie sich aufs Bett und brach in Tränen aus. Danach wusch sie sich das Gesicht mit kaltem Wasser und versuchte es noch einmal bei Roberto. Immer noch keine Antwort. Sie rief wieder José an – seine Stimme klang erschöpft, offenbar hatte auch er genug von ihr – und schilderte ihm, was passiert war. Er schlug ihr vor, eine Ferienwohnung anzumieten. Er werde seine Sekretärin beauftragen, eine geeignete Unterkunft zu finden, und Jennifer bedankte sich. Es war an der Zeit, die Kinder in Philadelphia anzurufen, aber sie fühlte sich so mutlos, dass es ihr unmöglich schien, die nötige Zuversicht auszustrahlen. Doch immerhin war sie Schauspielerin gewesen; sie könnte versuchen, eine Show abzuziehen.

Letztendlich entschied sie sich dagegen. Sie würde das Internet auf Neuigkeiten durchforsten. Vermutlich wurde in der Sache viel getwittert, dann wiederum hatte sie kein Twitterkonto und wusste nicht, wie man an diese Nachrichten herankam. Sie würde Roberto fragen, sobald er hier war. Sie griff zum iPad und gab die Adresse der *Huffington Post* ein. Wie sie befürchtet hatte, wurde riesengroß über Emma berichtet, inklusive des verleumderischen Fotos, das am Vortag in allen Zeitungen erschienen war. Sie überflog den Artikel, es stand nichts Neues drin. Doch sie war schockiert, als sie am Ende auf die Leserkommentare stieß. Offenbar hatte jeder eine Meinung zu Emma, und diese Meinung war immer negativ. Viele Kommentare waren gefühllos und böse, manche verlinkten auf Blogs, in denen fremde Leute sich lang und breit über Emma ausließen. Ein Schreiber namens *tellall* behauptete, Emma habe bereits in Princeton ein promiskuitives Verhalten an den Tag gelegt und den Verlobten ihrer besten Freundin verführt. Wie konnte das sein? Jennifer kannte Emmas beste Freundin. Sie war nicht verlobt – sie hatte nicht einmal einen Freund. Ging es um eine andere Frau? War es gelogen? Die Sache ließ sich nicht überprüfen.

Ein spanischer Leser fragte, wer denn etwas anderes erwartet habe. Emma sei weithin als die *reina de los orgasmus* bekannt gewesen. Das war doch absurd. Ein Typ, der sich *spanishstud* nannte, behauptete, er habe Pacos Wohnung regelmäßig aufgesucht, um Drogen zu kaufen, und Emma sei immer dort gewesen. Sie habe bekifft gewirkt und Zeichentrickserien im Fernsehen geschaut, während die Deals abgewickelt wurden. Zeichentrickserien? Emma? Andere meldeten sich zu Wort und verurteilten Emma als verzogene Amerikanerin, die den Ruf aller amerikanischen Studenten im Ausland ruinierte und es verdiente, im »Knast zu verschimmeln«. Wieder andere forderten, die Regierung solle die Austauschprogramme beenden, weil Spaniens Ruf darunter zu leiden habe. Viele Einträge waren auf Spanisch verfasst, so dass Jennifer sie nicht verstand.

Sie verschlang einen Kommentar nach dem nächsten, war wie hypnotisiert. Ihre Gefühle schwankten zwischen Verzweiflung und Zorn. Wer waren diese Leute? Wie sollte sie erkennen, wer log und wer die Wahrheit sagte? Und was bildeten sie sich ein, eine Meinung zu einem Thema zu haben, über das sie nichts wussten? Woher kam diese ganze Abscheu?

Ihr wurde schlagartig klar, dass sie sofort mit Lily sprechen musste, und sie hatte ein schlechtes Gewissen, den Anruf vor sich hergeschoben zu haben. Ihre Tochter würde all das im Internet nachlesen können, jemand musste sie warnen. Vielleicht müsste man sogar Eric darauf vorbereiten. Sicher sprachen die Eltern seiner Mitschüler daheim über den Fall, und in der Schule plapperten die Kinder dann alles aus. Hoffentlich hatten Mark und ihre Eltern die Kinder informiert, hoffentlich halfen sie ihnen durch diese schwere Zeit. Dann wiederum wurde Jennifer klar, dass sie die einzige Person war, die den Kindern durch eine Katastrophe dieses Ausmaßes helfen konnte. Sie konnte, sie durfte diese Aufgabe keinem anderen überlassen. Sie würde für ein paar Tage nach Hause fliegen. Zu Emma würde sie im Laufe der nächsten Woche ohnehin nicht vorgelassen werden, und Roberto war damit beschäftigt, das Leben des geheimnisvollen Paco Romero zu recherchieren.

Voller Überzeugung griff sie zum Telefon und wählte die eigene Nummer. Wie sie bereits vermutet hatte, war Lily außer sich. Reporter hatten angerufen, lauerten ihr vor dem Haus und vor der Schule auf. Mark hatte den Kindern eingeschärft, mit niemandem zu sprechen, doch die Mitschüler schienen sich über die mediale Aufmerksamkeit zu freuen und gaben den Reportern bereitwillig Auskunft.

»Ich verstehe das nicht«, sagte Lily wütend. »Hat Emma das getan? Alle behaupten es, aber ich kann das nicht glauben.«

»Natürlich nicht. Es handelt sich um einen Justizirrtum, und du musst dich auf die Seite deiner Schwester stellen, mein Schatz. Du kennst sie. Du weißt, wer sie ist, egal, was die Leute sagen.«

Jennifer erkundigte sich nach Eric; auch ihm ging es nicht besser. Die Kinder in seiner Klasse bekamen seit Tagen die Gerüchte mit. Auf welchen Kanälen, war ihr schleierhaft; der Artikel war gerade erst in der internationalen Presse erschienen. Aber irgendwie waren die Nachrichten durchgesickert, waren Gerüchte in Umlauf gebracht worden. Jennifer wusste nicht genau, was warum erzählt wurde, doch auf Lily schien es einen niederschmetternden Effekt zu haben. Eric wurde mit Herablassung behandelt oder attackiert oder von seinen Freunden und deren Eltern bemitleidet. Es ging ihm schlecht, er benahm sich in der Schule daneben.

»Soll ich für eine Weile nach Hause kommen?«, fragte Jennifer. »Ich könnte mir eine Woche freinehmen, für Emma wäre das nicht schlimm.«

Lily überlegte. »Nein«, sagte sie schließlich. »Wir haben Dad und Pops und Granny, und Emma hat nur dich. Abgesehen davon wird alles nur noch schlimmer, wenn du hier bist.«

Das traf Jennifer wie ein Schlag. »Schlimmer? Warum?«

»Weil diese ganzen Reporter dich verfolgen werden. Dann kommen noch mehr.«

Sie hatte recht. Jennifer sagte Lily, wie stolz sie auf sie sei, sie müsse jetzt tapfer sein, und dann bat sie darum, mit Eric sprechen zu dürfen. Eric wollte nicht ans Telefon, sie hörte, wie er im Hintergrund von Lily und Mark bedrängt wurde. Sie redeten geduldig auf ihn ein und befahlen ihm schließlich, den Hörer zu nehmen.

»Hallo«, sagte er mürrisch.

»Eric, Schätzchen, ich weiß, wie böse du auf mich bist. Es tut mir so leid. Aber ich komme bald nach Hause, zusammen mit Emma. Wir sind eine Familie und helfen einander. Du musst jetzt tapfer sein und zu ihr halten, aber ich weiß ja, dass du das tust, und du darfst nicht vergessen, dass ich nur hier bin, um deine Schwester zu unterstützen. Sie braucht mich. Okay?«

Er gab keine Antwort.

»Okay, Eric?«

»Ja«, sagte er kaum hörbar. »Ich muss jetzt los.«

»Gut. Gib mir Daddy.«

Sie informierte Mark über den Anruf der Londoner *Times,* und sie einigten sich darauf, dass es angesichts der aufgeheizten Lage das Beste wäre, wenn Mark zu Hause bliebe und die Sachen auf der amerikanischen Seite regelte. Sie würden sich öffentlich äußern müssen, sie mussten Emmas Engagement für die Armen betonen, ihre ehrenamtlichen Tätigkeiten, ihre guten Noten und ihren Fleiß. Nach dem Gespräch hatte Jennifer das Gefühl, dass die Anspannung zwischen ihnen verflogen war.

Sie wiederholte für sich, was sie zu Eric gesagt hatte: Sie war hier, um Emma zu helfen. Aber stimmte das? Emma schien wenig interessiert an dem Trost, den Jennifer zu spenden hatte, sie war zu tief verstrickt in die Vorstellung, dass sie und Paco eine Art Klassenkampf führten und ihre Eltern auf der falschen Seite standen. Der inzwischen chronisch gewordene Herzschmerz pochte in ihrer Brust. Oh, Emma, Emma. Sie musste einen Weg finden, irgendwie zu ihrer Tochter durchzudringen. Wieder klammerte sie sich an die Idee, dass sie nur etwas finden mussten, um Paco zu diskreditieren. Es wäre zumindest ein Anfang.

Sie wollte keine Gerüchte über Emma mehr lesen, zugleich zogen die Internetseiten sie an wie das Spielcasino den Spielsüchtigen, der bereits alles verloren hat und sich immer noch an die Hoffnung klammert, den Jackpot im letzten Anlauf doch noch zu knacken. Vielleicht hatte irgendjemand etwas geschrieben, das ihr Hoffnung machte. Sie schaltete CNN ein. Die Nachrichten hatten gerade begonnen. Die Topstory drehte sich um unverhohlene Nukleardrohungen aus Nordkorea und die amerikanische Reaktion darauf. Jennifer hörte geistesabwesend zu, konnte sich trotz der Bedeutung des Themas nicht konzentrieren. Es folgten Berichte aus Zypern und ein Beitrag über die spanische Volkswirtschaft. Jennifer wollte sich schon freuen, nichts über Emma gehört zu haben, als die Moderatorin ein Interview mit den Eltern eines spanischen Studenten ankündigte, der in Sevilla getötet worden war. Jennifer drehte sich der Magen um, sie hatte das Gefühl, in einer Achterbahn zu sitzen. Ihr Puls raste. Sie schaffte es nicht, den Fernseher auszuschalten.

Die Eltern des Jungen waren etwa Mitte fünfzig. Die Mutter trug ein schmal geschnittenes schwarzes Kostüm. Ihr dunkles Haar war zu einem Knoten zurückfrisiert, sie trug große Goldohrringe. Sie sah aus wie jene geschmackvoll gekleideten Spanierinnen, denen Jennifer täglich auf der Straße begegnete, sah man von ihrem Gesicht ab. Sie schien völlig ungeschminkt zu sein, ihre Augen waren gerötet und geschwollen, und – es ließ sich nicht abstreiten – sie wirkte wie ein vom Kummer zerfressener Mensch. Der Vater trug einen dunkelblauen Anzug, ein weißes Hemd und eine graue Krawatte. Er saß neben seiner Frau, zog ein ernstes Gesicht und wirkte ebenso erzürnt wie traurig. Sie sprachen abwechselnd Spanisch und Englisch. Sie wandten sich direkt an Emmas Familie und Freunde. Sie wollten die ganze Welt wissen lassen, dass ihr Sohn kein Vergewaltiger war. Er sei ein guter Junge gewesen. Er wollte Anwalt werden, vielleicht sogar Richter, sagten sie. Er respektierte das Gesetz. Die Amerikanerin log. Es gab keinen Algerier. Niemand hatte versucht, sie zu vergewaltigen. Die Mutter fing zu weinen an. Sie sagte, sie wolle mit Emma sprechen, und dann richtete sie ihren Blick direkt in die Kamera. »Bitte, falls Sie das sehen, bitte, sagen Sie die Wahrheit. Sie haben mir den einzigen Sohn genommen. Nehmen Sie meiner Familie nicht auch noch die Ehre.« Sie schlug die Hände vors Gesicht und weinte. Ihr Mann umarmte sie und blickte böse in die Kamera. Das Gespräch war beendet.

Jennifer wusste nicht mehr, was sie denken sollte. Ihre Fähigkeit, alle Argumente auszublenden, die für Emmas Schuld sprachen, versagte. Sie hatte keine Gewissheiten mehr, ganz besonders nicht, wenn es um ihre eigene Tochter ging.

Sie versuchte es ein letztes Mal bei Roberto, rechnete schon gar nicht mehr mit einer Antwort und bekam auch keine. So langsam machte sie sich Sorgen um ihn. Die meisten Leute fuhren zu schnell; die spanischen Autofahrer waren leichtsinniger als die amerikanischen. Vielleicht hatte er einen Unfall gehabt. Sie verstand nicht, warum er nicht anrief und seine Verspätung erklärte. Sie hoffte, ihn am nächsten Tag zu sehen. Abgesehen davon, dass er ein guter Privatdetektiv war, brauchte sie ihn als Übersetzer und als Begleiter für ihren Ausflug zur Triana-Brücke am Samstag. Nun musste sie sich an den Gedanken gewöhnen, Julia und Pacos Bekannten allein zu treffen.

# Kapitel 20

Früh am nächsten Morgen wurde sie durch ein Schrillen geweckt. Im Halbschlaf hielt sie das Geräusch für ihren Wecker, tastete vergeblich nach dem Knopf. Benommen suchte sie nach ihrem Handy auf dem Nachttisch und nahm das Gespräch mit geschlossenen Augen an. Sicher war das Roberto.

»Wo waren Sie?«, fragte sie erleichtert. Ihre Stimme war heiser vom Schlaf. »Ich habe mir solche Sorgen gemacht.«

»Señora, hier spricht José.«

Peinlich berührt entschuldigte sie sich. José erklärte ihr in förmlichem Ton, seine Sekretärin habe eine Wohnung gefunden, und er wolle den Umzug so schnell wie möglich über die Bühne bringen. Jennifer hatte das Zimmer seit dem Zwischenfall mit den Reportern nicht mehr verlassen und den Umzug fast vergessen. Sie bedankte sich und erkundigte sich nach der Lage der Wohnung.

»Sie ist klein, es handelt sich um ein schlichtes, doch zweckmäßig eingerichtetes Apartment in der *Judería*«, sagte er. »Nur wenige Straßen entfernt vom Las Casas de la Judería. Kennen Sie das berühmte Hotel?«

Nein, Jennifer kannte es nicht, und sie fragte nach der Bedeutung des Wortes *Judería*.

»Ah, das bedeutet *jüdisches Viertel*«, erklärte er freundlich. Er lachte. »Dort wird es Ihnen gefallen. Sie sind doch jüdisch, oder nicht?«

Sie erschrak. »Wollen Sie damit sagen, dass es für Juden hier immer noch separate Wohnviertel gibt?«, fragte sie.

Er lachte noch lauter. »Oh nein, Señora, natürlich nicht.« Er erklärte ihr, das Viertel, das heute Barrio de Santa Cruz hieß, sei eine beliebte Touristenattraktion und im fünfzehnten Jahrhundert tatsächlich das jüdische Getto gewesen, vom Rest der Stadt durch eine hohe Mauer getrennt. »Man kann die Reste der Mauer bis heute besichtigen«, sagte er. Er riet ihr, sich darüber zu informieren, und empfahl einen englischen Artikel, der im Internet zu finden war. Er sagte, der Herzog von Segorbe treibe seit dreißig Jahren seine Anstrengungen voran, das Viertel historisch getreu zu sanieren.

»Die Casas de la Judería sind das Steckenpferd des Herzogs«, fuhr José fort. »Mehrere Privathäuser wurden zu einem Hotel umgewandelt, das wie ein kleines Dorf aus zusammenhängenden Häusern, Hinterhöfen und Gärten besteht, ein jedes mit eigenem Flair. Es wird Ihnen dort gefallen. Die Touristen finden es sehr hübsch.« Er erzählte ihr, die Ferienwohnung sei modern und komfortabel, die Nachbarschaft mute wie eine mittelalterliche Kleinstadt an.

»Aber Sie fragten, ob ich jüdisch sei. Wohnen dort hauptsächlich Juden?«

»Nein, nein«, sagte er. »Verzeihen Sie. Es sollte ein Witz sein. Ein schlechter Witz. Leider gibt es in Sevilla kaum noch Juden, und ganz sicher wohnen sie nicht alle zusammen in einem Viertel.«

Sie bedankte sich und sagte, sie würde die Wohnung gerne besichtigen. Wäre das möglich, bevor sie sich festlegte? José bejahte, seine Sekretärin würde sie in einer Stunde an der fraglichen Adresse erwarten, 54 Calle de la Madre de Dios. Der Name »Muttergottes« ließ Jennifer schmunzeln. Ganz offensichtlich hatte sich das Viertel von seinen jüdischen Wurzeln losgesagt.

Sie duschte und zog sich an, fragte sich kurz, woher José wusste, dass sie Jüdin war. Nicht, dass es von Bedeutung wäre. Wie ihr einfiel, war sie schon einmal im Barrio de Santa Cruz gewesen, allerdings ohne seine Geschichte zu kennen. Emma hatte sie bei ihrer kleinen Stadttour durchgeführt – Jennifer erinnerte sich an den Alcázar, den königlichen Palast, der früher einmal eine maurische Burg gewesen war, und an die Kathedrale mit der Giralda, die wie eine Hochzeitstorte aussah. Sie erinnerte sich an das hübsche Gassenlabyrinth mit Kopfsteinpflaster, in dem man vor der sengenden Sonne geschützt war, an weiß und senffarben gestrichene Hausfassaden, viele davon hübsch geschmückt mit Blumenkästen voll duftender Blüten.

Sie legte eine kurze Frühstückspause ein und fuhr dann mit dem Aufzug in die Lobby hinunter. Dem Ausgang näherte sie sich nur zögerlich, doch zu ihrer Erleichterung stellte sie fest, dass die Meute der Reporter sich stark dezimiert hatte. Mit gesenktem Kopf verließ sie das Hotel und schaffte es, unerkannt vorbeizuschleichen, in ein Taxi zu springen und dem Fahrer die Adresse zu nennen, die hoffentlich ihr nächstes Zuhause sein würde. Sie war ein bisschen zu früh dran und hatte Zeit, spazieren zu gehen und sich die Schaufenster anzusehen. Im Vorbeigehen entdeckte sie einen Hinterhof der Casas de la Judería. Er war atemberaubend schön – weiße Steinsäulen stützten einen Laubengang aus zarten Bögen, in der Mitte stand ein Brunnen aus blau-weißen Kacheln. Sie entdeckte ein Café an der Plaza de Santa Cruz, das ihr einladend vorkam, und bestellte einen Kaffee, obwohl sie gerade erst gefrühstückt hatte. Es war angenehm, im Schatten zu sitzen und die von der Sonne angestrahlten Häuser zu bewundern.

Sie warf einen Blick auf ihre Armbanduhr und merkte, dass es an der Zeit war, zum Treffpunkt zu gehen. Sie bezahlte und machte sich auf den Weg. Josés Sekretärin Rosa hatte sie nie kennengelernt, doch sie erkannte sie auf Anhieb an ihrem ernsten Gesicht; besorgt blickte die Frau sich um. Sie war mittleren Alters mit breiten Hüften, blau-weißem Bürokostüm, hellrot lackierten Fingernägeln und passendem Lippenstift. In dem Moment entdeckte sie auch Jennifer und eilte auf sie zu. »Señora Lewis?«, fragte sie. »Ich bin Rosa. Ich bin froh, Sie zu sehen«, sagte sie mit schwerem Akzent. »Wir sollten uns beeilen. Der Vermieter wartet bereits.«

Jennifer entschuldigte sich für die Verspätung, obwohl sie pünktlich gewesen war, und folgte Rosa ins Gebäude.

Die Wohnung war perfekt – modern, gemütlich, schlicht eingerichtet und nur halb so teuer wie das Hotelzimmer. Sie sah sich kurz um, überließ alle Formalitäten Josés Sekretärin. Der Vermieter überreichte ihr die Schlüssel, und sie kündigte an, noch am selben Nachmittag einzuziehen.

Nachdem sie sich bei Rosa bedankt hatte, marschierte sie in Richtung des Hotels los. Der Tag war wunderschön, wie alle Tage hier. Sie versuchte es noch einmal auf Robertos Handy, doch als sich wieder nur die Voicemail meldete, machte Jennifer sich nicht einmal die Mühe, eine Nachricht zu hinterlassen. Die Schwere, die bange Vorahnung, die sie seit ihrer Ankunft in Sevilla begleitet hatten, waren wie verflogen, als sie durch das Viertel gewandert war und die Wohnung besichtigt hatte, doch nun senkten sie sich wieder auf Jennifer nieder. Sie sah sich nach einem Taxistand um und stieg mutlos in einen der wartenden Wagen.

Als sie in der Lobby dem Hotelmanager begegnete, bat sie ihn, die Rechnung vorzubereiten, da sie unverzüglich abzureisen gedenke; die Post solle man ihr bitte nachschicken. Dann ging sie auf ihr Zimmer, um zu packen.

Als sie fertig war, setzte sie sich noch einmal an den Schreibtisch und rief das Gefängnis an. Diesmal kam Emma ans Telefon. Jennifer hörte sofort, dass etwas nicht stimmte. »Emma, was ist passiert? Ist alles in Ordnung? Warum hast du meine Anrufe nicht angenommen? Ich habe es ganz oft bei dir versucht.«

Emma antwortete leise und langsam: »Ich weiß. Es tut mir leid. Ich konnte nicht.«

»Was soll das heißen? Was ist passiert?«

»Ich glaube, ich hatte einfach nur Schiss. Ich wollte mit niemandem reden. Die haben mir irgendwas gegeben.«

»*Was* haben sie dir gegeben?«

»Keine Ahnung. Ein Beruhigungsmittel. Es macht müde.« Ihre Stimme schlug in ein Jammern um. »Mom, warum kommst du mich nicht besuchen?«

»Das wollte ich. Ich hab es versucht. Sie lassen mich nicht durch. Die sagen, solange du nicht zur Zusammenarbeit mit der Polizei bereit bist, bleibt dein Besuchsrecht eingeschränkt.«

Emmas Stimme wurde hart. »Du meinst, bis ich sage, was die hören wollen?«

»Kannst du dir denn nicht ein bisschen Mühe geben, Schätzchen?«

»Vergiss es«, sagte Emma verächtlich. Alle Schwäche war aus ihrer Stimme gewichen. »Tut mir leid, dass ich es angesprochen habe. Du kannst trotzdem etwas für mich tun.«

»Natürlich. Was du willst. Was denn?«

»Die verraten mir nichts. Hast du irgendwas von Paco gehört? Ist er immer noch in Haft? Geht es ihm gut? Kannst du das für mich herausfinden?«

Jennifer spürte eine Welle der Enttäuschung, in die sich absurderweise ein Hauch von Stolz mischte. Sie hatten es nicht geschafft, ihre Tochter zu brechen. »Ich werde es versuchen, okay? Und dann komme ich dich besuchen. José sagt, möglicherweise kann er sie auf juristischem Wege dazu zwingen, das Besuchsrecht wieder zu lockern. Sie dürfen dich nicht isolieren, bloß weil sie dir nicht glauben. Nicht ohne Beweise.«

»Danke, Mom. Und vergiss nicht, José nach Paco zu fragen.« Sie hielt inne, Jennifer konnte verärgerte Frauenstimmen im Hintergrund hören. Offenbar legte Emma eine Hand auf die Muschel, sie keifte auf Spanisch zurück. Ihre Stimme klang fremd – energischer und aggressiver. »Also, ich muss Schluss machen. Die anderen wollen auch telefonieren«, sagte sie in den Hörer und legte auf.

Jennifer hielt sich das Telefon eine weitere Minute ans Ohr, dann legte sie es vorsichtig auf die Station zurück. Ihr wurde bewusst, wie fremd Emma ihr geworden war. Sie rief die Rezeption an und bat um Hilfe mit ihrem Gepäck, dann ging sie hinunter und bezahlte die Rechnung. Sie bemerkte ein paar Reporter vor der Tür und bat den Portier deswegen, das Taxi für sie heranzuwinken.

Als sie das Hotel verließ, gefolgt von dem Portier mit ihrem Gepäck, lief sie Roberto in die Arme. Sie konnte sich nicht beherrschen, stürzte zu ihm, umarmte ihn erleichtert und war schon drauf und dran, ihn auf die Wange zu küssen, als er zurückwich und sie eine Armeslänge auf Abstand hielt.

»Nein, Señora«, flüsterte er, doch es war schon zu spät. Die Kameras klickten, die Reporter hatten den Moment festgehalten.

Er begleitete sie zum wartenden Taxi und half mit den Koffern, wobei er die Fragen der Reporter ignorierte. »Gibt es neue Erkenntnisse?« »Behauptet Emma immer noch, überfallen worden zu sein?« »Warum hat ihre Mutter sie nicht besucht?« »Señor, offenbar hat sich Ihr Jobprofil verändert«, rief ein Reporter der *Daily Mail* auf Englisch, in Anspielung auf Jennifers Umarmung. Die anderen lachten hämisch. Roberto stieg zu ihr auf die Rückbank, und das Taxi rauschte davon. Sie wurden nicht verfolgt.

Jennifer war zu Tode beschämt. »Es tut mir so leid. Ich habe nicht nachgedacht. Ich war einfach nur so erleichtert, Sie zu sehen. Wo waren Sie? Ich habe mir solche Sorgen gemacht.«

»Ich weiß. Ich entschuldige mich, und ich verspreche Ihnen, alles zu erklären. Aber nicht hier. Warum ziehen Sie aus dem Hotel aus?«

Sie erklärte ihm, was vorgefallen war und wohin sie wollte. Als sie die Wohnung erreicht hatten, bezahlte er den Taxifahrer und trug Jennifers Gepäck in den zweiten Stock hinauf. Der Vermieter hatte als Willkommensgruß eine Flasche Wein und einen Korkenzieher auf dem Küchentresen platziert. Roberto öffnet die Flasche, suchte zwei Gläser, füllte sie und trug sie ins Wohnzimmer. Er nahm auf dem Sofa Platz, Jennifer im Sessel gegenüber.

»Ich habe meine Tochter gefunden«, sagte er. Die Worte hingen in der Luft, doch noch bevor Jennifer sich mit ihm freuen konnte, fügte er hinzu: »Und dann habe ich sie wieder verloren. Diesmal vielleicht für immer.«

Sie war sprachlos. Er erzählte ihr, er habe mehrere Privatdetektive engagiert, die seit Jahren nach seiner Exfrau und dem Kind fahndeten. »Immer wieder haben sie es geschafft, sich zu entziehen. Es war, als wären sie wie vom Erdboden verschluckt ... oder gestorben«, fügte er hinzu. Auf dem Rückweg nach Sevilla habe ihn einer der Detektive angerufen und ihm erzählt, er habe Robertos Exfrau möglicherweise in Gerona gesehen. Dort sei sie vor zwei Jahren in die Psychiatrie eingeliefert worden, angeblich habe sie ihre kleine Tochter misshandelt und vernachlässigt. Das Kind, inzwischen dreizehn Jahre alt, sei in einer Pflegefamilie untergekommen. Roberto hatte alles stehen und liegen lassen und war sofort hingefahren.

»Woher wollten Sie wissen, dass sie es ist?«, fragte Jennifer.

»Er hat meine Frau fotografiert, und obwohl sie sich sehr verändert hat – ihr Haar war vollkommen ergraut und verfilzt, und sie hat mindestens fünfzehn Kilo abgenommen, seit ich sie zuletzt gesehen habe –, habe ich sie sofort erkannt.«

»Wie haben Sie Ihre Tochter gefunden?«

»Sie hat einen Namen«, sagte er vorwurfsvoll.

»Verzeihung ... natürlich. Wie heißt sie?«

»Isabel«, murmelte er. »Sie zu finden war einfach. Das Gericht hat sie bei einer Familie in einem kleinen Dorf in der Nähe von Gerona untergebracht.«

Mit monotoner Stimme erzählte er seine Geschichte. Er habe die Familie telefonisch nicht erreichen können und sei in seiner Aufregung ohne Termin und ohne Vorankündigung hingefahren. Mit wachsender Unruhe fand er das Haus und verschaffte sich Einlass. Drinnen war es beengt, dunkel und chaotisch. Schmutziges Geschirr in der Spüle, leere Bierflaschen auf dem Tisch und auf dem Fußboden. Nur der Vater war zu Hause. Ein Arbeitsloser, leicht angetrunken, dabei war es noch früh am Tag. Roberto fragte ihn nach Isabel, doch anstatt eine Antwort zu geben, jammerte der Mann über seine Armut, seine Arbeitslosigkeit, die inkompetente Regierung.

»Er hat ein Geschäft gewittert«, sagte Roberto. »Er hat mich angewidert, aber ich habe ihm fünfzig Euro gegeben und noch einmal nach Isabel gefragt.« Er schenkte sich ein zweites Glas Wein ein und starrte unglücklich hinein, bevor er es sich an die Lippen führte.

»Und?«, fragte Jennifer. »Was hat er gesagt?«

Er zuckte hilflos die Achseln. »Er hat gesagt, sie wäre ein Junkie und vor sechs Monaten ausgerissen. Er sagte, er habe sich nicht an die Polizei gewandt, um ihr Ärger zu ersparen. In Wahrheit will er natürlich nur weiterhin den Unterhalt vom Staat kassieren.«

Jennifer stand auf und setzte sich neben ihn auf das Sofa. Sie ergriff seine Hand, doch er wich ihr aus und trank einen weiteren Schluck Wein. »Oh, Roberto, das tut mir so leid. Sind Sie zur Polizei gegangen?«

»Natürlich. Wir haben alle bekannten Treffpunkte abgesucht, die Bars und Straßenecken. Wir haben alle möglichen Leute befragt. Was meinen Sie, auf welche Weise sich eine dreizehnjährige Drogensüchtige ihren Lebensunterhalt verdient? Sie prostituiert sich. Wir haben alle einschlägigen Viertel abgeklappert. Das letzte Foto von ihr zeigt sie vor zwei Jahren, als sie in die Pflegefamilie kam. Keiner hat sie erkannt. Oder keiner hat es zugegeben. Natürlich suchen wir weiterhin nach ihr. Ich habe einen fähigen Kollegen auf den Fall angesetzt, und er wird nicht aufgeben. Doch ich bin mir nicht sicher, ob das etwas bringt. Vielleicht kommt für sie jede Hilfe zu spät.«

Jennifer fragte, ob er seine Exfrau gesehen habe.

Ja, das hatte er. Er hatte sie im Sanatorium besucht. Er kochte vor Wut, aber dann sah er sich einer gebrochenen, verwirrten Frau gegenüber, die unter Medikamenten stand und ihn kaum wiedererkannte. Die Ärzte hielten sie für schizophren; dieselben Medikamente, die ihre Halluzinationen unterbanden, raubten ihr jedes Gefühl und trübten ihren Verstand.

Roberto war voller Selbsthass. Er war angeblich der beste Privatdetektiv weit und breit, aber seine Exfrau hatte er nicht finden, geschweige denn seiner Tochter helfen können. Er hatte keinen Kontakt mehr zu ihr und würde sie wohl auch nie kennenlernen. Es nützte nichts, wütend auf seine Exfrau zu sein. Andere konnten Gott verantwortlich machen, doch Roberto war Atheist; es gab niemanden, gegen den sein Hass sich richten konnte. Er hatte das Gefühl zu explodieren.

Jennifer hörte schweigend zu. Als er fertig war, ergriff sie noch einmal seine Hand. »Ich weiß, wie Ihnen zumute ist«, sagte sie. »Es ist nicht dasselbe, ich weiß, aber auch ich habe eine Ahnung davon, wie es ist, ein Kind zu verlieren. Oder zumindest den Menschen, den man meinte zu kennen.«

Als er nicht reagierte, zog sie ihre Hand zurück. Ihr Mund war so trocken, dass sie kaum weitersprechen konnte. Sie ging in die Küche, holte sich ein Glas Wasser und leerte es in einem Zug, bevor sie ins Wohnzimmer zurückkehrte.

»*Lo siento*, Jennifer«, sagte er. »Es tut mir leid. Ich weiß, auch Sie leiden. Aber Ihre Tochter werden wir retten. Ich werde erst ruhen, wenn das geschafft ist.«

»Ich weiß«, sagte sie. »Ich vertraue Ihnen.«

Er wirkte müde und ungewöhnlich mutlos, doch nach einer beklommenen Schweigepause fragte er sie, was sie in seiner Abwesenheit herausgefunden habe. Sie zögerte, hatte das Gefühl, ihn nicht mit ihren Problemen belasten zu dürfen, nicht jetzt, wo er so am Boden zerstört war. Er bemerkte ihr Zögern und versicherte ihr, dass er weiterarbeiten wolle. Das lenke ihn von seinen eigenen Problemen ab. Er setzte sich gerade auf und nahm die Pose des selbstbewussten Geschäftsmannes ein. Also erzählte sie ihm von ihrem Treffen mit Julia und von ihrem Plan, um Mitternacht zur Triana-Brücke zu gehen und den potenziellen Informanten zu treffen. Er lächelte anerkennend. »Gute Detektivarbeit, Jennifer. Sie sind ein Naturtalent.« Er stand auf. »*Muy bien*. Wir gehen zusammen hin.«

Er trat an den Tisch, auf dem seine Aktentasche lag, zog einen Notizblock heraus und blätterte darin herum, bis er die gesuchte Seite gefunden hatte. »Auch ich habe Recherchen angestellt«, sagte er, ohne den Blick zu heben. »Das Dorf, in das Paco die Erlöse aus den Drogengeschäften schickt und wahrscheinlich auch das Geld, das Sie Emma gegeben haben … Ich bin – wie verabredet – hingefahren.«

Sie nickte. Ja, natürlich war das so abgemacht gewesen. Wozu die Umstände?

»Ich habe mit allen gesprochen, die möglicherweise etwas wissen – mit dem Bürgermeister, dem Polizeichef der Gegend, den Beratungsstellen für Arbeitslose, den Gewerkschaften, den anderen Wohltätigkeitsorganisationen.« Er hielt den vollgekritzelten Notizblock in die Höhe, hatte sich alle Fragen und Antworten sorgsam notiert. »Niemand weiß von Personen oder Personengruppen, die Geldzuwendungen erhalten hätten, auch keine anonymen.«

Jennifer wurde aufgeregt. »Ich wusste es«, rief sie triumphierend. »Ich habe es gefühlt. Mein Instinkt hat mir das gesagt.«

»Doch das ist noch nicht alles«, sagte Roberto. »Und darauf, das muss ich zugeben, wäre keiner von uns je gekommen.«

»Verraten Sie es mir«, sagte sie ungeduldig.

»Er stammt nicht aus diesem Dorf, Jennifer. Er hat dort keine Familie und keine Bekannten. Das Ganze war komplett erfunden.«

# Kapitel 21

Roberto versprach, sie am Abend um elf abzuholen. Sie hatte vorgeschlagen, vorher etwas essen zu gehen, doch er sagte, er habe zu viel Arbeit aufzuholen. Sie empfand es als Abfuhr und vermutete, dass er das vertrauliche Gespräch bereute und zu einem geschäftsmäßigen Umgang zurückkehren wollte. Es störte sie nicht. Auch sie wünschte sich das. Sie mochte ihn, respektierte ihn und fühlte seinen Schmerz, doch damit war Emma auch nicht geholfen.

Sie verließ die Wohnung, kaufte ein paar Lebensmittel ein, ging wieder nach Hause und merkte, dass sie keine Lust zu kochen hatte. Also beschloss sie, sich selbst zum Essen auszuführen. Sie ging zu einem Restaurant ganz in der Nähe und bestellte einen Rioja und ihre Lieblingstapas: *jamón*, *croquetas* und *huevos*. Sie war froh, allein sein und alles in Ruhe durchdenken zu können. Emmas einzige Rettung wäre, wenn sie mit der Wahrheit herausrückte und gestand, was in jener schrecklichen Nacht geschehen war. Jennifer kannte die Wahrheit nicht, doch sie akzeptierte inzwischen, dass Mark zumindest in dieser Hinsicht recht behalten hatte: Emma log. Ganz bestimmt war der Algerier eine Erfindung, vermutlich die von Paco. Genauso sicher wusste sie, oder hoffte es zumindest, dass Emma unschuldig war. Falls Emma allerdings versuchte, den Mörder zu decken, machte sie sich mitschuldig. Tief in ihrem Herzen wusste Jennifer, dass Emmas Schuld sich darauf beschränkte. Ausgeschlossen, undenkbar, dass sie einen Menschen getötet oder dabei kaltblütig zugesehen hatte.

Immer wieder ging sie die verschiedenen Möglichkeiten

durch. Vielleicht war Paco ein Gewalttäter, der beim geringsten Anlass ausflippte, dachte sie. Vielleicht war er durchgedreht, als dieser Junge versucht hatte, Emma zu vergewaltigen.

Jennifer versuchte, alle Fragen Schritt für Schritt zu klären. Emma liebte ihn, zumindest bildete sie sich das ein, und wahrscheinlich war sie dankbar, dass er sie gerettet hatte. Sie war jung und naiv, ja – aber sie hätte niemals die Polizei anlügen und sich die Geschichte mit dem Algerier ausdenken dürfen. Dann wiederum hatte Paco versucht, sie zu retten, möglicherweise könnte er sich auf Notwehr berufen. Doch Emma hatte gesagt, Paco habe ohnehin schon Ärger mit dem Gesetz. Sie hatte angedeutet, dass man ihm gegenüber keine Gnade walten lassen würde. Was sie wiederum dazu zwang, ihn zu schützen.

Mit dieser Erklärung gab Jennifer sich kurzzeitig zufrieden, doch dann kam ihr ein neuer Gedanke. Falls die Polizei es überprüft hatte, was längst der Fall gewesen sein musste, wüsste sie bestimmt, dass Paco nicht aus jenem Dorf stammte. Hatten sie Emma nichts davon gesagt? Oder José? Waren sie nicht verpflichtet, ihre Erkenntnisse mit der Verteidigung zu teilen? Jennifer bezog ihr gesamtes Kriminalwissen aus Serien wie *Law & Order*, doch sie war sich ziemlich sicher, dass die Offenlegung von Beweisen Pflicht war. Doch nichts dergleichen war geschehen, denn José und Roberto hatten nicht gewusst, dass Paco über seine Herkunft gelogen hatte. Nicht, bis Roberto es persönlich überprüft hatte.

Ihre Schläfen begannen zu pochen, sie griff in ihre Handtasche und nahm die Tabletten heraus, die sie für solche Gelegenheiten bereithielt. Sie schüttelte drei aus dem Fläschchen und spülte sie mit einem großen Schluck Wein hinunter. Dann bezahlte sie die Rechnung und ging zur ihrem Apartment zurück, um auf Roberto zu warten.

Er klingelte ein paar Minuten zu früh. Anstatt ihn ins Haus zu lassen, lief sie die Treppe hinunter und traf ihn auf der Straße. Er wirkte frisch und erholt. Der Abend war wunderschön, und er schlug vor, zu Fuß zu gehen, da sie noch genug Zeit hatten. Bis zur Brücke waren es höchstens fünfzehn oder zwanzig Minuten. Sie passte sich seinem Schritt an, und sie diskutierten ihr Vorhaben. Jennifer erklärte ihm, Julia misstraue Pacos Freund, habe möglicherweise sogar Angst vor ihm, sie wolle nicht als diejenige erkannt werden, die ihn identifiziert hatte. Roberto erklärte sich bereit, Julias Anonymität zu wahren.

Sie passierten kleine Gruppen von Leuten, die auf dem Weg ins Restaurant waren, schnappten Gesprächsfetzen auf, schrilles Schimpfen und wohliges Gelächter hallten durch die Gassen. Von irgendwo hörte Jennifer die melancholischen Klänge einer Flamencogitarre, lange bevor sie den Musiker entdeckten, einen alten Rom mit langem schwarzem Haar, runzliger Haut, blauem Hemd und Lederweste. Er saß auf einer Holzkiste, zu seinen Füßen stand ein Pappbecher. Sie blieb stehen und warf ein paar Münzen hinein, während Roberto auf sie wartete. Der Mann lächelte sie an, seine Goldzähne blitzten. Sie gingen weiter, bogen um die Ecke und überquerten die Straße, verfolgt von den Klängen der Gitarre, die leiser wurden und schließlich verhallten.

Nachdem sie die Brücke überquert hatten, entdeckte Jennifer Julia sofort. Sie saß neben vier anderen jungen Frauen auf der Treppe, unterhielt sich lachend, eine Bierflasche in der einen und eine Zigarette in der anderen Hand. Julia wirkte überrascht, als habe sie sie noch nicht erwartet, dann drückte sie rasch die Zigarette aus und kam ihr entgegen. Jennifer wollte sie Roberto vorstellen, doch Julia fiel ihr untypisch unhöflich ins Wort.

»Da drüben ist er«, flüsterte sie nervös. »Gleich hinter mir, oben auf der Treppe, er steht allein, ganz rechts. Er ist der mit dem Glatzkopf und dem schwarzen T-Shirt. Bitte, gehen Sie nicht gleich zu ihm hin. Warten Sie, bis ich wieder bei meinen Freundinnen bin.«

»Wie heißt er?«, fragte Roberto.

»Alle nennen ihn Raul. Seinen Nachnamen kenne ich nicht.«

Jennifer und Roberto schlenderten so unauffällig wie möglich weiter und nahmen den Mann in Augenschein. Er wirkte viel älter als die anderen, wahrscheinlich Mitte dreißig. Seine Unterarme waren von Tätowierungen bedeckt, deren Motive Jennifer aus der Distanz nicht erkennen konnte, doch sie sah bunte Farben, Symbole und geometrische Muster. Der Kerl trug drei Goldringe im Ohr und eine Goldkette um den Hals. Er unterhielt sich mit einem hellblonden Mann mit skandinavischen Zügen, der eine Jeans trug und ein T-Shirt von Real Madrid. Nach einer Weile nickte der blonde Mann und ging weiter.

»Er verkauft Drogen«, sagte Roberto leise. »Er hat dem blonden Typen gerade ein Päckchen zugesteckt.«

Jennifer drehte sich nach Julias Gruppe um. Die jungen Frauen waren aufgestanden und entfernten sich in Richtung der Bars und Restaurants oberhalb der Treppe.

»Warten Sie hier«, befahl Roberto und näherte sich dem Mann in dem schwarzen T-Shirt. Jennifer ignorierte die Anweisung und folgte ihm. Roberto sah sie streng an, sagte aber nichts. Sobald Raul die beiden gut gekleideten Erwachsenen bemerkte, senkte er den Kopf, drehte sich um und marschierte los, doch Roberto hatte ihn schnell eingeholt, sprach ihn mit Namen an und sagte, er wolle über Paco sprechen.

*»Cómo se llama?«*, fragte der Mann. »Wie heißen Sie?«

Roberto sagte seinen Namen und legte dem Mann eine Hand an den Arm, wie um ihn festzuhalten.

»Sind Sie ein Bulle?«, murmelte Raul argwöhnisch auf Englisch, als wäre Roberto ein Ausländer. Er machte sich los.

Roberto schüttelte den Kopf. »Nein, noch schlimmer«, sagte er mit einer Stimme so kalt, dass Jennifer sie kaum wiedererkannte. »Ich bin ein unzufriedener Kunde.«

Raul blickte sich nervös um, und als er nichts Verdächtiges entdecken konnte, nickte er in Jennifers Richtung. »Und die?«

»Wir gehören zusammen«, sagte Roberto. »Ich bin hier, um Geschäftliches mit Paco zu regeln, im Auftrag meiner Freunde in Madrid. Es geht um eine große Bestellung für sehr wichtige Leute, verstehst du? Wir wollten uns hier treffen. Aber er ist nicht gekommen. Ich will mit seinem Partner sprechen. In dem Dorf, wo er herkommt. Wo ist es?«

»Woher soll ich das wissen?«, sagte Raul und drehte sich um.

Roberto verstellte ihm den Weg und kam dicht heran. Er sprach mit leiser, aber drohender Stimme. »Ich bin sicher, du willst in die Sache nicht noch mehr reingezogen werden, Junge«, sagte er. »Ich weiß, dass du ihn kennst. Sag mir, wo er ist, oder meine Leute werden sich auf die Suche nach dir machen. Mit denen willst du garantiert keinen Ärger haben.«

»Hören Sie, ich kenne den Mann kaum. Ich habe gelegentlich Geschäfte mit ihm gemacht, das ist alles. Aber er wurde festgenommen. Ich habe gehört, dass er in den Mord an diesem reichen Jungen von der Uni verwickelt ist. Lesen Sie keine Zeitung?«

»Woher stammt er?«

»Keine Ahnung. Aus irgendeinem Dorf.«

»Aus welchem?« Robertos Miene war furchteinflößend. Er stand jetzt so dicht vor Raul, dass sich ihre Nasen praktisch berührten.

»Ich weiß es nicht, das schwöre ich Ihnen.«

Roberto ließ nicht locker. »Der nächste Typ, der dich das fragt, wird nicht so höflich sein wie ich. Ich frage dich also zum letzten Mal: Woher stammt er?«

Raul zuckte die Achseln und wich einen Schritt zurück.

»Wenn ich es Ihnen sage, lassen Sie mich dann in Ruhe?«

»Kommt drauf an, ob du die Wahrheit sagst.« Roberto trat einen Schritt vor.

»Granada. Er stammt aus einem Vorort von Granada«, murmelte Raul.

»Wie ist sein Nachname? Heißt er wirklich Romero?«

»Nein, Frias. Paco Rodriguez Frias.«

Roberto nickte und wich zurück, um Raul durchzulassen. Raul nutzte seine Chance und machte sich davon, so schnell er konnte.

Jennifer hatte kaum etwas von der Unterhaltung verstanden, doch den Namen hatte sie herausgehört. »Hat er gesagt Paco Rodriguez? Ist das Pacos richtiger Name?«

»Ich weiß nicht, wie er wirklich heißt, doch er scheint mehr als einen Namen zu verwenden«, sagte Roberto. Seine Stimme klang so sanft und geschmeidig wie immer.

»Als Sie mit dem Mann gesprochen haben, waren Sie wie ein anderer Mensch.«

»Ah, das liegt daran, dass ich Spanisch geredet habe. Sie sind mein schlechtes Englisch gewohnt.«

»Nein, Ihr Englisch ist perfekt, und ich habe Sie schon einmal Spanisch reden hören. Das war anders. Härter. Rücksichtslos. Sie haben mir Angst gemacht.«

Er lachte, berührte ihren Ellenbogen und lenkte sie in Richtung der Brücke, zurück zur Wohnung. »Nun, ihm habe ich offenbar auch Angst gemacht – genug, um uns nützliche Informationen zu verraten. Das ist doch gut, oder?«

Sie lächelte zaghaft. »Kann sein.«

Auf dem Rückweg einigten sie sich darauf, dass Roberto nach Granada fahren und mehr über Pacos Familie herausfinden würde. Er wollte wissen, warum Paco seinen Namen geändert hatte und seine Herkunft verleugnete. Er glaubte nicht, dass der Kerl seine Familie und andere Bedürftige finanziell unterstützte, doch er musste es überprüfen.

»Wir müssen zweierlei beweisen«, sagte Roberto. »Ich glaube, Sie sind sich nur der einen Sache bewusst.«

»Was meinen Sie damit?«, fragte sie. »Ich weiß nur, dass wir Emma klarmachen müssen, wie Paco sie benutzt hat und dass sie sich ihm nicht verpflichtet fühlen muss.«

»Ja, das müssen wir Emma beweisen. Und dann gibt es da noch etwas anderes, wovon wir die Polizei überzeugen müssen«, sagte er. »Und mich«, murmelte er fast unhörbar.

Jennifer wurde von Angst gepackt. »Wovon denn? Wovon reden Sie?«

»Wir müssen beweisen, dass Emma den ermordeten Jungen nicht gekannt hat. Es sieht ganz so aus, als ob sie den Algerier erfunden hat … aber niemand darf daran zweifeln, dass Rodrigo Pérez versucht hat, sie zu vergewaltigen.«

Jennifer blieb stehen und drehte sich zu ihm um. »Das hätte sie niemals erfunden, Roberto«, sagte sie ernst. »Hören Sie, ich weiß, sie hat sich merkwürdig aufgeführt. Sie kennen sie nicht, deswegen können Sie nicht wissen, wie sie wirklich ist. Ich wünschte, es wäre anders. Sie müssen mir vertrauen. Sie ist da in eine Sache hineingeraten, die sie selbst nicht versteht, und sie ist im Moment völlig unberechenbar. Mal braucht sie mich, mal will sie komplett unabhängig sein, dann will sie mir wiederum zeigen, wie erwachsen und welterfahren sie ist. Oder sie wirft mir vor, dass ich dekadent und so was von privilegiert und überhaupt undankbar bin. Einmal hü, einmal hott. Manchmal habe ich das Gefühl, sie wäre besessen, so wie in diesem Film *Der Exorzist*. Aber nicht vom Teufel, sondern von diesem Paco und den Flöhen, die er ihr ins Ohr gesetzt hat. Es ist verwirrend, und es tut mir im Herzen weh, wenn ich sehe, wie schnell das passieren konnte, wie wenig von zwanzig Jahren guter Erziehung übrig geblieben ist. Aber sie ist mein Kind, und ich kenne sie. Sie ist ein guter Mensch. Sie würde niemals einen Toten verleumden, dessen Familie so furchtbar leidet. Nicht einmal, um Paco zu schützen. Das müssen Sie mir glauben.«

Roberto setzte sich wieder in Bewegung, Jennifer holte ihn ein. »Ich habe Ihnen bereits gesagt, dass ich nur an Beweise glaube«, sagte er, »und an sonst nichts.« Als er ihr besorgtes Gesicht bemerkte, fügte er hinzu: »Aber hoffentlich haben Sie recht.«

# Kapitel 22

Nun, da sie nicht mehr im Hotel wohnte, gab es keine morgendlichen Zeitungen mehr; sie musste sich duschen und anziehen und zum Kiosk gehen, bevor sie das Foto am Montagmorgen sah. Als sie die Hand nach dem *Diario* ausstreckte, blieb ihr Blick an dem riesigen Foto auf der Titelseite hängen. Sie erstarrte. Sie hatte das Gefühl, sich im freien Fall zu befinden, ihr Herz schien durch ihren Körper abwärtszurutschen wie ein Aufzug mit gekappten Stahlseilen. Sie sah eine Nahaufnahme von sich und Roberto, wie sie ihn am Vortag im Überschwang geküsst hatte. Sie erinnerte sich daran, ihm um den Hals gefallen zu sein, und er hatte überrascht den Kopf abgewendet, so dass ihre Lippen sich kurz berührt hatten. Im selben Moment hatte der Fotograf auf den Auslöser gedrückt. Roberto hatte Jennifer von sich weggeschoben, aber es war zu spät gewesen. Die Schlagzeile in riesigen Lettern lautete: *»De tal palo, tal astilla.«* Weil sie den Satz nicht verstand, schlug sie die Vokabeln nach. Sinngemäß übersetzt bedeutete er: Der Apfel fällt nicht weit vom Stamm.

Sie war zu Tode beschämt. Schlimm genug, dass Emma als eine Art Femme fatale dargestellt wurde, als unmoralisches Flittchen, was eine völlig abwegige Vorstellung war. Nun hatte sie in ihrer Dummheit den Reportern noch mehr Stoff geliefert – eine Mutter, die dem Mann Avancen macht, der ihrer Tochter helfen sollte. Sie wusste, was nun folgen würde, wie sie dastand, wie sehr es Emma verletzen würde.

Es war zu früh, um Mark anzurufen. Sie wusste, sie musste ihm das Foto erklären und Suzies PR-Leute bitten, sie in ein besseres Licht zu rücken. Um Marks Reaktion machte sie sich keine Sorgen, er hatte gesehen, wie boshaft die Presse mit Emma umgegangen war, und würde daher wissen, wie wenig diesen Leuten zu trauen war. Sie machte sich Sorgen, dass die Boulevardblätter in den Staaten auf den Zug aufspringen und ihre Kinder das Foto zu Gesicht bekommen würden, oder dass Freunde ihnen davon erzählten. Sie musste dringend zu Hause anrufen. Das Warten war eine Qual. Die Kinder schliefen noch, hatten keine Ahnung, welche Bombe im Anflug war, um ihre tödlichen Splitter in alle Richtungen zu verstreuen.

Sie musste zu Emma. Seit über einer Woche wurde ihr nun jeder Besuch verwehrt, was den Reportern sicherlich bekannt war. Vermutlich wussten sie aber nicht, wie sehr sie sich bemüht hatte, und wie streng die Gefängnisleitung zu Emma war. Jennifer fragte sich, ob sie das öffentlich klarstellen sollte.

Sie frühstückte, packte die Zeitungen ein und ging zu ihrem Apartment zurück. Zuerst rief sie Roberto an, erreichte aber nur den Anrufbeantworter. Anschließend wählte sie Josés Nummer, doch es war noch zu früh und er noch nicht im Büro. Das Warten fiel ihr schwer, und so setzte sie sich an den Küchentisch und blätterte in der *New York Times*. Sie fand zum Glück nichts über Emma oder sich und wandte sich erleichtert *El País* zu, aber auch dort stand nichts. Also blätterte sie die aktuelle Ausgabe des *Diario* auf und versuchte, den Artikel zu übersetzen. Sie zog ihr spanisches Wörterbuch hinzu, doch obwohl sie die eine oder andere Vokabel verstand, reichte ihr lückenhaftes Spanisch nicht aus, den Sinn des Textes zu erfassen. Schließlich klingelte ihr Handy.

Es war José. Ja, er habe das Bild gesehen, beantwortete er ihre panische Frage. Sie erklärte ihm, was geschehen war, und er hörte schweigend zu, bekundete ihr sein Mitgefühl. Er sagte, er würde Roberto anrufen, und gemeinsam würden sie eine Strategie entwickeln, um der Presse entgegenzutreten. Doch er hatte auch gute Nachrichten. Er hatte einen Besuchstermin bei Emma erwirkt. Nachdem er sich an höherer Stelle über die ungerechtfertigte Einschränkung des Besuchsrechts beschwert hatte, war ihm nun von der Gefängnisleitung ein Termin eingeräumt worden.

Die Aussicht, Emma bald wiederzusehen, half Jennifer über den jüngsten Schlag hinweg. »Wann können wir hin?«, fragte sie.

José sagte, er werde sie zum Gefängnis fahren und könne sie in einer Stunde abholen. Sie war außer sich vor Freude und eilte hinaus, um Geschenke für Emma zu kaufen. Sie kaufte ein halbes Kilo Serranoschinken und frisches Brot. In einem englischen Buchladen besorgte sie ein paar Romane, die Emma vielleicht gefallen würden. Im Schaufenster der Konditorei nebenan lagen Schokoladenkekse, und da ihr einfiel, wie sehr Emma Schokolade liebte, ließ sie sich gleich ein Dutzend davon einpacken. Vielleicht könnte ihre Tochter sie mit anderen Gefangenen teilen, die ihr sympathisch waren. Vielleicht könnte Jennifer sogar ein paar davon an die Wärterinnen verteilen, um für gute Stimmung zu sorgen. Das war keine Bestechung – keinesfalls. Es war, wie wenn man einen Verwandten im Krankenhaus besucht und der Krankenschwester Pralinen zusteckt, eine freundliche Geste, damit sie auch besonders nett zu dem Kranken ist.

Sie erreichten das Gefängnis und unterzogen sich den üblichen Sicherheitskontrollen. Die Wärter nahmen Jennifer die gekauften Lebensmittel ab, untersuchten sie gründlich und gaben sie zurück. Noch bevor sie in den Besucherbereich vorgelassen wurden, informierte man Jennifer und José, dass die Gefängnisdirektorin mit ihnen sprechen wolle. Jennifer warf José einen nervösen Blick zu, doch er zuckte nur die Achseln und flüsterte: »Keine Sorge, mal sehen, was sie will.« Sie wurden durch einen langen Flur eskortiert, vorbei an geschlossenen Türen, und erreichten zuletzt das gemütlich eingerichtete, große Büro der Direktorin. Zwei gepolsterte Stühle standen vor einem Schreibtisch. Die Gefängnisleiterin erhob sich und begrüßte sie, vermied jedoch jedes unnötige Wort. Sie sah Jennifer ins Gesicht und kam gleich auf den Punkt.

»Mit Ihrer Tochter hat es Probleme gegeben«, sagte sie.

Jennifers Gesicht verriet ihre Panik. Sie beugte sich vor, verspannte sich, spürte ihr Herz klopfen. »Was ist passiert? Geht es ihr gut?«

»Ja, ja, es geht ihr gut«, sagte die Direktorin. »Sie hat Verletzungen davongetragen, doch sie war nur vorübergehend auf der Krankenstation und ist jetzt wieder in ihrer Zelle.«

»Was ist passiert? Wann kann ich sie sehen?«

»Sie können zu ihr, sobald wir hier fertig sind.«

Jennifer spürte, wie ihr die Hitze ins Gesicht stieg. Ihre Wangen und ihr Hals brannten, sie spürte Schweißperlen auf ihrer Stirn, obwohl das Büro klimatisiert war.

»Wurde mir deswegen kein Besuch gestattet?«, fragte sie verbittert. »Hat Emmas Verweigerung dazu geführt, dass ein Wärter die Nerven verloren und sie geschlagen hat? War es so?«

José legte ihr eine Hand auf den Arm, um sie zum Schweigen zu bringen. *»Cálmese«*, murmelte er. Dann wandte er sich mit fester, aber höflicher Stimme an die Direktorin: »Als Mutter ist sie natürlich in Sorge. Bitte erklären Sie uns, was passiert ist.«

Die Direktorin setzte sich auf, schob ein paar Zettel auf dem Schreibtisch zusammen und sagte schnell: »Es tut mir leid, aber eine der Zellengenossinnen Ihrer Tochter hat versucht, sich ihr auf unsittliche Weise zu nähern.«

Jennifer starrte sie verständnislos an, doch die Frau sprach weiter, noch bevor sie unterbrochen werden konnte. Wieder legte José eine Hand auf Jennifers Arm.

»Offensichtlich kam es zu mehr als einem Übergriff, und obwohl ihre Tochter sich gewehrt hat, ließ die andere Frau einfach nicht von ihr ab. Schließlich hat Emma sich bei einer der Wärterinnen beschwert. Daraufhin gab es Ärger.«

Jennifer konnte sich nicht länger zurückhalten. »Was wollen

Sie damit sagen? Wofür hat es Ärger gegeben? Fing der Ärger nicht an, als die Frau meine Tochter belästigt hat? Sicher war die Veranlagung dieser Frau Ihnen bekannt. Warum muss Emma eine Zelle mit ihr teilen? Gehört das zu Ihrer Strategie, sie zu zermürben und zur Zusammenarbeit zu zwingen?«

Die Direktorin setzte ein gequältes Gesicht auf, sprach aber ungerührt weiter. »Ihre Zellengenossin ist eine Romni. Fast vierzig Prozent der Frauen hier sind Roma. Als Emma sich beschwerte und wir die Frau in eine andere Zelle verlegten, kam das gar nicht gut bei deren Freundinnen an. Sie haben Emma in der Dusche abgefangen und zusammengeschlagen.«

Jennifer saß wie versteinert da. Ein Teil von ihr konnte nicht glauben, dass das passierte. Da klaffte eine seltsame Lücke zwischen ihr und der Realität. Alles ging zu schnell und immer nur abwärts. Eben noch war sie die Mutter einer Princeton-Studentin gewesen, und plötzlich wurde ihre Tochter des Mordes angeklagt, im Gefängnis sexuell belästigt und von Roma-Frauen zusammengeschlagen. Das war zu viel für sie. Doch auch das würde sie verkraften. Nach einer Minute hatte sie sich gefasst.

»Zusammengeschlagen? Was soll das heißen?«

»Sie hat ein blaues Auge, Kratzer an Armen und Brust, eine aufgeplatzte Lippe. Nichts Ernstes.«

»Ehrlich gesagt klingt das ziemlich ernst. Vielleicht sind Sie so etwas gewohnt. Ich nicht.«

»Das kommt hier extrem selten vor, Mrs Lewis, die meisten Insassen halten sich an die Regeln.«

Langsam wurde Jennifer wütend. »Was für Regeln? Muss man hier alles über sich ergehen lassen, weil Sie nicht in der Lage sind, einen Häftling zu beschützen? Oder sind es nur die Amerikanerinnen, die die Regeln nicht verstehen und denen keiner hilft?«

José versuchte abermals, sie zu beruhigen, doch sie schüttelte seine Hand ab und funkelte die Direktorin böse an.

Die Frau ignorierte Jennifers Ausbruch und sprach weiter, als wäre sie nicht unterbrochen worden. »Es gibt hier eine alte Frau, eine Romni, die vor langer Zeit ihren Mann und dessen Freundin ermordet hat. Sie sitzt den ganzen Tag im Aufenthaltsraum. Sie ist schon so lange hier, dass sie besondere Privilegien genießt, außerdem ist sie eine pflegeleichte Gefangene. Die jungen Roma-Frauen respektieren sie, zu ihr gehen sie, wenn sie einen Rat brauchen. Sie ist so etwas wie die inoffizielle Clanchefin, schlichtet Streit, regelt Ansprüche. Was sie sagt, wird von allen befolgt. Wäre Emma zu ihr gegangen, hätten die Belästigungen aufgehört.«

»Hat sich irgendjemand die Mühe gemacht, Emma aufzuklären?«, gab Jennifer zurück.

José mischte sich ein. »Als Emma zu Ihnen kam, um sich zu beschweren, hätten Sie ihr doch sagen können, sie solle sich direkt an die alte Frau wenden?«

Die Direktorin sah José an. »Natürlich. Natürlich haben wir daran gedacht. Aber da sie sich offiziell an uns gewandt hat, mussten wir die Vorwürfe zu Protokoll nehmen. Sobald das geschehen ist, setzt sich ein Automatismus in Gang.«

»Ich verstehe das nicht«, sagte Jennifer. »Abgesehen davon ist es jetzt ohnehin zu spät. Ich will zu meiner Tochter.« Sie drehte sich zu José um. »Ich möchte, dass Sie eine offizielle Beschwerde in die Wege leiten. Ich denke, dass der Zwischenfall vermeidbar gewesen wäre, und ich bin mir nicht sicher, ob er nicht zu einem Plan gehört, Emmas Widerstand zu brechen.«

Die Direktorin schob ihren Stuhl zurück und stand auf. »Ich habe Verständnis für Ihre Gefühle, Señora. Aber Ihre Tochter ist im Gefängnis, nicht im Internat, und manchmal kommt es zu solchen Zwischenfällen, egal, wie sehr wir uns bemühen. Es stimmt, sie tut tatsächlich nicht alles, was möglich wäre, um Hafterleichterungen zu bekommen. Aber wir haben diesem Angriff keinerlei Vorschub geleistet.«

»Ich will zu ihr«, sagte Jennifer und sah die Direktorin flehentlich an. »Und nicht durch eine Glasscheibe mit ihr sprechen. Ich möchte sie umarmen und trösten und ihr zeigen, dass ich, ihre Mutter, hier bei ihr bin und ihr zur Seite stehe. Bitte erlauben Sie mir das.«

José sagte etwas auf Spanisch, und die Direktorin schien kurz zu überlegen. »Sie sind selbst Mutter«, fuhr er fort, »sicher können Sie die Schmerzen dieser Mutter nachfühlen.«

Die Direktorin runzelte die Stirn und dachte laut nach. »Es stimmt, normalerweise dürfte sie ihre Besucher längst ohne Aufsicht empfangen«, sagte sie. »Sie macht es sich nicht leicht, doch unter diesen neuen Umständen könnte ich ihr das Privileg vielleicht trotzdem einräumen. Aber nicht heute. Vorher habe ich noch einige Formalitäten zu erledigen. Ich muss zunächst ihren Status ändern, was ein wenig Zeit in Anspruch nehmen wird.« Sie wandte sich an Jennifer. »Heute können Sie sie sprechen, und bei Ihrem nächsten Besuch in der kommenden Woche dürfen Sie sie ungestört sprechen, das garantiere ich Ihnen.«

Jennifer wollte widersprechen, doch José unterbrach sie.

*»Gracias«*, sagte er. »Ich bin mir sicher, Señora Lewis ist Ihnen sehr dankbar.«

Er nahm Jennifer beim Ellenbogen und führte sie aus dem Büro.

# Kapitel 23

An Josés Arm betrat Jennifer den Besuchsraum. Sie nahm vor der Plexiglasscheibe Platz, beugte sich vor und suchte den Bereich dahinter nach Emma ab. José legte ihr eine Hand auf die Schulter, drückte sie zuversichtlich und ging. Es gab nur wenige andere Besucher, die bereits mit den Gefangenen ins Gespräch vertieft waren. Eine ältere Frau in einem schwarzen Kleid – ihr graues Haar war zu einem Knoten aufgedreht, aus dem sich einzelne Strähnen gelöst hatten – saß gegenüber einer dunkelhaarigen Gefangenen, vielleicht ihrer Enkelin. Auf der anderen Seite von Jennifer unterhielten sich ein Mann und ein vielleicht zehnjähriger Junge mit einer untersetzten Frau mit rabenschwarzem Haar und deutlich sichtbarem Damenbart. Die Frau hob den Kopf, als Jennifer sich setzte, dann verlor sie das Interesse und wandte sich wieder ihren Besuchern zu. Waren das die Frauen, die Emma verletzt hatten?, fragte Jennifer sich. Sie versuchte, nicht hinzusehen.

Emma betrat den Besuchsraum durch eine Tür im hinteren Teil. Sie humpelte leicht und ließ sich dann auf den Platz sinken, als schmerze jede Bewegung. Ein Auge war geschwollen, violette Linien zogen sich kreisförmig darum, als hätte ein Kind sie aufgemalt. Ihr Haar war ungewaschen und klebte an ihrer zerkratzten Stirn. Sie trug Jeans und eine langärmelige, zugeknöpfte Bluse, so dass Jennifer nicht sehen konnte, ob sich an ihren Armen und am Oberkörper weitere Verletzungen verbargen. Doch es war egal, sie hatte genug gesehen.

»Emma, was haben sie dir angetan?« Die Tränen liefen ihr

übers Gesicht, ihre Stimme überschlug sich vor Liebe und Mitgefühl.

Emma verdrehte die Augen und blickte sich verstohlen um. »Bitte, Mom, sei nicht so theatralisch. Es ist, wie es ist. Hast du diese Hexe von Anstaltsleiterin gesehen? Hat sie dir erzählt, es wäre alles meine Schuld?«

Jennifer rieb sich die Augen und stemmte sich gegen die Flut der Tränen. Es fiel ihr nicht leicht. Sie fühlte sich hin- und hergerissen zwischen einem natürlichen Mutterinstinkt, der ihr und den Kindern zwanzig Jahre lang gedient hatte, und dem neuen Bedürfnis nach Distanz, das ihre Tochter offenbar empfand. Sie fand es verwirrend, wusste nicht, was von ihr erwartet wurde, und alles, was sie intuitiv tat, schien falsch zu sein. Sie wollte Emma helfen und nicht selbstsüchtig sein, nicht der Kränkung nachgeben, der Ablehnung und der Wut, die sie seit ihrer Ankunft in Spanien quälten. Sie fühlte sich zutiefst verletzt.

Sie dämpfte die Stimme und bemühte sich, mit gefasster Stimme zu sprechen. »Selbstverständlich war es nicht deine Schuld. Niemand glaubt das, Emma. Ich weiß, es war furchtbar, es ist noch viel schlimmer als alles, was wir uns jemals hätten vorstellen können. Aber du bist stark, du wirst das überstehen, und dann fliegen wir nach Hause, du gehst wieder auf die Uni und lässt das alles hinter dir.«

Emma lachte, doch ihr Blick blieb ernst. »Zurück nach Princeton? Ja, klar. Sehr wahrscheinlich.«

Jennifer seufzte. »Du kannst tun, was du willst. Du kannst wieder auf die Uni gehen oder zu Hause bleiben, oder du kannst dir einen Job suchen und ausziehen, falls es das ist, was du willst. Wir werden dich bei allem unterstützen. Aber zunächst einmal musst du hier raus, und das hängt allein von dir ab.«

Emma sah sie kampflustig an, sie war bereit, sich erneut mit ihrer Mutter anzulegen, doch Jennifer sprach weiter.

»Ich kann dir vom Gesicht ablesen, dass du dich mit mir streiten willst. Aber ich habe eine neue Information für dich, die du dir durch den Kopf gehen lassen solltest. Roberto war in Pacos Heimatdorf, in das er angeblich das ganze Geld schickt.« Sie hielt inne und wartete auf eine Reaktion, doch Emma verweigerte sie. Sie sah sie nicht einmal an, obwohl ihrer Mutter nicht entging, wie sich ihr Körper versteifte und sie sich nervös auf die Lippe bis.

»Er kommt gar nicht aus diesem Dorf, Emma. Dort hat niemand je von ihm gehört. Niemand hat Geld von ihm erhalten. Es ist eine komplette Erfindung.«

Emma betrachtete ihre Mutter voller Verachtung. Ihre Antwort war wie ein Schwall Galle.

»Ja, natürlich glaubst du das. Das hättest du wohl gern. Du und Roberto habt euch sicher kaputtgelacht. Ja, tut mir leid, aber ihr seid auf dem Holzweg. Ist dir jemals in den Sinn gekommen, dass er einen anderen Namen benutzen könnte? Dass er anonym bleiben möchte?«

»Emma, hör mich an. Was muss ich tun, um dich zu überzeugen? Es war ein schöner Traum – dieser aufopferungsvolle Freund, der den Armen helfen will und nicht einmal einen Dank erwartet. Er hat ganze Arbeit geleistet, dich von seiner Tugendhaftigkeit zu überzeugen. Aber du bist zu clever, um auf so etwas hereinzufallen, nicht in Anbetracht der Fakten. Ich möchte nicht schlecht über jemanden reden, den du liebst, Emma. Aber ich möchte, dass du deine Entscheidungen aufgrund von Fakten fällst, nicht von Fantasien. Es ist in Ordnung, hingerissen von jemandem zu sein. Du bist jung, und du hast dich verliebt. Du hast einen Fehler gemacht, aber du kannst ihn korrigieren und freikommen und den Rest deines Lebens gestalten, wie du willst.«

Emma betrachtete die Ablagefläche unterhalb der Plexiglasscheibe, als befände sich etwas sehr Interessantes darauf. Sie schwieg minutenlang, Jennifer hoffte, dass sie ernsthaft nachdachte. Schließlich hob sie den Kopf. »Wie geht es Daddy, Mom?« Ihre Stimme war bitter, hart, durchdringend.

Jennifer antwortete vorsichtig, sie fragte sich, worauf ihre Tochter hinauswollte. »Gut. Er arbeitet viel, gibt sich deinetwegen große Mühe, schlägt sich mit der Presse zu Hause herum und instruiert die PR-Agentur, die wir engagiert haben, um die Leute von deiner Unschuld zu überzeugen.«

»Dann ist er schon seit einer Weile wieder weg? Aber macht ja nichts, ich glaube, du hast anderswo Ablenkung gefunden, nicht wahr?«

»Emma, ich habe meine gesamte Zeit darauf verwendet, deine Unschuld zu beweisen und dich hier rauszuholen. Was hat das damit zu tun?«

»Wie du deine Zeit verwendest, habe ich in der Zeitung gesehen, Mom. Vielleicht haben Lily und Eric es auch gesehen. Vielleicht sogar Daddy, hast du daran schon mal gedacht?«

»Lass mich das erklären. Ich hätte nicht gedacht, dass du es bereits gesehen hast.«

»Wir leben hier nicht komplett isoliert, weißt du. Wir lesen Zeitung. In der Bibliothek steht ein Computer. Alle lachen sich kaputt über mich.«

Jennifer erstarrte. »Dieses Foto und die Geschichte dahinter sind vollkommen irreführend, Emma. Roberto war unterwegs, um Informationen zu deiner Entlastung aufzutreiben. Er wurde wegen einer anderen Sache aufgehalten und hatte sich nicht bei mir gemeldet. Ich habe mir Sorgen gemacht, weil ich ihn brauche, um dich hier rauszuholen. Als er zurückkam, war ich überglücklich, dass er wieder da war, ich habe ihn umarmt. Mehr nicht.«

Emma verzog höhnisch den Mund, eine Miene, die Jennifer seit ihrem fünfzehnten Geburtstag nicht mehr gesehen hatte. »Nein, du hast ihn geküsst«, sagte sie. »Oder willst du behaupten, das Ganze sei eine Fotomontage?«

Entnervt hob Jennifer die Stimme – zu sehr offenbar, denn die wenigen anderen Besucher drehten sich um, und Emma zuckte zusammen. Doch ihre Geduld war am Ende, und sie hatte sich nicht mehr unter Kontrolle. »Auf die Wange, Emma. Ich habe versucht, ihn auf die Wange zu küssen.« Sie dämpfte ihre Stimme und beugte sich vor. »Auf dem Foto sah es vielleicht nach etwas anderem aus.« Sie bemerkte Emmas ungläubiges Gesicht und sprach abermals laut. »Nach deinen Erfahrungen hier, nach allem, was man dir vorwirft, bezweifelst du da wirklich noch, dass die Wahrheit von der Presse verzerrt und aufgeblasen wird, um die Leute aufzuhetzen und noch mehr Auflage zu machen?«

Emma sah sich nervös um und sprach im Flüsterton, durch zusammengebissene Zähne. »Hör auf, Mom. Beruhige dich. Alle starren mich an. Du hilfst mir nicht.«

»Aber mir tut es gut«, sagte Jennifer.

»Ja. Natürlich. Das ist alles, was zählt, nicht wahr? Das ist alles, was je gezählt hat.«

Die Wut kochte in Jennifer hoch, und alles, was sie bislang unterdrückt hatte, bahnte sich plötzlich einen Weg ins Freie und drohte zu explodieren. Sie spürte einen Druck in der Kehle, einen bitteren Geschmack im Mund, und sie musste sich mit aller Macht zusammenreißen, um leiser zu sprechen.

»Was hat gezählt, Emma?«

Emma hatte sich weniger gut im Griff. »Du«, spuckte sie aus. »Es ging immer nur darum, dass du dich gut fühlst. Dass du dein perfektes, privilegiertes Leben führen kannst.«

Und dann passierte es – ihre Selbstbeherrschung gab nach wie ein Schleusentor, das dem Druck der Flut nicht mehr standhalten kann. »Mein privilegiertes Leben?«, rief Jennifer. »Was ist mit dir? Du hattest alles – *alles*. Unterricht in allem, was du wolltest, jedes Spielzeug, das dich interessiert hat, die besten Schulen, die besten Ferienlager. Und das alles hast du nicht bekommen, weil ich Schuldgefühle hatte wie andere Mütter, die arbeiten müssen und nicht genug Zeit mit ihren Kindern verbringen können. Denn ich habe meine Schauspielkarriere aufgegeben. Ich war immer da, wenn du aus der Schule nach Hause gekommen bist, mit einem Snack und Cupcakes und einem offenen Ohr. Wir haben immer geredet.« Sie versuchte, ihre Stimme unter Kontrolle zu bringen und die Tränen zurückzuhalten, doch Emma zeigte sich ungerührt.

»Wir haben geredet, doch zugehört hast du nie«, schleuderte Emma ihr in einem wütenden Flüstern entgegen. Der zischende Ton ließ den Inhalt umso verletzender klingen. »Dich hat nie interessiert, ob ich glücklich war, nur ob meine Noten gut waren und ob du bei deinen Freundinnen damit angeben konntest. Du hast deine Karriere für mich aufgegeben? Das glaube ich kaum. Du hast es für dich getan. Es war einfacher, durch uns zu leben. Du hast uns gedrängt, immer perfekt zu sein, damit du selbst als die perfekte Mutter dastehen konntest. Und alles nur, um dein Opfer zu rechtfertigen und dein Scheitern in der Welt da draußen zu vertuschen.«

Jennifer war sprachlos. Irgendwann während Emmas Tirade hatte sie sich ausgeklinkt. Sie hatte sie zwar noch gehört, doch die Worte verletzten sie nicht mehr, als wäre sie ein Schwamm, so vollgesogen, dass er keinen zusätzlichen Tropfen mehr aufnehmen konnte. Sie starrte ihre Tochter an und holte einmal tief Luft. Nach einem Schweigen, das eine gefühlte Ewigkeit dauerte, ergriff sie das Wort.

»Du weißt, was die Polizei dir unterstellt, Emma?«

»Was hat das damit zu tun?«

»Die glauben nicht, dass es einen Algerier gab. Die glauben nicht einmal, dass der Junge dich vergewaltigen wollte. Sie glauben, dass du eine Affäre mit dem Studenten hattest. Vielleicht kanntest du ihn schon vorher, oder vielleicht hast du ihn an jenem Abend in der Bar kennengelernt. Du hattest Streit mit

Paco, du hast nicht damit gerechnet, dass er nach Hause kommt, und dann kam er doch, und er hat euch zusammen im Bett erwischt. Er ist ausgerastet vor Eifersucht und hat den Jungen erstochen. Und um ihn zu decken, hast du dir eine absurde Story zusammengebastelt.«

Sie sah Emma in die Augen. Sie war überrascht über ihre eigene Gefühllosigkeit, über die Kälte, die sie plötzlich spürte. Doch die Erleichterung dauerte nur kurz.

Nun war es an Emma, entsetzt zu sein. »*Das* glaubst du von mir, Mom?«

»Ich weiß nicht mehr, was ich glauben soll. Ich halte es nicht für ausgeschlossen.«

Emma blinzelte ein paarmal. Sie öffnete den Mund, schlug sich die Hand davor. »Du bist meine Mutter und glaubst, ich wäre zu so etwas fähig?«, fragte sie ungläubig. Sie schien kaum noch Luft zu bekommen, stieß die Worte mühsam aus. »Ich kannte diesen Jungen nicht. Ich habe ihn nie zuvor gesehen. Er hat mich verfolgt, und er hat versucht, mich zu vergewaltigen. Und du, du setzt dich auf das hohe Ross, während du mit dem Typen ins Bett gehst, der mir helfen soll. Wie kannst du es wagen?«

Sie stand auf, drehte sich noch einmal um. »Hau ab. Komm nie wieder. Ich will dich nicht noch einmal sehen. Ich will deine Hilfe nicht und auch sonst nichts, nie wieder.«

Jennifers Distanz schmolz dahin. Emma war ihre Tochter. Was passierte hier? Sie bemerkte die Blicke der anderen, schon war eine der Wärterinnen auf dem Weg zu ihnen. Sie flehte Emma an, sich zu beruhigen, sich wieder hinzusetzen und mit ihrer Mutter zu reden, doch Emma hatte zu weinen angefangen und schluchzte laut. Jennifer wollte sie trösten, wollte alles zurücknehmen, wollte ihr Kind umarmen und halten, doch durch das vergilbte Plexiglas konnte sie Emma nicht einmal berühren. »Es tut mir leid, Emma, ehrlich. Ich habe es nicht so gemeint.

Ich habe mich nur gewehrt. Bitte, setz dich wieder hin. Bitte vergib mir.«

Doch Emma blieb stehen, kehrte ihrer Mutter den Rücken zu. Unter Schluchzen brach sie in den Armen der Wärterin zusammen und ließ sich zum Ausgang führen. Sie drehte sich nicht noch einmal um, als sie den Besucherraum verließ. Jennifer blieb noch lange, nachdem Emma verschwunden war, vor der Trennscheibe sitzen, starr vor Trauer und Reue.

# Kapitel 24

Sie rief Mark an, sobald sie wieder in der Wohnung war. In Philadelphia war es früher Morgen, er war schläfrig, wurde angesichts ihrer weinerlichen Stimme jedoch sofort wach. Sie erzählte ihm verzweifelt, was vorgefallen war, und sie bat ihn, sofort nach Spanien zu kommen. Sie brauchte ihn. Sie hatte Emma schrecklich enttäuscht, und nun wollte die nicht mehr mit ihr reden. Er war ihre letzte Hoffnung.

Mark versprach ihr, so schnell wie möglich die anstehenden Dinge zu Hause zu regeln und gegen Ende der Woche in den Flieger zu steigen. Er versuchte, sie zu trösten, doch sie nahm ihm sein Mitgefühl nicht ab. Er wollte Lily und Eric ans Telefon holen, dabei brauchte sie etwas ganz anderes. Noch einmal bat er sie, nach Hause zu kommen, und sei es nur auf einen kurzen Besuch, ihren beiden jüngeren Kindern zuliebe. Sicher werde die Normalität des Alltags und die Liebe der beiden sie wieder aufbauen. Jennifer versprach, das bald zu tun, sie würde später noch einmal anrufen, wenn sie sich beruhigt hatte. Sie sei aber überzeugt, dass es für die Kinder gleichzeitig tröstlich war zu sehen, dass ihre Mutter im Notfall für sie und ihre Geschwister da war und nicht aufgab, egal, wie lange der Kampf dauerte. Lily und Eric würden begreifen, dass auch sie diese Form der Unterstützung bekämen, falls es jemals nötig sein sollte; es würde ihnen langfristig ein Gefühl von Sicherheit vermitteln. Mark klang skeptisch – traurig erinnerte sie sich daran, dass er ihre Ansichten in Sachen Kinderpsychologie früher hingenommen hatte, als wäre sie eine studierte Expertin –, doch nach einer kurzen Pause sagte er, er könne sie verstehen. Dennoch bat er sie, später noch einmal anzurufen. Sie schwiegen einander kurz an, und dann wiederholte er, er käme in wenigen Tagen, sie solle durchhalten, und legte auf.

Sie freute sich darüber, dass er bald hier sein würde, doch die bohrende Nervosität ließ nicht nach und wurde sogar noch schlimmer, gesteigert durch die Sorge um ihre anderen Kinder und ihre Befangenheit Mark gegenüber. Seine Antworten waren pflichtbewusst, aber nicht liebevoll gewesen. Früher hatte Mark sie immer getröstet und beruhigt, nun fühlte sie sich allein.

Sie drückte die Gabel erneut nieder, und ohne lange zu überlegen, wählte sie die Nummer von Robertos Handy. Er meldete sich nach dem ersten Klingeln, und da er ihre Nummer auf dem Display gesehen hatte, fing er auf ungewöhnlich herzliche Weise zu sprechen an, noch bevor sie ihn begrüßen konnte.

»Jennifer«, sagte er. »Ich wollte Sie gerade anrufen. Ich habe gute Neuigkeiten für Sie.«

Sie hörte seine Aufregung, und unwillkürlich verzogen sich ihre Lippen zu einem kleinen Lächeln. Sie atmete tief ein und wieder aus. »Gute Nachrichten kann ich gebrauchen. Können Sie es mir am Telefon sagen?«

Er lachte. »Wie misstrauisch Sie geworden sind. Ja, kann ich, aber ich möchte es nicht. Ich möchte Ihnen etwas zeigen. Ich bin schon auf dem Rückweg in die Stadt. Ich sollte gegen neun Uhr wieder da sein. Treffen wir uns zum Abendessen?«

Sie willigte ein, und er versprach, sie abzuholen. Sie hatte alle Zeit der Welt, sich fertig zu machen, wählte ein schmeichelhaftes Kleid, frisierte sich hübsch und legte Make-up auf. Sie redete sich ein, sie müsse sich lediglich nur wieder attraktiv fühlen, sich als eigenständige Person begreifen und nicht nur als unglückliche Mutter. Doch die Wahrheit ging noch viel tiefer. Ihre Schuldgefühle verwandelten sich in Wut. Sie fühlte sich zu Roberto hingezogen. Im Moment stand er ihr näher als jeder andere. Sie hatte die Initiative aus vielerlei Gründen nicht ergriffen – ihre Bindung zu Mark; ihr Sinn für Anstand und Moral; doch hauptsächlich, weil das den Hilfseinsatz für Emma verkompliziert hätte. Doch nun gab Emma sich so hart und verbittert, so entfremdet, dass sie aus einem verdächtigen Foto – mit etwas gutem Willen hätte sie ihre Mutter einfach nach einer Erklärung fragen können – den schlimmsten Verdacht ableitete. Es fühlte sich so ungerecht an, so lieblos, so unvereinbar mit allem, was Jennifer für ihre Tochter getan hatte. Sie hatte versucht, alle Indizien, die gegen Emma sprachen, zu ignorieren und trotzdem zu ihr zu stehen. Dabei hätte sie genauso gut tun können, was Emma ihr nun vorwarf. Doch dieser Gedanke, geboren aus Wut und Verletzung, überlebte nicht lange. Sie wusste, einen größeren Fehler konnte sie derzeit nicht begehen.

Sie wartete vor dem Haus auf Roberto, und er registrierte sofort, mit wie viel Mühe sie sich zurechtgemacht hatte. Genauso bemerkte er ihre schleppenden Schritte zum Taxistand, die Traurigkeit in ihren Augen. Er ging aber erst darauf ein, als sie im Restaurant waren und sich etwas zu trinken bestellt hatten (er einen Scotch, sie Wodka-Tonic).

»Ich habe gute Nachrichten für Sie«, sagte er. »Bevor ich sie Ihnen überbringe, möchte ich aber wissen, warum Sie so traurig sind.«

Sie schlug die Augen nieder, verweigerte jeden Blickkontakt. »Lieber nicht. Vielleicht wäre es besser, wir fangen mit den guten Nachrichten an. Vielleicht können Sie mich aufheitern?«

Er trank einen großen Schluck Whisky. »Vielleicht«, sagte er. »Wenn Sie wollen. Aber ich denke, es wäre besser für Sie, mir Ihr Herz auszuschütten.«

Sie sehnte sich nach einem offenen Ohr. »Es ist wegen Emma«, platzte sie heraus. »Ich habe sie heute besucht. Im Gefängnis. Wir hatten einen furchtbaren Streit. Ich habe die Nerven verloren und mich schrecklich benommen, und sie hat geweint und mich einfach stehen lassen. Ehrlich gesagt haben wir beide geweint.« Roberto wirkte aufrichtig betroffen. Seine Güte, seine Freundlichkeit trieben ihr die Tränen in die Augen.

»Es tut mir leid«, sagte sie peinlich berührt, trocknete sich die Augen mit dem Handrücken und griff nach der Serviette, um sich die Wangen abzutupfen. Die Tränen ließen ihre Mascara verschwimmen.

Er streckte die Hand aus und wollte sie berühren, doch sie wich ängstlich zurück, schaute sich verstohlen um, ob sie beobachtet wurden. Nun, da der Verdacht im Raum stand, waren jede Geste, jede Bekundung von Freundschaft oder Nähe ein Fehler.

»Tut mir leid«, sagte sie, als sie seine Gekränktheit bemerkte.

Er nickte betrübt. »Hat Emma heute das Foto in der Zeitung gesehen?«

Jennifer schilderte ihm, was passiert war, wie die Unterhaltung entgleist war und was Emma zu ihr gesagt hatte. Er versicherte ihr, auch Emma würde im Nachhinein sicher ihr Verhalten bereuen, sie habe aus Wut und Enttäuschung heraus gehandelt, so wie Jennifer, und es nicht so gemeint. Doch Jennifer sah die Sache anders. Sie wollte sich erklären, fürchtete allerdings, wieder in Tränen auszubrechen; und außerdem wusste sie nicht, wie offen sie sein durfte.

»Ich glaube, ich habe zum ersten Mal verstanden, dass Emma sich nicht nur aufgrund ihrer momentanen Lage so benimmt, sondern dass sie nicht der Mensch ist, für den ich sie immer gehalten habe. Vielleicht war sie das nie«, sagte sie. Sie lächelte zaghaft. »Ich weiß, für jeden anderen ist es naheliegend … aber vielleicht ist sie tatsächlich irgendwie gestört. Und falls das stimmt, bin ich teilweise dafür verantwortlich.«

Er wollte widersprechen, doch sie ließ sich nicht aufhalten. Sie spürte ein Gefühl in sich aufwallen, Worte und Emotionen brachen aus ihr heraus, weil sie einfach keinen Platz mehr dafür hatte. Sie redete einfach weiter, sanft und leise, ohne ihn anzusehen.

»Es fällt mir sehr schwer, das zuzugeben, es zu akzeptieren. Ich meine, Sie wissen ja, wie ein Mensch reagiert, wenn bei ihm eine tödliche Krankheit diagnostiziert wird. Also, bei uns zu Hause ist es jedenfalls so, ich weiß nicht, wie das hier in Spanien ist. Man sagt, die Erkenntnis verlaufe stufenweise. Zunächst kommt die Verleugnung, dann die Wut und erst zum Schluss die Akzeptanz. Ich glaube, das ist eine universelle Reaktion. Nun, seit meiner Ankunft hier habe ich genau diese Phasen mit Emma durchlebt. Außer dass sich, wenn man erkennen muss, dass das eigene Kind einen schweren Charakterfehler hat, noch ein weiteres Gefühl einschleicht. Es kommt irgendwo nach der Wut und noch vor der Akzeptanz, und es handelt sich um eine Art Schuldgefühl.«

Nun musste Roberto widersprechen. »Sie haben keinen Grund, sich schuldig zu fühlen, Jennifer. Nichts, was hier passiert ist, ist Ihre Schuld.«

Sie redete weiter, wie zu sich selbst und ohne seine Worte zur Kenntnis zu nehmen. »Die Sache ist die ... irgendwann muss man erkennen, dass man sich nicht bloß Sorgen um das eigene Kind macht. Man macht sich Sorgen um sich selbst.«

Nun war er verwirrt. Sie legte sich eine Hand ans Dekolleté und rieb sich beim Sprechen mit den Fingerspitzen über die Haut. »Da ist diese furchtbare Leere, wo früher der Stolz saß. Diese jämmerliche Erkenntnis, dass man gescheitert ist, dass man furchtbare Fehlentscheidungen getroffen hat, die das alles verursacht haben.«

Wieder wollte er sie unterbrechen, doch sie fiel ihm ins Wort. »Bitte«, sagte sie. »Lassen Sie mich ausreden.« Er schwieg.

»Und dann rollt die zweite Welle der Schuld an, diesmal, weil man sich und sein Leben selbst infrage stellt.« Sie hielt inne. »So, wie ich in diesem Moment«, sagte sie mit einem gleichgültigen Schulterzucken.

Er schüttelte missbilligend den Kopf, doch sie ignorierte ihn.

»Und dann fragt man sich, ob es immer schon so war, und ob sie vielleicht nur deswegen so kaputt ist. Ich meine, ich habe immer geglaubt, die Liebe zu einem Kind sei rein und selbstlos. Aber jetzt bin ich mir da nicht mehr so sicher. Vielleicht ist es wie mit allem im Leben. Vielleicht geht es um das eigene Selbstbild, und vielleicht ist die Wut, die man angesichts des missratenen Kindes fühlt, nur ein Zeichen dafür, dass es dieses perfekte Selbstbild zerstört hat. Zumindest ist es das, was Emma glaubt. Und ich denke, dass ein Körnchen Wahrheit darin steckt. Und es ist so furchtbar hart, das zu akzeptieren und weiterzumachen.« Sie sprach jetzt lauter und versuchte vergeblich, nicht zu weinen.

Roberto war aufgestanden und hatte sich zu ihr auf die Bank gesetzt.

Beide merkten, dass alle im Restaurant sie anstarrten.

»Es tut mir so leid«, sagte sie. »Das ist peinlich für uns beide.«

Er versicherte ihr, nichts sei peinlich. »Obwohl es vielleicht besser wäre, mit dem Weinen aufzuhören. Der muskulöse Kerl da hinten glaubt schon, ich hätte Sie beleidigt. Er sieht mich ganz böse an.« Sie lächelte durch ihre Tränen, trocknete sich abermals die Wangen und schniefte. Er reichte ihr das weiße Stofftaschentuch aus seiner Brusttasche.

»Danke«, sagte sie. »Ein Stofftaschentuch habe ich nicht mehr bekommen, seit ich ein kleines Mädchen war und mein Vater mich trösten wollte.« Sie gab ihm das Taschentuch zurück, und er benutzte es, um einen Rest Mascara von ihrer Wange zu wischen, bevor er es wieder einsteckte.

»Hören Sie, Jennifer«, sagte er. »Ich habe verstanden. Ich habe Ihnen zugehört. Nun werde ich sprechen, und Sie werden mir den Gefallen tun und ebenfalls zuhören, *de acuerdo*?«

»Ja«, sagte sie. *»De acuerdo.«*

»Sie sind viel zu streng mit sich selbst. Die Situation ist nicht so schwarz-weiß, wie Sie sie beschreiben. Sie dürfen sich nicht für alles verantwortlich machen, was Ihre Tochter tut oder denkt oder ist. Kinder geraten in Schwierigkeiten, ohne dass man etwas damit zu tun hat. Ich habe es in meiner Branche schon viel zu oft gesehen. Abgesehen davon nimmt man sich selbst viel zu wichtig, wenn man glaubt, alles hänge von den eigenen Fehlern ab. Viele Einflüsse wirken auf ein Kind ein, ganz besonders, wenn es eigene Freunde findet oder sich verliebt. Manchmal merkt man nicht einmal etwas davon.«

»Aber warum verliebt sie sich ausgerechnet in *diesen* Kerl?«, fing sie an, doch er ließ sich nicht beirren.

»Einen Moment, okay? Ich wollte etwas über die Selbstvorwürfe sagen, mit denen Sie sich geißeln. Natürlich waren Sie stolz, und natürlich ist es schlimm für Sie, dass die Tochter, die Sie so gut zu kennen meinten, Sie auf diese Weise enttäuscht. Doch wenn man seinen Kindern das Beste im Leben wünscht, Glück und Erfolg, heißt das noch lange nicht, dass man durch sie leben will oder dass man sie zu eigenen Zwecken missbraucht. Es ist normal, für seine Kinder das Beste zu wollen. Wir wären erbärmliche Eltern, wenn wir ihnen das nicht wünschen würden.«

Sie seufzte. Sie dachte an das Schicksal seiner Tochter, er tat ihr leid, und sie schämte sich, ihre eigene Krise für so viel wichtiger zu halten. Er hatte nicht einmal die Gelegenheit bekommen, ein guter Vater zu sein. War das schlechter oder besser?

»Ich weiß auch nicht, Roberto. Was ist letztendlich das Beste? Vielleicht hätte ich ihr einfach nur Glück wünschen sollen.«

Er beugte sich vor, verdrehte die Augen auf übertriebene Weise. »Ja, natürlich. Sie haben ihr Erfolg gewünscht, weil Sie wollten, dass sie glücklich wird.«

Jennifer trank einen Schluck Wein. »Ja. Das habe ich mir eingeredet. Aber so ist es nicht gekommen. Wissen Sie, ich habe über die anderen Mütter nachgedacht, die ich immer für gefühllos, kalt, rücksichtslos und zu streng gehalten habe. Und wissen Sie was? Deren Kinder haben sich besser entwickelt. Auf jeden

Fall sitzt keins von denen im Gefängnis, weil es unter Mordverdacht steht.«

»Reiner Zufall.«

»Diese Kinder scheinen ihre Mutter sogar sehr zu lieben«, überlegte sie. Beide schwiegen eine Weile, dann ergriff Jennifer wieder das Wort.

»Ehrlich gesagt, Roberto, ich muss schon zugeben, dass Emma mich offenbar nicht einmal besonders gut leiden kann.«

Wieder wollte er widersprechen, doch sie unterbrach ihn.

»Nein, im Ernst. Es ist seltsam. Ich habe viele Freundinnen, wissen Sie, und alle scheinen mich sehr zu mögen. Dasselbe gilt für die Kinder meiner Freundinnen. Ich bin bei allen beliebt. Ehrlich gesagt fällt mir niemand ein, der mich nicht leiden kann. Ich glaube, die Anerkennung der anderen war mir immer sehr wichtig, und ich habe mir stets große Mühe gegeben, beliebt zu sein.« Sie stieß ein kurzes, verächtliches Lachen aus. »Aber da ist es nun, und es ist nicht mehr zu übersehen – sie zuckt zusammen, wenn ich sie umarmen will, sie beschwert sich über mein Verhalten, sie kritisiert mich, ist kalt, verschweigt mir alles, lügt mich an, will weder die Wahrheit noch ihre Gefühle mit mir teilen. Sie vertraut mir kein bisschen, ihrer eigenen Mutter, die sie über alles liebt, seit sie auf der Welt ist.« Wieder füllten sich ihre Augen mit Tränen. »Ich bin selbstsüchtig, ich bin aufdringlich, ich bin viel zu optimistisch, ich übertreibe ständig, oder ich bin zu blind, zu naiv, ich will nur sehen, was ich sehen will …« Sie musste Luft holen. »Und nicht nur sie ist dieser Meinung. Wenn ich so darüber nachdenke, scheint nicht einmal mein eigener Mann mich besonders zu mögen.« Sie lachte trotz der Tränen und wischte sich die Wangen ein letztes Mal trocken. Ihre Augen waren gerötet und geschwollen, aber endlich versiegten die Tränen.

Roberto legte ihr eine Hand auf die Schulter und drehte sie zu sich. »*Ich* mag Sie«, sagte er.

# Kapitel 25

Es war schon spät, als sie das Restaurant verließen, doch die Straßen waren immer noch überfüllt. Jennifer hörte das Schwatzen und Lachen der Passanten. Selbst die Tische draußen vor den Bars und Restaurants waren noch belegt, wenn auch weniger Gäste zu sehen waren als bei ihrer Ankunft. Der Abend war wunderbar. Die Hitze hatte sich gelegt, eine leichte Brise trug den vertrauten Duft von Jasmin durch die Gassen, der Jennifers aufgewühlte Nerven beruhigte. Kaum zu glauben, dass dieses Land und ganz besonders diese schöne Stadt sich mitten in einer Wirtschaftskrise befand. Sie wusste, dass es so war – sie las jeden Tag darüber –, aber wenn man die Leute in den Restaurants sah und die beschwingte Atmosphäre in den Gassen und Straßen aufsog, musste man sich fragen, ob alles so schlimm war, wie behauptet wurde. Sie sprach den Gedanken laut aus, wurde aber von Roberto sofort eines Besseren belehrt. Sevilla sei eine Touristenstadt, sagte er. Viele der Besucher seien nur für ein paar Tage hier und bekämen die Armut nicht zu sehen, doch sie existierte fraglos. Eines Tages, wenn der ganze Ärger mit Emma sich gelegt habe, werde er sie in die Dörfer Andalusiens mitnehmen und ihr ein Spanien zeigen, das sie bislang nicht kannte. Sie seufzte und sagte, wenn all das vorüber sei, würde sie nach Hause fliegen und niemals wiederkommen.

Er unterbrach sie mitten im Satz. »Ah, Jennifer, Sie dürfen nicht Spanien die Schuld geben.«

Sie schüttelte den Kopf. »Tue ich nicht. Das ist es nicht. Aber ich werde es leider für immer mit diesen Geschehnissen verbinden. Lieber würde ich mit Ihnen durch Pennsylvania fahren – oder nach New York. Waren Sie jemals dort?«

»Ja, aber nicht mit Ihnen. Das würde mir gefallen.«

Sie gingen schweigend weiter. Jennifer war froh, an der frischen Luft zu sein und fürs Erste nicht mehr reden zu müssen. Sie wusste nicht, wohin sie unterwegs waren, doch Roberto schien das Ziel zu kennen, und sie folgte ihm, war dankbar für die Führung.

Auf einer Bank am Wegesrand lag eine Tageszeitung.

»Ich hasse die spanische Presse«, sagte Jennifer. »Den Zeitungen hier geht es letztlich darum, Emmas Ruf zu zerstören und sie als Verbrecherin hinzustellen. Als wären alle amerikanischen Studenten Abschaum. Und nun attackieren sie auch mich … Sie natürlich nicht. Ich bin die Femme fatale, die es gewagt hat, Ihnen in aller Öffentlichkeit ein Küsschen zu geben, und nun muss ich dafür bezahlen.« Sie klang verbittert, doch sie konnte nicht anders.

Er sagte nichts dazu. »Haben Sie die amerikanischen Boulevardblätter gesehen?«, fragte er schließlich.

»Nein. Mark schickt sie mir nicht. Ich glaube, er will mich nicht zusätzlich belasten.«

Sie bogen von der Straße ab, durchquerten eine schmale Kopfsteinpflastergasse und traten auf einen breiten Boulevard hinaus, der zu einem Parkhaus führte.

»Ich bin mit dem Auto da«, sagte er. »Kommen Sie.«

Sie folgte ihm die Rampe hinunter und bis zu einem Honda. Sie stieg ein, war dankbar dafür, dass er sie offensichtlich noch nicht nach Hause fahren würde. Sie wollte nicht mit ihren Gedanken allein sein.

»Nun, ich habe ein paar davon gesehen«, sagte er, als sie das Parkhaus verließen.

»Was haben Sie gesehen?«

»Ihre amerikanischen Zeitungen.«

»Es sind nicht meine Zeitungen, Roberto. Was stand drin?«

»Sie verteidigen Emma, indem sie Spanien attackieren. Sie schreiben von Ausländerfeindlichkeit, um von den polizeilichen Ermittlungen abzulenken. Sie schlachten alles aus, was sie in die Finger kriegen. Sogar von der spanischen Inquisition war schon die Rede, können Sie das glauben? Ihre Journalisten unterstellen, Emma würde aus antisemitischen Motiven festgehalten und bestraft. Sie unterstellen sogar, Sie müssten in einem jüdischen Getto wohnen, wobei sie natürlich unterschlagen, dass diese Zeiten mehr als fünfhundert Jahre her sind.«

Jennifer lachte; ihr fehlten schlicht die Worte.

»Das war kein Witz, Jennifer.«

»Aber das ist lächerlich. Niemand wird so etwas für bare Münze nehmen.«

»Nicht die gebildeten Leute. Aber es schafft dennoch eine Atmosphäre der Feindseligkeit, macht Stimmung gegen mein Land. Ihre PR-Agentur glaubt wohl, Emma ließe sich am effektivsten verteidigen, indem man uns Spanier diffamiert.«

Das Gespräch hatte eine so absurde Wendung genommen, dass Jennifer es nicht ernst genommen hatte, doch nun war sie verunsichert. Sie schüttelte ungläubig den Kopf. »Nein, unmöglich, dass die Agentur dahintersteckt«, sagte sie. »Aber ich werde mich informieren, und falls es so ist, werde ich dafür sorgen, dass es aufhört. Versprochen. Es wäre unredlich und dumm und würde Emma nicht helfen. Vielleicht würde es ihr sogar schaden.«

»Und Sie würden es in jedem Fall stoppen? Selbst wenn Emma von dieser Meinungsmache profitiert?«, fragte er mit ernster Stimme.

»Ja«, antwortete sie, ohne zu überlegen. »Selbstverständlich.«

Jennifer warf einen Blick aus dem Fenster. Sie waren auf einer Autobahn unterwegs, hatten das Stadtzentrum hinter sich gelassen und fuhren an modernen Apartmentblocks und Bürogebäuden vorbei. Sie bemerkte, dass viele der Fenster dunkel waren. Es war elf Uhr abends.

»Sieht danach aus, als würden manche Leute auch zu einer normalen Zeit ins Bett gehen«, sagte sie.

Er lachte. »Normal für amerikanische Verhältnisse, wollten Sie sagen? Aber nein. Diese Wohnungen sind dunkel, weil niemand darin wohnt. Hier sehen Sie die Hauptursache für die spanische Wirtschaftskrise: zu viele Neubauten. Wir haben uns Geld geliehen und gebaut und gebaut, und nun gibt es nicht genug Menschen, um diese Häuser zu bewohnen; die Banken bekommen das verliehene Geld nicht zurück, und das gesamte System bricht in sich zusammen.«

Sie überlegte. »In den Staaten ist es genauso gelaufen.«

»Ja. Aber es war nicht so schlimm. Ihre Wirtschaft hat sich davon erholt.«

Sie lehnte sich zurück, blickte in die Nacht hinaus und in die grellen Scheinwerferlichter der entgegenkommenden Autos.

»Wo fahren wir hin?«, fragte sie.

»Zu mir.«

Sie fragte nicht, warum. Sie meinte, die Antwort zu kennen, und sie wollte nicht darüber reden.

Als sie angekommen waren, folgte sie ihm nervös an die Tür seines Wohngebäudes, schaute zu, wie er den Sicherheitscode eintippte und stellte sich zu ihm in den engen Aufzug, der sie in den vierten Stock hinaufbrachte. Er schloss die Wohnungstür auf und wurde von einem aufgeregten Zwergschnauzer begrüßt, der vor Freude über das Wiedersehen im Kreis tanzte. Roberto schaltete alle Lichter ein und führte Jennifer ins Wohnzimmer, das geschmackvoll eingerichtet war mit handgeknüpften Teppichen und modernen, doch wohnlichen Möbeln. Er entschuldigte sich kurz, und Jennifer ging im Zimmer herum. Ihr fielen diverse Vitrinen aus Glas sowie hölzerne Kästen auf. Sie entdeckte eine Sammlung von Armbanduhren in einer Vitrine, antike Füllfederhalter in einer anderen. Am interessantesten fand sie einen Tisch, unter dessen Glasplatte ein Dutzend altmodischer, mit Perlen besetzter Handtaschen lag. Roberto kam ins Wohnzimmer zurück und stellte sich neben sie. »Die haben meiner Frau gehört«, sagte er. »Ich habe es nicht übers Herz gebracht, sie zu verkaufen.«

Sie sah ihn an. »Wollen Sie mir nun die Überraschung zeigen?«

Er holte tief Luft, trat an einen Wandschrank, öffnete ihn und holte ein Album aus dem untersten Regal.

»Nein. Das hat noch einen Tag Zeit. Ich habe Sie aus einem anderen, sehr egoistischen Grund hergebracht. Ich wollte Ihnen etwas anderes zeigen.« Er setzte sich auf das Sofa und klopfte neben sich, um sie einzuladen, und Jennifer gehorchte. Er schlug das Album auf, fuhr mit den Fingerspitzen über die Seiten, hielt bei einem Foto inne, das ihn selbst in jüngeren Jahren zeigte. Er stand an einer Schaukel neben einem kleinen Mädchen, das etwa vier Jahre alt war. Jennifer wusste natürlich sofort, um wen es sich handelte.

»Ihre Tochter?«, fragte sie sanft.

*»Sí«*, sagte er knapp. »Ich wollte, dass Sie sie sehen.«

Sie wusste nicht, was sie sagen sollte. »Sie ist sehr hübsch«, murmelte sie und merkte selbst, wie einfallslos das war.

»Haben Sie in jüngster Zeit mit Ihren Kindern gesprochen?«, fragte er.

Sie schüttelte den Kopf. »Ich muss sie unbedingt anrufen.«

»Warum nicht jetzt? Nur, um Hallo zu sagen. Um sie daran zu erinnern, dass Sie sie nicht vergessen haben.«

»Das wissen sie doch.«

»Rufen Sie sie trotzdem an.« Er reichte ihr das schnurlose Telefon und verließ das Zimmer. Sie wählte die Nummer von zu Hause. Nach dreimaligem Klingeln meldete sich Lily.

»Hallo, mein Schatz. Hier ist Mom. Wie geht es dir?«

»Mom? Oh, Mom, ich hab auf deinen Anruf gewartet. Wie geht es Emma? Wann kommst du nach Hause?«

Jennifer spürte Heimweh und eine stechende Sehnsucht nach den Kindern, nach allem, was sie mühevoll verdrängt hatte, um hier bei Emma zu sein. Gleichzeitig fühlte sie sich in ihrem Vorhaben bestärkt, Emma zu retten – nicht nur Emma, sondern die ganze Familie. Sie wollte kitten, was zerbrochen war.

»Ich komme bald nach Hause, mein Schatz. Bitte haltet noch ein wenig durch.«

»Aber wann, Mom?«, jammerte Lily. »Wir brauchen dich.«

»Ich komme nach Hause, sobald ich Emma mitnehmen kann«, sagte Jennifer. Sie wollte das Gespräch abkürzen, weil sie die Traurigkeit in Lilys Stimme nicht ertragen konnte. Sie zwang sich, stark zu sein. »Wo ist Eric?«

»Bei einem Freund. Ich werde ihm sagen, dass du angerufen hast. Er vermisst dich sehr.«

»Ich vermisse ihn auch. Ich liebe euch.«

Gerade als sie aufgelegt hatte, kam Roberto ins Wohnzimmer zurück. »Ich glaube, ich muss jetzt nach Hause«, sagte sie.

»Natürlich.« Er ging zur Tür, drehte sich noch einmal um. »Wissen Sie, Jennifer, Sie haben viele Sorgen, aber auch viele Menschen, die Sie brauchen. Nicht nur Emma. Vielleicht wäre es gut, das nicht ganz zu vergessen.«

»Ich habe es nicht vergessen«, fuhr sie ihn an, erschrak über ihren Ton, bereute es sofort. »Danke, dass Sie mir das Foto von Isabel gezeigt haben«, sagte sie. »Ich sollte mich nicht an Ihrer Schulter ausweinen, wo Sie selber Probleme haben.«

»Es hilft mir. Es erinnert mich daran, dass ich nicht der Einzige bin, der Probleme hat.« Er öffnete die Tür für sie, hielt noch einmal inne. »Oder von Reue oder Schuldgefühlen geplagt wird, wo wir einmal dabei sind.«

Ihr Herz schwoll an vor lauter Dankbarkeit. »Das ist sehr nett von Ihnen, Roberto. Ich danke Ihnen.«

# Kapitel 26

Er hatte ihr nicht verraten, worin die Überraschung bestand. Er hatte gesagt, das könne warten. Sie wusste, er wollte ihr ein bisschen Zeit geben, um sich von der anstrengenden Unterredung mit Emma zu erholen. Sie akzeptierte diese Logik, wartete darauf, das Geheimnis am nächsten Tag zu erfahren. Aber als sie Roberto am Morgen anrief, schlug er vor, auf Mark zu warten, der in ein paar Tagen anreisen würde. Dann könnte er ihnen beiden Bericht erstatten.

Darüber war Jennifer nicht gerade froh. Zwar hatte sie Mark angefleht zu kommen, gleichzeitig widerstrebte es ihr, ihn in ihre neue kleine Welt einzulassen. Bislang hatte sie alles allein geregelt, dachte sie, und es gefiel ihr, die Ansprechpartnerin zu sein, diejenige, die übersetzte, weitererzählte und die Vorgänge für Mark interpretierte. Und noch weniger wollte sie Roberto mit ihm teilen. Sie fühlte sich ein bisschen gekränkt, dass der Privatdetektiv trotz der zunehmenden Nähe einen so nüchternen Ton angeschlagen hatte, dass er zögerte, sie allein mit der wichtigen Information zu konfrontieren. Am Vorabend hatte er ihr seinen Arm angeboten, um sie zur Haustür zu bringen, und sie hatte ihn angenommen. Er hatte ihr eine gute Nacht gewünscht und sie auf beide Wangen geküsst – eine Geste der Vertrautheit, die er ihr bislang vorenthalten hatte. Sie wollte das nicht aufgeben oder durch Marks Anwesenheit verwässern. Sie wusste, es war in jeder Hinsicht falsch – ganz besonders, weil sie an nichts anderes denken sollte als an Emmas Freilassung –, und es lief allen Versuchen zuwider, ihr Verhältnis zu Mark zu verbessern. Doch sie bemühte sich, ihre wahren Empfindungen zu verbergen, und sagte, ja, sie könnten gerne auf Mark warten. Dabei fiel ihr selbst auf, wie frostig sie klang, und dass er sie vermutlich durchschaute.

Nachdem Mark ihr die Flugzeiten durchgegeben hatte, rief sie Roberto und José an, um ein Treffen zu vereinbaren. José schlug vor, Mark vom Flughafen abzuholen, aber Jennifer wollte allein hinfahren. Als der Zeitpunkt gekommen war, nahm sie ein Taxi zum internationalen Terminal. Sie wartete, während Mark sein Gepäck einsammelte, und als er herauskam, ruderte sie mit den Armen. Er entdeckte sie, nickte knapp und beschleunigte seine Schritte. Doch als er direkt vor ihr stand, schienen beide zu zögern, kaum merklich, aber unübersehbar. Er beugte sich hinunter und gab Jennifer ein Küsschen auf die Wange. Die Beklemmung zwischen ihnen war offenkundig, doch schon bald wich sie seiner Neugier, die Jennifer befriedigen konnte. Sie fuhren mit einem Taxi zu Robertos Büro, und auf dem Weg erklärte sie Mark, was passiert war. Seit der traurigen Szene im Besucherraum habe sie nicht mehr mit Emma gesprochen, doch habe Roberto gute Nachrichten, die er den beiden unterbreiten wolle.

Roberto begrüßte sie an der Tür, schüttelte Marks Hand und führte sie in sein Büro. José erwartete sie bereits, er saß in einem der Sessel vor dem Schreibtisch. Roberto bot ihnen Kaffee oder einen Drink an, doch sie lehnten ab. Mark bat lediglich um ein Glas kaltes Wasser. Roberto schob ein paar Blätter auf dem Schreibtisch zusammen, eine Geste, die Jennifer wiedererkannte, und wandte sich direkt an Mark.

»Willkommen, Señor. Ich bin froh, dass Sie gekommen sind.«

Mark war weniger höflich. »Ich auch«, sagte er angriffslustig. »Wie ich hörte, wurde meine Tochter im Gefängnis auf das brutalste attackiert, und weder Sie noch ihr Anwalt« – er schoss José einen vorwurfsvollen Blick hinüber – »waren in der Lage, es zu verhindern, adäquat darauf zu reagieren oder eine Verbesserung der Haftbedingungen zu fordern. Mein Gott, sie wurde immer noch nicht offiziell angeklagt, und doch wird sie wie eine Verbrecherin behandelt und in gefährliche Situationen gebracht.«

Jennifer konnte nicht anders, als die Unterschiede zwischen Mark und Roberto zu bemerken, und sie schämte sich ein wenig. Mark, der New Yorker Anwalt mit dem aggressiven, vorwurfsvollen Ton, kam ihr nach der langen Zeit in Spanien laut und plump vor, und das war ihr peinlich. Sicherlich war seine Attacke unnötig und wenig zielführend. Doch Roberto wehrte sich nicht. Er nickte verständnisvoll und sprach einfach weiter.

»Das war höchst unglücklich, doch ich versichere Ihnen, dass wir alles Nötige getan und eine offizielle Beschwerde in die Wege geleitet haben.« Er lächelte zerknirscht. »Tut mir leid, aber wir sind nicht in der Position, Forderungen zu stellen. Doch heute habe ich Ihnen Wichtigeres zu sagen. Darf ich fortfahren?«

Mark wollte den Mund aufmachen, wurde aber von Jennifer sofort unterbrochen. »Ja, natürlich. Bitte, fahren Sie fort«, sagte sie.

Während er sprach, ließ Roberto seinen Blick zwischen ihnen hin und her wandern. »Wir haben eine entscheidende Weggabelung erreicht. Die spanische Justiz bereitet sich darauf vor, Emma wegen Beihilfe zum Mord anzuklagen. Wir müssen schnell handeln. Wenn wir sie überzeugen können, die Wahrheit zu sagen, was meiner Meinung nach bedeuten würde, ihren Freund zu belasten, könnten wir ihre Freilassung erwirken, ohne Gerichtsverhandlung. Doch wie Sie wissen, hat sie sich bislang geweigert.«

Mark nickte, ein besorgter Ausdruck machte sich auf seinem Gesicht breit. Jennifer bemerkte es und legte intuitiv eine Hand auf seinen Oberschenkel. Er griff danach. Sie sahen einander unglücklich an.

»Haben Sie neue Indizien gefunden, die wichtig für uns sind?«

»Ich werde Ihnen sagen, was ich weiß«, fuhr Roberto fort. »Wie Sie vielleicht noch wissen, hat Emma behauptet, der vermeintliche algerische Retter sei hereingekommen, als der junge Mann sie auf dem Bett festhielt. Der Algerier habe sich genähert, der Junge sei vom Bett aufgesprungen und habe ihn mit dem Messer bedroht. Sie hätten gekämpft, der Algerier habe ihm das Messer abgenommen. In der Folge wurde Rodrigo Pérez erstochen.

Schon im Vorfeld gab es unzählige Indizien, die gegen diesen Ablauf sprechen. Emmas Geschichte ist im besten Fall lückenhaft. Zunächst einmal trug das Opfer zahlreiche Stichwunden davon. Emma behauptet, Rodrigo habe sich gewehrt, und die Männer hätten um das Messer gerungen. Sie behauptet, auch der Algerier sei verletzt worden, was sich nicht belegen lässt, da der Mann nie ausfindig gemacht wurde. Angesichts der vielen oberflächlichen Verletzungen von Rodrigo könnte das sogar stimmen, doch es ist unwahrscheinlich. Wie Sie wissen, wurde ein Küchenmesser gefunden und dem Luminoltest unterzogen, der blutige Fingerabdrücke sichtbar machte. Das Material reichte nicht aus, um Blut und Abdrücke einer bestimmten Person zuzuordnen, doch das Messer hat eindeutig die Stichwunden des Opfers verursacht. Emma hat behauptet, sich am selben Tag beim Kochen in den Finger geschnitten zu haben. Das würde die Blutspur erklären, nicht jedoch die Übereinstimmung von Messer und Wunde.«

Mark zappelte unruhig auf seinem Platz herum, Jennifer saß wie versteinert da. »Das wissen wir bereits«, sagte Mark ungeduldig. »Wo sind die neuen Beweise?«

Roberto seufzte. »Ich werde Ihnen alles erklären, doch ich bitte Sie um Geduld.«

Mark nickte und lehnte sich zurück.

»Nun, wie Sie wissen, wurde das Luminol in der ganzen

Wohnung aufgetragen, das war kein Problem, weil die Räumlichkeiten überschaubar groß sind. Wie sich herausstellte, wurde in der Küche Blut entdeckt, die Spur zieht sich bis vor das Bett, wo der Leichnam gefunden wurde. Alles spricht dafür, dass der Junge in der Küche erstochen und dann ins Schlafzimmer gebracht wurde. Die Polizei vermutet, dass der Mörder wusste, wo sich die Messer befanden. Er lief in die Küche, holte sich eines und wurde dabei von Rodrigo verfolgt. Dieser wurde in der Küche getötet, und zwar nicht mit seinem eigenen Messer – alle Zeugen haben bestätigt, das er gar keins besaß –, sondern mit einem Küchenmesser. Die Polizei geht davon aus, dass Paco der Täter ist und Emma Beihilfe geleistet hat.«

»Ich verstehe immer noch nicht, wie die Polizei das beweisen will oder welches Motiv Emma unterstellt wird«, sagte Jennifer, inzwischen enttäuscht und verärgert.

Roberto beugte sich vor und sprach mit leiser Stimme. »Es kommt noch mehr, Señora.«

»Was? Was denn noch?«, giftete sie ihn an. »Beenden Sie endlich dieses Katz-und-Maus-Spiel.«

José und Roberto sahen einander an. Roberto nickte, überließ ihm das Wort.

»Die Ermittler gehen davon aus, dass Paco und Emma Rodrigo kannten und zudem wussten, dass er an dem Abend einen größeren Geldbetrag bei sich trug. Angeblich planten die beiden, den jungen Mann in eine Falle zu locken und auszurauben. Emma lockte ihn in die Wohnung mit der Aussicht auf Sex, und dann kam Paco wie abgesprochen dazu und fing Streit an. Vielleicht hatten sie gehofft, das Opfer mühelos überwältigen und seine Taschen leeren zu können. Doch der junge Mann wehrte sich, und Paco erstach ihn. Später erfanden er und Emma die Geschichte, die Emma der Polizei auftischen sollte, und Paco, dem ohnehin keiner glauben würde, ließ sie die Suppe allein auslöffeln.«

Mark meldete sich zu Wort. »Das ist doch verrückt. Das setzt eine moralische Verderbtheit voraus, für die es keinerlei Hinweise gibt. So tief kann Emma nicht gesunken sein. Sie ist eine amerikanische Collegestudentin mit weißer Weste, hervorragenden Noten und vielen Empfehlungsschreiben. Nichts in ihrer Vergangenheit lässt auf ein so kriminelles Verhalten schließen. Sie war vollkommen naiv. Ich nehme an, dass sie, als sie Paco kennenlernte, noch Jungfrau war und dass sie nie jemanden für Geld verführt hat. Und soweit ich weiß, gibt es keine Hinweise darauf, dass sie das Opfer vor der Mordnacht jemals gesehen hat. Oder täusche ich mich da?«

»Nein«, sagte Roberto. »Auch ich habe in alle möglichen Richtungen ermittelt. Niemand hat sie zusammen gesehen. Keiner von Rodrigos Freunden hat jemals von Emma oder Paco gehört. Die Polizei kann bis heute nicht nachweisen, dass die drei sich kannten oder an jenem Abend kennengelernt haben. Es handelt sich um reine Spekulation. Doch da ist noch etwas, das Ihnen klar sein sollte.«

Wieder einmal gab Roberto das Wort an José weiter, der Jennifer während seines Vortrags entschuldigend ansah.

»Ihre ersten Monate hier hat Emma nicht dem Studium gewidmet, anders, als Sie vielleicht erhofft hatten. Offensichtlich hat sie sich auf eine große Zahl sexueller ...« Er zögerte, suchte nach dem passenden Wort. »*Experimente* eingelassen«, sagte er schließlich. »Wir konnten mindestens fünf ehemalige Liebhaber auftreiben, allein aus den ersten drei Monaten, bevor sie Paco kennenlernte. Was der These Glaubwürdigkeit verleiht, sie könnte ohne Hemmungen einen fremden Mann verführt haben.«

»Warum?«, platzte Jennifer heraus. »Was hat das eine mit dem anderen zu tun?«

Mark erhob sich. Er war offenbar verärgert, doch er hatte sich im Griff. »Hören Sie, José, ich weiß ja nicht, wie Ihr Justizsystem funktioniert, aber ich finde es schwer zu glauben, dass das vor Gericht als Beweis gelten soll. Emmas sexuelle Vorgeschichte ist irrelevant, und diese wilden Fantasien der Ermittler sind absurd und von keinerlei Bedeutung.«

Roberto widersprach. »Natürlich, Señor, kann das vor Gericht nicht verwendet werden. Mein Kollege setzt Sie nur über den psychologischen Druck in Kenntnis, den die Staatsanwaltschaft auf sie ausüben wird. Wir waren der Meinung, dass Sie wissen sollten, was auf Sie zukommt.«

Jennifer versuchte, die neue Information über Emma zu verarbeiten. Sie wusste, dass die Zeitungen ihr mehrfach einen fragwürdigen Lebenswandel vorgeworfen hatten, dass sie sowohl das Mädchen als auch die USA in einem Satz niedermachten, doch sie hatte das Ganze für Medienhysterie gehalten. Nun war sie schockiert zu erfahren, dass die Anschuldigungen zumindest teilweise der Wahrheit entsprachen – ein weiterer Schlag, der das Bild, das sie sich von ihrer Tochter gemacht hatte, beschädigte. Sie sah Roberto an in der Hoffnung, er würde irgendwie widersprechen, doch er sagte nichts. Ihr Blick wanderte weiter zu Mark. Vielleicht hätte er eine Idee.

Doch Emmas Lebenswandel bereitete Mark vorläufig keine Kopfschmerzen. Er war ganz auf ihre juristische Verteidigung konzentriert. Unruhig lief er auf und ab. »Die vorliegenden Beweise lassen sich so oder so auslegen«, sagte er. »Es ist unsere Aufgabe, eine Interpretation zu liefern, die Emma entlastet.«

*»Sí«*, sagte Roberto. »Und die haben wir. Aber wir sind auf die Unterstützung Ihrer Tochter angewiesen, wenn wir sie erfolgreich verteidigen wollen.«

Jennifer sackte in sich zusammen. Verzweifelt schüttelte sie den Kopf. »Emma wird uns nicht helfen. Ich habe es nicht geschafft, sie auf unsere Seite zu ziehen.«

»Wie lautet Ihre Interpretation?«, fragte Mark.

»Wir gehen es direkt an: Rodrigo hat sie verfolgt. Er hat versucht, sie zu vergewaltigen. Paco kam zufällig dazu. Er sah rot, es kam zum Kampf, Rodrigo wurde von Paco erstochen, der sich das Messer tatsächlich aus der Küche geholt hatte. Emma musste alles hilflos mitansehen. Sie flehte Paco an, aufzuhören, doch nach dem Tod des Jungen erzählte Paco ihr, er würde den Rest seines Lebens hinter Gittern verbringen, wenn sie ihm nicht half. Sie liebte ihn, sie glaubte seiner Behauptung, ein Altruist und Wohltäter zu sein, der zu Unrecht verfolgt wird. Sie willigte ein, die Polizei auf eine falsche Fährte zu führen, und sah hilflos mit an, wie ihr Freund die Leiche ins Schlafzimmer brachte. Niemand kann beweisen, dass sie ihm dabei geholfen hat, abgesehen davon glaube ich, dass es sich tatsächlich so zutrug. Was mit dem Geld passiert ist, weiß ich nicht – nehmen wir einfach an, dass Paco es an sich genommen hat. Doch Emma wird all das bezeugen müssen, wenn wir eine Chance haben wollen, dass die Anklage fallen gelassen wird – im Austausch gegen ihre Aussage.«

Mark setzte sich und ergriff Jennifers Hand. Seine Stimme klang grimmig und entschlossen. »Ich fahre sofort hin. Ich werde sie überreden, genau das zu tun.«

Jennifer saß immer noch zusammengesunken im Sessel. Vorsichtig zog sie ihre Hand weg, sah ihn fragend an. Sie klang kläglich. »Das ist unmöglich, Mark. Du kennst sie nicht. Sie liebt ihn, und sie glaubt, er würde sie lieben. Du wirst sie nicht davon abbringen.«

Roberto erhob sich. Er lächelte, was sie recht unpassend fanden. »Ich kenne jemanden, der sie überzeugen wird«, sagte er und trat an die Tür. »Es ist an der Zeit, Ihnen meine Überraschung vorzustellen.«

Er öffnete die Tür und sagte etwas auf Spanisch. Eine Frau betrat das Zimmer. Sie war etwa fünfunddreißig Jahre alt und sehr hübsch, hatte langes dunkles Haar, einen olivfarbenen Teint und schwarze Augen. Sie lächelte schüchtern in die Runde, und Jennifer bemerkte die kleine Lücke zwischen ihren Schneidezähnen. Das Muttermal an ihrer Oberlippe schmälerte ihre Attraktivität nicht. Sie wirkte müde und abgekämpft, ihre Kleidung ein wenig zu oft gewaschen. Die weißen Espadrilles an ihren Füßen waren verschmutzt. Sie trug ein Baby in einem Tragetuch vor dem Bauch. Alle schauten verdutzt drein. Selbst José wirkte verwirrt.

»Ich möchte Ihnen Consuela Sanchez und ihre Tochter Imaculada Sanchez-Frias vorstellen«, sagte Roberto leise. »Pacos Ehefrau und Kind.«

# Kapitel 27

Es gab viele Fragen, doch die Fakten waren offenkundig. Roberto breitete sie vor der verdutzten Versammlung aus, während Consuela Platz nahm und um ein Glas Wasser bat, das sie mit wenigen gierigen Schlucken leerte. Paco war verheiratet und hatte ein Kind, erklärte Roberto. Die Frau blickte sich stumm im Büro um, eingeschüchtert von der luxuriösen Einrichtung und der Unterhaltung auf Englisch, die sie nicht verstand. Sie betrachtete den silbernen Brieföffner auf Robertos Schreibtisch, nahm ihn in die Hand und betastete ihn vorsichtig.

Paco sei weder geschieden, noch lebe er getrennt, fuhr Roberto fort. Seine Frau lebe in dem Glauben, er arbeite in einem Hotel in Sevilla. Er besuchte sie und das Kind gelegentlich, wenn er ein paar Tage freihatte. Manchmal schickte er Geld, meistens dann, wenn sie drohte, zum Jugendamt zu gehen. Doch es waren nur kleine Beträge, verglichen mit dem, was er mit seinen Drogengeschäften verdiente, über die Roberto die Ehefrau zwischenzeitlich aufgeklärt hatte. Sie habe ihm verbittert erzählt, dass Paco nach seinen kurzen Besuchen manchmal sogar noch das Geld mitnahm, das sie mühsam als Putzfrau dazuverdiente.

Jennifer unterbrach sie und wollte wissen, ob sie ihr ein paar Fragen stellen dürfe; Roberto erklärte sich bereit zu übersetzen. Aus reiner Unsicherheit wandte Jennifer sich beim Sprechen an ihn.

»Würden Sie sie bitte fragen, ob Sie weiß, dass ihr Ehemann in Sevilla mit Emma zusammengelebt hat?«

Roberto übersetzte. Consuela zuckte die Achseln, da war ein

müder Ausdruck auf ihrem abgekämpften Gesicht, und sie beantwortete die Frage, ohne Jennifer anzusehen.

»Sie sagt, sie mache sich schon seit Jahren keine Gedanken mehr darum, mit wem er zusammenlebt oder mit wem er schläft«, übersetzte Roberto. »Er hatte ständig eine Neue. Seiner Frau war es egal, solange er arbeitete und ihr Geld schickte.«

Das Kind fing zu weinen an. Consuela knotete das Tuch auf, schob ihr T-Shirt hoch und stillte das Baby. Imaculada zappelte für eine Weile herum, drückte die kleinen Fäuste ungeduldig gegen die Brust. Schließlich beruhigte sie sich und trank zufrieden.

Jennifer fragte die Frau, ob sie bereit sei, mit Emma zu sprechen. Roberto übersetzte, und Consuela antwortete in einem traurigen, bedrückten Singsang.

»Sie sagt, sie werde mit allen sprechen, sogar mit der Polizei. Sie sagt, sie habe Pacos ständige Lügen und Ausflüchte satt, er bedeute ihr nichts mehr.«

Consuela hielt inne, ein Anflug von Nachdenklichkeit überzog ihr Gesicht. Als sie weitersprach, wandte sie sich direkt an Jennifer und Mark, obwohl diese sie nicht verstehen konnten. Roberto übersetzte.

»Sie erklärt sich bereit, mit Ihrer Tochter zu sprechen, doch sie macht sich große Sorgen, wie es mit ihr dann weitergehen würde. Sie sagt, Ihre Tochter könnte freikommen, während Paco ins Gefängnis wandert und keinen Unterhalt mehr für sie und das Kind zahlen kann.« Er wandte sich an Mark. »Sie möchte Geld, Señor. Sie bittet um fünfhundert Euro.«

Mark überlegte. »Das wäre kein Problem, doch wenn sie als Zeugin aussagen soll, darf ich sie für ihre Aussage nicht bezahlen, oder?«

»Nein, Señor«, sagte Roberto hastig. »Sie wird nicht offiziell aussagen. Sie hat keine Informationen zu unserem Fall. Sie wird Ihrer Tochter einfach nur erklären, dass Paco sie angelogen hat und nicht der ist, für den er sich ausgibt. Ich denke, dass diese Aussage fünfhundert Euro wert ist.«

Consuela mischte sich ein, legte ihr Kind an die andere Brust an. Roberto hörte sie an, antwortete auf Spanisch. Consuela lachte, es klang verbittert und zynisch. *»No puede ser«*, sagte sie und brach in eine Tirade aus, von der Jennifer kein Wort verstand. Sie redete scheinbar endlos weiter. José nickte verständnisvoll, ermunterte sie, weiterzusprechen. Jennifer und Mark warfen Roberto fragende Blicke zu. Als Consuela geendet hatte, stand Roberto auf und trat an die Bar. Er schenkte sich einen Drink ein und bot auch den anderen einen an. Mark und Jennifer schüttelten ungeduldig den Kopf. Sie wollten nur wissen, was die Frau gesagt hatte.

Roberto nickte. »Was ist mit den fünfhundert Euro? Sind Sie einverstanden?«

*»Sí, de acuerdo«*, sagte Jennifer hastig. Überrascht sah Mark sie an, bevor er sich erwartungsvoll zu Roberto umdrehte.

»Ich habe ihr erklärt, dass Paco herumerzählt hat, er sei ein Aktivist für die sozial Benachteiligten und sammle Spenden für die Arbeitslosen in seinem Heimatdorf. Sie wissen bereits, dass ich diese Angaben überprüft habe und er keinerlei Verbindungen in den Ort hat. Ich habe der Frau erklärt, dass Emma ihm Geld gegeben hat, Geld, das ihre Eltern ihr aus Amerika geschickt haben.«

»Was hat sie dazu gesagt?«, fragte Mark.

»Das war die Stelle, an der sie gelacht hat«, sagte Roberto. »Sie sagte, das könne nicht sein.«

»Woher will sie das wissen?«, fragte Mark.

Roberto sagte, sie sei seit zehn Jahren mit Paco verheiratet, und seine Eltern, wohlhabende Ärzte aus Marbella, hätten lange Zeit versucht, ihm zu helfen. Doch nachdem er sie mehrfach bestohlen hatte, um Geld für Drogen zu haben, hätten sie ihn enterbt. Er war von drei Privatschulen geflogen und hatte die Universität abgebrochen, an der er ohnehin nur als Gasthörer eingeschrieben war, da er keine Zulassung bekommen hatte. Er hat zwei Entzüge angefangen und beide nicht durchgehalten. Er saß in Frankreich im Gefängnis, sagt sie, kennt aber die Gründe nicht. Er besitze einen gefälschten Reisepass und trete unter falschem Namen auf. Roberto erklärte, die Frau habe vor Wut getobt, als er ihr verriet, wie viel Geld Paco in Wahrheit mit seinen Betrügereien und Drogengeschäften verdiente – nicht, weil er ein Krimineller war, das traue sie ihm zu, sondern weil er sie nicht am Gewinn beteiligt habe.

Consuela unterbrach ihn und bat um ein Bier. Er holte eines aus der Minibar, und sie fügte noch etwas an, mit gleichermaßen verbitterter und trauriger Stimme. Er gab ihr das Bier, setzte sich wieder und wandte sich an die anderen.

»Sie sagt, er habe alle Menschen, die ihm begegnet sind, betrogen und bestohlen«, sagte er. »Sie schwört, dass er sich einen Dreck um die anderen schert und immer nur an sich denkt.«

Niemand sagte ein Wort. Schließlich brach Mark das Schweigen. »Wer klärt Emma auf?«, fragte er Roberto.

Sie einigten sich schnell darauf, dass Jennifer für diese Aufgabe nicht infrage kam. Mark wollte mit Emma reden, doch Jennifer und José waren dagegen, schließlich hatten sie das letzte Gespräch zwischen Vater und Tochter noch nicht vergessen. Blieben nur José oder Roberto. Roberto bot sich an, doch Jennifer lehnte sein Angebot so heftig ab, dass José und Mark sie fragend ansahen.

»Nein. Emma kennt Roberto kaum. Am meisten vertraut sie ihrem Anwalt.«

Dafür hatte Roberto natürlich Verständnis.

Jennifer sah José an. »Sie müssen es tun«, sagte sie.

Er nickte feierlich, nahm die Aufgabe an. »Kann sein, dass sie mir kein Wort glaubt«, sagte er.

»Aber Consuela wird sie glauben«, sagte Jennifer. »Wir werden sie ins Gefängnis mitnehmen. Ich glaube, sie kann die größte Überzeugungsarbeit leisten.«

# Kapitel 28

Nachdem Consuela gegangen war, vibrierte die Luft förmlich vor Aufregung und Optimismus. Jennifer war sicher, dass Emma angesichts dieser Neuigkeiten am Boden zerstört sein würde, gleichzeitig wäre sie aber auch aus Pacos Bann befreit und vielleicht sogar ein kleines bisschen erleichtert. So oder so würde sie einsehen müssen, dass sie ihn nicht länger decken durfte. Hoffentlich würde sie wütend werden – das wäre die gesündeste Reaktion –, doch selbst wenn sie sich beschämt und bloßgestellt fühlte, würde sie einsehen müssen, dass sie ihm nicht länger ihre Freiheit opfern durfte. Jennifer sorgte sich wegen Consuela. Was, wenn die Frau ihre Meinung änderte? Wenn sie einfach verschwand? Sie besaß kein Handy. Wie sollten sie sie im Notfall erreichen?

Roberto versuchte, ihr die Ängste zu nehmen und gleichzeitig ihren Enthusiasmus zu dämpfen. Auch er hoffte, dass sie Emma überzeugen könnten, aber absolut sicher war er sich nicht – selbst wenn es ihnen gelang, war immer noch offen, was Paco dazu sagen und was die Ermittler glauben würden. Doch was Consuela betraf, gab er sich zuversichtlich. Er hatte sie in einer kleinen Pension untergebracht und ihr Geld versprochen. Das würde sie nicht aufs Spiel setzen.

Nachdem sie sich wild durcheinander unterhalten hatten – Jennifer mit Roberto, José mit Mark, Mark mit Jennifer –, um die verschiedenen Aspekte des Falles zu beleuchten, beendete Roberto das chaotische Stimmengewirr, indem er sie zur Ordnung rief. Alle Blicke richteten sich erwartungsvoll auf ihn.

»Nun, Sie haben die guten Nachrichten gehört, wir alle machen uns große Hoffnungen. Jetzt gilt es zu handeln«, sagte er. Er wandte sich an José. »Wann können wir mit Consuela zu Emma?«

José überlegte, bevor er antwortete. »Das muss ich noch abklären«, sagte er. Zu Jennifer und Mark sagte er: »Sie ist keine Angehörige, deswegen steht ihr nicht automatisch ein Besuchsrecht zu. Emma muss einen Antrag stellen, erst dann darf Consuela in meiner Begleitung zu ihr.«

Jennifer und Mark waren konsterniert.

»Wie soll das funktionieren?«, fragte Jennifer ratlos. »Wir werden sie kaum bitten können, einen Antrag auf Besuch von Pacos Frau zu stellen.«

»Nein, selbstverständlich nicht.« Mark klang verärgert. »José, Sie könnten Emma erzählen, dass Sie jemanden mitbringen müssen, eine Beraterin vielleicht, die Ihnen bei der Verteidigung helfen wird.«

»Wir sollen sie anlügen?«, fragte Jennifer.

»Hast du eine bessere Idee?«

Jennifer überlegte. »Nein«, murmelte sie schließlich.

José erklärte sich bereit, es zu versuchen. Ein Anwalt durfte seine Mandanten mit wenigen Stunden Vorlauf besuchen. Er werde noch heute hinfahren, erklärte er, und dann werde er sich bemühen, ein Treffen mit Consuela am nächsten Tag zu arrangieren. Damit waren alle einverstanden, die Unterredung war beendet.

Als sie ihre Sachen zusammensuchten und gehen wollten, beschlich Jennifer das verstörende und doch so sichere Gefühl, am rechten Ort zu sein. Sie sehnte sich nach einem vertraulichen Gespräch mit Roberto und suchte fieberhaft nach einem Vorwand, die Abfahrt hinauszuzögern. Sie versuchte, Blickkontakt zu ihm aufzunehmen, doch er schaute kaum in ihre Richtung. Stattdessen bedankte er sich bei allen für ihren Besuch und entschuldigte sich, ein Klient warte auf ihn, er habe noch viel zu tun. Jennifer war gekränkt, geradezu eifersüchtig. Dass er von anderen Klienten sprach, traf sie wie ein Schlag – als wäre sie die Einzige. Sie wusste natürlich, wie absurd das war, und zugleich schämte sie sich für den lächerlichen Gedanken. Irgendwie fühlte sie sich in Robertos Gegenwart immer wie ein Schulmädchen, das unglücklich in den Lehrer verliebt war – es war ebenso aussichtslos wie unpassend.

Mark bemerkte ihr Zögern, er hielt ihr die Tür auf. »Jennifer? Ist alles in Ordnung, kommst du?«

»Ja, natürlich.« Sie ging hinaus, ohne sich noch einmal umzudrehen. Schweigend traten sie auf die Straße.

»Nun, es sieht gut aus«, sagte Mark wenige Minuten später.

»Ja, hoffentlich.«

Sie gingen ziellos weiter. Nach ein paar Blocks brach Jennifer das Schweigen. »Wo gehen wir hin? Möchtest du dir Sevilla ansehen?«

»Nein, nicht jetzt. Wir müssen reden. Wir sollten uns ein Café suchen.«

Obwohl sie gewusst hatte, dass dieser Moment kommen würde, hatte sie ihn gefürchtet. Sie liefen schweigend eine Weile weiter, abgelenkt von ihren unguten Gedanken, bis sie an einem Restaurant vorbeikamen, vor dem Tische unter roten Sonnenschirmen auf dem Gehsteig standen.

»Das sieht nett aus«, sagte sie.

Nachdem sie sich hingesetzt und die Bestellung aufgegeben hatten, ergriff er Jennifers Hand. Die Geste wirkte bemüht, geradezu mechanisch. Sie kannten einander gut – viel zu gut, dachte sie –, und Jennifer wusste, dass Mark nicht aus spontaner Versöhnungsabsicht handelte. Sie erstarrte und zog die Hand weg.

»Jennifer, ich bin es. Kannst du dich erinnern? Ich weiß, zwischen uns ist nicht alles gut gelaufen, aber verdammt, Jennifer, in unserem Leben ist eine Bombe hochgegangen. Das alles, die Probleme zwischen uns, das ist nur eine Nebenwirkung, ein Kollateralschaden. Wir können das überwinden.«

Sie seufzte, sah in seine Richtung und irgendwie an ihm vorbei, weil sie seinem Blick nicht begegnen wollte. »Können wir das wirklich? Ich meine, bei unserem letzten Gespräch hatte ich wirklich das Gefühl, dass du mir die Schuld an allem gibst.«

Er lehnte sich zurück, versuchte, seine Enttäuschung zu verbergen. »Das habe ich nie gesagt. Und ich fühle auch nicht so. Es tut mir leid, dass du so denkst, aber es stimmt nicht, nicht einmal ansatzweise. Du warst immer eine wunderbare Mutter, Jennifer, und diese ganze Sache hat nichts mit dir zu tun. Wann wirst du das endlich einsehen?«

Sie zuckte die Achseln. »Wahrscheinlich nie. Denn irgendwie hat es mit mir zu tun. Ich bin ihre Mutter. Was sie betrifft, betrifft auch mich.«

»Ja, es betrifft dich. Aber auch mich. Und Lily und Eric. Und sogar deine Eltern, die in unserem Haus leben und ihr gewohntes Leben aufgegeben haben, um sich um unsere Kinder zu kümmern. Wir sind eine Familie. Aber all das ist nicht deinetwegen passiert. Da gibt es einen Unterschied.«

»Ich weiß.«

Er griff nach ihrer Hand, und diesmal ließ sie es geschehen, wenn auch ohne ihn anzusehen.

»Ich habe ein paar Dinge gesagt, die ich für wahr halte, aber ich hätte nicht wütend werden dürfen, nicht, wenn es dir so schlecht geht und du so verletzlich bist. Ich wollte nur, dass wir diese Probleme anpacken, dass wir etwas verändern, an unserer Beziehung arbeiten, nicht dass wir uns trennen.«

Sie wünschte sich, die Distanz zwischen ihnen würde dahinschmelzen, sich auflösen, doch nichts passierte.

»Mark, hattest du jemals eine Affäre?«

»Wie bitte?«

»Hast du, seit wir verheiratet sind, jemals mit einer anderen geschlafen?«

Er war verwirrt. »Warum fragst du so etwas? Warum jetzt?«

»Beantworte einfach meine Frage – ja oder nein?«

Er stand auf und warf einen Geldschein auf den Tisch. »Das führt zu nichts. Lass uns nach Hause gehen.«

»Das fasse ich als ein Ja auf«, sagte sie. Sie stand auf und folgte ihm. »Ich frage jetzt, weil du sagtest, wir müssten reden. Ich habe mich gefragt, ob nur ich diejenige bin, die sich ändern muss.«

Dazu sagte er nichts. Er winkte ein Taxi heran, und während der Fahrt starrten beide aus dem Fenster und sprachen kein Wort, bis sie am Ziel angekommen und die Treppe zu der kleinen Wohnung hinaufgestiegen waren. Immer noch schweigend setzte Jennifer Teewasser auf.

»Möchtest du auch einen?«, fragte sie.

»Nein, danke.«

Er ließ den Kopf zwischen die Hände sinken. Sie wartete, bis das Wasser kochte, schenkte sich einen Becher ein und nahm ihm gegenüber Platz. Nun saßen sie genau so da wie sie und Roberto, als er von der Sache mit seiner Tochter erzählt hatte. Sie dachte daran, wie Roberto sich vorhin verhalten hatte – wie er ihren Blicken ausgewichen war. Er hatte klargemacht, dass zwischen ihnen nichts weiter passieren würde. Er hatte ihr gesagt, wie sie der Polizei gegenüber aufzutreten hatte, was sie gegenüber der Presse besser nicht erwähnen sollte, wie sie Emma zur Seite stehen konnte, und nun zeigte er ihr, wie sie sich in seiner Gegenwart zu verhalten hatte. Sie zweifelte nicht an seiner Zuneigung, deswegen war sie überzeugt davon, dass er sie lediglich vor einer spontanen, unüberlegten Reaktion schützen wollte. Und natürlich hatte er recht. Ihre Gefühle waren derzeit zu schwankend. Sie wusste nicht, was sie für Roberto empfinden sollte – Bewunderung, das ganz sicher. Dann war da noch ein Gefühl der Abhängigkeit, der Freundschaft und ja, der Anziehung, vielleicht sogar der Liebe. Doch Mark liebte sie seit dreiundzwanzig Jahren. Sie hatten drei Kinder zusammen großgezogen, ihr Sexleben trotz allem nicht vernachlässigt und ihre Zuneigung vertieft. Sie hatten Enttäuschungen und Langeweile und Schlaflosigkeit und die stressige Zeit mit Neugeborenen und Kleinkindern überstanden. Und ganz offenbar hatten sie sogar seine Schwärmerei für eine andere Frau, vielleicht sogar eine Affäre überstanden. Mit ein bisschen Mühe würden sie auch das hier schaffen. Hoffentlich neigte sich dieser Albtraum dem Ende zu, doch sobald sie zu Hause waren, stand ihnen noch viel Arbeit mit Emma bevor. Es wäre verrückt, zu diesem Zeitpunkt ein Gespräch übers Knie zu brechen, das zu Verletzungen führte, oder Entscheidungen zu treffen, die ihre Ehe infrage stellten.

Mark hob den Kopf und wollte etwas sagen.

»Ist schon gut«, sagte sie. »Tut mir leid, dass ich gefragt habe. Ich will es nicht einmal wissen.«

Er sah verdutzt aus und erleichtert. »Vielleicht sollten wir eines Tages, wenn alles überstanden ist, in Ruhe darüber reden, Jennifer. Vielleicht wäre es nötig.«

»Vielleicht.«

Sie stand auf und setzte sich neben ihn auf das Sofa. Sie legte ihm eine Hand aufs Knie und sprach in sanftem Ton. »Es tut mir leid, Mark. Es war schwierig für uns beide, und ich habe nur an mich gedacht. Und an Emma natürlich; für sie ist es am schlimmsten – aber du hast recht, es betrifft auch die Kinder und meine Eltern. Und du – du musstest hart arbeiten, damit wir das alles bezahlen können, und dich obendrein noch um die Probleme zu Hause kümmern. Ich glaube, ich habe mir nie klargemacht, wie schwierig es für dich sein muss, nicht hier sein zu können, alle Informationen immer nur aus zweiter Hand zu erfahren.«

Er sah sie dankbar an und schüttelte den Kopf, wie um anzudeuten, dass sie seiner Meinung nach das größere Opfer gebracht hatte.

»Es ist natürlich anstrengend für mich, mich in dieser verrückten und gefährlichen Situation in einem fremden Land zurechtzufinden, dessen Sprache ich nicht verstehe«, fuhr sie fort. »Aber ich weiß, dass du das weißt. Wir wollen einander keine Vorwürfe machen, in Ordnung? Wir drücken beide ein Auge zu.«

Er wirkte skeptisch. Möglicherweise war ihm nicht entgangen, wie sie Roberto angesehen hatte. »Nun ja, vielleicht *nicht ganz*.«

Sie musste lachen. »Nein, nicht ganz. Aber ich liebe dich. Es tut mir leid, wenn ich mich dumm benommen habe.«

Er umarmte sie lächelnd. »Ich liebe dich auch«, sagte er.

Sie sah ihn an, und er erwiderte ihren Blick, bevor er sich hinunterbeugte, um sie zu küssen. Und zum ersten Mal, seit Emma sie mit dem nächtlichen Anruf geweckt hatte, schliefen sie miteinander. Danach ging es ihr besser, und ihm offensichtlich auch. Ein Gedanke verstörte Jennifer, doch sie versuchte, ihn zu verdrängen: Mühelos waren sie in eine sinnliche, tröstliche, vertraute Intimität zurückgefallen, aber zwischendurch, mit geschlossenen Augen und gegen ihren Willen, hatte sie sich vorgestellt, Roberto läge auf ihr.

# Kapitel 29

José rief sie früh am nächsten Morgen an. Er hatte ein Treffen mit Emma um elf Uhr vereinbart. Ob sie ihn begleiten wollten?

Sie trafen ihn in der Kanzlei und fuhren los. Jennifer saß auf der Rückbank, vollkommen angespannt und mit zusammengekniffenen Lippen starrte sie aus dem Fenster. Consuela saß neben ihr und stillte das Baby. Mark saß auf dem Beifahrersitz. Gelegentlich kommentierte Jennifer die Aussicht – eine Reihe von verlassenen Baustellen, wie man sie seit der Wirtschaftskrise im ganzen Land sah; der abrupte Übergang von Stadtlandschaft zu öder rostroter Erde. Mark und José antworteten höflich, sie plauderten miteinander, um die Anspannung ein wenig zu lösen. Doch ganz offensichtlich ging es Mark wie ihr. Als sein Telefon klingelte, zog er es hastig heraus, blickte aufs Display und schaltete den Ton erleichtert ab.

»Nicht Emma«, war alles, was er sagte; alles, was Jennifer wissen wollte.

Nach dem Stillen weinte das Baby erneut. Das Geschrei war laut und nervtötend. Jennifer hatte es nie ertragen können, ein Kind weinen zu hören. Als ihre Kinder noch klein waren, hörte sie andere Mütter sagen, sie könnten das Gebrüll ihrer Kinder von dem anderer unterscheiden; sie fragte sich, wie das möglich sei. Wann immer ein Kind auf dem Spielplatz schrie, zuckte sie zusammen und dachte, es wäre ihr eigenes. Dann blickte sie sich ängstlich um und konnte sich erst wieder entspannen, wenn sie ihr lächelndes Kind im Kinderwagen entdeckte oder im Sandkasten oder auf der Schaukel. Sie sah Consuela verständnisvoll an und fragte José, wo das Problem liege – das Baby hatte gerade getrunken, warum weinte es noch? Brauchte es eine frische Windel? Er übersetzte für sie.

»Nein, die Kleine hat nur Blähungen. Und sie ist müde und muss schlafen.«

Jennifer kramte in ihrer Tasche und fand einen Schlüsselbund, den sie vor dem Gesicht des weinenden Kindes baumeln ließ. Imaculada verstummte und griff danach, schüttelte ihn wie eine Rassel und schob sich einen Schlüssel in den Mund. Ihre Mutter nahm ihr den Bund sofort weg und gab in Jennifer zurück, worauf das Geheul erneut anhob. *»Sucio«*, sagte Consuela. »Schmutzig.«

Als sie das Gefängnis erreicht und die Sicherheitskontrollen hinter sich gebracht hatten, erklärte José, man habe ihm ein separates Besuchszimmer zugewiesen, wo er sich so lange wie nötig mit Emma unterhalten dürfe. Falls alles so lief wie geplant, könnten Jennifer und Mark später dazukommen.

»Viel Glück«, sagte Mark. »Wir zählen auf Sie.«

Als es an der Zeit war zu gehen, drückte Consuela die kleine Imaculada, die sich beruhigt hatte und im Tragetuch eingeschlafen war, Jennifer in die Arme. Im selben Moment wachte die Kleine auf und fing wieder zu heulen an. Consuela stopfte ihr den Schnuller in den Mund, was sie zu besänftigen schien, dann folgte sie José durch die schwere Metalltür, die die Gefangenen von der Außenwelt trennte. Jennifer versuchte, sich das Tragetuch anzulegen, doch davon wollte das Baby nichts wissen. Es streckte die Arme nach seiner Mutter aus und kreischte, während diese sich entfernte. Imaculada zappelte so heftig, dass Jennifer sie um ein Haar fallen ließ. Durch nichts ließ sie sich beruhigen – bis Jennifer wieder den Schlüsselbund herausholte und damit rasselte. Die inzwischen ganz verschwitzte Imaculada – das Haar klebte ihr in der Stirn, und ihre Nase lief – hörte mit dem Weinen auf und griff danach. Als sie sich abermals einen

Schlüssel in den Mund schob, griff Jennifer nicht ein. Sie bückte sich lediglich nach dem Schnuller, der zu Boden gefallen war.

»Das wird sie schon überleben«, sagte sie zu Mark, der ihr einen fragenden Blick zuwarf.

Sie zog ein Papiertaschentuch aus der Tasche und wischte dem Baby Mund und Nase ab. Eine halbe Stunde verstrich, eine ganze. Imaculada, die genug mit dem Schlüssel gespielt und nun den Schnuller im Mund hatte, war auf Jennifers Arm eingeschlafen. Um sie nicht zu wecken und neuerliches Geschrei ertragen zu müssen, sprachen weder Mark noch sie ein Wort. Als die Kleine schließlich aufwachte und sich zu regen begann, erschienen José und Consuela zum Glück in der Tür. Consuelas Miene war verschlossen, doch sobald sie ihr Kind sah, fing sie zu lächeln an. Das Baby, inzwischen hellwach, streckte die Ärmchen nach ihr aus. Consuela nahm das Tragetuch, schlang es sich um und legte Imaculada hinein. Zufrieden nuckelte die Kleine am Schnuller. Mark und Jennifer sahen José neugierig an. Er lächelte aufmunternd.

»Sie möchte mit dem zuständigen Ermittler sprechen und eine Aussage machen.«

Vor Erleichterung ließ Jennifer sich wieder auf ihren Platz sinken.

»Wird es einen Deal geben?«, fragte Mark.

»Das wissen wir noch nicht. Zunächst muss sie auspacken. Danach wird Paco seine Sicht der Dinge schildern. Falls alles gut läuft, gibt es einen Deal. Ich werde die Polizei bitten, Emma im Austausch gegen die Aussage freizulassen. Sie haben es auf Paco abgesehen, und Emma scheint bereit, ihn ans Messer zu liefern. Sie sagt, sie möchte mit Ihnen reden, bevor der Ermittler hier ist.«

»Mit uns beiden?«, fragte Jennifer schüchtern.

»Ja, Señora. Natürlich.«

Emma stand mitten im Zimmer. Als sie ihre Eltern entdeckte, bewegte sie sich keinen Millimeter. Sie wagte es kaum, sie anzusehen. Ihr Blick war starr auf den Fußboden gerichtet, betreten standen sie herum. Jennifer sprach zuerst.

»Emma, es tut mir so leid.«

Emmas Augen füllten sich mit Tränen. »Ich schäme mich so«, sagte sie.

Jennifer trat vor und umarmte ihr Kind. Emma lehnte sich an ihre Mutter an. Sie erwiderte die Umarmung. Beide hielten einander eine lange Weile fest.

»Du musst dich nicht schämen«, murmelte Jennifer in ihr Ohr. »Er hat dich angelogen und manipuliert. Du warst auf so eine Täuschung nicht vorbereitet. Es ist nicht deine Schuld.«

Es versetzte ihr einen Stich, daran zu denken, wie Emma mit vierzehn davon geträumt hatte, erwachsen zu werden und sich zu verlieben und zu heiraten. »Aber Mom«, hatte sie gefragt, »wie soll ich den Richtigen finden? Was, wenn ich etwas falsch mache? Wirst du mich warnen? Versprich mir, es mir zu sagen!« Jennifer, gerührt von so viel Vertrauen und Unschuld, hatte geantwortet: »Natürlich, Schätzchen, ich werde dich warnen.« Doch nun dachte sie, dass sie etwas anderes hätte sagen müssen. Sie hätte sagen müssen: »*Du* wirst es wissen. Du wirst es selbst wissen, denn du bist intelligent und sensibel, und bis dahin wirst du reif genug sein, die richtige Entscheidung zu treffen.« Vielleicht hätte das ihre Tochter selbstbewusster gemacht. Und wenn sie selbstbewusster gewesen wäre und weniger das Gefühl gehabt hätte, etwas beweisen zu müssen, wäre das alles nicht passiert. Vielleicht.

Hätte, könnte, würde. Dafür war es nun zu spät. »Falls irgendwer außer ihm daran schuld ist, dann ich«, sagte Jennifer.

Mark näherte sich ihnen, stellte sich auf Emmas andere Seite und streckte den Arm aus. »Wie wäre es mit einer Umarmung für mich?«

Emma ließ Jennifer los und warf sich in seine Arme, legte den

Kopf an seine Brust wie früher als kleines Kind, wenn er sie aus dem Auto ins Haus trug.

»Oh, Daddy, ich weiß gar nicht, wie ihr mir jemals vergeben sollt.«

Er drückte sie und strich ihr übers Haar. Als er sie losließ, drehte sie sich wieder zu Jennifer um.

»Ich habe schreckliche Dinge gesagt, Mom. Ich hab es nicht so gemeint. Bitte glaube mir. Ich habe das nur gesagt, um dich zu verletzen. Ich war so wütend und wusste nicht wohin mit meiner Wut.«

»Auch ich habe schreckliche Dinge gesagt«, antwortete Jennifer. »Das tun Menschen, wenn sie die Beherrschung verlieren. Ich habe nichts davon so gemeint, dabei war einiges sicher richtig. Aber das ist jetzt egal. Wir haben noch viel Zeit zum Reden, allerdings nicht jetzt und nicht hier. Wir tun das, wenn wir wieder zu Hause sind.«

»Ich weiß, was ich tun muss. Ich hätte es von Anfang an tun müssen. Ich werde der Polizei sagen, was wirklich passiert ist. Weißt du, Paco hat mich in allem belogen. Damit werde ich leben müssen, und mit allem, was ich getan habe, um ihm zu gefallen. Und mit meiner eigenen, jämmerlichen Dummheit. Ehrlich. Aber die Wahrheit ist, er hat Rodrigo nicht absichtlich erstochen. Sie haben gestritten, vielleicht hätte Rodrigo ihn sogar getötet, wenn er ihm nicht zuvorgekommen wäre.« Sie setzte sich und schüttelte verständnislos den Kopf. »Ich wollte von Anfang an sagen, wie es wirklich war. Ich habe ihn angefleht, zur Polizei zu gehen. Aber er hat nur gemeint, die würden ihn ins Gefängnis stecken und den Schlüssel wegwerfen. Er sagte, die hassen ihn, weil er sich für die Armen einsetzt.« Sie schloss die Augen und legte den Kopf in den Nacken. Dann atmete sie tief ein und durch gespitzte Lippen wieder aus. »Ich komme mir vor wie eine Idiotin. Wie ein Dummkopf. Sicher hat er sich mit seinen Freunden über mich kaputtgelacht – falls er überhaupt

Freunde hat. Eigentlich habe ich sie nie kennengelernt. Egal, ich fand es nur anständig, ihn zu schützen, nach all den Opfern, die er gebracht hat. Was bedeutet mein kleines Leben schon, gemessen an seinem?« Sie lachte verbittert, und da war wieder ein Hauch von der Härte, die Jennifer in den letzten Wochen kennengelernt hatte. Doch sobald Emma sich an José wandte, klang sie wieder normal.

»Bitte fragen Sie den Ermittler, ob er mit mir sprechen möchte«, sagte sie. »Ich werde ihm alles erzählen, was er wissen will.«

Jennifer und Mark wären am liebsten gleich losgegangen, doch José bat sie, sich zu setzen. Er klang nüchterner, als sie unter diesen Umständen vermutet hätten, und Jennifer wurde sofort wieder nervös.

Als sie an dem Tisch in der Mitte des Raumes Platz genommen hatten, zog er sich einen Stuhl heran und setzte sich neben Emma.

»Emma, diese Geschichte stellt sie möglicherweise nicht zufrieden«, sagte er.

Emma schaute verwirrt drein. Jennifer holte tief Luft, und Mark setzte sich auf. »Warum nicht?«, fragte er scharf.

José seufzte. »Sie weicht kaum von der ersten Version ab. Emma gibt zu, dass es keinen Algerier gab, doch das wissen wir längst. Sie behauptet, Rodrigo Pérez habe versucht, sie zu vergewaltigen, Paco habe ihn angegriffen und in Notwehr getötet. Wie Sie wissen, glaubt die Polizei, dass es nicht so abgelaufen ist. Die Ermittler gehen davon aus, dass die beiden geplant haben, den jungen Mann auszurauben, und sie werden wissen wollen, was mit dem Geld passiert ist, das Rodrigo bei sich hatte.«

Er sah Emma an. »Hat Paco es genommen? Wusste er, dass es in Rodrigos Tasche steckte?«

»Das weiß ich nicht«, sagte Emma.

»Es war nicht mehr da, als die Polizei eintraf, Emma. Irgendjemand muss es genommen haben. Paco?«

Emma antwortete nicht.

José sprach weiter. »Und noch etwas: Emma behauptet immer noch, Rodrigo sei vor dem Bett erstochen worden, dabei wissen die Ermittler, dass er in der Küche umkam und ins Schlafzimmer geschleift wurde. Er war groß und kräftig. Paco hätte ihn nicht allein bewegen können. Sie glauben, dass Emma ihm geholfen hat. In diesem Szenario ist Paco der Mörder und Emma die Komplizin.«

Mark sah Emma an, stand auf und lief hin und her. »Aber wenn die beiden wussten, dass er Geld bei sich hatte, bedeutet das, dass Emma ihn schon vorher kannte. Roberto hat bestätigt, dass es dafür keine Beweise gibt und dass Emma vor der Mordnacht nie mit diesem Jungen zusammen gesehen wurde.«

»Dann muss Paco ihn gekannt haben.«

Mark sah ihn ungläubig an. »Und sie soll ihn verführt haben? Wie soll das möglich sein, wenn sie ihn nie zuvor gesehen hat?«

José nickte. »Ich sage nicht, dass ich den Vorwürfen Glauben schenke, Señor; ich habe Ihnen nur davon erzählt. Vielleicht wird die Gegenseite sich darauf berufen, dass Emma ihn an dem Abend erst kennengelernt hat.«

»Aber die Polizei und auch Roberto haben mit allen Zeugen gesprochen, die an dem Abend in der Bar waren, und auch mit den Leuten, die auf der *feria* in Rodrigos *caseta* gearbeitet haben. Keiner hat sie je zusammen gesehen«, sagte Jennifer.

Mark warf Jennifer einen lobenden Blick zu. »Ja, genau«, sagte er.

»Die Polizei wird einsehen, dass nichts gegen Emma vorliegt, solange nicht bewiesen ist, dass sie Rodrigo kannte. Aus diesem Grund glaube ich, dass sie sich auf einen Deal einlassen werden – Paco ist derjenige, den sie zur Strecke bringen wollen. An Emma sind sie nicht interessiert. Auch ihnen wäre es sicher lieber, wenn sie nach Hause fliegt und der Medienrummel aufhört. Dafür wird sie ihnen jedoch mehr bieten müssen als bislang.«

Mark und Jennifer sahen Emma an. »Nun?«, fragte Mark. »Vergiss nicht, was du heute erfahren hast. Er hat dich ausgenutzt. Hat dich über seine Identität belogen, über das Geld und über seine Gefühle. Er hat dich lächerlich gemacht. Willst du ihn immer noch schützen?«

Emma saß mit gebeugten Schultern da, wollte keinem in die Augen blicken. Nun drückte sie den Rücken durch und stand auf.

»Lassen Sie mich mit Fernando sprechen«, sagte sie. »Ich werde ihm alles sagen.«

# Kapitel 30

Fernando kam erst am nächsten Morgen ins Gefängnis, um Emmas Aussage aufzunehmen. Er brachte eine Stenografin mit. Frisch und munter betrat er den Raum, sein Gesicht war entspannt und seine Art höflich, doch wenig freundlich. Emma war überaus nervös und verlangte, dass José und ihre Eltern dabeiblieben. Fernando willigte ein.

»Wie ich hörte, wollen Sie eine Aussage machen«, sagte er kühl. »Ich bin sehr gespannt und bedaure nur, dass Sie für Ihre Entscheidung so lange gebraucht haben.«

Emma gab sich zerknirscht. »Ich weiß. Sie sind völlig zu Recht böse auf mich. Es tut mir leid.«

»Ich glaube, dass Rodrigos Eltern, die für den Rest ihres Lebens leiden werden, ebenfalls gerne hören würden, wie leid es Ihnen tut. Sie wollen endlich die Wahrheit über den Tod ihres Sohnes erfahren.«

Emma schlug betrübt die Augen nieder und wollte etwas sagen, doch ihre Stimme versagte, und sie schien zu erschüttert, um zu sprechen. Mark bat sie, sich zu setzen, und nahm neben ihr Platz. Jennifer nahm den Platz auf der anderen Seite ein und ergriff Emmas Hand. Emma sah erst sie, dann Mark dankbar an, und schließlich warf sie Fernando einen schüchternen Blick zu.

»Es ist furchtbar … so furchtbar, für seine Eltern. Und ich bin mir nicht mehr sicher. Was alle über den Toten sagen, verwirrt mich sehr. Vielleicht hat er nicht wirklich versucht, mich zu vergewaltigen. Vielleicht hat er die Situation einfach nur anders interpretiert. Aber für mich hat es sich so angefühlt. Er ist mir gefolgt.« Sie sah ihren Vater an. »Ich weiß nicht, was die Laboruntersuchungen ergeben haben, und ich weiß nicht einmal, wie gut die Labore hier sind und welche Tests durchgeführt wurden, aber ich kann dir sagen, dass er nach Alkohol gerochen hat und betrunken wirkte.«

Fernandos Miene verfinsterte sich. »Unsere Labore sind auf dem neuesten Stand der Technik«, sagte er. »Sie sind nicht besser oder schlechter als die in den Vereinigten Staaten. Und alle Tests haben ergeben, dass das Opfer nur wenig Alkohol im Blut hatte. Fraglich ist, ob das ausreichte, um dieses vollkommen untypische Verhalten zu provozieren.«

Emma wollte antworten, doch Mark ging dazwischen. »Offensichtlich trank er nur selten etwas. Vielleicht hat eine geringe Menge Alkohol bei ihm ausgereicht, weil er es nicht gewohnt war.«

Fernando überlegte, nickte. »Das wäre denkbar«, sagte er. »Zurück zur Nacht seines Todes. Was geschah als Nächstes?«

Emma sprach weiter. »Als ich in meine Wohnung gehen wollte, tauchte er plötzlich hinter mir auf und stieß mich hinein.«

»Sie haben gesagt, er habe Sie mit einem Messer bedroht«, sagte Fernando.

»Ja, das habe ich. Ich dachte, er hätte ein Messer. Vielleicht habe ich nur seinen Schlüssel in meinem Rücken gespürt; vielleicht hat er nur so getan, als hätte er eine Waffe.« Mark erinnerte sich daran, wie er diese Hypothese in Josés Kanzlei aufgestellt hatte, und er war froh, dass Emma sich daran erinnerte.

»Ich hatte ihn nie zuvor gesehen«, fuhr sie fort. »Er hat gesagt, er habe von mir gehört. Ich sei die berühmte Amerikanerin. Ich wusste, damit meinte er, ich wäre leicht zu haben, ich kannte ja die Gerüchte« – sie sah ihre Mutter an –, »diesen ungerechten, verlogenen Klatsch über mich, bloß weil ich

Amerikanerin bin und die Welt ein bisschen anders sehe, ohne Scheuklappen. Vielleicht habe ich es damals ein wenig übertrieben. Das war dumm, ich weiß. Ich sagte ihm, an dem Gerede sei nichts dran und er solle gehen, doch er packte mich und versuchte, mich zu küssen. Ich habe mich gewehrt, aber dann hat er mich zum Bett gezerrt. Er hat meine Bluse aufgerissen. Ich habe geschrien, und er hat seine Hand auf meinen Mund gedrückt. Er hat so getan, als wäre es das Normalste von der Welt, als ziere ich mich bloß und wäre in Wahrheit einverstanden. Ich konnte es nicht glauben. Ich konnte mich losreißen und in die Küche rennen. Ich habe das Küchenmesser vom Tresen genommen und versucht, ihn mir damit vom Leib zu halten. Aber er hat nur gelacht und es mir aus der Hand genommen. Ich habe wieder geschrien, und dann ging die Tür auf, und ich wusste, Paco ist nach Hause gekommen. Er stürmte in die Küche. Er sah, was vor sich ging und stürzte sich auf Rodrigo, und die beiden begannen zu kämpfen. Rodrigo hatte immer noch das Messer und verletzte Paco damit; nichts Ernstes, nur ein paar Kratzer am Arm und an der Hand. Doch als Rodrigo das Blut sah, bekam er Angst und ließ das Messer fallen. Dann gingen sie mit Fäusten aufeinander los. Aber Rodrigo war stärker und dabei zu gewinnen, und da hob Paco das Messer vom Boden auf.«

»Und Sie?«, fragte Fernando. »Warum haben Sie nicht sofort die Polizei gerufen?«

»Das wollte ich ja, aber Paco hat es mir verboten, er hat gesagt, er werde das regeln.«

»Haben Sie gesehen, wie Paco zugestochen hat?«

Emma wurde immer aufgeregter, während sie die Szene schilderte. Sie biss sich auf die Lippe und schlug sich die Hände vors Gesicht, ihre Stimme bebte. Sie war kaum noch zu verstehen, deswegen beugte Mark sich hinüber und zog ihre Hände sanft herunter. Sie klammerte sich an der Tischkante fest und sprach weiter.

»Ich weiß es nicht mehr genau. Sie haben gekämpft, und dann hatte Paco plötzlich das Messer in der Hand. Er hat zugestochen, absichtlich, als wäre es ein Spiel, als wollte er ihn quälen.« Sie unterbrach sich, alle sahen sie erwartungsvoll an.

In sanftem Ton versuchte Fernando, sie zum Weitersprechen zu bewegen. »Ja, Emma. Was ist dann passiert?«

Sie schloss wieder die Augen, legte die Hände auf den Tisch. Sie fing zu weinen an. »Ich habe geschrien, Paco solle aufhören, er tue ihm weh, er solle das Messer fallen lassen, aber da schlug Rodrigo plötzlich zu und versuchte, Paco das Messer abzuringen. Paco hat geflucht und eine schnelle Bewegung gemacht, und dann sah ich Rodrigo am Boden liegen, überall war Blut, Paco beugte sich über ihn. Ich saß weinend in der Ecke und habe sie gebeten aufzuhören. Ich bin aufgestanden, um nach Rodrigo zu sehen, aber er hat sich nicht mehr bewegt, und seine Augen waren ganz glasig. Ich glaube, er war tot.«

»Aber Sie haben keinen Krankenwagen gerufen, nur für alle Fälle?«

»Paco hat gesagt, er wäre tot. Er hat gesagt, wenn die Polizei käme, würde sie niemals glauben, dass er in Notwehr gehandelt hatte, egal, was ich aussage. Für ihn gebe es nur einen Ausweg: Wir müssten jemand anderem die Schuld in die Schuhe schieben, und er würde untertauchen, bis die Schnittwunden an seinem Arm und seiner Hand verheilt sind. Er zwang mich, ihm zu helfen, die Leiche ins Schlafzimmer zu bringen, und dann dachten wir uns die Geschichte mit dem Algerier aus. Ich wünschte, ich hätte nicht auf ihn gehört. Ich wünschte, ich hätte von Anfang an die Wahrheit gesagt.« Sie weinte.

Fernando schwieg. Er ließ seine Knöchel knacken – erst an der rechten, dann an der linken Hand. Er stand auf und trat neben Emma, beugte sich herunter, weiter, als ihr lieb war, und blickte ihr direkt in die Augen. »Er hat Sie gezwungen, die Leiche zu bewegen? Wie das? Mit einem Messer? Mit einer Pistole?«

Sie wand sich, senkte den Blick, schloss die Augen. »Nein. Ich habe einfach getan, was er gesagt hat. Wie üblich.«

Fernando ging um den Stuhl herum und beugte sich von der anderen Seite zu ihr hinunter. »Und das Geld, Emma?«

Sie schwieg und schluckte, wandte den Blick ab, versuchte ihm auszuweichen, auf Abstand zu gehen, doch er ließ nicht locker, hielt den Kopf tief gesenkt.

»Wir kannten ihn nicht. Paco hat seine Taschen durchsucht auf der Suche nach einem Ausweis, damit wir seinen Namen hatten. Er hat dabei das Geld gefunden und an sich genommen. Er hat gesagt, er werde es seinen Leuten zukommen lassen, ich dürfe der Polizei nichts davon verraten. Ich wusste, das war falsch, aber ich hatte solche Angst. Deswegen habe ich gehorcht.«

»Und das ist die Wahrheit, Emma?«, fragte Fernando sanft. »Keine Lügen mehr? Nicht eine einzige?«

Hilfesuchend sah sie ihren Vater und ihre Mutter an, doch die konnten nichts für sie tun. Jennifer drückte ihre Hand. Sie zwang sich, Fernando anzusehen.

»Keine Lügen mehr«, versicherte Emma. »Das war die Wahrheit. Paco hat es getan, aber ich glaube nicht, dass er es wollte. Er hat versucht, mich zu beschützen. Es war Notwehr.«

Fernando vergewisserte sich, dass die Stenografin alles protokolliert hatte. Er trat einen Schritt zurück, und Emma atmete erleichtert auf. Er fuhr in förmlichem, geschäftsmäßigem Ton fort und sagte ihr, ihre Aussage werde abgetippt und später zur Unterschrift vorbeigebracht.

An der Tür drehte Fernando sich noch einmal zu José um. »Notwehr? Ich bin mir nicht sicher. Ihr mag es so vorgekommen sein. Aber einen unbewaffneten jungen Mann umzubringen, nur weil er stärker ist und eine Prügelei gewinnt, hat mit Notwehr nichts zu tun. Ganz besonders nicht in Kombination mit Raub.«

»Das soll sein Anwalt mit Ihnen besprechen«, erwiderte José. »Werden Sie, wie wir es vereinbart haben, meine Mandantin im Gegenzug freilassen?«

»Vielleicht«, sagte Fernando. »Mal sehen, was Paco sagt, nachdem er ihre Aussage gelesen hat.«

Als er gegangen war, schien Emma zusammenzubrechen. Sie musste gestützt werden und sagte eine Weile gar nichts mehr, und auch die anderen schwiegen, um ihr Zeit zu geben. Jennifer glaubte, dass Emma erleichtert sein müsse, und ein Hochgefühl ergriff sie. Sogar Mark, der normalerweise immer einen kühlen Kopf behielt, schien sich zu freuen. Zum ersten Mal sah es danach aus, als könnte der Albtraum zu Ende sein, als könnten sie Emma mit nach Hause nehmen. Schließlich brach Jennifer das Schweigen.

»Nun, Schätzchen, das war anstrengend, und du warst sehr tapfer. Ich bin stolz auf dich.«

Doch Emma schien kein bisschen erleichtert. Sie riss die Augen verängstigt auf und starrte die Wand an, sprach wie zu sich selbst.

»Sie werden mit Paco reden«, flüsterte sie. »Was, wenn er ihnen etwas anderes erzählt?«

»Was soll das heißen?«, fragte Jennifer, die eine neue Gefahr witterte. »Warum hast du Angst vor ihm? Er kann dir nichts mehr antun.«

Emma sah sie an. Sie hob die Stimme, damit alle sie hören konnten. Sie sprach langsam, als zweifele sie daran, dass die anderen sie verstanden.

»Was, wenn er wütend auf mich ist, weil ich alles ausgeplaudert habe? Ich habe ihm versprochen, den Mund zu halten. Was, wenn er sich an mir rächen will und ihnen eine andere Geschichte auftischt?«

Mark und José hoben den Kopf.

»Was für eine andere Geschichte?«

»Ich weiß nicht – ich weiß ja nicht, ob er es tun wird. Ich weiß nur, dass er zu allem fähig ist, wenn er wütend ist. Vielleicht behauptet er, ich stecke tiefer in der Sache drin. Consuela hat gesagt, er sei ein notorischer Lügner. Ich weiß jetzt, dass es stimmt. Sie hat auch gesagt, er sei rachsüchtig und habe schon oft gelogen, nicht bloß, um zu bekommen, was er will, sondern um anderen zu schaden, ihnen eins auszuwischen.«

Mark und Jennifer tauschten einen traurigen und besorgten Blick aus. Für Jennifer war es nur ein weiterer Hinweis darauf, wie schlecht dieser Mann ihre Tochter behandelt hatte. Sie war immer der Meinung gewesen, Missbrauchsopfer wären schwache und psychisch labile Menschen, die sich nicht wehren können, doch Emma hatte immer so stark und selbstbewusst gewirkt. Auf einmal wurde ihr klar, so etwas konnte jedem passieren. Er hatte nur deswegen eine so große Macht über sie haben können, weil sie ihm die Macht eingeräumt hatte. Sie wollte ihrer Tochter das sagen, doch José ergriff als Erster das Wort.

»Wenn der Staatsanwalt Emmas Geschichte glaubt – und das steht noch nicht fest –, wird Paco höchstens wegen Körperverletzung und Raub mit Todesfolge angeklagt. Wenn er ihnen ein längeres Verfahren erspart und sich schuldig bekennt, wird man ihm selbst bei seinen Vorstrafen höchstens fünf Jahre aufbrummen. Falls nicht, falls er Emma belastet, was sie zu fürchten scheint, bleiben die ursprünglichen Vorwürfe bestehen, und beide müssen im Falle einer Verurteilung für lange Zeit ins Gefängnis. Sicher wird sein Anwalt ihm das deutlich machen. Falls er sich Emmas Version der Ereignisse nicht anschließt, wird er sich in erster Linie selbst schaden. Vielleicht wird es so kommen – Sie kennen ihn besser als ich –, aber es wäre ziemlich dumm.«

Das schien Emma ein wenig zu beruhigen. Doch sie machte sich immer noch Sorgen. »Manchmal ist er ein bisschen dumm. Er ist sehr unbeherrscht. Und denkt nicht lange nach.«

»Aber er scheint ganz genau zu wissen, was in seinem eigenen Interesse ist«, sagte Mark. »Ich glaube, José hat recht.«

Jennifer wandte sich an José. »Wann werden wir mehr erfahren?«

Es klopfte an der Tür. José öffnete, und ein Wärter informierte ihn, die Besuchszeit sei vorbei, und Emma müsse in ihre Zelle zurück. José bedankte sich. Es war an der Zeit zu gehen.

Als sie sich zum Abschied umarmten, versicherten Mark und Jennifer ihrer Tochter, alles werde gut, sie habe das Richtige getan. José sammelte seine Unterlagen ein und hielt ihnen die Tür auf.

»Ich rechne damit, dass heute oder spätestens morgen ein vorläufiges Urteil ergehen wird. Sie werden Paco und seinen Anwalt befragen. Falls Paco sich schuldig bekennt, bleibt er in Haft, und Emma kommt frei. Das könnte morgen oder übermorgen passieren.«

»Muss ich bis zum Verfahren hierbleiben?«, fragte Emma.

»Nein, denn wenn er sich schuldig bekennt, um mit einer verminderten Haftstrafe davonzukommen, wird es kein Verfahren geben. Dann können Sie nach Hause. Aber so weit im Voraus sollten wir noch nicht denken. Wir müssen abwarten. Alles kommt auf ihn an.«

Mark trat an die Tür. »Das ist lächerlich. Sie sagen, ihre ganze Zukunft hinge von der Entscheidung eines Psychopathen ab?«

José zuckte hilflos die Achseln. »Das ist so, seit sie ihn kennengelernt hat.«

»Nein«, gab Mark mit scharfer Stimme zurück. »Sie hatte ihre Zukunft von Anfang an selbst in der Hand. Hoffentlich sieht sie das jetzt ein.«

Jennifer fuhr herum. Sie war wütend und schockiert. »Mark!«

»Ist schon gut, Mom«, sagte Emma. »Er hat recht.«

Wieder klopfte es an der Tür, und eine ungeduldige Stimme forderte sie auf Spanisch auf, den Besuch zu beenden. Mark drückte Emma ein letztes Mal und verließ den Raum. Auch Jennifer umarmte sie, strich ihr übers Haar. »Du hast *jetzt* richtig entschieden, Emma«, flüsterte sie ihr ins Ohr. »Darauf kommt es an.«

»Hoffentlich«, murmelte Emma, und dann folgte Jennifer den beiden Männern hinaus auf den Flur.

# Kapitel 31

Doch die Entscheidung fiel weder an dem Tag noch am nächsten oder übernächsten. Jennifer rief Roberto und José täglich an und fragte, wann es so weit sei, was vor sich gehe, warum es so lange dauere, und jedes Mal versicherten sie ihr, so etwas brauche Zeit, sie würden sich melden, sobald es Neuigkeiten gebe, und eigentlich sei die Verzögerung ein gutes Zeichen. Die Mühlen der Justiz mahlten langsam, beruhigten sie sie. Falls es schlecht für sie aussähe, hätten sie längst davon erfahren.

Mark gelang es, seine beruflichen Termine zu verschieben, so dass er für diese entscheidende und hoffentlich nicht mehr lange andauernde Zeit bei ihnen bleiben konnte. Jennifer hatte gemischte Gefühle. Sie war natürlich dankbar, und sie verstand, dass er hier bei seiner Tochter sein wollte. Aber es bedeutete auch, dass sie Roberto noch weniger sehen konnte. Ihr fiel überhaupt kein Vorwand mehr ein, sich mit ihm zu treffen, und er rief sie nicht an. Trotzdem musste sie die ganze Zeit an ihn denken und sich am Riemen reißen, wenn sie mit Mark zusammen war, damit ihre Gedanken nicht ständig zu Roberto wanderten – zu dem, was er gesagt hatte, wie er ihr geholfen und sie beraten hatte. Sie merkte, dass es hilfreich war, Mark wenigstens einen Teil ihrer Beziehung zu Roberto zu offenbaren, und sie erzählte ihm von Robertos persönlicher Tragödie. Mark zeigte sich mitfühlend – er war ein guter Mensch –, doch er interessierte sich nicht weiter für Roberto und dessen Probleme. Dennoch sprach sie so oft über Robertos verlorene Tochter und seine verrückte Exfrau, dass Mark ihr irgendwann schiefe Blicke zuwarf und vorsichtig versuchte, das Thema zu wechseln. Wer ist jetzt hier derjenige, der nicht sieht, was er nicht sehen will, dachte Jennifer. Doch sie sagte nichts und fasste es als eine Warnung auf, sich in Zukunft zurückzuhalten.

Sobald sie wieder zu Emma durften, setzten Jennifer und Mark sich ins Taxi und fuhren zum Gefängnis. Zwei Tage waren seit Emmas Aussage vergangen. José war zu beschäftigt, um sie zu bringen, und Jennifer wollte Roberto nicht darum bitten – es wäre zu kompliziert, mit ihm und Mark auf engem Raum zusammen zu sein. Der Taxifahrer sprach nur wenig Englisch und verwickelte Mark in eine Unterhaltung über die spanische Wirtschaftskrise, die brutalen Kürzungen bei der Sozialhilfe und die Entbehrungen, die man in Kauf nehmen müsse, damit Deutschland einem kleinen Schuldenerlass zustimme. Wie um die kulturellen Unterschiede zwischen Deutschland und Spanien zu erklären und zu bekräftigen, dass etwas, das für den einen gut ist, für den anderen längst nicht funktionieren muss, sagte der Taxifahrer mit Nachdruck: *»Aquí es aquí y allí es allí.«* Jennifer konnte es Mark übersetzen. Es bedeutete: »Hier ist hier, und dort ist dort.« Doch für Jennifer steckte noch mehr dahinter. Es fasste ihr Dilemma mit Roberto und Mark zusammen. Es geht um »hier« oder »dort«, dachte sie. Sie würde ihr ganzes Leben »dort« verbringen. Sie konnte nicht beides haben. Sie musste einen Weg finden, damit umzugehen.

Jennifer war nervös gewesen und Mark gereizt, aber beide waren nichts im Vergleich zu Emma, die sich die Fingernägel blutig gekaut hatte und während ihres Besuchs keine Minute stillsitzen konnte. Sie zappelte herum und seufzte und kratzte sich am Arm oder Bein. Sie war unendlich aufgeregt, und wäre sie nicht im Gefängnis gewesen, hätte Jennifer gedacht, sie stünde unter Drogen. Doch es war nur das Adrenalin, körpereigen und unter diesen Umständen nicht zu vermeiden. Sie gaben ihr Bestes, um sie zu beruhigen. Mark war darin entschieden besser als Jennifer. Ihre eigene Nervosität war zu groß und Emma so beschäftigt mit sich selbst, dass sie es mit jedem Satz nur noch schlimmer machte, so sehr sie sich auch bemühte. Zuletzt hielt sie sich zurück und sagte gar nichts mehr. Emma schien das zu bemerken, sogar mit ihrer Mutter mitzufühlen. Als es an der Zeit war zu gehen, umarmte sie sie und flüsterte ihr ins Ohr: »Ist schon okay, Mom. Alles wird gut, was immer auch geschieht. Mach dir bitte nicht solche Sorgen. Ich liebe dich.«

»Ich liebe dich auch«, antwortete sie automatisch. Doch sie wollte nicht so recht glauben, dass alles wieder gut würde.

Drei weitere Tage verstrichen. Jennifer rief José an, um zu hören, ob er mit Pacos Anwalt gesprochen habe. José wusste immer noch nicht mehr, rechnete aber mit einer baldigen Entscheidung. Er riet ihr und Mark, für ein paar Tage nach Granada zu fahren. Den Vorschlag fand sie lächerlich. Sie konnte an nichts anderes denken als an Emmas Schicksal, spielte verschiedene Szenarien im Kopf durch, Tag und Nacht. Mark wollte, dass sie eine Psychotherapeutin aufsuchte und sich Medikamente gegen die Nervosität verschreiben ließ, doch der Vorschlag empörte sie. Sie fürchtete, eine Therapeutin würde sie mit den üblichen Ratschlägen abspeisen: »Lösen Sie sich aus der Verstrickung. Grenzen Sie sich ab. Sie können das Problem nicht für sie lösen. Das muss sie schon selber tun.« »Falls es nötig ist, wird sie die Haftstrafe absitzen müssen.« »Sie sollten sich wieder Ihrem Leben zuwenden und Ihren anderen Kindern und aufhören, so auf Emma fixiert zu sein.«

So etwas wollte sie nicht hören. Das würde ihr nicht helfen. Konnte man aus Vernunftgründen beschließen, nicht mehr auf etwas fixiert zu sein? Emma mit nach Hause zu nehmen war das Einzige, was ihr helfen würde. Danach würde sie sich um alles Weitere kümmern – um Emma, um sich selbst, um ihre Beziehung zu Mark.

Sie lungerte in der Wohnung herum, versuchte zu lesen oder

englischsprachige Filme im Fernsehen zu finden. Mark drängte sie, auszugehen, einen Spaziergang zu machen, irgendetwas zu tun, doch sie fürchtete, die Reporter könnten sie jagen, und so blieb sie lieber zu Hause. Es gab nur eines, was sie tun wollte. Roberto hatte gesagt, die amerikanischen Boulevardblätter nähmen Emma in Schutz, indem sie Spanien attackierten – ganz besonders, indem sie unterstellten, das hübsche jüdische Viertel von Sevilla beweise den Antisemitismus der Spanier. Sie hatte das so absurd gefunden, dass sie zunächst gar nicht darauf reagiert hatte; Roberto musste irgendetwas missverstanden haben. Doch weil es ihn tatsächlich zu belasten schien, hatte sie beschlossen, der Sache nachzugehen. Sie rief Suzie an, die alles in Sachen PR-Agentur regelte. Suzie reagierte defensiv.

»Nun ja, vielleicht gab es wirklich einen klitzekleinen Hinweis darauf, dass Emma unter anderem deswegen so scharf angegangen wird, weil Antiamerikanismus und Reste von Antisemitismus vorhanden sind. Es könnte schon zum Teil stimmen.«

»Es stimmt kein bisschen, Suze. Es ist vollkommen daneben und ehrlich gesagt sogar ein bisschen verrückt.«

»Na und? Was immer die Leute auf unsere Seite bringt, ist erlaubt. Wir wollten Druck ausüben.«

Jennifer war zu aufgeregt und zugleich zu müde, um sich mit ihrer besten Freundin zu streiten. Sie fasste sich kurz. »Es ist nicht gut, und es ist nicht richtig, und darüber hinaus hilft es uns kein bisschen weiter. Es schadet uns. Bitte sag ihnen, sie sollen sofort damit aufhören und, falls nötig, alles zurücknehmen. Ich glaube, wir haben es bald geschafft, Suzie. Wir dürfen es jetzt nicht vermasseln.«

Suzie hatte verstanden. Sie versprach, sich gleich darum zu kümmern.

So verging ein Tag nach dem anderen, ohne dass viel passierte, bis das lang ersehnte Telefonat endlich geführt wurde, ganze acht Tage nach Emmas Aussage.

José war dran. Man habe ihm die Entscheidung des Gerichts mitgeteilt. Jennifer und Mark sollten um ein Uhr mittags in die Kanzlei kommen.

Jennifers Herz klopfte. Mark ergriff ihre Hand. »Wir werden da sein, José. Aber so lange kann ich nicht warten. Wie ist die Entscheidung ausgefallen? Mark steht hier neben mir. Sagen Sie es uns jetzt.«

»Sie glauben ihr«, sagte José zufrieden. »Emma darf zurück nach Hause. Wir müssen nur noch ein paar Formalitäten erledigen. Herzlichen Glückwunsch.«

Er sprach noch weiter, er habe es ihnen persönlich sagen und mit Champagner feiern wollen, doch Jennifer hatte den Hörer fallen lassen. Sie holte ein paarmal tief Luft und warf sich in Marks Arme. »Sie kommt nach Hause, Mark. Es ist vorbei. O Gott, ich danke dir, ich danke dir.«

Sie lachten und umarmten sich und bemerkten irgendwann, dass das Telefon an der Schnur baumelte. Mark griff zum Hörer und sprach hinein, doch José hatte längst aufgelegt.

»Macht nichts. Wir treffen ihn um ein Uhr in der Kanzlei und besprechen die Einzelheiten«, sagte Jennifer und nahm Mark den Hörer aus der Hand.

»Wen willst du anrufen?«

»Roberto. Er muss es erfahren.«

Mark wirkte verwirrt. »Sicher weiß er es längst, Jennifer. Wir müssen uns bei Lily und Eric und deinen Eltern und Suzie melden, nicht bei Roberto.«

Sie fühlte sich ertappt. »Ja, natürlich. Du hast recht. Es ist nur so, dass er mir in dieser Zeit enorm geholfen hat. Alles wäre anders gekommen, hätte er Consuela nicht gefunden. Aber vermutlich weiß er längst Bescheid. Vielleicht kommt er auch hin. Wir sollten alle zusammen feiern.«

Mark hatte sein Handy herausgezogen, um zu Hause anzurufen, doch Jennifer hielt ihn zurück und erinnerte ihn an den Zeitunterschied. »Dort ist es jetzt mitten in der Nacht«, lachte sie. »Ehrlich gesagt bin ich froh darüber. Ich kann es immer noch nicht glauben. Ich möchte lieber erst nach dem Treffen mit José alle rausklingeln.«

Langsam steckte Mark das Handy wieder ein. Sie sahen einander an, glücklich, aber auch ein bisschen betreten.

»Was machen wir jetzt?«, fragte Jennifer. »Wie überstehen wir die Zeit bis ein Uhr?«

Er lächelte zärtlich und legte seine Hände auf ihre Schultern. »Wir ziehen uns an und frühstücken in unserem Lieblingscafé. Wir gehen spazieren und riechen die Blumen und genießen die Sonne. Wir schmieden Pläne und entscheiden, was wir als Familie alles unternehmen, sobald wir wieder zu Hause sind. Wir reden darüber, wie glücklich wir uns schätzen können, dass es so geendet hat.«

Sie umarmte ihn und drückte ihn mit aller Kraft. »So, so glücklich«, sagte sie. »Das ist ein großartiger Plan.«

Doch dann kam alles anders.

Als sie das Gebäude verließen, wurden sie von einer großen Meute von Reportern erwartet, Presse und Fernsehen waren da und ein Haufen anderer Leute – Blogger, Twitterer, Amateurjournalisten und neugierige Passanten mit Smartphone. Die Kameras klickten, man hielt ihnen Mikrofone ins Gesicht und konfrontierte sie mit Fragen. »Haben Sie die Nachricht gehört? Wie fühlen Sie sich? Weiß Emma schon davon? Hat sie einen Deal bekommen? Kommt sie nach dem Mord ungestraft davon?« Und das waren nur die Fragen, die sie verstehen konnten. Die Spanier klangen feindseliger. Mark und Jennifer flohen zurück ins Gebäude, liefen die Treppe hinauf und schlossen sich in der Wohnung ein. Anders als Jennifer hatte Mark sich noch nicht an den Rummel gewöhnt. Er sah sie fragend an.

»In so einem Fall«, sagte sie, »rufe ich Roberto an.« Wie immer meldete sich nur die Voicemail.

»Roberto. Bitte gehen Sie ran, wenn Sie da sind.«

Eine kurze Pause.

»*Diga.*«

Es war bittersüß, seine Stimme zu hören.

»Ich bin es.«

»Ich weiß.«

»Haben Sie von Emma gehört?«

»*Sí, por supuesto*. Ich bin entzückt. Meine Glückwünsche.«

»Ohne Sie hätten wir das nie geschafft.«

»Oder Sie.«

Sie schwiegen.

»Roberto, die Presse belagert unsere Wohnung. Wir sollen um eins in Josés Kanzlei sein. Werden Sie auch hinkommen?«

»Wenn Sie möchten.«

»Können Sie uns helfen, hier rauszukommen?«

»Ja. Ich komme mit dem Taxi. Ich rufe Sie an, sobald ich vor dem Haus bin. Ich eskortiere Sie zum Wagen. Sagen Sie nichts, zu niemandem, bis Emma frei und bei Ihnen ist.«

»Okay … Roberto …«

»Ja?«

»Ich danke Ihnen.«

»Bis später.«

Er legte auf, und sie presste sich noch sekundenlang den Hörer ans Ohr. Nach dem Auflegen bemerkte sie, dass Mark in der Tür stand und sie schief ansah. Sie holte tief Luft und versuchte, so unbeschwert wie möglich zu klingen.

»Nun, ich bin erleichtert. Er sagt, er wird uns mit dem Taxi abholen und zu José bringen. Und du hattest recht. Natürlich wusste er Bescheid. Er freut sich.«

Mark nickte, sagte aber nichts.

Jennifer stand auf und ging in die Küche. »Es tut mir leid, unser Frühstück und der feierliche Spaziergang müssen leider warten. Zum Glück ist der Kühlschrank voll. Ich koche uns ein schönes Frühstück, okay? Mit Rührei, Toast und Speck, wie klingt das?«

»Prima«, sagte Mark. »Klingt gut.«

Er setzte sich an den Küchentisch, sie stellte die Pfanne auf den Herd und steckte zwei Toastscheiben in den Toaster. Sie trat an den Tisch, beugte sich hinunter und küsste ihn auf den Scheitel. Er lächelte sie an. »Wir haben es geschafft«, sagte sie. »Sie kommt nach Hause.«

»Ja«, sagte er. »Jetzt fängt die eigentliche Arbeit an.«

# Kapitel 32

Emmas Euphorie über die anstehende Entlassung war nur von kurzer Dauer. Trotz allem, was sie inzwischen über Paco erfahren hatte, machte sie sich übermäßig viele Gedanken um ihn. Dafür hatten ihre Eltern kein Verständnis.

»Warum ist das jetzt noch von Bedeutung?«, fragte Jennifer.

»Meinst du, er hätte nur halb so viel an dich gedacht, als du verhaftet und befragt wurdest und er sich aus dem Staub gemacht hat?«, fragte Mark.

Sie besuchten Emma im Gefängnis, hoffentlich zum letzten Mal. Sie hatten ein separates Besucherzimmer zugewiesen bekommen, José wartete draußen. Emma wirkte äußerst angespannt und sagte, sie müsse mit dem Anwalt reden. Mark bat den Wachmann, José zu holen, und wenige Minuten später trat er ein. Er hatte wohl mit einer in Tränen aufgelösten Emma gerechnet, die sich bei ihm für die Hilfe bedanken wollte. Stattdessen war sie blass und besorgt, wischte seinen Glückwunsch mit einer matten Geste beiseite und bat ihn um eine Unterredung.

Mark und Jennifer blieben zögerlich in der Tür stehen, sie wussten nicht, ob sie gehen oder bleiben sollten. José zog sich einen Stuhl heran und setzte sich zu Emma an den Tisch, wartete auf eine Erklärung. Sie bat ihre Eltern nicht zu gehen, so blieben sie an der Tür stehen, mit dem Rücken zur Wand, und warteten in banger Sorge auf eine neue Enthüllung. Emma beugte sich vor, atmete flach, riss die Augen auf und sprach mit leiser Stimme.

»Er wird furchtbar wütend auf mich sein«, sagte sie.

Jennifer wunderte sich, doch José verstand sofort.

»Ja. Und?«, antwortete er.

Emma war bestürzt. »Ich verstehe nicht.«

»Ich meine, er wird wütend sein, und dann? Was soll passieren? Er kann Ihnen nichts tun.«

Er hielt inne und tätschelte ihre Hand, fuhr in väterlichem Tonfall fort. »Ich frage mich wirklich, ob Sie immer noch …« Er zögerte, suchte nach dem richtigen Wort. »Wie soll ich es sagen? Ob Sie immer noch in seiner Hand sind.«

»Sie verstehen das nicht«, sagte Emma aufgeregt und atmete erschöpft aus. »Er kann mir sehr wohl etwas tun. Falls er mit seinem Deal nicht zufrieden ist, wird er meinen vereiteln.«

José schüttelte den Kopf. Er hatte verstanden.

»Zu spät, Emma. Er hat unterschrieben. Falls nicht, wäre Ihr Deal niemals bewilligt worden, und ihn hätte man wegen Mordes angeklagt. Das war ihm bewusst. Er hat alles bestätigt, was Sie zu Protokoll gegeben haben, im Austausch gegen eine fünfjährige Haftstrafe. Es ist vorbei. Sie können sich entspannen.«

Sie nickte, biss sich auf die Oberlippe. »Okay. Danke. Hoffentlich haben Sie recht.«

Auf die Freude über die angekündigte Entlassung folgte ein bürokratisches Chaos. Im Nachhinein, in ihrem sicheren Heim in Chestnut Hill, konnte sich keiner mehr genau erinnern, in welcher Reihenfolge es passiert war. Alles lief zu einem einzigen, intensiven Gefühl der Erleichterung zusammen, mit der Vorfreude darauf, die Formalitäten endlich abzuschließen und ins Flugzeug steigen zu können. Nach dem letzten Besuch im Gefängnis stellten Jennifer und Mark enttäuscht fest, dass sie Emma noch nicht mitnehmen durften. Es herrschte rege Betriebsamkeit – sie mussten die Details mit der Gefängnisleitung und anderen Behördenvertretern verhandeln, José führte ein Vieraugengespräch mit dem Richter, und schließlich stand ein letzter, kurzer Auftritt vor Gericht an, bei dem die Anklage offiziell fallengelassen und Emma freigesprochen wurde. Der Termin fand unter Ausschluss der Öffentlichkeit statt, nur Jennifer und Mark waren anwesend und saßen Händchen haltend in der ersten Reihe. Mark drückte ihre Hand so fest, dass ihr der Ehering in den Finger schnitt. Sie erhaschte einen kurzen Blick auf Paco, einen untersetzten Mann mit schwarzem Bart und buschigen Augenbrauen. Er hielt den Kopf gesenkt, bis Emma eintrat, und als er sie ansah, war seine Wut so spürbar, dass die Luft zu knistern schien. Jennifer warf ängstlich einen Blick zu Emma hinüber, doch diese starrte resolut geradeaus, als hätte sie beschlossen, ihn nicht einmal mehr anzusehen.

Und dann trat die Familie aus dem Gericht und wurde von Journalisten umringt. Jennifer erinnerte sich, wie Emma in die Kameras blinzelte, blass und eingeschüchtert von den Fragen, mit denen sie bombardiert wurde. Roberto hatte ihnen geraten, keinen Kommentar abzugeben, und daran hielten sie sich. Als Reaktion auf die Fragen der Spanier und die Glückwünsche der Amerikaner gab Roberto eine Stellungnahme im Namen der Familie ab und hielt eine kurze nichtssagende Rede. Er dankte der spanischen Justiz für die faire Behandlung und betonte, wie sehr die Familie sich auf die Heimreise freue. Dann geleitete er sie zum wartenden Auto. Zuletzt, als alle Taschen gepackt und alle Rechnungen bezahlt waren, traten sie die Fahrt zum Flughafen an, in der Begleitung von José und Roberto.

Jennifer und Roberto hatten keine Zeit mehr miteinander verbracht. Sie sehnte sich danach, mit ihm zu sprechen, doch sie wusste nicht, wie sie mit ihm allein sein konnte. Er gab sich gefasst und geschäftsmäßig, nur einmal, als sie nach Emmas Freilassung ins Auto stiegen, erwiderte er ihren Blick und lächelte kurz. Es war ein schiefes Lächeln, halb aus Zuneigung, halb aus Reue, und sie fasste es als Zeichen der Intimität auf, als das Beste, was er ihr unter diesen Umständen bieten konnte. Sie lächelte zurück.

Nachdem sie am Flughafen ihr Gepäck aufgegeben hatten

und vor der Sicherheitskontrolle standen, verabschiedeten sie sich voneinander. Mark bedankte sich überschwänglich bei José und Roberto, lobte sie für die brillante Strategie, die zu einem guten Ergebnis geführt habe. Er schüttelte den Männern die Hand. Dann war Jennifer an der Reihe. Sie bedankte sich zunächst bei José, im Namen der ganzen Familie. Er habe ihr so geholfen, dass sie ihren Dank niemals passend ausdrücken könne. Er nahm das Lob bescheiden an und sagte, er habe nur seine Arbeit gemacht und sei zudem fürstlich entlohnt worden. Dann wandte sie sich an Roberto. Ihr Herz klopfte zu schnell und zu laut, und sie fürchtete, alle Umstehenden könnten es hören. Weil sie nicht wusste, was sie tun sollte, streckte sie ihm die Hand entgegen. Er zog die Augenbrauen hoch, griff lächelnd zu. Ihre Hand war verschwitzt und feucht, seine kühl und angenehm trocken. Sie ertrug es kaum, ihm in die Augen zu blicken, und bedankte sich umständlich. Als er sich umdrehte und davonging, verkrampfte sich ihr ganzer Körper. Sie holte tief Luft und trat einen Schritt auf Mark zu. Der hielt sie fest, flüsterte ihr etwas ins Ohr, und sie sah erstaunt zu ihm auf. Sie schaute sich um, lief Roberto nach und rief seinen Namen, als er gerade um die Ecke biegen wollte. Er blieb stehen und drehte sich um.

»Was tun Sie da?«, fragte er streng.

»Nein, Roberto. Es ist in Ordnung. Mark hat mich gefragt, ob ich mich nicht kurz unter vier Augen von Ihnen verabschieden möchte. Das ist alles. Ich finde, wir haben es verdient.«

Er nickte ernst. »Das macht es nicht leichter, aber vielleicht ein bisschen schöner.«

Sie war nervös und sprach hastig, stolperte von einem Satz zum nächsten. »Ich weiß nicht einmal, was ich sagen will. Ich möchte Ihnen nur sagen, wie dankbar ich bin – nicht nur für Ihre Hilfe, sondern für Ihre Freundschaft. Vielleicht können wir in Kontakt bleiben. Ich habe Ihnen doch angeboten, Ihnen New York zu zeigen. Das Angebot steht weiterhin.«

Er lächelte. »Nein, *cariño*«, sagte er. »So stark bin ich nicht. Sie müssen in Ihr Leben zurück und ich in meins. Aber auch ich danke Ihnen für alles.«

Sie warf einen Blick über die Schulter. Mark und Emma warteten auf sie. Emma trat von einem Fuß auf den anderen. Mark war ganz ruhig. Er hob die Hand und winkte ihr zu.

»Werden Sie mir wenigstens sagen, wenn Sie Ihre Tochter gefunden haben?«, fragte sie schnell.

»Ja, das werde ich. Ich werde Sie wissen lassen, falls etwas Wichtiges geschieht.«

»Versprochen?«

Sein Mund verzog sich zu einem schiefen Lächeln. *»Sí. Te prometo.«*

Weil sie nicht sagen konnte, was sie ihm sagen wollte, weil sie nicht einmal genau wusste, was es war, wiederholte sie ihr knappes und völlig ungenügendes Dankeschön in der Hoffnung, er würde sie richtig verstehen.

Dann ging sie langsam zu ihrer Familie zurück. Mark musterte ihr Gesicht, dann zog er sie an sich. Sie nahm ihre Reisetasche, und die drei begaben sich zur Sicherheitskontrolle.

Sie drehte sich nicht noch einmal um.

# Kapitel 33

Am Anfang schien es, als wäre jeder Tag ein Feiertag. Lily und Eric waren überglücklich, Emma wieder zu Hause zu haben, und sie waren außer sich vor Freude über ihre Mutter. Sie konkurrierten um ihre Aufmerksamkeit wie Dreijährige, bis sie sich nach einer Weile wieder ihren alltäglichen Problemen und Freunden und Aktivitäten zuwandten, als wäre nichts geschehen. Jennifers Eltern wollten alles im Detail hören und waren unendlich erleichtert, doch sie freuten sich auch darauf, endlich wieder nach Hause fahren zu können. Und da waren natürlich noch ihre Freunde. Jennifer und Mark wurden zu Dinnerpartys eingeladen, die ganz eindeutig zu ihren Ehren veranstaltet wurden. Ihre zweifelhafte Prominenz verlieh dem sonst so öden Vorstadtleben einen gewissen Glamour.

Und Emma? Emma wurde empfangen wie eine Kriegsheldin. Die *New York Times*, der *New Yorker*, Charlie Rose sowie die *Today Show* baten um und bekamen Interviews, arrangiert und betreut durch die PR-Agentur, die die ganze Zeit schon für die Familie gearbeitet hatte. Die Firma setzte alles daran, Emma als unschuldige Amerikanerin darzustellen, die von der spanischen Justiz genötigt und ungerecht behandelt worden war. Jennifer fand das zutiefst verstörend, denn sie kannte die Wahrheit. Sie las Emmas Interviews und verfolgte die TV-Sendungen mit gemischten Gefühlen. Emma war hübsch, redegewandt und sympathisch. Bewegend sprach sie über die Gewalt, die in ihr Leben eingebrochen war, über das Leid und die Angst während der Haft, über die Liebe und Unterstützung ihrer Familie, »ohne die ich nicht überlebt hätte«. Die Medienberichte ließen allen Studenten, denen ein Auslandsjahr bevorstand, das Blut in den Adern gefrieren und machten aus Emma einen gefragten Talkshowgast. Jennifer beschlich bei diesem ganzen Trubel ein mulmiges Gefühl. Schlimmer noch, sie hielt das Ganze für schädlich. Immer wieder sprachen die Interviewer das Trauma an, das Emma erlebt hatte – ein Fremder war in ihre Wohnung eingedrungen, hatte versucht, sie zu vergewaltigen und war vor ihren Augen erstochen worden. Jennifer war natürlich klar, dass ihre Tochter gelitten hatte. Doch alle schienen die Tatsache zu verschweigen, dass Emma mit einem Kriminellen zusammengelebt, ihn geliebt und gedeckt hatte, und dass sie für den Tod eines jungen Mannes mitverantwortlich war. Jennifer wollte, dass Emma sich in Therapie begab, dass sie ihr Hörigkeitsverhältnis zu Paco analysierte und verstand, wie es so weit hatte kommen können; sie hatte die Werte, mit denen sie groß geworden war und an die sie immer geglaubt hatte, mit Füßen getreten. Doch je mehr Emma zur Prominenten gemacht wurde, desto weniger konnte sie das Ausmaß ihrer Probleme einschätzen.

Emma hing fast immer am Telefon, sie plauderte, schrieb SMS oder twitterte, dabei hatte Jennifer gehofft, sich endlich in Ruhe mit ihr unterhalten und sie zu einer Therapie bewegen zu können. Seit sie wieder zu Hause war, war Emma allen Gesprächen mit ihrer Mutter aus dem Weg gegangen. Sie küsste sie flüchtig auf die Wange, wenn sie ging, und wenn sie nach Hause kam, lag Jennifer meistens schon im Bett. Wann immer Jennifer sie beiseitenehmen, ihr eine Frage stellen oder ein gemeinsames Abendessen vorschlagen wollte, entwischte Emma ihr. Jennifer wusste, dass Emma im Herbst wieder nach Princeton wollte, doch auch darüber hatten sie noch nicht gesprochen.

Eines Abends rief Jennifer Emma zum Abendessen. Emma antwortete, sie habe keinen Hunger. Jennifer sah Mark kopfschüttelnd an, wie um ihre Verzweiflung zum Ausdruck zu bringen, doch er bat sie, sich zurückzuhalten; durch die Zeit im Gefängnis sei Emma erwachsen geworden, sie bestimme nun selbst über ihr Leben.

»Als sie das letzte Mal selbst über ihr Leben bestimmt hat, ist sie im Gefängnis gelandet, Mark. Meinst du nicht, dass sie professionelle Hilfe in Anspruch nehmen sollte, um das Ganze zu verarbeiten? Sie kann doch nicht einfach so weitermachen, als schaffe sie alles alleine.«

Mark war ihrer Meinung, doch er glaubte auch, dass Emma einfach nur mehr Zeit brauchte. Sie aßen schweigend, und dann gab er ihr ein Küsschen auf die Wange, schnappte sich sein Buch, ging ins Wohnzimmer und setzte sich in seinen Lieblingssessel.

Lily und Eric waren im Sommercamp; Lily durfte dieses Jahr sogar schon bei der Betreuung der Kinder mithelfen. Die beiden waren glücklich, ihre Freunde vom letzten Jahr wiederzusehen. Jennifer staunte, wie gut ihre Eltern alles organisiert hatten – die Namensschilder in der Kleidung, die Erlaubnisschreiben und die Impfbücher, nichts fehlte. In der Tat blieb für sie kaum noch etwas zu tun. Sie hätte sich mühelos in das alte Muster begeben können. In der Vergangenheit hätte Jennifer die freie Zeit mit ehrenamtlichen Tätigkeiten gefüllt oder sich überlegt, was Lily und Eric nach dem Camp Sinnvolles anstellen könnten. Sie hätte in allen Einzelheiten den perfekten zweiwöchigen Familienurlaub geplant, den sie am Ende des Sommers machen wollten. Doch in diesem Jahr schien ihr die Energie zu fehlen. Wenn Mark bei der Arbeit war und Emma bei der Internationalen Stiftung für Menschenrechtsfragen, die ihr aufgrund der zahlreichen Presseinterviews ein Praktikum angeboten hatte, verbrachte Jennifer ihre Zeit mit Lesen und mit alten Folgen von *Law & Order*. Gelegentlich rief eine Freundin an, um sich zum Mittagessen mit ihr zu verabreden, doch anders als früher fand Jennifer keine rechte Freude daran, zu kochen oder zu shoppen. Wenn Mark abends nach Hause kam, traf er sie oft im Schlafzimmer an, bei zugezogenen Vorhängen und laufendem Fernseher. Er bat sie, sich Hilfe zu suchen – er war sogar der Meinung, sie solle die Eheberatung vergessen und stattdessen zu einer Psychotherapeutin gehen –, und sie versprach es, ganz bestimmt, nur nicht jetzt. Erst kurz bevor Eric und Lily wieder nach Hause kamen, raffte sie sich auf, ordnete den Haushalt, kaufte die liebsten Süßigkeiten der Kinder ein und bereitete ihre Leibgerichte vor.

Eine Woche später kamen die beiden zurück. Mit Verwunderung nahm Jennifer zur Kenntnis, wie schnell sie alle in die alte Routine verfallen waren. Auch sie wollte das, doch irgendetwas fehlte. Als Lily ihr die Pflichtlektüreliste für die elfte Klasse zeigte und sie bat, die Bücher auszuwählen, über die sie ihre Hausarbeiten schreiben sollte, überflog Jennifer die Liste flüchtig, befand sie für äußerst interessant, schlug ihr aber vor, selbst etwas auszusuchen. Als Lily, brüskiert über die vermeintliche Ablehnung, sie schließlich bat, ihr bei dem Aufsatz zu helfen, meinte Jennifer nur, sie habe das Buch nicht gelesen, außerdem fände der Lehrer es sicher besser, wenn sie ihre Hausarbeiten eigenständig erledigte. »Er kann dir viel besser helfen als ich«, sagte sie. Lily war verwirrt, dann wurde sie sauer. »Du denkst nur noch an Emma«, schimpfte sie und stampfte in ihr Zimmer hinauf.

»Das stimmt nicht, Lily!«, rief Jennifer ihr nach.

Eric verbrachte seine Tage mit Skateboarden, Baseball und Videospielen. Jennifer war der Meinung, dass sie seine Zukunftsperspektiven nicht zunichtemachte, wenn sie ihn gewähren ließ, anstatt ihn zur Nachhilfe und zum Musikunterricht zu fahren. Sie lockerte ihre Auflagen, was Videospiele betraf, und genehmigte ihm mehr Spielzeit denn je. Sie zog sich zurück und stellte fest, dass nichts Schlimmes passierte.

Sie rief Suzie an und lud sie ein. Die beiden Frauen gingen

stundenlang draußen in der freien Natur spazieren. Als Suzie eine Woche später abreiste, hatte Jennifer keine Lust mehr, den Fernseher einzuschalten. Zum ersten Mal seit Jahren fragte sie sich, was *sie* wollte, was *sie* brauchte, und die Antwort fiel ihr sofort ein. Sie brauchte einen Job.

Es kostete sie Zeit und Mühe und viele Unterhaltungen mit Mark, ihren Freundinnen und sogar einer Karriereberaterin, bevor sie sich für den Arbeitsplatz entschied, den alle anderen für offensichtlich hielten: das Theater. Sie wollte nicht mehr schauspielern, doch sie hatte gehört, eine der örtlichen Privatschulen sei auf der Suche nach einer Englischlehrerin, die die Theaterklasse leiten und die Regie bei den Schulaufführungen übernehmen konnte. Sie hatte sich beworben, und aufgrund ihrer ausgezeichneten Ausbildung und Berufserfahrung rechnete sie sich gute Chancen aus, auch wenn sie lange Zeit ausgesetzt hatte. Jeden Tag überprüfte sie ihre E-Mails, wartete ungeduldig auf eine Antwort.

An einem sonnigen Morgen etwa zwei Wochen später war Jennifer mit Emma allein. Lily hatte die Nacht bei einer Freundin verbracht, und Eric war nach dem Frühstück in den Garten gelaufen, um Körbe zu werfen. Es wurde immer später, und wie üblich klopfte Jennifer an Emmas Tür und fragte, ob sie frühstücken wolle.

»Danke, Mom«, sagte Emma. »Du brauchst mir kein Frühstück zu machen.« Sie lächelte ihre Mutter freundlich an und verschwand dann im Badezimmer. »Aber wenn du unbedingt willst, gern!«

Jennifer war entzückt über die Worte ihrer Tochter und kehrte in die Küche zurück, um das Frühstück zuzubereiten und auf die Post zu warten. Emma hatte gute Laune. Vielleicht wäre es der richtige Moment für ein Gespräch.

Sie spürte, wie sich Optimismus in ihr breitmachte. Sie dachte daran, wie furchtbar die Zeit in Spanien gewesen war und dass die Geschichte zum Glück gut ausgegangen war. Emma würde es überleben. Im Herbst würde sie an die Uni zurückkehren, der Medienrummel würde sich legen, und alle würden wieder ein normales Leben führen. Selbst die Kluft zwischen ihnen ließe sich überbrücken, dachte sie. Sie würden sich aufs Neue annähern, auf Augenhöhe diesmal. Jennifer sah ein, dass sie bei Emma etwas falschgemacht hatte; es war zum Teil auch ihre Schuld, dass das Mädchen gemeint hatte, sich einem kontrollsüchtigen Mann unterwerfen zu müssen, der immer alles besser wusste. Bei Lily und Eric würde sie nicht denselben Fehler begehen.

Sie schüttete Müsli in eine Schüssel, gab fettarme Milch hinzu und versuchte, sich beim Essen auf die *Times* zu konzentrieren. Die Zeitung interessierte sie im Grunde nicht. Sie dachte an Mark. Sie wusste, ihre Ehe hatte Schlagseite und musste dringend gekittet werden, doch sie war zuversichtlich, das schaffen zu können. Hatten sie es nicht immer irgendwie hingekriegt? Sie beschloss, sich nach einem Psychologen umzusehen, wie Mark es vorgeschlagen hatte, und ihm und seinen Bedürfnissen mehr Beachtung zu schenken. Sie hatte das Gefühl, noch einmal mit einem blauen Auge davongekommen zu sein, und atmete erleichtert durch.

Die Post wurde gebracht, aber Emma war immer noch nicht unten. Jennifer sichtete die Briefe und hoffte auf ein Schreiben von der Schule, in dem ihr hoffentlich eine Anstellung angeboten wurde. Heute war viel Post gekommen – Zeitschriften, Kataloge, Rechnungen –, und wie gewöhnlich legte Jennifer die Sendungen auf getrennte Stapel. Die Schule hatte nicht geschrieben, doch noch bevor sie enttäuscht sein konnte, fiel ihr Blick auf einen Brief mit spanischer Briefmarke. Die Adresse war mit Füller handgeschrieben. Jennifer suchte nach einem Absender, konnte aber keinen finden. Ihr Herz setzte kurz aus und schlug dann schneller, und für einige Sekunden bekam sie

Angst, doch dann fiel ihr wieder ein, dass sie zu Hause war und Emma in Freiheit. Niemand konnte ihnen etwas anhaben. Beruhigen konnte sie sich dennoch nicht, denn auf einmal war sie ganz aufgeregt, sie hatte eine Ahnung, von wem dieser Brief sein könnte. Hoffentlich hatte sie recht.

Sie öffnete ihn absichtlich nicht sofort. Sie schenkte sich einen Kaffee ein, ging hinauf ins Schlafzimmer und schloss die Tür hinter sich ab. Dann setzte sie sich aufs Bett und öffnete den Umschlag ganz langsam.

Sie zog ein gefaltetes Blatt hervor. Als sie es auseinanderfaltete, fiel ein Foto heraus. Noch bevor sie den Brief las, warf sie einen Blick auf die Unterschrift. Er war von Roberto, wie sie gehofft hatte. Sie griff zum Foto. Darauf waren Emma und Paco zu sehen und ein weiterer junger Mann, die drei tanzten ausgelassen. Oder vielleicht tanzten sie nicht, vielleicht umarmten sie einander nur. Sie lachten in die Kamera. Emmas Haare fielen ihr wild ins Gesicht. Anders als vor Gericht trug Paco noch keinen Bart, doch die buschigen, dunklen Augenbrauen dominierten sein zerfurchtes Gesicht. Der Dritte im Bunde hatte hellbraune Haare und ein offenes freundliches Lächeln. Er stand auf der anderen Seite von Emma. Er schien sich auf sie zu stützen, legte seine Wange an ihre Schulter. Sein Gesichtsausdruck war seltsam. Die Augen wirkten glasig. Vermutlich sind sie betrunken oder bekifft, dachte Jennifer.

Sie legte das Foto beiseite und las den Brief. Ihr Herz klopfte, und ihre Kehle war wie ausgetrocknet.

Liebe Jennifer,
ich habe lange nachgedacht, bevor ich beschlossen habe, Ihnen zu schreiben. Hoffentlich habe ich richtig entschieden. Ich habe mich schuldig gemacht, weil ich es Ihnen so lange verschwiegen habe. Ich wusste nämlich schon vor Emmas Entlassung davon. Sie werden sicher verstehen,

warum ich nichts gesagt habe. Doch nun will ich das Geheimnis nicht länger für mich behalten und wenigstens Ihnen davon erzählen.

Vielleicht erkennen Sie die dritte Person auf diesem Foto nicht. Sie haben den jungen Mann nie kennengelernt. Ich auch nicht. Wir haben immer geglaubt, auch Emma habe ihn bis zu der Mordnacht nie gesehen, wie sie so oft behauptet hat. Es ist Rodrigo Pérez. Offensichtlich wurde das Foto in der Wohnung von Emma und Paco aufgenommen. Achten Sie auf das Poster im Hintergrund, vielleicht kennen Sie es noch aus dem Schlafzimmer.

Das Foto wurde per Selbstauslöser gemacht. Ich habe das Negativ zerstört, das gegen eine gewisse Summe in meinen Besitz übergegangen ist.

Ich schicke Ihnen das Foto nicht, um Ihnen Kummer zu machen, sondern in der Hoffnung, dass Sie mit diesem Wissen weiteren Schaden von sich und anderen abwenden können.

Ihr ergebener Freund

Roberto

Unterzeichnet hatte er mit einem schlichten, schwungvollen Kringel.

Jennifer griff wieder zu dem Foto und suchte nach einer Zeitangabe. Februar 2012, zwei Monate vor dem Mord.

Wie gelähmt blieb sie auf dem Bett sitzen. Es gab kein Negativ. Roberto hatte angedeutet, dass sie das Foto vernichten könnte, um ganz sicherzugehen. Sie betrachtete es aufmerksam, besonders das Gesicht des betrunkenen Jungen. Sie musste an seine Eltern denken, an das Fernsehinterview, in dem sie versichert hatten, er habe niemals eine Frau vergewaltigt. Sie machte Anstalten, das Foto zu zerreißen, überlegte es sich aber anders. Stattdessen legte sie es mit dem Brief in den Umschlag zurück und öffnete die unterste Schublade ihrer Kommode. Sie steckte den Brief in eine Schminktasche, die sie unter einen Stapel Nachthemden schob. Dann setzte sie sich wieder aufs Bett und zog sich die Decke über den Kopf.

»Mom«, rief Emma. »Wo bist du? Ich dachte, du wolltest mir Frühstück machen.«

Langsam stand Jennifer auf und trat ins Badezimmer, um sich das Gesicht zu waschen. Dann ging sie hinunter in die Küche. Emma saß am Tresen und trank Orangensaft. Jennifer starrte sie an, ihr war schwindelig, die Fragmente setzten sich zu einem neuen Bild zusammen. Die spanische Polizei hatte die ganze Zeit recht gehabt. Emma hatte Rodrigo Pérez gekannt. Sie und Paco hatten ihn in einen Hinterhalt gelockt. Der Junge hatte nie versucht, Emma zu vergewaltigen; sie hatte ihn verführt. Paco war hinzugekommen, sie hatten ihn ausgeraubt. Vielleicht hatten sie es so geplant. Vielleicht war Emma sogar an seiner Ermordung beteiligt gewesen. Auf dem Messer waren ihre Fingerabdrücke. Vielleicht hatte sie Paco das Messer in die Hand gedrückt, nachdem es zu Boden gefallen war.

Jennifer wusste nicht, was sie tun sollte. Sie wusste nicht, ob sie Mark davon erzählen sollte. Der Mensch, mit dem sie jetzt reden, dessen Rat sie hören wollte, hieß Roberto, doch an ihn konnte sie sich nicht wenden. Was sollte sie seiner Meinung nach tun? Warum hatte er ihr das Foto geschickt? Warum ließ er die Sache nicht auf sich beruhen?

Emma brauchte professionelle Hilfe; das hatte Jennifer seit Langem gewusst. Doch nun fragte sie sich, ob ihrer Tochter überhaupt zu helfen war. Jennifer musste in Ruhe nachdenken. Sie brauchte einen Rat, sie brauchte selbst Hilfe. Wieder starrte sie Emma an. Wer war sie? Spürte sie denn gar keine Reue? Wäre es denkbar, dass etwas Ähnliches noch einmal geschah und sie, Jennifer, dafür verantwortlich wäre, weil sie es nicht verhindert hatte? Doch was sollte sie tun? Was sollte sie nur tun?

»Mom, was soll das? Warum siehst du mich so an?«

Jennifer wandte sich ab und machte sich am Herd zu schaffen.

»Was möchtest du zum Frühstück?«, fragte sie.

# Danksagung

Ich möchte einer Reihe von Leuten in Sevilla danken, die sich viel Zeit genommen haben, um eine amerikanische Autorin in das spanische Justizsystem einzuführen. Wo immer nötig, habe ich auf ihre juristischen Erläuterungen gerne zurückgegriffen. Gleichzeitig hoffe ich, dass sie mir nachsehen werden, wenn ich mir hier und da eine gewisse künstlerische Freiheit erlaubt habe. Für Fehler jeglicher Art bin ich allein verantwortlich.

Für ihre Gastfreundschaft und ihre Hilfe, ein möglichst wahrheitsgetreues Bild des Landes zu zeichnen, danke ich: meiner Dolmetscherin und Stadtführerin Leticia Pérez Desena; dem Vorsitzenden des Strafgerichts von Sevilla, José Manuel de Paul Velasco; José Luis Lledo González, Richter am Provinzstrafgericht; Staatsanwalt Fernando Martínez Pérez; dem früheren Chef der Kriminalpolizei von Sevilla, Rafael Salvador Moreno; sowie José Manuel Sánchez de Águila Ballabriga. Letzterer versorgte mich als Rechtsanwalt liebenswürdigerweise nicht nur mit Hintergrundmaterial, sondern stellte auch den Kontakt zu anderen geschätzten Kollegen her.

Mein Dank geht ferner an meine Freunde Ana Westley und José Antonio Martínez Soler, die meinen Mann und mich nach Sevilla begleiteten, uns mit den oben genannten Experten bekannt machten und großen Anteil daran hatten, dass dieser Aufenthalt – wie ein früherer Spanienbesuch – unvergesslich bleibt. Teresa Maravall und ihrem kürzlich verstorbenen Mann Juan Badosa bin ich auf ewig dankbar, dass sie in mir die Liebe zu ihrem wunderschönen Land geweckt haben.

Außerdem möchte ich meiner Freundin, Verwandten und literarischen Beraterin danken – der unvergleichlichen Phyllis Grann; meiner teuren Freundin und Agentin Kathy Robbins; meiner Verlegerin Clare Ferraro, die bei einem vorzüglichen, etwas länger geratenen Lunch die Idee zu diesem Buch hatte; Denise Roy, meiner Lektorin bei Plume, sowie ihrem Assistenten Matthew Daddona und meiner Redakteurin Kym Surridge.

Wie immer bin ich bei allem, was ich tue, dem Mann, mit dem ich seit achtundvierzig Jahren verheiratet bin, für seine Liebe und Unterstützung zu tiefstem Dank verpflichtet: John Darnton ist mein Held, mein Mentor und meine Muse. Nicht zu vergessen unsere ganze Familie: Kyra, David, Liza, Jamie, Blythe, Zachary, Ella, Asher und Adara, die so viel Sonnenschein und Freude in mein Leben bringen. Ich kann mich wirklich glücklich schätzen.